Stb

MOYRA CALDECOTT, geboren 1927 in Pretoria, Südafrika, studierte Englisch und Philosophie. 1951 zog sie nach Großbritannien. Moyra Caldecott hat mehr als siebzehn Bücher veröffentlicht. In ihren Romanen berichtet sie über die Abenteuer und Erfahrungen, die sich sowohl im Inneren des menschlichen Bewusstseins als auch in der äußeren physikalischen Welt abspielen.

Dieses Buch ist der vierte Band der jeweils in sich abgeschlossenen Bände der »Steinzauber«-Quadrologie. Kyra, Hohepriesterin im Tempel der Sonne, erfährt ihre schwerste Prüfung, denn ihre inzwischen erwachsene Tochter Deva erliegt dem Bann der Eulenfrau Urak und deren verführerischen magischen Techniken. Erst als es zu spät ist, erkennt Deva, wie wichtig der verantwortungsvolle Umgang mit Macht und Magie ist.

Moyra Caldecott

Im Bann der Eule

Ein Roman der Bronzezeit

Aus dem Englischen
von Andreas Lentz

Stb

Titel der englischen Originalausgabe: *The Silver Vortex*

Originaltitel: Steinzauber – Im Bann der Eule

ISBN 978-3-89767-654-1

1. Auflage 2009

Umschlaggestaltung: Murat Karaçay unter Verwendung eines
Bildes von Mareike Schirner
Satz: Elke Truckses
Printed by: Reyhani Druck & Verlag, Darmstadt, Germany

www.schirner.com

Inhaltsverzeichnis

Für meine Familie und meine Freunde
– die sichtbaren und unsichtbaren –
mit meiner Liebe

Einführung

Da diese Geschichte auf die drei Bücher von den »Hütern der Hohen Steine« folgt, und da neue Leser die verwickelten und mehrschichtigen Beziehungen einiger Charaktere vielleicht verwirrend finden, mag es hilfreich sein, eine kurze Zusammenfassung der Vorgeschichte der *dramatis personae* zu geben, die aus der vorangegangenen Trilogie übernommen wurden.

In diesen Büchern setzen wir die Realität der Wiederverkörperung voraus, d. h. die Fortdauer des Lebens vor und nach dem Tod und die Wiederkehr derselben »geistigen Einheit« auf die körperliche Ebene zu verschiedenen Zeiten und Orten, oft zu dem Zweck, einige ungelöste Angelegenheiten aus einem früheren Leben abzuarbeiten. Heutigentags hat ein großer Teil der Weltbevölkerung diesen Glauben, hauptsächlich im Osten, aber zunehmend auch im Westen. In der Frühzeit glaubten die keltischen Druiden mit Sicherheit an Reinkarnation; tatsächlich wurden Schulden oft von einem auf das nächste Leben übertragen und die Zahlung mit rechtlichen Mitteln erzwungen. Die Menschen der Bronzezeit, die in diesen Büchern beschrieben werden, lebten lange bevor die eisenzeitlichen keltischen Druiden auf die britischen Inseln gelangten ... doch der Glaube an die Wiederverkörperung war wahrscheinlich schon da, worauf die alten Legenden hinweisen und was der Kreis, die Spirale und der Strudel ausdrücken – ihre häufigsten und langlebigsten Sinnbilder.

Auch haben wir in diesen Büchern vorausgesetzt, dass die Ebene, die wir mit unseren Augen sehen und mit unseren Füßen betreten, nur eine von vielen Ebenen ist, die wir bewohnen. Unsichtbare Wesenheiten sind überall – sowohl aus uns selbst erstehend wie auch gänzlich zu anderen Ebenen gehörend – und so »wirklich« wie jemand, den wir zum Abendessen einladen.

Im *Tempel der Sonne* wird deutlich, dass vier Charaktere wieder zusammen zur Erde gezogen worden sind, um einen sehr weit zurückliegenden Fehler wieder gutzumachen.

Die »Gegenwart« der Bücher ist etwa 1500–1470 v. Ztr.

Die »gegenwärtigen« Namen dieser vier Charaktere sind: Guiron, Wardyke, Isar und Deva.

Ungefähr eintausend Jahre zuvor lebten drei von ihnen im alten Ägypten. Wardyke hieß da *Aba*, Isar *Radedef* und Deva *Anhai*.

Aba und *Radedef* waren unzertrennliche Freunde. *Aba* beging einen Mord und musste aus dem Land fliehen. *Radedef* und seine Frau *Anhai* hielten zu ihm und flohen mit ihm zusammen. Sie gelangten ins alte Britannien, wo der ungezügelte Ehrgeiz und die List *Abas*, *Radedef* und *Anhai* zu König und Königin machten, während er die »graue Eminenz im Hintergrund« war. Ein ortsansässiger Häuptling verliebte sich in *Anhai*, tötete *Radedef* und *Aba* und versuchte, die verwitwete Königin zu seiner Frau zu machen. Doch *Anhai*, deren Herz gebrochen war, beging lieber Selbstmord, als sich darein zu fügen. Im Laufe der Jahrhunderte wurden die »geistigen Einheiten« von *Radedef* und seinem Mörder, dem ansässigen Häuptling, mehrmals wiedergeboren und das Unrecht zwischen ihnen wurde abgearbeitet. Doch *Aba* wurde seinen bitteren Hass auf den Häuptling nicht los – und *Anhai*, die sich weigerte, wiedergeboren zu werden, haftete als Geist an eben jenem Ort, wo sie gestorben war und wo sie hartnäckig auf die Wiederkehr ihres geliebten *Radedef* wartete.

Nun werden diese vier zur gleichen Zeit und am selben Ort wieder auf die Erde gezogen, um diese Angelegenheit hoffentlich ein für alle Mal aufzulösen.

Der britannische Häuptling, der ursprünglich *Radedef* ermordet hatte, wird nun Guiron genannt und ist der hoch entwickelte und wohlangesehene Hohepriester des Tempels der Sonne geworden. *Aba* ist Wardyke geworden, dessen rastloser, hervorragender Geist noch immer durch den Zug skrupellosen Ehrgeizes verdorben ist. Er lernt unter Guiron, doch der Hohepriester, der bemerkt, dass er nicht die moralische Integrität hat, um richtig mit den beachtlichen Kräften eines Priesters umzugehen, weigert sich, ihm das Abschlusszeichen auf die Stirn zu geben. Wardyke verlässt den Tempel mit gärender Unzufriedenheit. Er lernt eine Zeitlang bei Urak, einer schrecklichen Zauberin, die auch unter Guiron gelitten hatte und durch einen Zauber in eine entlegenen Bergfeste gebannt war.

Guiron fällt inzwischen von seinem hohen moralischen Gerüst, das er sich unter so großen Schwierigkeiten nach so vielen Leben aufgebaut hatte, und vergewaltigt, als er ihren Geist sieht, Anhai nochmals. Dabei zeugt er ein merkwürdiges Kind, halb Mensch, halb Geist, das Panora genannt wird. Er versucht, dies zu verheimlichen, und bleibt weiterhin Hohepriester des Tempels der Sonne.

Zu unstet, um sich unter jemandes Anleitung lange aufzuhalten, verlässt Wardyke Urak und gelangt weit nach Norden, wo er sich zum falschen Priester in jener Gemeinde aufschwingt, wo unsere anderen Hauptfiguren leben: Maal, der alte aber wahre Priester der Gemeinde, der von Wardyke verdrängt und schließlich getötet wird; Kyra, ein junges Mädchen mit bemerkenswerten übersinnlichen Fähigkeiten, der es bestimmt ist, im Tempel der Sonne eine Priesterin zu werden und schließlich sogar eine der mächtigen Herren der Sonne und Hüter der Hohen Steine; ihr Bruder Karne; und ihre Freundin Fern, die Karne liebt, die aber von Wardyke vergewaltigt wird, wobei er jene »geistige Einheit« ins körperliche Dasein zurückruft, die einst *Radedef* gewesen war.

Radedef wird nun Isar – leiblicher Sohn von Fern und Wardyke als Folge der Vergewaltigung – und Stiefsohn von Karne, der Fern ehelicht.

Kyra gelingt es nach großen Anstrengungen, Wardyke zu besiegen und ihn aus der Gemeinde zu vertreiben. Danach reisen sie, Karne und Fern nach Süden zum großen Tempel der Sonne, wo sie unter Guiron ihre Ausbildung zur Priesterschaft aufnimmt.

Sie heiratet einen jungen ägyptischen Priester, Khu-ren, und sie haben eine gemeinsame Tochter, Deva.

Deva ist *Anhai*, die es schließlich zulässt, auf dem irdischen Plan wiedergeboren zu werden, da *Radedef* zurückgekehrt ist.

Die vier ursprünglichen Hauptpersonen sind nun wieder beisammen und ihre alten Beziehungen beginnen, in ihrem »gegenwärtigen« Leben eine Rolle zu spielen.

Am Ende des zweiten Buches (*Der Tempel der Sonne*) verlässt Guiron den Tempel, da er erkennt, dass er gegenüber *Anhai* sein Begehren noch immer nicht zügeln kann, und verdammt sich dazu, als »Fremder unter Fremden« auf der Erde umherzuwandern.

Isar und Deva wachsen als Kinder in der Tempelgemeinschaft auf und lieben sich, doch schließlich entscheiden sie sich am Ende des dritten Buches (*Schatten auf den Steinen*), die anhaftenden Schatten aus ihrer Vergangenheit abzustreifen und ihr neues Leben mit neuen Partnern zu bestreiten: Isar mit Lerche, Deva mit Gya.

Wardyke hatte nochmals versucht, ihre Freundschaft zu erlangen und Guiron und Kyra (die ihn beide gedemütigt hatten) Unheil zuzufügen. Er wird aber besiegt und im Kampf getötet. Er spielt in dem Krieg zwischen dem Tempel und den grausamen Eindringlingen mit dem blutdürstigen Gott Groth keine Rolle, doch sein gefallener Geist beginnt, sich am Anfang dieses Buches wieder zu rühren.

Wardykes Schatten

Urak ließ die Trommel tief in die Nacht ertönen, ihre knochigen Hände bewegten sich so schnell, dass menschliche Blicke ihnen nicht zu folgen vermochten, als sie Stunde um Stunde in der bedrückenden und lauschenden Finsternis auf die straff gespannte Haut schlug.

Die Stimme der Trommel und die Stimme ihres Widerhalls verwoben und vermischten sich donnernd und grummelnd, bis der Himmel antwortete. Da erst erhob Urak ihre Hände und stieß den hohen, schrillen Ruf aus, der die Trommel verstummen ließ.

Als der Blitz kam, ließ er ihre Gestalt auf dem Gipfel des Berges klar hervortreten. Ihre Arme waren weit nach oben gereckt, ihr Gesicht dem Himmel zugewandt und mit ihren Herzschlägen zählte sie den Abstand zu den Donnerschlägen. Näher und immer näher kam der Sturm – bis der Donnerschlag gleichzeitig mit dem Blitz erfolgte.

»Bring mir einen würdigen Gehilfen ...«, das war die Botschaft, die der sich erhebende Wind in den Bergen verteilte, durch die Äste der Bäume zischelte und durch die engen Schluchten schleuderte.

»Gib mir einen Namen – ein Gesicht – jemanden, den ich rufen kann – jemanden, den ich lehren kann – jemanden, der mein Werk fortführt ...«

Der lange Umhang, den sie trug, umwallte sie und warf riesenhafte Schatten über das Tal. Einen Augenblick lang sah es so aus, als würde sie sich erheben und ihre Flügel in den Sturm aufschwingen.

»Ich bin mit Narren geschlagen worden ...« heulte sie. »Schicke mir jemanden, der schnell lernt – der versteht ...«

Sie war eine alte Frau, ihr Gesicht voller Falten. Das Haar, das sie umflatterte, war weiß wie Rauch und seit ihrer Geburt nie geschnitten worden. Sie hatte in ihrem langen Leben wohl ein Dutzend Lehrlinge weggeschickt, nie zufrieden und niemals bereit, ihre tiefsten Geheimnisse mit jemandem zu teilen, den sie nicht als ebenbürtig ansah. Doch wer sollte ihr je gleichen, der mächtigen Hexenfrau der Berge, der betagten Zauberin von fast einhundert Sommern? Seit kurzem spürte sie die Zeit verrinnen; sie konnte den Tod hinter sich wispern hören und sie wusste, dass sie niemanden zu ihrem Nachfolger ausgebildet hatte.

Sie versuchte, den Regen zurückzuhalten, denn sie wusste, sobald der Regen aus der schwarzen Wolke hervorbrechen würde, die so schwer auf die Braue des Berges drückte, dann würde die Kraft des Sturmes, die sie gebrauchen musste, gebrochen sein. Mit ihrer Willenskraft zwang sie die Wolke, ihre Last festzuhalten.

Noch einmal erschallte ihre Stimme.

Noch einmal trug der Wind ihre Botschaft.

Bevor wie ein Peitschenknall der nächste Donner ertönte, meinte sie, in dem fahlen Licht neben sich eine weitere Gestalt auf der Felsenfläche zu erspähen.

Ihr zierlicher Körper zitterte von der Anspannung, den Sturm zu rufen und ihn in der Schwebe zu halten. Es war ein unerträglicher Schmerz in jeder Faser – aber sie wusste, sie musste durchhalten ...

Der nächste Blitz zeigte, dass sie nicht mehr allein war.

Ein Mann stand vor ihr – seine Augen die Augen des Todes …

Sie schloss ihre Lider und sah ihn dennoch bis in alle Einzelheiten vor sich.

»Dein Name?« fragte sie in der Sprache der Toten.

»Wardyke,« sprach er, seine Stimme prasselte wie Reisig im Feuer. Wardyke! Sie kannte den Namen aus einer Zeit, als er ihr Lehrling war … einer, der ihr besser gefallen hatte, als die meisten.

»Wardyke,« zischte sie und spürte dabei den ersten schweren Hammerschlag des Regens. »Gib mir einen Namen! Gib mir jemanden, der es wert wäre, zu meinem Nachfolger herangezogen zu werden, jemanden, dem es gelingt, den Tempel der Sonne zu zerstören, wo ich versagt habe, jemanden, der Guiron wünschen lassen würde, dass er nie im Schoße der Zeit gezeugt worden wäre – geboren nur, um in diesem Leben meinen Weg zu kreuzen …«

Wardyke grinste finster. Auch er war Opfer der Macht Guirons als Hohepriester des Tempels der Sonne geworden. Es war Guiron gewesen, der ihm das angesehene Abschlusszeichen der Einweihung in dic Priesterwürde nach seiner langen und mühseligen Ausbildung am Tempel der Sonne verweigert hatte. Es war Guiron gewesen, der jene Kräfte geistig gesteuert hatte, die ihn auf dem Schlachtfeld besiegt hatten. Und vordem – in einem anderen Leben – gab es noch eine Schuld, die nicht beglichen war … Wardyke teilte ein Großteil jener Bitterkeit mit dieser wilden und furchtbaren Frau der Berge.

Er grinste, weil er einen Weg wusste, sowohl sich als auch Urak zu rächen, einen Weg, der so gefällig war, so günstig, so wunderbar einfach und grausam, dass sie einfach Gefallen daran finden musste. Er würde ihr einen Namen nennen, der sowohl Kyra als auch Guiron im Herzen widerhallen würde, seinen beiden meistgehassten Feinden. Er würde ihr eine Nachfolgerin verschaffen, die niemand verdächtigen würde, bis es zu spät war: eine Nachfolgerin, die den Tempel von innen heraus zerstören würde. Urak würde nicht bereuen, seinen Schatten aus jenen dunklen Bereichen heraufbeschworen zu haben, in denen er so lange verwesend gelegen hatte. Sie würde auf ihren einstigen Schüler stolz sein. Sie und er würden zusammen erreichen, was keiner von ihnen allein geschafft hatte.

»Deva,« sagte er, und seine Augen waren dunkler als eine Höhle, die noch nie das Licht gesehen hat. »Deva, Tochter von Kyra.«

Urak kannte den Namen Deva nicht. Sie kannte den Namen Kyra nicht. Streit hatte sie mit Guiron und vor ihm mit anderen Hohepriestern des Tempels der Sonne, die sich der Ausdehnung ihrer Macht entgegenstellten.

»Wer ist diese Deva?« rief sie. »Wer ist Kyra?« Aber der Druck der Wolke über ihr war jetzt so stark, dass sie ihn nicht länger zurückhalten konnte, und sie spürte ihre Willenskraft erlahmen und ihren Körper schrumpfen. Das Bild Wardykes verblasste und der Widerhall seiner Worte wurde leiser, bis er von dem Prasseln der Regentropfen auf den Felsen plötzlich abgeschnitten wurde, als die Wolke zerbarst. Auf den Knien versuchte sie, ihn in der Flut noch zu erreichen, mehr über die von ihm genannten Namen herauszufinden ... doch alles, was sie jetzt vernehmen konnte, war das Gelärm von einer Million winziger schnatternder Regenstimmen, die sie warnten, dass sie für den Namen, den sie erhalten hatte, vielleicht teuer würde bezahlen müssen, dass sie ihn nicht leichtfertig übernehmen sollte ...

Der Sklave, der Urak diente, Boggoron, fand sie am anderen Morgen völlig durchnässt und zitternd und einen Namen vor sich hinbrabbelnd, den er nicht kannte. Er trug sie zu ihrer Höhle und sorgte dafür, dass das Herdfeuer geschürt wurde. Der Sturm hatte sich verzogen und die Berge hallten vom Klang von Wasser auf den Felsen wider, von Vögeln, die den Sonnenschein begrüßten, und vom Ruf des Hirten, der seine Schafe rief.

Derselbe Morgen erblickte Deva, die Tochter Kyras, viele Tagesreisen östlich von Uraks Bergfeste, wie sie sich räkelte und neben ihrem Mann Gya erwachte. Ein schmaler Sonnenstrahl, der durch einen kleinen Spalt im Vorhang drang, stach auf ihre Augenlider wie eine Nadel. Sie warf ungehalten ihren Kopf herum und drehte sich auf die Seite, den Rücken zum Fenster. Aber es war zu spät. Sie war wach, und die Vögel, die alle möglichen Triller und Piepser und Pfeiftöne von sich gaben, pochten darauf, dass der Tag begonnen hatte und sie im Begriff war, ihn zu versäumen.

Sie wandte sich wieder dem jungen Mann zu, der neben ihr noch schlief, und zog die Decke von ihm, sodass sie die feste und muskulöse Landschaft seines Rückens betrachten konnte. Sie küsste den Halsansatz, arbeitete sich dann an seinem Arm herunter und biss kräftig in seinen Ellenbogen. Er erwachte mit einem Aufschrei und schlug auf die Stelle, die sie gebissen hatte. Sie lachte und biss ihn in die Hüfte. Er drehte sich auf seinen Rücken herum und nahm sie ungestüm in seine Arme, schüttelte sie und küsste sie dann. Doch jetzt, da er wach war und sie ihn erregt hatte, verlor sie mit einem Mal das Interesse und entzog sich ihm, schlüpfte aus dem Bett und reizte ihn, indem sie eben außer Reichweite nackt vor ihm stand. Sie fühlte sich unruhig, als wenn sie etwas wollte, aber nicht wusste, was. Kurz zuvor noch war es Gya gewesen. Dann hätte sie von seiner Liebe nicht genug bekommen können. Doch jetzt ... Sie griff nach ihrem Umhang und bedeckte sich.

Er blickte sie einige Augenblicke unverwandt an und drehte ihr dann mit geballten Fäusten die Schulter zu. Er kannte sie gut genug, um nicht etwas durchzusetzen, wenn sie diesen Gesichtsausdruck trug. Er war jetzt ganz wach und wütend. Er war wütend auf sie und er war wütend auf sich selbst. Er wünschte, er wäre nicht so eng an sie gebunden, wünschte, dass er ohne sie leben könnte. Er sagte sich tausendmal, dass er sie sich nicht erwählt hatte – sie hatte ihn erwählt. Er war in diese Gemeinde gegangen, deren Häuser aus Holz und Stroh im Tal von Haylken in der Nähe des Tempels der Sonne dicht beieinanderstanden, ein freier Bogenschütze, der Held, der dazu beigetragen hatte, die Streitmacht von Groth zu besiegen, verehrt, bewundert und in einer Stellung, jede Frau zu nehmen, die er wollte. Er konnte sie jetzt sehen, die jungen Mädchen, wie sie sich um ihn gedrängt und deren Augen um ein wenig Aufmerksamkeit gebettelt hatten. Aber Deva hatte sie alle davongescheucht. Mit einem Blitzen ihrer pechschwarzen Augen und einem Schwingen ihrer langen Rabenflügelhaare, hatte sie ihn entschlossen von den anderen fortgeführt und bei der Siegesfeier an ihre Seite gesetzt. Er war über ihre Schönheit und Kühnheit verwundert gewesen und beeindruckt von der Pracht ihres Gewandes, der Schnalle aus Gold und Bernstein, die ihren leichten Umhang auf ihren cremeweißen Schultern hielt, und von den goldenen Armreifen, die an ihren schlanken Armen funkelten. Er erinnerte sich, wie ein ertrinkender Mann sich an den letzten flüchtigen Anblick trockenen Landes erinnert, wenn er im Wasser versinkt, an die angenehmen rundlichen Umrisse von Farla, einer weniger beängstigenden Schönheit auf der anderen Seite des langen Tisches, bevor er ganz dem Banne Devas anheimfiel, der Tochter des Hohepriesters Khu-ren und seiner Frau Kyra, den mächtigen Herren der Sonne, den mächtigsten und angesehensten Menschen in diesem Land.

Deva war dabei, sich anzukleiden. Er konnte sie im Raum umhergehen hören. Was wollte sie so früh am Morgen tun? Heute war wahrscheinlich Markttag. Sie würde vor allen anderen dort sein, um die erste Wahl unter all den Waren zu haben, die die Kaufleute herbeibrachten, und unter all den Lebensmitteln, die die Bauern zu solch schönen Auslagen auftürmten. Sie hätte sich keine Sorgen zu machen brauchen – denn alle kannten und liebten sie, und sie würde sowieso die erste Wahl haben, alles zu erwerben, was an diesem Tag in die Gemeinde von Haylken gelangte. Manchmal nannte er sie eine Elster. Sie schien es zu brauchen, Dinge um sich anzuhäufen. Er hatte sie schon so oft dabei gesehen, wie sie mit rotem Kopf und leuchtenden Augen um ein Stück Stoff oder einen Weidenkorb feilschte, den sie, wie er wusste, gar nicht brauchte. Es sammelte sich eine Menschenmenge um sie und genoss das Hin und Her zwischen der jungen Frau und dem gewitzten alten Händler, der sie weiter anstachelte, wenn er mit dem Preis herunterging. Und dann, wenn sie ihn so weit hatte, verlor sie auf einmal das Interesse und ging zum nächsten. Er hätte gedacht, dass die Händler ihr wegen der Art, wie sie sie behandelte, böse wären, aber sie waren es nicht – genauso wenig wie er. Sie erinnerten sich wahrscheinlich, wie er, an die Male, wenn sie unvermittelt, launenhaft und anmutig nachgab.

Sie beugte sich herab und küsste ihn auf die Stirn, als

sie den Raum verließ, und er hörte sie vor sich hinsummen, als sie leichtfüßig in das frühe Morgenlicht hinaustrat. »Das nächste Mal«, dachte er, »das nächste Mal, werde ich sie nicht so davonkommen lassen.« Er glitt wieder in den Schlaf und genoss dabei die Vorstellung, wie er sie lieben würde, wenn sie ihn das nächste Mal wecken würde wie an diesem Morgen.

Isar erwachte bestürzt. Zum ersten Mal seit vielen Jahren hatte er von seinem Vater geträumt – nicht von Karne, der ihn aufgezogen hatte mit hebender Fürsorge, sondern von seinem leiblichen Vater, Wardyke, der seine Mutter Fern vergewaltigt hatte und in dem Krieg zwischen den Speerherren getötet worden war.

Sobald er seine Augen öffnete, begann der Traum ihm zu entgleiten wie ein Eindringling, wenn der Herr des Hauses sich zu rühren beginnt. Isar lag auf dem Rücken und starrte zu den Holzbalken und zu dem Dach hinauf, das die Unbilden des Wetters draußen hielt. Das graue Licht der frühen Morgendämmerung war durch das Fenster eingedrungen, das er, außer bei schlimmem Wetter, unverschlossen ließ. Lerche, die noch in Schlaf gehüllt neben ihm lag, hasste die Dunkelheit und es tröstete sie, die Sterne von ihrem Bett aus sehen zu können. Gewöhnlich war sie mit dem Morgengrauen wach, so wie ihre Namensgeberin, heute jedoch lag sie zusammengerollt mit ihrer Hand vor den Augen, als wollte sie dem Tag nicht ins Gesicht sehen.

Isar versuchte, sich zu erinnern, was er geträumt hatte. Der Eindruck von Wardykes Anwesenheit war stark, doch er konnte sich keine Einzelheiten ins Gedächtnis zurückrufen. Er wünschte, Lerche wäre wach. Er hatte das Bedürfnis, über

Wardyke zu sprechen. Merkwürdig, nach all den Jahren! Er dachte, er hätte ihn für immer aus seinem Leben verbannt. Er küsste die Schultern seiner Frau und kuschelte sich an sie. Sie rührte sich und drehte sich mit einem schläfrigen Lächeln zu ihm um. Lerche, das Mädchen, das ihm während der furchtbaren Auseinandersetzung mit Groth und seinen Anhängern mehr als einmal das Leben gerettet hatte und deren Zunge auf Na-Groths Geheiß herausgeschnitten worden war, eine Fremde in der Gemeinde von Haylken, war ihm dennoch so nah wie sein eigener Herzschlag.

Zwischen Schlaf und Erwachen fing Lerche den Schatten in Isars Augen auf und berührte seine Lippen mit ihren Fingern. Sie konnte nicht sprechen, aber mit ihren Händen, ihren Augen und ihren Gedanken reden, und sie hatte Isar beigebracht, dass die Zungensprache nur ein kleiner Teil des menschlichen Austauschs ist. Aber an diesem Morgen musste Isar Worte gebrauchen, er musste hinausstoßen, was er fühlte. Er musste sich frei machen von dem eigenartigen, quälenden Gefühlswirrwarr, den er in Bezug auf Wardyke schon immer hatte ... Als er sprach, lauschte Lerche still und gebannt. Ihre gespannten graublauen Augen waren fest auf sein Gesicht geheftet und sahen, wie er zwischen der Liebe und Treue der fernen Vergangenheit und der Ablehnung schwankte, die Wardyke in jüngerer Zeit hervorgerufen hatte. Sie sah ein Bild des Mannes, hochgewachsen und schlank, mit dunklen, durchdringenden Augen, der Adlernase und dem spitzen, entschlossenen Kinn. Das Bild war vor ihrem inneren Auge so klar, dass sie sich einen Augenblick lang fragte, ob er tatsächlich in dem Zimmer war und sie betrachtete. Ihr schauderte und sie barg ihr Gesicht an Isars Schulter. Sie betete darum, dass die alte Kette gründlich und wahrhaftig zerbrochen war, und dass Wardyke niemals zurückkehren und in Isars Leben eingreifen würde. Guiron war weit weg, Wardyke tot und Deva offenbar glücklich mit Gya verheiratet, und es hatte den Anschein gehabt, als sei Isar endlich frei, ein neues Leben zu leben – doch jetzt fragte sie sich …

Kyra war bereits im Tempel, als das erste Licht erschien. Auch sie hatte die Regungen einer alten Gefahr gespürt und bereitete sich darauf vor, ihr auf die wirksamste Weise zu begegnen, die sie kannte – indem sie die Hilfe der geistigen Reiche anrief, indem sie von Angehörigen ihres Standes in der ganzen Welt und aus allen Zeiten Kräfte sammelte. Khu-ren, ihr Mann und Hohepriester des Tempels, war nicht bei ihr. Er hatte die Ankunft des Frühlings mit ihnen gefeiert, den Zeitpunkt, wenn der Saft zu steigen beginnt und die Zugvögel zurückkehren, und war jetzt auf einer Rundreise durch das Land. Er besuchte andere Gemeinden, um die Bande mit dem Muttertempel zu festigen und zu stärken, und hatte besondere Treffen mit jenen Priestern, denen es nicht gelang, über die Gedankenkanäle eine regelmäßige Verbindung aufrechtzuerhalten.

Wie ein silberner Schatten glitt sie über die hölzerne Brücke, die den tiefen Schutzgraben um den gewaltigen Kreis aus stehenden Steinen überspannte. Sie grüßte die Nachtwache, die lächelte wie alle lächeln, wenn die hehre Kyra vorbeikam. Khu-ren, ihr ägyptischer Ehemann, wurde bewundert, sie aber wurde geliebt. Obwohl sie eine erwachsene Tochter hatte, war ihr Schritt noch immer so leicht und fest wie bei einem jungen Mädchen, und ihr Haar, das sie in dieser frühen Morgenstunde umwallte, war noch immer wie ein feuriger Mantel aus gesponnenem Gold.

»Bleib in Frieden«, sprach sie sanft im Vorbeigehen.

»Geh in Frieden«, antwortet er. Es war noch zu früh für die Zeremonien der Morgendämmerung – aber die Herrin konnte gehen, wohin es ihr beliebte.

Das Gras unter ihren bloßen Füßen war kalt, die Berührung eines späten Frühlingsfrostes blinkte wie verpuderte Kristalle an den Blättern und Halmen. Sie spürte es kaum, so freute sie sich, unmittelbar auf der Erde zu schreiten.

Sie würde nicht die drei hohen Steine in der Mitte des nördlichen Ringes benutzen, die heiligste und stärkste Stelle in dem ganzen Kreisgebilde, sondern ging geradewegs zu ihrem Lieblingsstein – an den sie sich immer wandte, wenn sie ein persönliches Problem hatte. Es war ein äußerer Stein des nördlichen Rings, jener, an dem Khu-ren in jener längst vergangenen Zeit gestanden hatte, als sie zum ersten Mal die Herren der Sonne zu Hilfe gerufen hatte und sie ihn nicht in Fleisch und Blut gesehen hatte, aber schon beim Anblick seiner Geistgestalt gewusst hatte, dass sie ihn liebte.

Sie lehnte sich mit ihrem Rücken gegen den Stein und schaute auf die mächtigen Steine des Hauptkreises und den sie umgebenden Wall. Sie würde nichts von der den Tempel umgebenden Landschaft sehen, auch wenn es hell wäre, denn der Wall würde das verhindern, aber sie konnte immer den Himmel sehen. Sie lehnte ihren Kopf zurück, sodass ihr goldenes Haar sich über den Stein ergoss. Sie beobachtete das sachte und allmähliche Erscheinen der Farbtöne, da sich die Erde bereit machte, den Lichtbringer, den König der Könige, zu empfangen. Sie wusste, dass die Sonne nur das sichtbare Zeichen für den unsichtbaren Gott war, den Namenlosen, doch das Wunder des Sonnenaufgangs hörte nie auf, sie mit Ehrfurcht zu erfüllen. Der Himmel hellte sich auf zum

Rotblau von Iris und Enzian. Einer nach dem anderen verschwanden die Sterne, bis an einer blassgrünen Kuppel ein gewaltiger Diamant hing, der Morgenstern, der Herold des Tages mit seinem Gefolge aus Vögeln.

Ihr Mann Khu-ren erwachte in einem fernen Wald auf seinem Bett aus Moos und getrocknetem Farn, blickte hinauf durch den hohen Baldachin aus Ästen und sah, wie durch ein verschlungenes Netz aus Zweigen und neuen Blättern der Morgenstern blinkte. Er blickte in sein Auge und lächelte, da er wusste, dass Kyra einen Weg gefunden hatte, bei ihm zu sein; und dann runzelte er die Stirn, denn der Stern war schon fort und ein Schatten hatte sein Herz berührt. War es eine Warnung von Kyra vor Gefahren, denen er begegnen würde, oder war es ein Hilferuf angesichts von Gefahren, denen sie ausgesetzt war? Er begann, sich für eine geistige Reise zu sammeln, bereit, sie im Tempel zu treffen – wo sie mit Sicherheit sein musste, um einen solch starken Gedankenstrahl auszusenden. Bevor er jedoch seinen Körper verlassen konnte, wurde er durch ein Geräusch von links oben gestört. Er wandte seinen Kopf und entdeckte, dass er von den großen, starren Augen einer Eule beobachtet wurde.

Khu-ren fühlte sich eigenartig, so als befände er sich unter einer Art Bannfluch, so als versuche jemand absichtlich, ihm die Zeit zu stehlen, ihn bewusst zurückzuhalten. Die Beobachtung der Eule nahm ihn völlig gefangen. Jede Einzelheit ihres Federkleides und Schnabels, ihrer gefalteten Flügel und ihrer um den Zweig geschlossenen Fänge fesselte ihn. Die ganze Zeit lang wurde das Licht stärker und das Geschöpf deutlicher. Dessen Augen schienen unbewegt in seine innersten Gedanken zu blicken und sie dabei einen nach dem anderen auszutilgen, bis sein Geist völlig leer war. Er erinnerte sich nicht mehr an die Botschaft des Sterns, erinnerte sich nicht mehr, dass er dabei war, mit Kyra Verbindung aufzunehmen.

Endlich bewegte sich die Eule und war augenblicklich fort, verschwunden in den Schatten, als sei sie nie da gewesen. Khu-ren lief zum Fuß des Baumes, auf dem sie sich niedergelassen hatte, doch war dort keine Spur von ihr – noch hatte er den Flügelschlag vernommen. Wenn sie eine Erscheinung gewesen war, so war sie nicht vom Tempel gesandt. Er hatte die Bösartigkeit in ihrem starren Blick nicht übersehen. Hastig sammelte er seine Habe zusammen, um den Ort eilig zu verlassen.

In dem großen Haus des Speerherrn, das die ausgedehnte Gemeinde des Tempels der Sonne von Haylken überragte, erwachte Kyras Bruder Karne halb und merkte, dass seine Frau Fern nicht neben ihm lag. Er drehte sich um, um wieder in seinen traumlosen Schlaf zu fallen. Sie stand häufig auf, wenn das erste Licht kam. Er wusste, wenn er nach ihr schauen würde, würde er sie im Garten finden. Sie hatten außer Isar noch drei Kinder, und die einzige Zeit, die sie wirklich für sich hatte, war am Morgen, bevor sie aufwachten. Manchmal wurde sogar die ihr von dem Jüngsten genommen, der mit den Vögeln erwachte, doch zum Glück lag er an diesem Tag mit seinem Daumen im Mund da und atmete regelmäßig, als sie an ihm vorbeischlich. Karne war der Speerherr seines Dorfes, der erste seines Volkes der dieses Vorrecht erhalten hatte, und die Frau des Speerherrn hatte sich nicht nur um die eigene Familie zu kümmern, sondern auch um den ständigen Strom von Bittstellern und Gästen.

Fern liebte den frühen Morgen. Es stimmte, die Nacht gab einem Zuflucht vor dem Lärm und der Geschäftigkeit des Tages, und die Schwierigkeiten, die bei Sonnenuntergang unlösbar erschienen, klärten sich oft, wenn der Geist still war; doch die Dunkelheit brachte ihre Lasten, und es mochten sich Alpträume einschleichen. Am Morgen war alles frisch und neu ... alles Gute schien möglich.

Sie zog ihren Wollmantel enger um ihr Nachtgewand. Es war noch sehr kalt, aber sie wusste, die Sonne kehrte wieder, und sie konnte alles ertragen, solange sie wusste, dass die Sonne auf dem Weg war. Der Winter war keine gute Zeit für sie. Sie hasste die lange Dunkelheit, wenn ihre Gefährten, die Pflanzen und besonders die Bäume sich zurückzogen. Monatelang konnte sie keine Verbindung mit ihnen aufnehmen. Der Wind heulte durch ihre kahlen Äste mit seiner Stimme, nicht mit den ihren, und sie fühlte sich einsam, wenn sie im Wald über das braune, raschelnde Farnkraut schritt.

Jetzt regte sich alles wieder. Sie konnte die Bewegung in ihrer Eberesche spüren, wenn sie ihre Wange an die Rinde schmiegte. Jede Zelle vibrierte vor Tätigkeit – der Saft stieg in den Zweigen empor und presste die Blattschösslinge und die winzigen, zusammengerollten Blütenknospen heraus. Überall brach die Erde auf, da sich das Grün einen Weg aus der Dunkelheit zur wiederkehrenden Sonne bahnte.

Jeden Morgen und jeden Abend flogen zur selben Zeit drei Gänse schräg über ihren Garten, wobei sie ihre fremdartigen, heiseren Schreie ausstießen. Sie lächelte, als sie sie nun herannahen hörte. Ihre Beständigkeit war beruhigend, wenn sie auch nie verstand, warum sie jeden Tag von einem offenbar gleichartigen Teich zu einem anderen und abends zum ersten zurück flogen. Manchmal ließen sie im Vorüberfliegen Federn für sie fallen. Sie hatte eine Sammlung von Vogelfedern in einer kleinen Holzschachtel, die Isar für sie gemacht hatte und in deren Deckel wunderschöne Vögel geschnitzt waren. Manchmal erlaubte sie es ihrer Tochter Inde, sie durchzuschauen und sich ein paar zum Spielen auszusuchen. Die besten und größten hatte sie in den schmalen Goldreif geflochten, den sie manchmal zu zeremoniellen Anlässen trug. In ihren langen rotgoldenen Haaren waren jetzt ein paar graue Strähnen, und sie war nicht mehr so schlank wie als junges Mädchen, doch wenn ihr Haar auf ihrem Kopf unter der Federkrone hochgesteckt und ihr bester grüner Mantel mit einer Schnalle aus Gold und Bernstein an ihrer Schulter befestigt war, sah sie nicht aus wie die Mutter von vier Kindern, von denen eines schon erwachsen war.

Die Gänse zogen vorbei, ließen diesmal aber keine Federn fallen. Fern ging von Pflanze zu Pflanze in ihrem Garten, befreite fürsorglich einen Schössling von einem Stein hier und steckte einen Stock für eine Ranke zum Festhalten dort. Aus irgend einem Grund begann sie, an Wardyke zu denken. Verwundert sagte sie sich, es käme wohl daher, dass sie dem neu durchdringende Wachsen so viel Aufmerksamkeit schenkte. Es erinnerte sie an die Zeit, als ihr Wald wieder zu wachsen begann, nachdem Wardyke ihn aus Bosheit niedergebrannt hatte. Sie hatte Wardyke gehasst und er hatte sie vergewaltigt, aber sie trug deswegen keine Bitterkeit mehr in ihrem Herzen. Hatte nicht diese böse Tat ihren stattlichen und vielgeliebten Sohn hervorgebracht? Aber es war schwer für sie, das Niederbrennen ihres Waldes zu vergeben. Sie erwachte noch immer manchmal des Nachts und Tränen rannen dann über ihre Wangen, ohne dass sie Karne zu sagen vermochte, was sie beunruhigte. Es kam ihr so vor, als könne sie ihre grünen Kinder schreien hören, als die Flammen ihre Äste verschlangen und die Stämme niederstürzten, die so viele Jahrhunderte zum Wachsen gebraucht hatten. Es stimmte, ein neuer Wald war aus den verkohlten Überresten des alten entsprungen – Kreuzdorn und Hartriegel, Hasel und Erle und Esche – aber die mächtigen Eichen und die Eiben, die dort seit undenklichen Zeiten gewachsen waren, waren dahin, und in diesem Leben würde sie sie nicht mehr zu jener Größe heranwachsen sehen.

»Warum kommt mir das jetzt in den Sinn?« dachte sie ärgerlich. »Es ist lange her, dass ich diesen Traum zuletzt gehabt habe.« Sie schüttelte den Kopf und versuchte damit, die Erinnerung abzuschütteln. Das Licht war, seitdem sie ihr Bett verlassen hatte, beständig stärker geworden, und die langen Sonnenstrahlen erfassten hier und da die Eiskristalle an einigen langen Grashalmen, sodass sie für einen Augenblick aufblinkten und sich dann auflösten. »Ich will nicht an Wardyke denken«, sprach sie zu sich. »Er hat nun keinen Platz mehr in unserem Leben.« Ihre Zwiesprache mit der Morgendämmerung jedoch war unterbrochen und diesmal war sie nicht traurig, als sie den Ruf ihres zweiten Sohnes Jan hörte.

Jan war ein Junge von elf Sommern, ruhelos und tatkräftig, gewöhnlich Begleiter seines Vaters, wenn der im Tal zu tun hatte, aber auch nicht abgeneigt, mit seiner Mutter im Garten zu arbeiten, wenn es nichts anderes zu tun gab. Er kam den Weg herabgelaufen, bereit für den Tag, ungehalten, dass sonst niemand auf war, kaute an einem Stück Brot von gestern und hatte einen großen Apfel vom letzten Wintervorrat in der Hand.

Fern richtete sich auf und lächelte. Jan war angenehme Gesellschaft – vielleicht würde er ihr helfen, einen Graben für die neuen Anpflanzungen auszuheben. Sie schickte ihn, eine Geweihhacke zu suchen, die sie am Ende des Sommers irgendwo hingetan hatte, und er machte sich gutgelaunt davon, froh, etwas zu tun zu haben. »Wie groß er wird«, dachte sie, »kaum noch ein Kind.« Inde, ihre Tochter, war ein Jahr älter, aber kleiner als er und ganz anders vom Temperament her – zurückhaltend, beständig und verlässlich, aber fantasielos. Jan war quecksilbrig – nie still oder träge, und abwechselnd überraschte er sie mit seiner Reife oder stieß er sie mit seiner kindischen Art vor den Kopf. Wenn irgendjemand die Schatten aus ihren Gedanken vertreiben konnte, dann war es Jan. Sie war froh, dass er auf war und in der Nähe.

Nichts von dem Schatten ahnend, der sich der stillen Gemeinde des Tempels der Sonne im Tal von Haylken näherte, ging Guiron, jetzt ein sehr alter Mann, der nach Jahren des Umherwanderns schließlich am Ufer des Nils in Ägypten lebte, seinen alltäglichen Verrichtungen nach. Sein Freund Userhet, auch ein Mann der sich schon längst aus dem tätigen Leben zurückgezogen hatte, lehrte ihn, die Schrift seines Volkes zu lesen.

Als Guiron aus seinem Heimatland Britannien fortzog, wo er mehr Jahre, als zu zählen er sich bemüßigt sah, der Hohepriester des Tempels der Sonne gewesen war, sorgte er dafür, dass ein Meer zwischen ihm und jenen lag, die er liebte und die er seinem Empfinden nach verraten hatte. Doch die schmale Meerenge war nicht ausreichend. An klaren Tagen konnte er einen verschwommenen weißen Fleck am Horizont erkennen, die weißen Klippen des Landes seiner Geburt, und er merkte, wie er ständig zu ihnen hinüberschaute und sehnsüchtig an die Vergangenheit dachte, während er doch die Zukunft suchen sollte.

Traurig packte er seine neue Habe zusammen und wandte sich nach Nordosten. Dort fand er das Klima härter und die Menschen unfreundlicher. Als er sich gegen Wind und Sturm und Graupel vorankämpfte, als er von einem jeden Herd abgewiesen wurde, als er die Wölfe in den Wäldern heulen und das Opfer des Adlers schreien hörte, da sagte er sich, dass er nichts anderes verdient hatte. Er wanderte ständig umher, suchte nach einem Zeichen, nach einem Einsiedler vielleicht, der ihn etwas lehren konnte, das er noch nicht wusste, etwas, das ihm helfen könnte, seine Natur zu überwinden und ihn von seiner Schuld zu befreien, die er auf sich lasten spürte.

In einem langen, dunklen Winter weit im Norden, wo die Sonne ein halbes Jahr lang kaum aufgeht, dachte er eine Zeitlang, dass er endlich einen solchen Einsiedler, einen solchen Lehrer gefunden hätte. Der Mogüd, ein weiser Mann und Schamane, der sich für den Winter mit seinem Lehrling, es war sein Enkel, einigelte, nahm ihn auf und gab ihm in seiner roh gebauten Hütte aus Schilf und Häuten eine Unterkunft. Die Hütte war rauchgeschwärzt und stank nach getrocknetem Fisch. Er hatte Guiron, der sich im dichten Nebel verirrt hatte, am Rande des Todes gefunden, zitternd und ängstlich. Seine langen Jahre als Hohepriester waren vergessen. Er war wie der erste Mensch, kroch auf Händen und Knien und sah sich der uranfänglichen Leere gegenüber. Der Mogüd hatte ihn mit seinen mächtigen Armen aufgehoben und ihn getragen, bis sie auf einem Abhang oberhalb des Nebels waren und Guiron einen hellen Schein von Sternen sehen konnte. Er weinte wie ein Kind, da er erkannte, dass er die Pracht des Daseins vergessen und sich einer unverzeihlichen Verzweiflung anheim gegeben hatte. Es war der Mogüd, der ihn sich allmählich selbst zurückgab.

Außerhalb der engen kleinen Welt der Hütte des Schamanen heulte der Wind und türmte sich der Schnee. Die drei lebten vom spärlichen Vorrat aus getrocknetem Fleisch und getrocknetem Fisch. Essbare Moose und Flechten, die sie bei gutem Wetter sammelten, waren eine willkommene Ergänzung. Die beiden alten Männer kamen damit einigermaßen zurecht, aber die Augen des heranwachsenden Jungen wurden wild und fiebrig, als er immer hungriger wurde.

Guiron verfolgte die Ausbildung des Jungen mit Interesse. Gerade der rasende Hunger wurde von dem alten Mann dazu benutzt, ihn in Trancezustände zu stoßen. Die Art des Schamanen war in vielen Fällen anders als die Weise, wie sie es im Tempel der Sonne machten. Als er dem Mogüd erzählte, wie unterschiedlich sie arbeiteten, sagte der Mogüd, dies sei so, weil sie ein anderes Ziel in ihrer Seele trügen. Er sagte, dass die Herren der Sonne die Technik der irdischen Seelenreise beherrschten und auf der Suche nach ihresgleichen durch die Welt ziehen konnten, doch ihm ging es darum, die Erde völlig zu verlassen und zur himmlischen Welt der Götter zu fliegen. Doch selbst unter den Schamanen seiner Richtung gab es verschiedene Wege zu arbeiten. Es gab die »Leiter«-Methode, bei der man sich langsam und mit Mühen darin übte, Stufe um Stufe zu den himmlischen Reichen hinaufzusteigen; und es gab die Arbeitsweise des Adlers, bei der man mit einem Mal und unmittelbar zu seinem Ziel flog. Er versuchte, dem Jungen das Fliegen beizubringen – das war die Arbeitsweise, mit der er am besten vertraut war.

Als der Winter immer tiefer wurde und das Heulen des Windes und die Dunkelheit, die sie eng umschloss, nicht enden wollten, wurden Guiron und der Junge immer verwirrter, und sie neigten immer mehr zu Schüttelanfallen und schrecklichen Träumen. Der Mogüd beobachtete sie sorgfältig und streckte Nahrung und Wasser immer mehr.

Eines Tages erwachte Guiron und sah, wie der Mogüd Anrufungen murmelte und in einer kleinen Holzschüssel etwas vorbereitete. Er nahm eine Prise Puder aus einem Lederbeutel und eine Handvoll Kräuter aus einem anderen. Nach und nach vermischte er eine ganze Menge verschiedener Zutaten. Guiron sah ihm genau zu. Er konnte spüren, dass dieser Tag anders sein würde als die anderen, und er fragte sich, ob er ihm die Weisheit und Erlösung bringen würde, die er suchte. Der Widerschein des Feuers flackerte im Gesicht des Schamanen, der Gegensatz von Licht und tiefem Schatten machte es zu einer undurchdringlichen Maske. Guiron blickte zu dem schlafenden Jungen hinüber. Sein zerzaustes Haar spiegelte das Licht wider, aber sein Gesicht lag im Dunkeln. Er ahnte nicht, dass es von heute an kein Zurück mehr für ihn geben würde.

Der Mogüd vollendete seine Vorbereitungen und rief seine beiden Schüler an seine Seite. Der alte Mann und der Junge krabbelten aus ihren Schlafdecken und streckten sich, wobei sie hungrig auf die rohen Borde blickten, wo die Nahrung aufbewahrt wurde, die so spät im Winter noch übrig war. Der Schamane schüttelte den Kopf. Heute würden sie nicht essen. Heute gab es etwas viel Wichtigeres für sie zu tun. Er holte zwei zerlumpte Mäntel aus Adlerfedern aus einem Haufen verstaubter Gegenstände hinter dem Vorratsregal hervor und bat sie, sie anzuziehen. Mit einigem Widerwillen tat sich Guiron den halbverrotteten Umhang um. Er bedeckte kaum seine Schultern. Doch das Gesicht des Jungen hellte sich auf, als er sah, was sein Großvater in den Händen hielt, und eifrig griff er danach. Sein Umhang war länger, und er trug ihn stolz. Er glättete die Federn, die verknickt und verschoben waren, und richtete seinen Umhang her, bis er ihn wie gefaltete Flügel umgab.

Dann holte der Mogüd zwei Pfeifen hervor und füllte ihre Köpfe mit der Mischung, die er bereitet hatte. Ernst zündete er sie an und reichte dann erst Guiron eine und dann dem Jungen die andere, wobei er andeutete, dass sie sie rauchen sollten. Guiron zögerte einen Augenblick und fragte sich, was der Schamane tat, aber der Junge steckte die Pfeife sogleich vertrauensvoll in den Mund. Guiron blickte in die Augen des Mogüd und zögerte nicht länger. Indem er die Lehre des Mogüd annahm, hatte Guiron sich damit einverstanden erklärt, sein eigenes Urteil aufzugeben – etwas, das kein Lehrer im Tempel der Sonne jemals angeraten oder überhaupt erlaubt hätte.

Er zog heftig an der Pfeife und spürte, wie der warme Rauch seine Lungen füllte.

Befriedigt, dass seine Schüler in der Stimmung waren, ihm zu gehorchen, holte der Mogüd eine Trommel hervor und begann, sie zu schlagen. Eine Weile kauerte Guiron am Boden und rauchte verträumt seine Pfeife, wobei er gleichgültig der Musik zuhörte, die der Mogüd machte. Allmählich dann hatte es den Anschein, als käme der Trommelschlag aus seinem Inneren, und er spürte den Drang, sich mit ihm zu bewegen, ihn auszudrücken, zu tanzen ...

Guiron und der Junge tanzten im Kreis herum, immer schneller. Dann schien es ihnen, die riesenhafte Gestalt des Mogüd stünde über ihnen und befehle ihnen zu fliegen, befehle ihnen, die Erdanziehung zu überwinden und zu fliegen – hinwegzufliegen – hinüber – wie ein Adler zu fliegen ...

Der Drang zu fliegen, der Glaube, dass er fliegen könnte, war alles, was von Guirons Bewusstsein noch übrig war. Er breitete seine Flügel, seine Federn zausten im dunklen Wind und seine Muskeln und Sehnen anspannend erhob er sich schließlich in die Lüfte – und flog.

Der Schmerz in den Muskeln, die nie zuvor benutzt worden waren, war fast unerträglich, aber die Stimme des Mogüd trieb ihn an und der leidenschaftliche Wunsch, wie ein Adler zu fliegen, hielt ihn auf seiner Bahn. Er legte sich schräg, er wandte sich um ... seine Augen, so rot wie die untergehende Sonne, sahen die Erde tausend Meilen entfernt unter sich eine blaue Perle, die in der sie umgebenden Dunkelheit strahlte.

»Ai«, rief seine Vogelstimme. »Ai – ai – ai–i–i ...«

Die Sterne stürzten in einen Sonnenstrahl, blitzten einen Augenblick auf und verschwanden dann. Er war bei den »Göttern«. Er konnte ihre Formen erkennen: manche riesenhaft und furchteinflößend, andere schlank und geisterhaft, manche mit Edelsteinen und reichen Stoffen bedeckt, andere in einfachen weißen Roben, manche in der Gestalt von Menschen, andere fremdartig und unheimlich – und alle trugen Masken.

Guiron war von Schrecken erfüllt. »Wenn ich nur ihre Gesichter sehen könnte«, dachte er. »Wenn ich nur wüsste, wer sie sind. Wenn ich ihnen nur in die Augen schauen könnte.«

Seine menschliche Gestalt konnte nicht mehr ertragen. Seine Flügel versagten und er trudelte immer tiefer durch Kälte und Finsternis, bis er mit einem schmerzhaften, dumpfen Schlag zu Mogüds Füßen zu Boden fiel.

Nach einer langen Zeit öffnete er die Augen.

Er befand sich in der verrauchten Hütte des Schamanen. Neben ihm lag der Körper des Jungen, darüber war die welke

Gestalt seines Lehrers gekrümmt, die auf ihren Fersen hin und herschaukelte.

Der Junge war tot.

Erschüttert und verwirrt erhob Guiron sich und stellte sich neben sie. Er blickte auf den Körper des Jungen hinab, die Hülle, das armselige Häuflein aus Fleisch und Knochen, noch mit dem Mantel aus toten und glanzlosen Federn bedeckt.

Guiron fühlte sich krank und traurig. Er wandte sich ab und kroch in seine Schlafdecken in der Ecke. Er legte sich mit dem Gesicht zur Wand nieder und zog sich die Decken über den Kopf. Er war müde, so müde. Er war sich nicht mehr sicher, was falsch und was richtig war. Er hatte großes Vertrauen in den Mogüd gehabt – aber jetzt fragte er sich ... Er fühlte sich unbefriedigt, so, als ob er auf eine Art betrogen worden sei, als wenn sein Flug eine Illusion gewesen war, vom Rauchen der Pfeife erzeugt und nicht so, wie seinem Verständnis nach solche Flüge sein sollten – dass die wirkliche Seele, das ewige Selbst, die höheren Ebenen erreichte. Er hatte immer geglaubt, dass diese höheren Ebenen nicht im wörtlichen Sinne oberhalb der Sterne seien, sondern überhaupt außerhalb von Zeit und Raum – eine Frage der Qualität und nicht des Aufenthaltsortes. Kein Wunder, dass die »Götter« Masken trugen – sie waren nichts anderes als Produkte seiner Einbildung, die die Rolle aufführten, die er von ihnen erwartete, wie Schauspieler in einem Theaterstück. Er hatte nicht wirklich gewollt, hinter ihre Masken zu blicken, denn sonst hätte er sie als die erkannt, die sie waren. Wie sehr sehnte er sich nach dem Einen, das er nicht kannte, das er nicht kennen konnte – das Namenlose hinter aller Selbsttäuschung und Einbildung.

Der Mogüd hatte gemeint, dass die Herren der Sonne erdgebunden seien, und Guiron stimmte darin überein, dass es ihnen am meisten um diese irdische Ebene ging – doch nur, weil sie sich ohne ein Verstehen dessen, was sie hier und jetzt waren, nicht richtig auf das vorbereiten konnten, was sie werden wollten. Wenn sie nach den himmlischen Reichen strebten, dann wollten sie gewiss sein, dass sie unterscheiden konnten, was wirklich war und was nicht.

Im Frühling verließ Guiron den Mogüd auf der Suche nach der Sonne und einer Lehrende, der er mehr vertrauen konnte. So kam er schließlich nach Ägypten.

Guirons Bewunderung für Userhet kannte keine Grenzen. Er war ein Eingeweihter des höchsten Ordens und ein Meister des gewaltigen, vielschichtigen Wissensschatzes seines Landes. Aus einer Kultur kommend, die nichts niederschrieb, sondern alles nur durch unmittelbare Übermittlung von Lehrer zu Schüler lernte, war Guiron durch diese für ihn neue Art zu lernen ganz in Bann geschlagen. Er bat Userhet, ihm beizubringen, wie man schreibt und liest, und hoffte, in diesen hochentwickelten Glyphen etwas zu finden, das ihn weit über sich selbst hinausheben würde. Userhet seinerseits war daran interessiert, von dem Fremden zu lernen, was er konnte. Denn was ihm in seinen jungen Jahren sicher schien, kam ihm jetzt, im Alter, nicht mehr so einfach, nicht so gewiss vor.

Während Wardyke und Urak ihre Rachepläne gegen ihn schmiedeten, führte Guiron ein angenehmes Leben, voll der Hoffnung, dass er endlich das alte lästige Netz, in dem er einst gefangen gewesen war, abgestreift hatte.

Isar und Deva

Urak entließ Boggoron und bereitete die Suche nach Deva, der Tochter von Kyra, vor. Unmittelbar vor dem Eingang ihrer Höhle befand sich eine glatte schwarze Steinplatte, die sich sehr von dem grauen Kalkstein der übrigen Berge unterschied, und die fegte sie sorgfältig. Dafür verwendete sie eine kleine Bürste aus Adlerfedern, die mit einer Schnur aus Wolfshaut zusammengebunden waren. Dann rieb sie den Stein mit einem weichen Rehleder blank. Als er zu ihrer Zufriedenheit fleckenfrei war, legte sie darauf einen Kreis aus roten Jaspissteinen an, die der Fluss glattgeschliffen hatte. In seine Mitte zeichnete sie mit einem Stück weißer Kreide einen Fünfstern.

Da war noch etwas zu tun. Von einer Schnur, die sie um den Hals trug, band sie eine abgeflachte Feuersteinscheibe mit einem Loch in der Mitte los. Die legte sie in die Mitte des Fünfstern, sodass sie eine kleine kreisförmige Halterung bildete. Dann ging sie in eine Nische im dunkelsten Teil der Höhle und holte einen Beutel aus Schlangenhaut. Aus diesem zog sie eine Kugel aus dunklem, fast schwarzem Rauchquarz hervor. Die hatte sie aus einem großen Kristall geformt und bearbeitet, bis sie ein glatter schwarzer Ball war, ein Wahrsagestein mit einer spiegelnden Oberfläche.

Die Sonne kam rasch empor und schien durch die Äste der hohen Bäume, die im Tal unterhalb der Höhle der Hexenfrau wuchsen und deren Krone auf einer Höhe mit ihr waren.

Sie stellte die schwarze Kugel mit großer Sorgfalt auf und rückte sie so lange zurecht, bis sie vollkommen in der Mitte war. Dann wartete sie mit gekreuzten Beinen davor sitzend, den Rücken der Höhle zugewandt und das Gesicht zum Wald und zur Sonne gerichtet. In dem Augenblick, als die Sonne über den Baumwipfeln auftauchte und auf ihren Tisch mit Sinnbildern und Kultgegenständen schien, war sie bereit. Als das Sonnenlicht die schwarze Kugel beschien, erleuchtete es nicht nur die Oberfläche, sondern auch das Innere. Als Urak sich näher hinabbeugte und in sie hineinspähte, schien sie flüchtig einen großen kreisförmigen Tempel aus stehenden Steinen zu erblicken, die von einem tiefen Graben und einem hohen Wall umgeben waren; von Grabhügeln; von Lagern und festen Dörfern. Sie wusste sofort, dass es der Tempel der Sonne von Haylken war, der Mittelpunkt, von dem all die tausende von Steinkreisen im ganzen Land ihre Kraft erhielten und wo es alle hinzog, die nach der Priesterschaft strebten.

Die Schau war kaum da und schon wieder fort. Die Sonne war höher geklettert und der Winkel ihrer Strahlen bündelte das Licht nicht mehr auf dieselbe Weise. Aber Urak hatte genug gesehen. Sie kannte den Ort. Sie war als Kind dort gewesen, ihre Eltern hatten sie dort ausbilden lassen wollen – teils, weil ihre Familie überzeugt war, dass sie mit ihren starken übersinnlichen Fähigkeiten eine natürliche Anwärterin auf die Priesterschaft war, und teils, weil sie ein solch eigenwilliges und schwieriges Kind war, dass sie nicht wussten, was sie sonst mit ihr anfangen sollten. Sie hofften, die gerühmte Disziplin im Tempel würde sie zähmen und ihnen Ruhe geben vor ihren immer grausameren Streichen. Aber sie hatte sich geweigert zu bleiben. Der Tempel hatte etwas an sich, das ihr nicht behagte.

Sie hatte alle Aufgaben gelöst, die die Priester ihr gestellt hatten, als sie plötzlich anfing zu weinen und mit den Füßen stampfte und verlangte, dass sie wieder mit nach Hause genommen würde. Sie konnte noch heute die Augen des Hohepriesters sehen, als sei es erst gestern gewesen – wie er mit jenem beunruhigenden, festen, durchdringenden Blick in die ihren schaute. Da wusste sie, warum sie nicht bleiben konnte, und ruhig sagte sie ihren enttäuschten und widerstrebenden Eltern, sie sollten sie mit nach Hause nehmen. Bevor sie davongingen, nahm der Hohepriester sie beiseite und machte verschiedene geheime Zeichen und Bewegungen über ihrem Kopf. Als sie mit ihrer kleinen hochtönenden Kinderstimme wissen wollte, was er tat, da sah er sie sehr ernst an und murmelte mehr zu sich selbst »Ich habe getan, was ich konnte – aber ich fürchte, es wird sich eines Tages erweisen, dass du zu stark für uns bist.«

Damals hatte sie die rätselhaften Worte kaum beachtet, sie war vielmehr so erfreut, dass sie sich durchgesetzt hatte und nach Hause konnte, dass sie sie offenbar bis zu diesem Augenblick vergessen hatte. Nun, da sie ihr wieder aus den Tiefen ihres Gedächtnisses zu Bewusstsein kamen, nahm sie dies als Zeichen, dass sie Erfolg haben würde, was oder wen auch immer sie aus dem Tempel holen wollte.

»So, Deva, Tochter Kyras. Du bist im Tempel der Sonne. Aber deine Bestimmung liegt nicht dort und du wirst nicht dort bleiben.«

Urak barg die kostbare schwarze Kugel wieder in ihrem Beutel und kehrte in die Tiefe der Höhle zurück. Die roten Jaspissteine kamen in ihren Beutel aus Wolfshaut. Den Fünfstern rieb sie mit Spucke und ihrem Zeigefinger fort. Den Feuerstein mit dem Loch befestigte sie wieder an der Schnur um den Hals.

Sie hatte ihre Nachfolgerin ausfindig gemacht. Jetzt brauchte sie sie nur noch in Besitz nehmen und sie ausbilden.

Die Sonne war jetzt viel höher gestiegen und schien in das Tal, das zu ihren Füßen lag. Die Seiten der Schlucht waren steil. Birke, Hasel und Bergesche klammerten sich an den silbergrauen Steinwänden fest, Farne und Moose wuchsen in Vertiefungen, wo sich etwas Erde angesammelt und Feuchtigkeit gehalten hatte. Der Großteil des Regenwassers in diesen Bergen verschwand in senkrechten Höhlen und floss in einem verzweigten Netz aus unterirdischen Flüssen und Wasserfällen ab. Urak wusste, dass die Berge hohl waren. Was wie gewaltige Türme und Kuppen aus festem Felsgestein aussah, war eher eine dünne Schale aus Kalkstein über riesigen unterirdischen Gängen und Hallen. Guiron hatte ihr, indem er sie in diese Berge verbannt hatte, unbeabsichtigt den Zugang zu einem Labyrinth verschafft, das ihr sowohl als prächtiges Zuhause wie als Versteck diente, wo niemand sie finden konnte.

Isar bereitete sich auf eine Reise vor. Kyra hatte den Wunsch nach einer besonderen Holzschale geäußert, in der sie ihre kostbare Sammlung von zweiendigen Kristallen aufbewahren wollte, und Khu-ren hatte Isar, den Holzschnitzer des Tempels, gebeten, sie ihr als eine Überraschung zu machen. Isar hatte sein abgelagertes Holz durchgeschaut und gesehen, da war nichts passendes dabei. Er erinnerte sich an eine riesige alte Eiche, die er einmal in einem Wald in einiger Entfernung gesehen hatte, die war so alt, dass die Hälfte von ihr in einem Sturm abgebrochen war. Das Übrige war schwarz und vom Alter gekrümmt stehen geblieben, brachte aber im Frühling noch immer frische grüne Sprossen hervor. Er konnte natürlich nicht sicher ein, dass sie noch da stehen würde für ihn, aber sie war so weit von den Hauwegen entfernt, dass er hoffen konnte, dass noch keiner der Waldleute sie gefällt hatte. An dem abgebrochenen Teil war ein großer Eichenknorpel, der sich sehr gut für Kyras Schale eignen würde.

Er wanderte auf dem Pfad auf dem Bergkamm, der nach Norden führte, und kam bald durch den Ort, den die Einheimischen »das Feld der Grauen Götter« nannten, jenes eigentümliche, verwunschene Feld, wo einst in jenen längst vergangenen alten Tagen sein Palast gestanden hatte. Ihm kam eine Zeit in seinem gegenwärtigen Leben in den Sinn, da er als Kind von Wardyke dort mit hingenommen worden war und einen Augenblick lang etwas von den Herrlichkeiten jenes weit zurückliegenden Lebens erspäht hatte. Er entsann sich auch, wie Kyra nach ihm gesucht und ihn ärgerlich wieder in die Gegenwart geholt hatte.

Aber das Feld lag bald hinter ihm, und er vergaß die Schatten, die es barg, als eine Lerche über seinem Kopf tirilierte. Der große kreisförmige Tempel der Sonne war schon außer Sichtweite, so auch die Rauchfahnen aus den langgestreckten Holzhäusern, die ihn umgaben. Sogar der geheimnisvolle abgeflachte Hügel hinter dem Tempel, von dem manche meinten, er sei ein verwunschener Grabhügel, von dem er jedoch glaubte, er sei ein heiliger Berg, der in den alten Tagen errichtet worden war, um dem Mond, der Sonne und den Sternen näher zu sein – selbst der war schließlich dem Blick entzogen. Überall überzog das sanfte Leuchten der Weißdornblüten wie Nebel das Grün, während zu seinen Füßen alle Arten von Blumen hervorkamen – die winzigen Krokusse und Veilchen, die hohen gefleckten Schachbrettblumen, die dem Tempel so heilig waren, und die Primeln, das Immergrün der Liebenden. Was noch vor ein paar Wochen nackte Felder gewesen waren, leuchtete jetzt smaragdgrün, da Gerste und Weizen zu sprießen begannen. Der hohe Kamm führte ihn schließlich in den Wald, aber er hatte noch immer einen weiten Weg zu gehen. Die Eiche wuchs auf Kalk nicht gut und kam in diesen sanften weißen Hügeln nicht häufig vor.

Um die Mittagszeit rastete er in der Sonne, den Rücken an einen Baum gelehnt. Er war müde und bald eingenickt. Die Sonne war weit gewandert, er befand sich schon im Schatten und er hörte jemanden näherkommen, als er verwirrt erwachte.

»Deva!« rief er überrascht aus. Kyras wunderschöne Tochter stand tatsächlich vor ihm, ziemlich außer Atem, aber über das ganze Gesicht lächelnd. Sie war in ihre Reisegewänder gekleidet, eng anliegenden Wildlederhosen unter dem schenkellangen Überkleid, die Stiefel reichten bis zu den Knien und ein kurzer Umhang flatterte munter um ihre Schultern. Ihr langes schwarzes Haar war geflochten und zurückgebunden, sodass ihr Gesicht ganz frei war. Ihre pechschwarzen Augen funkelten.

»Ja, Deva«, sagte sie fröhlich. »Nicht eine Erscheinung oder ein Traum oder ein Dämon. Deva wie sie leibt und lebt!« Und sie lachte, als sie die Hände nach ihm ausstreckte.

Erfreut ergriff er sie und ließ sich von ihr auf die Füße ziehen.

»Was tust du hier?«

Sie stand auf ihren Zehen und küsste ihn flüchtig auf seine Lippen; ein Schmetterlingsflügel hätte keine leichtere Berührung verursacht. Warm drückte er ihre Hände und küsste sie am Haaransatz. Einen Augenblick lang, in der Freude, sie unerwartet zu sehen, hatte er vergessen, dass er in letzter Zeit bei mehr als einer Gelegenheit einen Blick von ihr aufgefangen hatte, der ihm peinlich war.

»Ich gehe zu Farlas Hochzeit nach Hael«, sagte sie und nannte damit einen Ort, der nicht weit von der Stelle war, wo er hoffte, den Eichenknorpel zu finden. »Ich hörte, dass du wahrscheinlich auf dieser Straße wärest, und hatte gehofft, dich einzuholen. Ich bin die meiste Strecke des Wegs gelaufen!«

Er grinste. »Es ist schön in deiner Begleitung«, sprach er leichthin. »Aber wir sollten lieber weitergehen, wenn wir Hael vor dem Abend erreichen wollen.«

Aber Deva war hungrig und durstig, und sie blieben noch eine Weile, um etwas von Lerches frisch gebackenem Brot zu essen und von seinem Wasser zu trinken. Sie war in solcher Eile aufgebrochen, dass sie selbst keine Wegzehrung mitgenommen hatte.

Isar warf einen sorgenvollen Blick auf den Himmel. Es war später, als er gewünscht hätte, und eine sich auftürmende Wolkenmasse sammelte sich am Horizont.

»Wenn wir nicht bald aufbrechen, werden wir von diesem Unwetter aufgehalten«, sagte er. Aber sie beharrte darauf, dass sie müde war und noch der Ruhe bedurfte.

»Die Wolken werden lange brauchen, bis sie uns erreichen«, widersprach sie.

Doch ein Wind war aufgekommen und die Wolken bewegten sich mit beängstigender Geschwindigkeit über den Himmel.

»Komm«, drängte er und reichte ihr die Hände, um ihr auf die Beine zu helfen. Es war eine Zeitlang ganz angenehm, am Wegrand zu sitzen und über dies und jenes zu reden, aber allmählich wollte er weiter.

Als er sie hochzog, kam sie etwas ins Stolpern und fiel gegen ihn. Da war er wieder – der Blick in ihren Augen, der in den Augen einer Frau für keinen anderen Mann als den eigenen sein durfte. Er ging schnell los und schritt kräftig aus. Sie folgte zwei Schritt hinter ihm und beschwerte sich, dass er zu schnell ginge. Er verlangsamte seinen Schritt nicht.

Schon bald hatten die Wolken die Sonne ganz bedeckt und sie waren noch weit von Hael, als das Unwetter losbrach.

Die ferne Landschaft verschwand unter einem Schleier aus Grau, und der Wind heulte und rüttelte im Wald, rieb und schlug die Äste der Bäume gegeneinander. Isar blickte sich nach Deva um und sah, dass sie sich bei den Windstößen kaum noch auf ihren Beinen halten konnte. Er rannte zu ihr zurück und nahm sie am Arm. Alles, was lose war, schien um sie herumzuwirbeln, und alles, was Wurzeln hatte, wurde gerüttelt und geschüttelt. Dann fielen die ersten Regentropfen, schwer und kräftig.

»Wir sollten lieber Unterschlupf suchen«, rief Isar gegen den Wind und sie nickte. Die Straße war hier breit und ausgedehnt, ein Bergkamm war oberhalb des Waldes zur Linken und rechts das offene Land. Sie waren schon fast durchnässt. Verzweifelt blickte er sich um, aber sie konnten nirgends hin, außer in das waldige Tal und hoffen, dort vor dem Wind geschützt zu sein, und dass die Bäume dort dicht genug standen, um den größten Teil des Regens abzuhalten.

Sie rutschten und schlitterten über die dicke Lage aus totem Laub einen steilen Abhang hinunter, Hand in Hand. Das Laub war jetzt im Frühling nicht so dicht, wie sie gewünscht hätten, und die meisten Bäume boten sehr wenig Schutz. Das Geräusch des Sturmes in den Ästen und der anwachsende Lärm im Tal – der Fluss, der über die Felsen strömte und gurgelte, schwoll an – versetzte sie in großen Schrecken. Was, wenn ein Baum umstürzte? Sie hatten beide schon vom Sturm entwurzelte Bäume gesehen, wo die Äste geknickt waren wie dünne Zweige.

»Da!« rief Deva plötzlich und zeigte auf einen Überhang, eine Felsklippe, die sich oberhalb des wild schäumenden Flusses über einem Sims wölbte, hoch genug, dass die Wut des Wassers ihn nicht erreichen konnte. Sie kletterten seitwärts über einen losen Geröllhang, wobei sie sich an jungen Bäumen festhielten, immer den nächsten im Griff, bevor sie den vorigen losließen. Einmal verlor Deva ihren Halt und rutschte ein Stück hinab, bis ein mächtiger alter Baumstumpf sie auffing. Die schwarzen Blätter auf dem Waldboden waren jetzt gefährlich glitschig und es dauerte eine Weile, bis sie, schmutzig, zerkratzt und außer Atem, wieder an Isars Seite war und mit ihm auf den vergleichsweise trockenen und sicheren Sims gelangte.

Sie zitterte und er legte seinen Arm um sie, als sie eng beisammen saßen, den im Wald niederrauschenden Regen betrachteten und zuhörten, wie der Wind im hohen Dach über ihnen heulte und pfiff.

Sie sahen sich in die Augen und lachten erleichtert und glücklich, dass sie dem Anschlag der Elemente entkommen waren. Isar küsste ihre nasse Wange mit einem Lächeln und drückte sie an sich. Die Unschuld ihrer Kinderliebe war wieder da, und einen Augenblick lang war Isar nichts anderes als der Vetter, den die viel jüngere Deva bewunderte. Die Erinnerung an die schwierigere Jugendzeit und an das Leben, das sie Jahrhunderte zuvor geteilt hatten und das so schrecklich ausgegangen war, schlief unter der Oberfläche und wartete auf ihre Zeit.

Sie hatten geglaubt, dass sie nur kurze Zeit unter dem Überhang würden verbringen müssen, aber der Regen machte nicht den Eindruck, als wolle er nachlassen. Nach einer Weile legte sich der Wind, aber am beständigen Trommeln der Regentropfen änderte sich nichts.

Isar entrollte seinen wollenen Mantel und legte ihn um sie beide. Deva kuschelte sich an seine Schulter.

Halbwegs erwartete er, dass sie, wie so oft als Kind, zu ihm sagen würde: »Erzähl mir eine Geschichte, Ia ... die von der Rache der Wolfsprinzessin.« Das war ihr eine der liebsten, hauptsächlich, dachte er, weil er darin auch heulen und knurren musste.

Auch sie musste sich jener Tage entsonnen haben, denn sie sah ihn jetzt schräg von der Seite an und in ihrem Auge war ein schelmisches Blitzen.

»Erzähl mir eine Geschichte, Ia«, sagte sie.

»Die Wolfsprinzessin?« fragte er. Aber sie schüttelte den Kopf und lachte.

»Nein, das ist eine Kindergeschichte. Erzähl mir die von dem Sturm, der ein Loch in die Erde riss, und wo von allen, die hineinfielen, tausend Jahre nichts mehr vernommen wurde.«

Er lächelte und erzählte das alte Märchen – von der Traurigkeit jener, die ihre Familie und ihre Geliebten verloren hatten – wie auf der Erde die Zeit verging und Generationen lebten und starben, während für jene, die in das Loch gefallen waren und die jetzt in einem verzauberten Land lebten, schöner als Worte es beschreiben können, kaum Zeit verging.

Deva lauschte froh den Schilderungen von den Herrlichkeiten der anderen Welt – von den Kristalltürmen, den leuchtenden Wäldern, den Seen, die so klar waren, dass der diamantene Sand an ihrem Grund Tag und Nacht glitzerte und die Boote, die darauf segelten, keinen Schatten warfen, denn das Licht von unten war so stark wie das von oben. Doch als er zu der Stelle kam, wo die Erde sich wieder öffnete und die verlorenen Menschen voll Erregung wieder auftauchten und nach ihren Lieben sahen, aber feststellten, dass sich die Welt unglaublich verändert hatte und dass niemand mehr da war, der sie wiedererkannte, da sammelten sich Tränen in ihren Augen und sie schluchzte auf.

Isar drückte sie fest an sich, da er mit einem Mal erkannte, warum Deva diese Geschichte von jeher geliebt hatte. Hatte sie nicht als Geistfrau vom See neben dem verwunschenen Grabhügel Jahrhunderte lang auf seine Rückkehr gewartet ... und als er schließlich zurückkehrte, war nichts, wie sie es sich erhofft hatte.

Neben der Leidenschaft jenes früheren Lebens alles andere vergessend, drückte er sie an sich und küsste sie innig. War es falsch gewesen zu versuchen, das Band zu zerschneiden, das Muster zu ändern? Waren sie nicht füreinander bestimmt ...? Er spürte ihre Antwort auf seinen Kuss. Wie eine Ranke wand sie sich um ihn. Sein Herz hämmerte peinigend, und von der Kälte wurde ihm plötzlich ganz heiß. Wie er sie in diesem Augenblick begehrte! Doch die Vereinigung war nicht möglich auf diesem schmalen, bröckligen Sims, und dieser Umstand brachte sie auseinander. Bebend zog er sich von ihr zurück und richtete sich auf. Der Regen hatte aufgehört und die Nacht näherte sich schnell.

»Deva«, sagte er scharf. »Wir müssen gehen.«

Sie sah ihn an, benommen und verwirrt – dann mit äußerster Bitterkeit. Sie nahm einen losen Stein und schleuderte ihn mit aller Kraft von sich fort. Er schlug gegen einen

Baumstamm und prallte noch gegen zwei weitere, bis er mit einem dumpfen Schlag auf dem Talboden landete. Ihr schien es, er falte in aller Ruhe seinen Mantel zusammen und mache sich bereit zu gehen. Weil er ihr den Rücken zuwandte, konnte sie nicht sehen, wie seine Hände dermaßen zitterten, dass er kaum den Mantel festhalten konnte.

Lerche musste Fern etwas erzählen. Schon eine Zeitlang hatte sie den Verdacht, schwanger zu sein, und jetzt war sie sicher. Ihr Körper veränderte sich allmählich. Sie konnte die leisen Umstellungen spüren. Eine neue Seele hatte sich in ihr eingenistet, und sie musste sich darauf einrichten, sie zu nähren, bis sie so weit war, ihren Platz in der Welt einzunehmen. Sie hatte Isar nichts davon gesagt, weil sie zwei Mal zuvor schon Fehlgeburten gehabt hatte, und diesmal wollte sie keine Hoffnungen bei ihm wecken, bevor sie nicht sicher war, dass die Seele bleiben würde. Sie war nahe daran, es ihm zu erzählen, bevor er aufbrach, um den Eichenknorpel zu holen, aber seine eingehende, besorgte Rede von Wardyke hatte einen Gedanken in ihr aufsteigen lassen, den sie prüfen wollte, bevor sie ihm etwas erzählte. Mit Fern konnte sie reden, Fern, der Mutter von Isar. Fern, die Wardyke gekannt hatte.

Lerche hatte sich schon lange daran gewöhnt, dass sie nicht mit Worten sprechen konnte. Die Menschen, die sie liebte, konnten alle ihre Handzeichen verstehen. Heute jedoch hatte sie zum ersten Mal seit langer Zeit wieder den sehnlichsten Wunsch, sie könnte in Worten sprechen. Sie wollte reden, den Druck auf ihrer Seele in einer Flut aus Tönen herausströmen lassen, wie andere Menschen auch. Mit ihrer Art zu sprechen musste man genau das sagen, was man sagen wollte, mehr nicht.

Fern war zu Hause und begrüßte Lerche herzlich. Sie liebte die Frau ihres ältesten Sohnes und freute sich immer, wenn sie sie sah. Sie gingen zusammen hinaus in den Garten, die ältere Frau hatte ihren Arm um die Hüfte des Mädchens gelegt. Da sie wusste, dass Lerche nicht sprechen konnte, tat Fern das, was die meisten taten; sie redete selbst viel, einfach drauflos: von diesem und jenem Kind, von dieser und jener Pflanze und von Karne, der mit seinen beiden ältesten Kindern, Inde und Jan, unterwegs war, um nach den Pflanzen zu suchen, die Fern für ihren Wassergarten brauchte. Sie standen neben dem Damm aus schweren Felsbrocken, den er gebaut hatte, um an der unteren Grenze des Gartens den Bach zu stauen, als Fern plötzlich bemerkte, dass Lerche nicht nur zum Zeitvertreib gekommen war, sondern etwas Wichtiges sagen wollte.

»Was hast du auf dem Herzen?« fragte sie und blickte dabei auf die Hände des Mädchens, nicht auf ihren Mund.

Lerche zögerte. Wie sollte sie anfangen? Wie sollte sie die wirren und wahrscheinlich unbegründeten Ängste, die sie hatte, ausdrücken? Wie sollte sie die Frage, vor der sie Angst hatte, stellen?

Doch erst einmal hatte sie gute Nachricht für Fern. Das war leicht zu sagen. Sie legte ihre Hände auf ihren Bauch und lächelte. Fern umarmte sie auf der Stelle.

»Bist du sicher?«

Lerche nickte heftig. Fern kannte die Geschichte von Lerches Fehlgeburten, und sie führte diese auf die Zeit zurück, als Lerche Na-Groths Gefangene war, die Sklavin seiner schrecklichen Königin. »Es muss Schatten in Lerches Herz geben, die erst nach Jahren verfliegen werden«, hatte Fern nach der zweiten Enttäuschung zu Isar gesagt. »Lass ihr

Zeit.« Dem Gesichtsausdruck des Mädchens nach, hoben sich die Schatten nun endlich. Oder nicht? Fern bemerkte etwas unter der Oberfläche von Lerches Lächeln, das ihr sagte, Lerche wolle ihr noch etwas mitteilen, was nicht so gut war, wie der erste Teil ihrer Botschaft.

Sie schlug vor, sich zu setzen, und Lerche willigte erleichtert ein. Sie saßen sich auf zwei größeren Felsbrocken gegenüber, und Fern versetzte sich in den Zustand entspannter Ruhe, der es ihr erleichtern würde zu verstehen, was nicht mit Worten gesagt werden konnte. Sie sah Lerche sehr aufmerksam an. Sie sah, dass sie sich Sorgen machte, Sorgen um ihr Kind. War es wegen der vorherigen Fehlgeburten? Nein. Fühlte sie sich krank? Nein. Wollte sie das Kind nicht? Lerches Antwort ließ Fern keinen Zweifel, dass Lerche das Kind austragen wollte, aber – und hier traf Fern wieder auf den Schatten. Konnte es sein, dass es vielleicht nicht Isars Kind war? Sie erinnerte sich an ihre eigene Seelenqual, als sie erkennen musste, dass sie Wardykes Samen in sich trug. Der schnelle und vorwurfsvolle Blick, den sie durch Lerches Tränen hindurch auffing, sagte ihr, das war nicht das Problem.

Was dann? Vielleicht hatte sie Anhaltspunkte über frühere Leben des Kindes. Sie fragte, ob das so sei, und entnahm aus Lerches Antwort, dass sie der Sache jetzt ganz nahe war.

Weil die Frage nach Wardyke kaum aufgekommen war, seit Lerche bei ihnen war, gab es für seinen Namen kein Handzeichen. Jetzt sagte Lerche verzweifelt immer wieder mit Gesten die beiden Worte »War« und »Dyke«, bis Fern mit einem Mal begriff, was sie sagen wollte.

Ihr schauderte. Wardyke! Fern erinnerte sich, wie er in letzter Zeit in ihren Gedanken war und sie die Regungen der alten Bösartigkeit gespürt hatte.

»Was ist mit Wardyke?« rief sie aus.

Mühevoll vermittelte Lerche ihr auf ihre Art, dass Isar plötzlich eines Morgens von Erinnerungen an Wardyke beunruhigt worden war – und dass sie, seitdem er es ihr gegenüber erwähnt hatte, eine Reihe immer wiederkehrender Träume gehabt hatte, in denen Wardyke vorkam. Sie ging einen Pfad hinab, und in jedem Traum war es ein anderer Pfad, doch auf jedem Pfad wurde ihr Weg schließlich von einer hohen, dunklen Gestalt in einem langen, schwarzen Mantel versperrt. Sie sah nie ihr Antlitz – aber sie wusste, es war Wardyke. Er sprach nie zu ihr. Sobald sie ihn sah, war ihr Schrecken so groß, dass sie sich umdrehte und den Pfad zurücklief. Jeden Morgen, wenn sie den Traum hatte, wachte sie außer Atem auf, so als wäre sie tatsächlich gelaufen.

Fern runzelte die Stirn. Das war nicht gut.

»Vielleicht«, sagte sie versuchsweise, wenn sie auch wenig Hoffnung hatte, dass das, was sie sagen wollte, stimmte, »ist das überhaupt kein Traum mit einer Botschaft, sondern nur einer von denen, die man hat, wenn man sich um etwas Sorgen macht. Du sagtest, du hattest ihn erst, nachdem Isar mit dir über Wardyke gesprochen hatte?«

Lerche schüttelte ihren Kopf. »Ich hatte den Traum in der Nacht, als Isar anfing, an Wardyke zu denken – bevor er mit mir darüber gesprochen hatte.«

Lerche entsann sich, dass sie der Gestalt im dunklen Mantel in ihrem Traum genau in jener Nacht begegnet war. Da hatte sie noch nicht gewusst, dass es Wardyke war, und da hatte sie sich auch nicht umgedreht und war weggerannt, sondern sie war stehen geblieben und hatte die Gestalt angestarrt. Ihr war unbehaglich gewesen, doch es war keine richtige Angst. Isar hatte sie geweckt, bevor einer von ihnen den nächsten Schritt tat. Sie hatte den Traum völlig vergessen, bis er wiedergekehrt war und sie die Gestalt mit Wardyke in Verbindung brachte. Dass sie die Gestalt in ihrem Traum gesehen hatte, bevor Isar von Wardyke gesprochen hatte, beunruhigte Fern.

»Vielleicht …«, sagte sie und wünschte, Kyra wäre bei ihr, um ihr zu raten, oder auch Karne mit seiner bodenständigen Vernunft. »Vielleicht«, sagte sie, »wenn er wieder vorkommt … Ich meine, wenn du der Gestalt wieder begegnest, solltest du nicht weglaufen, sondern sie auffordern, sich zu zeigen und zu sagen, was sie zu sagen hat. Vielleicht kannst du ihr sogar sagen, sie solle weggehen und dich in Ruhe lassen.«

»Ich fürchte …«, bedeutete Lerche und ihre grauen Augen schwammen in Tränen, »Ich fürchte – dieses Kind …« Sie legte ihre Hände auf ihren Bauch. Ihr Gesicht war so schmerzgequält, dass Fern sie in den Arm nahm und sie an sich drückte. Lerche fürchtete also, Wardyke würde vielleicht durch das Tor ihres Körpers wiederkommen, seine finstere Seele sich in ihr Leben drängen und sein Schatten sich auf sie legen.

Fern drückte sie noch fester an sich. Sie wünschte, sie könnte sagen, nein, dem ist nicht so; nein, so etwas ist nicht möglich. Aber auch sie hatte seinen kalten Schatten auf ihrem Herzen gefühlt, und es schien, sie hätte ihn genau an jenem Morgen gespürt, als Lerche zum ersten Mal von ihm geträumt und Isar von ihm gesprochen hatte.

Die beiden Frauen klammerten sich aneinander und keine konnte der anderen Trost geben.

Ferns Garten wuchs leise und unmerklich um sie her. Eine Blüte öffnete sich. Ein Blatt entfaltete sich.

Schließlich gab Fern sich einen Ruck.

»Komm, wisch die Tränen ab«, sagte sie und schob das

Mädchen sanft von sich. »Wir müssen vernünftig sein. Wir müssen praktisch denken.«

Lerches Augen fragten eine große Menge Fragen. Fern dachte schnell.

»Wir müssen Kyra fragen. Sie wird in die anderen Ebenen gehen und dort herausfinden können, was tatsächlich los ist.«

Lerches Gesicht hellte sich auf. Natürlich, Kyra – die große Priesterin, die in der Lage war, durch Raum und Zeit zu reisen und durch alle Ebenen, die außerhalb von Raum und Zeit der Menschheit zugänglich waren. Sie würde es wissen. Doch dann sank Lerches Mut wieder. Wenn sie herausfand, dass dem so war – was würde sie tun? Ihr schauderte. Würde sie das Leben in ihrem Bauch vernichten? Das Leben, nach dem sie sich so gesehnt hatte – ihr Kind? Und wenn sie es nicht tat – welch Übel würde daraus erwachsen? Und wer war sie, zu entscheiden, wer leben und wer sterben soll? Wer war sie, Wardyke eine Chance zu leben abzusprechen und damit eine Möglichkeit, sich zu ändern?

Fern bemerkte ihre widerstreitenden Gefühle.

»Ich werde mit Kyra sprechen«, sagte sie bestätigend.

Lerche schüttelte ihren Kopf.

»Nein?«

»Nein.«

Sie ließ sich von Fern versprechen, dass sie zu niemandem davon sprechen würde. Sie wollte für sich allein darüber nachdenken. Sie wollte gewiss sein, dass sie wirklich auf alles gefasst war, was Kyra herausfinden würde, wenn der Augenblick kam, und sie entschloss sich auch, selbst Isar nichts zu sagen, bis sie in sich selbst schlüssig war, was sie tun wollte.

Urak findet ihre Nachfolgerin

Das Dorf Hael bereitete ein Hochzeitsfest vor. Einer der beliebtesten jungen Bauern, Geb, heiratete die junge Frau, die er schon seit Kindertagen liebte – Farla, Tochter von By-ek, dem Hauptältesten des Dorfes. Geb hatte lange auf ihr Jawort gewartet. Er hatte sie zum ersten Mal gefragt, als sie kleine Kinder waren, und seither regelmäßig jedes Jahr zum Frühlingsfest. Doch wenn sie ihn auch sehr gernhatte, so machte sie doch klar, dass sie ihn nicht liebte und es vorziehen würde, wenn ihre Freundschaft bliebe, wie sie war.

Als sie vierzehn war, hatte sie sich entschlossen, von Hael fortzugehen und sich im Tempel der Sonne zur Priesterin ausbilden zu lassen. Anfangs waren ihre Begeisterung und ihre Hingabe unerschütterlich. Sie hatte keinen Zweifel, dass ihr bestimmt war, eine der Herren der Sonne zu werden, was der höchste Rang in der Priesterschaft war. Zu jener Zeit waren der Hohepriester Khu-ren und seine Frau Kyra am Tempel die einzigen, die diese Weihe hatten, aber Farla lernte das, was man ihr aufgab, so schnell, und so aufrichtig war ihr Trachten nach dem schwerverständlichen und geheimen Wissen des Tempels, dass Kyra selbst sie für eine besondere Ausbildung empfahl. Sie war darin schon recht weit fortgeschritten gewesen, als sie das Selbstvertrauen verlor, und in einem Jahr, als Geb sie bat, den Tempel zu verlassen und ihn zu heiraten, zog sie es tatsächlich in Erwägung.

Am Ende wies sie ihn ab wie immer, aber diesmal sah sie ihn mit so etwas wie Bedauern davongehen – zum ersten Mal gefiel ihr sein beharrliches Werben, die tröstende Kraft seiner breiten Schultern. Gerade die Erdverbundenheit, die sie zuvor geärgert hatte, sprach sie jetzt an.

Was sie zu tun sich bemühte, war so schwierig, so verwickelt, so fein gewirkt. Wenn sie versucht hätte, ihm zu erklären, dass sie, wenn sie ruhig, unbeweglich und scheinbar untätig dasaß, in Wirklichkeit durch das Weltenall reiste und unsichtbare und unfassbare, ihm unbekannte Ebenen erforschte und von Führern und Lehrern lernte, an deren Vorhandensein er nicht einmal glaubte, hätte er es nicht verstanden. Es überraschte sie immer wieder, dass er sich so widersetzte; sie hatten nichts gemeinsam. Sie waren, im Wortsinne, Welten entfernt. Sie konnte nur mutmaßen, dass er sie nur als das anziehende, gutgelaunte Dorfmädel ansah, das sie einst gewesen war, und nie begriffen hatte, dass sie noch eine ganz andere Seite hatte – eine Seite, die sich auf Kosten jener, die er kannte, schnell fortentwickelte.

Als sie sehr müde war und zum vierten oder fünften Male nicht den Bewusstseinszustand erreichte, den ihr Lehrer von ihr erwartete, dachte sie an Geb und sehnte sich danach, das Mädchen zu sein, für das er sie hielt. »Wie leicht«, seufzte sie, »wieder in die dörfliche Lebensweise zurückzufallen und sich nur noch um die irdische Ebene kümmern zu müssen.« Doch dann, fast gleichzeitig, erinnerte sie sich, wie unbefriedigend diese Ebene sein konnte – wie begrenzt sie einem vorkommen konnte, wenn man erfahren hatte, wie sehr das Gewahrsein der reichen und verschiedenartigen unsichtbaren und jenseitigen Ebenen das Leben erweiterte. Sie ließ Geb sein und richtete ihre Aufmerksamkeit wieder auf ihre Übungen.

Eines Tages kam ein junges Mädchen zum Tempel. Sie war einsam und ängstlich, und Farla nahm sie unter ihre Fittiche, da sie sich erinnerte, wie sie sich gefühlt hatte in jenen ersten Monaten fern von Zuhause. Iren, die neue Schülerin, hatte eine schnelle Auffassungsgabe und kam bewundernswert rasch voran – doch dabei entwickelte sie eine leidenschaftliche Bewunderung für Farla, die Farla anfangs freute, die sie aber später als unangenehm empfand. In Irens Augen konnte sie nichts verkehrt machen. Für Iren war Farla ein großartiges geistiges Wesen, dessen jedes Wort und jede Bewegung sie nachahmen musste. Es war dieser Widersprach zwischen dem, für was Iren sie hielt, und ihrer Selbsteinschätzung, die dazu gar nicht passte, der Farla schließlich in Gebs Arme trieb.

Da sie nun den matschigen Trampelpfad entlangging und Gänse für das Hochzeitsessen vor sich hertrieb, dachte Farla an den Tag zurück, als sie die Entscheidung gefällt hatte, sich auf das einzulassen, was Geb ihr zu bieten hatte, und die riesigen Möglichkeiten ihres Lebens im Tempel hinter sich zu lassen. Es war keine plötzliche Wende ihres Herzens gewesen – wenn es ihren Freunden auch so vorkam. Sie hatte die Anspannung, Irens Bild von ihr und Kyras Erwartungen an sie zu entsprechen, als immer beschwerlicher empfunden.

Sie merkte, dass ihr Geist zu weit abschweifte, wenn sie sich hätte innerlich sammeln sollen. Bei ihrer Arbeit konnte das gefährlich werden. Immer wieder sagte Kyra nachdrücklich, dass die schwierige Kunst, auf andere Ebenen zu reisen, nicht der Befriedigung eitler Neugier diente – und die ursprüngliche Absicht zu vergessen hieß, sich in Gefahr zu begeben.

»Unser Streben, die unsichtbaren Reiche kennenzulernen, dient nur dazu, das dort erworbene Wissen auf dieser Ebene zu benutzen«, sagte Kyra. Sie gebrauchte das Gleichnis von dem kleinen Kind, das um sich her nur einen gewissen Horizont sieht und all seine Entscheidungen nur darauf gründet, was es innerhalb dieses Sichtkreises wahrnimmt. Der Erwachsene, größer als das Kind, kann weiter sehen. Der Priester jedoch, der sich über die irdische Ebene hinausbewegen kann, kann noch weiter sehen, deshalb beruhen seine Entscheidungen auf einem viel weiteren Verständnis von dem, was eigentlich Wirklichkeit ist.

»Und dennoch«, warnte Kyra mehr als ein Mal, »glaubt nicht, dass ihr alles wisst, nur weil ihr mehr wisst als jene außerhalb des Tempels. Ihr seid noch immer nur in der Lage, einen Teil dessen zu sehen, was man sehen kann – und aus diesem Grund ist es unbedingt erforderlich, dass eure Absichten lauter sind. Wenn eure Absicht wahr und gut ist, dann ist die Gefahr gering, dass ihr verloren geht. Aber« – und niemals ließ sie nach, das zu betonen, – »wenn ihr die Güte der Absicht verliert, dann verliert ihr die Güte des Ergebnisses.«

Eines Tages kam diese Lehre auf Farla in einer Weise zurück und stürzte sie so in Verzweiflung, dass sie beschloss, den Tempel zu verlassen.

Ein kleines Kind, das im Sterben zu liegen schien, war zu ihr gebracht worden. Iren hatte die Eltern dazu gebracht, zu Farla zu gehen, weil sie fest daran glaubte, Farla sei in der Lage, große Heilkraft hervorzubringen. Farla hatte sich auch gewiss bei verschiedenen Gelegenheiten als sehr feinfühlige und erfolgreiche Heilerin erwiesen. Doch an diesem Tag konnte sie den richtigen Bewusstseinszustand, um die nötigen Heilkräfte durch sich zu leiten, nicht erreichen. Gya,

Devas gutaussehender, koketter Ehemann hatte am Abend zuvor ihren Weg gekreuzt und sie nicht im Zweifel darüber gelassen, dass er gerne mit ihr ins Bett gehen würde. Sie hatte diese Annäherung sogleich scharf zurückgewiesen, aber die ganze Nacht hatte sie wach gelegen, an ihn gedacht und davon geträumt, wie es gewesen wäre, wenn sie sich darauf eingelassen hätte. Jetzt wusste sie, dass sie den Jungen und seine Eltern zu einem anderen Heiler schicken sollte – trotzdem nahm sie ihn an, geschmeichelt von Irens unbedingtem Glauben an sie und den vertrauensvollen und flehenden Augen der Eltern. Sie begann, sich in den Zustand der Stille zu begeben, ihre Hände ruhten leicht auf dem vor ihr auf eine Liege gebetteten Kind. Iren stand ihr gegenüber, ihre Augen waren von Bewunderung erfüllt. Wie sehr sehnte sie sich danach, so weit fortgeschritten und ausgebildet zu sein wie Farla! Die Eltern saßen auf der einen Seite, hielten sich die Hände und warteten vertrauensvoll auf das Wunder, das Farla, wie sie ganz sicher waren, vollbringen würde.

Da geschah es, dass Farla an sich selber zweifelte. Die Stille kam nicht so leicht zu ihr, wie sie es gewohnt war. Als Kyra sie anfangs darin ausgebildet hatte, hatte sie gesagt, es gäbe keine Worte, um den Gefühlen Ausdruck zu verleihen, die man hatte, wenn man die Stille betrat. Man wusste einfach, wenn man darin war. Und nach vielen mühsamen und missglückten Versuchen hatte Farla gewusst, wann sie da war. Allmählich war es ihr leichter gefallen, jenen Zustand zu erreichen, sodass es jetzt keine Schwierigkeit für sie hätte sein dürfen. Es war aber eine Schwierigkeit. Wie eine im Wind flackernde Flamme fühlte sie sich in manchen Augenblicken von der Kraft der geistigen Reiche erfüllt und bereit, mit dem Kind zu arbeiten. Doch im nächsten Augenblick war es ihr, als sei sie allein an einem dunklen und leeren Ort. Ihr wurde allmählich angst. Was, wenn es ihr nicht gelang? Was, wenn Iren erkannte, dass sie nicht so wunderbar war, wie sie meinte. Mit bitterer Scham wusste sie, dass sie keinen Erfolg haben würde – weil sie mehr an sich selbst als an das Kind dachte.

Das Kind starb.

Farla sah auf die Gesichter seiner Eltern und auf das Gesicht von Iren und ging davon. Sie hatte keine Worte, sie zu trösten. Sie hatte sie im Stich gelassen.

Am nächsten Tag verließ sie den Tempel und kehrte nach Hael zurück.

Isar und Deva erreichten das Dorf Hael erst spät am Abend. Es war schon dunkel, als sie von der Straße abbogen und den Pfad zum Dorf hinunter einschlugen. Die Hunde waren sofort draußen, um sie zu verbellen, und zum ersten Mal, seit sie den Unterschlupf am Sims verlassen hatten, kamen Isar und Deva nah zusammen. Sie lehnten sich Rücken an Rücken, als die Hunde sie bellend umringten. Isar sprach beschwichtigende Worte, aber beide hatten sie ihre Umhängetaschen von ihren Schultern genommen, um sie nötigenfalls zur Abwehr zu gebrauchen. Zu ihrer Erleichterung rief eine Männerstimme einen scharfen Befehl, und die Hunde zogen sich etwas zurück, knurrten jedoch und sahen die Eindringlinge wachsam an. Dann waren sie von Menschen mit Fackeln umgeben, die sie fragten, wer sie seien und was sie herführe. Deva nahm Isars Hand und Isar war froh darüber. Das Flackern des Fackelscheins und die feindseligen, wachsamen Gestalten, die so plötzlich aus der Dunkelheit aufgetaucht waren, hatten sie überrascht, wenn sie auch erleichtert waren, dass man die Hunde zurückgerufen hatte.

Es war Deva, die sich zuerst gefasst hatte.

»Deva, Tochter des Hohepriesters des Tempels der Sonne«, sprach sie stolz und trat vor. »Und Isar, Sohn des Speerherren Karne. Begrüßt Hael so Gäste, die zur Hochzeit von Farla und Geb geladen sind?«

»So spät in der Nacht werden keine Gäste erwartet«, war die schroffe Antwort, auch wenn der Mann, der sie gab, – jener, der sie zur Rede gestellt hatte – seinen Ton gemäßigt hatte.

Ein anderer trat hinter ihm hervor und streckte Willkommen heißend die Hände aus.

»Sei gegrüßt, Deva, Tochter des Herrn Khu-ren und der Herrin Kyra. Sei gegrüßt, Isar, Sohn von Karne. Ihr seid willkommen. Ihr müsst uns unsere Vorsicht vergeben, aber es gibt manchmal menschliche Wölfe, die nachts die Wälder durchstreifen und schlafenden Dörfern auflauern. Ich bin By-ek, Ältester von Hael, der Vater der Braut.«

»Sei gegrüßt, By-ek«, sprach Deva kühl. Sie hatte Angst vor den Hunden gehabt und bedauerte es, das gezeigt zu haben. Doch die Herzlichkeit der Aufnahme, die sie überwältigte, als bekannt wurde, wer sie waren, ließ sie bald wieder lächeln. Aufgeregt wurden sie zur Dorfmitte begleitet. Jene, die schliefen, wurden geweckt, und es wurde ein gewaltiges Feuer entzündet.

Isar hielt sich im Hintergrund und sah belustigt zu, wie sich das ganze Dorf um Deva scharte. Es war, als wenn sonst niemand da wäre. Kyras wunderschöne Tochter hatte alle Herzen erobert. Er hatte das schon viele Male zuvor gesehen. Schon seit sie ein kleines Kind war, hatte sie diese Macht, andere in Bann zu schlagen – alle Blicke auf sich zu ziehen. Isar war sich sicher, dass keiner der Anwesenden jemand anderen wahrnahm als sie. Nur er – da er sie so gut kannte – konnte beiseite stehen und zuschauen. Doch selbst er – als sie sich plötzlich umsah und seine Augen suchte, lachte und ihm zuwinkte – konnte das Hüpfen seines Herzens nicht unterdrücken. Liebte er sie noch immer? »Nein«, sprach seine Vernunft. »Sie ist selbstsüchtig, launisch, manchmal sogar grausam.« Er wusste, dass er bei Lerche besser aufgehoben war, die ihm eine friedvolle Umgebung verschuf, wo er seine eigenen Gedanken denken und er selbst sein konnte. Und doch ...

Verärgert über sich selbst wandte er sich ab und zog sich weiter vom Feuer zurück, tiefer in die Schatten. Dort begegnete ihm eine junge Frau, die so still dastand wie er.

»Farla?« fragte er. Er hatte sie am Tempel gesehen, als sie dort Novizin war, hatte sie aber nie sonderlich beachtet. Sie war eine gut gerundete junge Frau, aber keineswegs plump. Sie hatte Sommersprossen auf Nase und Wangen, und ihre haselbraunen Augen lachten gerne. Ihr Haar war braun mit gelblichen und goldenen Schattierungen. Sie war nicht auf die Weise schön wie Deva, aber sie war sehr gut anzusehen und wenn sie lächelte, wurde sie wunderschön. Sie sah jetzt verwirrt aus. Deva war zu ihrer Hochzeit gekommen und sie müsste eigentlich in der Mitte des Trubels bei ihr sein.

»Was ist los?« fragte er sie freundlich.

Farla sah ihn an. Sie erinnerte sich seiner: der Holzschnitzer. Ein schlanker junger Mann mit demselben rotgoldenen Haar wie seine Mutter, mit immer träumerischen Augen, als wenn er nicht sehen würde, was er eigentlich vor sich hatte, sondern immer das, was ein Künstler daraus machen konnte. Sie erinnerte sich an seine Frau, das stumme Mädchen mit den großen, ausdrucksvollen Augen. Isar und sie hatten immer so zusammengehörig ausgesehen – so unbedingt, als wenn sie einander gehörten. Sie hatte sie um ihre Gewissheit beneidet. Wenn sie ihres Lebens doch auch so gewiss sein könnte! Sie hatte den Tempel, den sie liebte, und ein Leben, das ihr viel bedeutet hatte, verlassen, um ein Leben mit beschnittenen Flügeln zu fuhren, mit Geb. Aber sie war sich noch immer unschlüssig, ob sie die richtige Entscheidung gefällt hatte.

Kyras Worte, als sie ihr sagte, dass sie den Tempel verlassen würde, gingen ihr noch immer nach. »Jeder, der sich den letzten Stufen der Einweihung nähert, fühlt sich ungeeignet und will weglaufen.« War ihr Entschluss überstürzt? Kyra gab ihr das Gefühl, der Tod des Kindes war vielleicht nicht unbedingt ihr Fehler. Sie wies auf die Vielschichtigkeit und das Mysterium des Heilungsvorgangs hin, die Bedeutung des Zeitpunkts dafür, die Bereitschaft des Kranken, geheilt zu werden, die feinen karmischen Wurzeln der Krankheit, von denen der Heiler viele einfach nicht bloßlegen konnte. Vielleicht war die Krankheit zu weit fortgeschritten. Vielleicht sperrte sich das Kind selbst mit seinen Zweifeln gegen den Kraftstrom. Oder die Angst der Eltern mochten solch ein Feld mit negativen Schwingungen um das Kind aufgebaut haben, dass die Heilkräfte nicht durchdringen konnten.

Farla hörte zu, aber in ihrem Herzen wusste sie, war der Tod des Kindes vielleicht auch unvermeidlich und sie hätte nichts dagegen tun können, so hatte sie doch darin versagt, richtig in die Stille zu gehen, und einen Fehler gemacht, als sie zuließ, dass ihr kleines irdisches Selbst sich bei einer Sache einmischte, die sie mit ihrem höheren Selbst hätte angehen müssen.

Sie hatte sich sehr bemüht, sich wieder in die gewöhnliche Welt einzufügen, seitdem sie wieder in dem Dorf war, und gehofft, dass ihr das gelungen sei – doch Isar brachte lebhaft wieder den Duft des Tempels zurück, eines Ortes, der keine Begrenzungen hatte, eines Ortes, der mit der ganzen Welt und den entlegensten Enden des Alls in Verbindung stand … und sie hatte sich wieder ganz und gar unbehaust gefühlt. Ihr fragendes Herz und ihre aufstrebende Seele würden nicht still sein. Sie stand zwischen zwei Welten und fürchtete, nirgends hinzugehören. Außerdem gab ihr, auf einer völlig anderen Ebene, der Anblick von Isar und Deva die Sehnsucht nach Gya wieder ein. Sie sah, wie Deva Isar anblickte, und sie bedauerte, dass sie eine Nacht mit Gya, die sie sehr genossen haben würde, abgelehnt hatte, weil sie seine Ehe in Ehren halten wollte; eine Ehe, um die Deva sich jetzt nicht so sehr zu bekümmern schien.

Sie seufzte, und Isar fragte sie erneut, was los sei.

»Nichts«, antwortete sie.

»Ah – aber manchmal tut ›nichts‹ mehr weh als ›etwas‹«, sagte er unbeholfen.

Augenblicklich füllten sich ihre Augen mit Tränen. Sie fragte sich, ob sie mit Isar sprechen konnte. Sie hatte das Gefühl, er würde verstehen. Er war vom Tempel und doch nicht ganz. Er ehrte ihn und lebte nach seinen Lehren, hatte aber keine Gelübde abgelegt. Doch sie wurde durch das Herannahen von Geb davon abgehalten, weiter zu sprechen. Er hatte, als er einen Augenblick Devas Zauber nicht unterlag, bemerkt, dass seine Braut nicht im Kreis im Feuerschein war.

Farla wandte sich sogleich ab, damit er ihre Tränen nicht sah, und Isar lenkte seine Aufmerksamkeit ab, indem er ihn fragte, ob er eine Idee habe, wann das Dorf sich zur Nachtruhe begeben würde.

Geb lachte. »Gewöhnlich schlafen wir um diese Zeit schon lange«, sagte er. »Aber wir haben nicht oft Besuch von der Tochter des Hohepriesters.«

»Die Tochter des Hohepriesters ist den ganzen Tag gewandert«, bemerkte Isar. »Und ich bin sicher, sie wäre sehr dankbar, wenn sie ruhen könnte.«

Farla hatte sich wieder gefasst und griff unter Gebs Arm.

»Komm«, sagte sie. »Wir gehen und schauen, was sich da machen lässt.«

Isar blickte ihnen nach und fragte sich, was das Rätsel zu bedeuten hatte. Endlich kam das Dorf zur Ruhe. Isar und Deva wurden Schlafplätze in dem Haus von Farlas Familie gewiesen. Deva und Farla lagen Seite an Seite in einem Bett und Isar neben ihnen auf dem Boden. Die Eltern hatten Deva ihr Bett geben wollen, aber sie hatte ihr Angebot abgelehnt, und so hatten sie sich auf diese Lösung geeinigt.

Isar lag lange wach, eingehüllt in seinen Mantel, und starrte in die Dunkelheit. Er hörte das Flüstern und das Knarren des Bettes, als die beiden jungen Frauen versuchten, es sich bequem zu machen, bevor sie schließlich einschliefen. Deva hatte darauf bestanden, morgens mit ihm zu gehen, um den Eichenknorpel zu suchen. Es waren noch ein oder zwei Tage bis zur Hochzeit, und sie meinte, sie wären rechtzeitig für die Feierlichkeiten wieder da. Aus der Art, wie sie das sagte, konnte Isar schließen, dass sie darauf zählte, er würde zur Hochzeit bleiben. Er bekam langsam das Gefühl, ihr Zusammentreffen auf dem Weg war keineswegs zufällig gewesen, sondern sehr sorgfältig eingefädelt worden. Nun, wenn das auch zutraf, sie sollte nicht zum Zuge kommen. Er würde allein weitergehen und auch auf einem anderen Weg zum Tempel zurückkehren – allein.

Er musste schließlich eingeschlafen sein, denn er wachte mit einem Ruck auf und war einen Augenblick lang ganz durcheinander. Er streckte seine Hand nach Lerche aus und spürte einen kalten, harten, fremden Fußboden. Er wandte seinen Kopf dorthin, wo er sonst die Sterne sehen konnte, und sah nur Schwärze, die fest zu sein schien. Sein Herz pochte warnend. Er hörte Geräusche von Atmen und Schnarchen im Raum, die da nicht hingehörten. Und dann erinnerte er sich erleichtert, wo er war.

Er schloss seine Augen wieder und stellte seine Seele langsam auf seine Lage ein. Als er sie erneut öffnete, fühlte er sich ganz ruhig und gesammelt. Er wusste genau, wo was in dem Raum war, obwohl er es nicht sehen konnte. Das durchgelegene Bett aus Holz und Lederschnüren, in dem die großen Gestalten von Farlas Eltern lagen, befand sich zur Linken, und Farlas Geschwister lagen in einem Knäuel kreuz und quer auf der anderen Seite des Herdes, der sich in der Mitte befand. Die beiden nach Farla Ältesten waren für diese Nacht dorthin gesteckt worden, um Deva Platz zu machen. Neben ihm war das andere Bett, dasjenige mit Deva und Farla. Er wandte seinen Kopf dorthin, weil er wissen wollte, ob Deva schlief, und sah etwas, das ihm den Atem stocken ließ. Am Fußende des Bettes waren zwei Gestalten. Es dauerte einen Augenblick bis er erkannte, dass sie allen, die er im Dorf gesehen hatte, ganz unähnlich waren, ja ganz unähnlich allen, die er je gesehen hatte. Sie waren in ein unheimliches Leuchten getaucht, das sie völlig erhellte, ohne in den übrigen Raum abzustrahlen. Die eine war eine sehr alte Frau, so alt, dass Isar erwartet hätte, sie stark gekrümmt zu sehen, doch stattdessen stand sie hoch und aufrecht, dünn, welk, aber stark wie ein Krieger. Ihr weißes Haar umfloss sie wie ein Umhang fast bis zum Boden. Auf ihrem Kopf trug sie eine eng anliegende Haube aus Federn, und als er genauer hinschaute, sah er die Augen einer Eule von der Stirn starren. Die Haube war tatsächlich aus dem Federkleid einer Eule gemacht – Federn, Augen, Schnabel und Ohren noch intakt. Die Augen der Frau waren auf die Gestalt Devas im Bett gerichtet.

Wie Isar noch schaute, erhob die alte Frau ihre rechte Hand und richtete lautlos einen langen, dünnen Finger auf Deva. An jedem Finger ihrer Hand trug sie verschiedene Ringe mit großen Steinen, die in dem unheimlichen Licht blinkten. Ihr Begleiter neben ihr beugte sich vor, um Deva besser sehen zu können. Ihr Arm war über Farla gelegt und ihre langen Strähnen lagen dunkel auf ihren hellen Wangen. Erst hinterher kam Isar die Frage, wie er in der pechschwarzen Finsternis so viele Einzelheiten sehen konnte. Der Begleiter der alten Frau war ein kleiner Mann, so geschrumpft und gekrümmt, wie sie kerzengerade war – im mittleren Alter, wie Isar dachte, und in fremdländischen Kleidern, zusammengenähten Wildkatzenfellen, die eine unförmige Bedeckung seines plumpen, nackten Körpers bildete.

Isar merkte, wie er das Schauspiel – nach dem ersten Schreck – betrachtete, als wenn das gar nichts besonderes wäre. Und ganz unvermittelt waren die beiden Gestalten dann verschwunden und der Raum war wieder völlig schwarz.

Eilig setzte er sich auf und spähte dorthin, wo die Tür sein musste. Es war ausgeschlossen, dass die Besucher sich so geschwind durch den Raum bewegt und die Tür geöffnet und geschlossen hatten, ohne dass er sie hörte oder sah. Die Tür hatte einen schlechten Verschluss und musste jeden Abend richtig eingehängt werden. Er musste annehmen, dass das ein übernatürlicher Besuch war. Er fing an zu zittern und zog seinen Mantel enger um sich. Wer? Warum? Ihre Aufmerksamkeit hatte Deva gegolten. Sollte er es ihr sagen? Das mochte sie ängstigen. Sie war ausgesucht und erwählt worden. Wodurch? Von wem? Mit welcher Absicht? Sein Herz hämmerte. Er konnte die beiden Gestalten vor seinem inneren Auge noch so lebhaft sehen, dass er fast glaubte, sie wären noch da. Vielleicht hatte er sie überhaupt nicht gesehen? Vielleicht hatte er noch geschlafen und sie waren nur seinem Traum entsprungen? Er legte sich wieder hin und versuchte, sich zu sammeln und klar und folgerichtig zu denken. War es ein Traum?

Er wusste, das war es nicht.

Da die Nacht langsam davon rollte und das graue Licht der Morgendämmerung durch die Ritzen von Tür und Fensterläden drang, wusste er, dass er nach dem, was er gesehen hatte, Deva nicht allein lassen konnte. Er würde bis zu ihrer Rückkehr zum Tempel mit ihr zusammenbleiben. Er würde ihr nichts von dem erzählen, dessen er Zeuge geworden war – aber er würde es ihren Eltern berichten, sobald sie wieder dort waren. Khu-ren und Kyra würden wissen, was zu tun war.

Tief hingen die Äste herab, als Isar und Deva weit ab von den ausgetretenen Pfaden immer weiter in den Wald eindrangen. Selbst Jäger und Holzfäller kamen selten hierher. Überall begann das Farnkraut, seine eng gerollten Stängel zu entfalten, die Blätter fest anliegend, bis es soweit war, sie aufzuspreizen. Die Bäume schimmerten in einem fahlen, seidig grünen Licht.

Deva war überrascht gewesen, wie schnell Isar einwilligte, sie mitzunehmen. Am vorherigen Abend hatte sie geglaubt, er würde das ablehnen. Doch morgens hatte er ihren

Vorschlag gleich angenommen, und sobald sie die Straße verlassen hatten, war er außergewöhnlich besorgt um sie gewesen. Er hielt ihr Äste aus dem Weg. Er hob sie über sumpfige Stellen, obwohl er sehr gut wusste, dass sie genau so in der Lage war, darüber zu springen, wie er. Sie fragte sich, ob er sie nun endlich ebenso begehrte wie sie ihn – und hatte fast Angst bei diesem Gedanken. Sie war nie ganz sicher gewesen, warum sie sich so klar entschlossen hatte, dieses Leben nicht wie die anderen mit ihm zu teilen, aber sie hatte sich entschieden – und viele Male hatte sie das bereut.

Die Aufmerksamkeit, die er ihr jetzt schenkte, hätte sie freuen sollen. Doch stattdessen fühlte sie sich irgendwie unwohl. Der Ausdruck in seinen Augen war besorgt und brüderlich. Weshalb behandelte er sie so? Sie zog ihm ungehalten den Arm weg, als er ihr das nächste Mal über einen Bach helfen wollte. Das war es nicht, was sie von ihm wollte. Sie fühlte sich von seiner Sorge eingeengt – richtig ärgerlich wurde sie darüber. Unvermittelt fing sie an zu rennen.

So schnell und leichtfüßig wie ein junges Reh hüpfte sie über die moosbewachsenen Felsbrocken neben dem Bach und über die tiefen Laubschichten auf dem Waldboden davon. Bevor er noch begriff, was geschah, war sie im Dickicht verschwunden. Eine Zeitlang verfolgte er sie, rief ihren Namen, doch bald verklangen auch die Geräusche, die sie machte. Er befand sich weit ab vom Weg und von ihr war keine Spur. Es war nicht das erste Mal in seinem Leben, dass er böse auf Deva war.

Was sollte er jetzt tun?

Er rief und rief, aber es gab keine Antwort. Mit wachsender Sorge erkannte er, dass sie sich verloren hatten – und im Wald verirrt. Er dachte an die Vision in der Nacht und fragte sich, ob die beiden Gestalten, die er gesehen hatte, irgend etwas mit ihrer gegenwärtigen misslichen Lage zu tun hatten. Er machte sich Vorwürfe, weil er sie in den Wald mitgenommen hatte. Sie wäre bei den Dorfleuten wahrscheinlich sicherer gewesen. Er erinnerte sich, dass Farla im Wissen des Tempels sehr weit ausgebildet war, auch wenn sie die letzten Grade nicht erreicht hatte. Vielleicht war es jetzt das beste, nach Hael zurückzugehen und ihre Hilfe zu suchen.

Niedergeschlagen verfolgte er seine Spuren so gut es ging zurück, hielt sich dabei an die Zweige, die er abgebrochen hatte. Doch bald merkte er, dass er denselben Weg immer im Kreis ging, ohne vertraute Landmarken, die ihm zeigen konnten, ob er sich seinem Ziel näherte oder nicht. Er wurde immer aufgeregter und immer unentschlossener. Schließlich setzte er sich wieder und versuchte, sich zu beruhigen. Kyras Beharren darauf, dass man seinen Weg erst in seinem Herzen finden sollte, bevor man versuchte, ihn in der äußeren Welt zu finden, kam ihm wieder in den Sinn.

Sie hatte ihm gesagt, wenn er etwas suchte, das er verloren hatte, dann solle er aufhören, sich darüber Gedanken zu machen – er solle sich sogar mit etwas ganz anderem beschäftigen. »Die Erregung deiner Seele«, sagte sie, »verbirgt es vor dir. Es ist, wie wenn du bei dem verzweifelten Versuch, etwas an seinem Grund zu finden, den Schlamm in einem Teich aufrührst. Wenn du den Schlamm sich wieder setzen lässt und der Teich wieder klar wird, dann kannst du den Grund leicht erkennen und finden, was da liegt.«

Es dauerte einige Zeit, bis er seine Seele so weit beruhigt hatte, dass der »Schlamm« sich absetzen konnte. Er versuchte, an Lerche zu denken, aber sie erschien ihm sehr schattenhaft und unwirklich. Devas lebhafte und quecksilbrige Schönheit war ihm mit jeder Bewegung nah. Er beschloss, seine Gedanken auf Kyra zu richten und rief sie immer und immer wieder um Hilfe an. Er hatte völliges Zutrauen zu ihr – Zutrauen in ihre Kraft als Frau, als Freundin und als Mutter, und in ihre Fähigkeiten als Herrin der Sonne, als Seele von Millionen Jahren. Er wusste, sie liebte Deva ohne Vorbehalt, auch wenn Deva ihr viel Kummer bereitet hatte. Wenn irgendjemand ihre verlorene Tochter wiederfinden konnte, dann Kyra.

Allmählich gewann die Stille die Oberhand. Er wusste nicht, wie lange er mit gekreuzten Beinen auf dem Waldboden saß und die Namen und Bilder von Kyra und Deva wie Wasser durch seinen Geist fließen ließ. Doch als er sich wieder bewusst wurde, wo er sich befand und was geschehen war, da hatte die Sonne ihren Zenit schon durchwandert. Ruhig stand er auf und streckte sich. Seine Muskeln fühlten sich verkrampft und steif an, als wenn er lange in der Stellung verharrt hätte. Er fühlte sich nicht mehr beunruhigt. Es war wie es war. Er ging los – ohne zu wissen, ob er sich auf Hael zu oder von dort weg bewegte – doch innerhalb kurzer Zeit sah er den Rauch und die Dächer des Dorfes vor sich.

Sogleich suchte er Farla auf und erzählte ihr, was geschehen war. Zuerst sagte sie, sie könne nichts tun. Sie hatte Angst, jene Verbindungen zu den anderen Reichen zu öffnen, die sie so sorgsam verschlossen hatte, als sie sich entschieden hatte, zum gewöhnlichen Dorfleben zurückzukehren. Doch als er ihr von der Eulenfrau und ihrem schrecklich anzusehenden Begleiter erzählte, die er in der Nacht über Deva lauern gesehen hatte, da willigte sie sofort ein, es zu versuchen.

Sie ging aus dem Dorf zu einer kleinen Lichtung in der

Nähe, die sie kannte. Sie setzte sich mit gekreuzten Beinen in die Mitte eines Kreises aus silbrigen Birken. Eine leichte Brise wiegte die schlanken Zweige, die erst leicht von Grün überzogen waren. Sie versuchte, sich zu sammeln, wie Khu-ren es sie gelehrt hatte – indem sie eines unter den Tausenden von Blättern auswählte und versuchte, es mit ihrer Vorstellungskraft zu betreten und auf den verborgenen Saftbahnen dem Zweig, dem Ast, dem Stamm hinab zu den Wurzeln zu folgen und sich dort von Erde umgeben zu fühlen – derselben Erde, auf der Kyra stand, derselben Erde, die alle Lebewesen der Erde miteinander verband ... Sie hatte diese Methode von allen, die ihr beigebracht worden waren, als für sich am besten empfunden. »Strenge dich nie an in der Meditation ... zwinge dich niemals, etwas zu tun, das nicht leichthin zu dir kommt.« Khu-rens Worte klangen ihr noch im Kopf. »Die Methode selbst arbeitet für dich, und du musst dich an sie halten.«

Khu-ren war auf einer Straße unterwegs, als er meinte, eine silbrige Birke, die am Wegrand wuchs, nähme plötzlich das Aussehen einer Frau an. Er blieb stehen, blinzelte und schaute wieder – doch jetzt war es wieder nur ein Baum mit silberweißer Rinde und kleinen schimmernden Blättern. Er ging weiter – doch wieder hatte er im Augenwinkel den bestimmten Eindruck, dass es eine Frau war. Er stand still und erlaubte dem Bild, deutlicher zu erscheinen. Jetzt schien es eine junge Frau zu sein, die er wiedererkannte: Farla, Kyras Lieblingsschülerin. Farla, die den Tempel verlassen hatte, um einen Bauern zu heiraten. Das Bild verblasste.

Warum? fragte er sich. Weshalb? Er runzelte die Stirn. Er

hatte gerade ein Dorf verlassen, wo es eine schrecklich böse Kraft gab. Eine ganze Familie war zielstrebig durch einen Fluch ausgelöscht worden. Er hatte das Leben des letzten Familienmitglieds nur mit größter Anstrengung retten können. Bei seinen Befragungen der Dorfleute hatte er herausgefunden, dass diese Familie ein Kind gehabt hatte, das zur Schülerin einer Zauberin berufen worden war. Sie hatten sie nicht gehen lassen – und einer nach dem anderen waren sie gestorben. Keine Unfälle, keine Krankheit – einfach gestorben.

Gab es eine Verknüpfung von Farla mit den Ereignissen in dem Dorf? Er mochte es nicht glauben, aber es hatte ihn erstaunt, dass sie die Ausbildung am Tempel so plötzlich abgebrochen hatte. Die Art Vorkommnis, der er in dem Dorf begegnet war, war häufig das Werk eines Mannes oder einer Frau, die unzufrieden und voll Groll waren, Inhaber von ungeleiteten psychischen Kräften, die sie ohne die nötige geistige Reife nicht beherrschen konnten. Aus diesem Grund war dem Tempel so sehr daran gelegen, alle jungen Menschen, die ungewöhnliche psychische Fähigkeiten aufwiesen, am Tempel auszubilden, und aus diesem Grund wurde so viel Wert auf Selbstbeherrschung und Disziplin gelegt – und noch mehr darauf, ein lebendiges Verantwortungsgefühl und ein tieferes Verständnis von Gut und Böse zu vermitteln. Er hoffte, dass er sich in Farla täuschte ... doch warum war sie ihm gerade in diesem Augenblick begegnet, als seine Gedanken sich um die Frage drehten, wer so stark mit den Ängsten der Dorfleute spielte?

Farla fuhr auf, ihr Herz pochte. So klar, als stünde er nur in kurzer Entfernung von ihr, hatte sie das Bild von Khu-ren gesehen. So plötzlich es erschien, war es auch wieder fort.

Sie hatte versucht, Kyra zu erreichen – aber es waren Khurens Worte über die Methode, die in ihren Gedanken vornean waren, so hatte sie also Khu-ren gefunden. Es erregte sie, dass sie nicht alles verlernt hatte, wenn auch die Tatsache, dass sie am Ziel vorbeigeschossen hatte, sie unsicher machte. Sie fand, sie war blindlings in seine Gegenwart hinein und genauso wieder hinaus gestolpert, und sie war sich ganz und gar nicht sicher, ob sie wiederholen konnte, was sie erreicht hatte. Sie bereute nicht wenig, das alles aufgegeben zu haben.

Mit einem tiefen Atemzug versuchte sie es erneut ... und wieder. Doch weder von Khu-ren noch von Kyra erhaschte sie auch nur einen Blick.

Wieder im Dorf wartete Isar auf sie, begierig darauf zu erfahren, ob sie die Verbindung zu Kyra erreicht oder Deva gefunden hatte. Gespannt lief er ihr entgegen.

»Nein«, seufzte sie. »Ich schaffe es nicht. Ich habe die Kraft verloren. Morgen früh, wenn sie bis dahin nicht zurückgefunden hat, müssen wir einen gewöhnlichen Suchtrupp nach ihr losschicken.«

Sie wandte sich von ihm ab, um die Tränen der Enttäuschung vor ihm zu verbergen.

Kyra fühlte sich ruhelos und niedergeschlagen – aber sie war sich erst nicht sicher, ob es daran lag, dass sie Khu-ren vermisste, oder an den Sorgen um ihre Arbeit im Tempel, die nicht gut vonstatten ging oder an etwas Schwerwiegenderem: dem Gefühl eines Schattens, der sich nach dem strahlenden Herzen ihrer Welt ausstreckte.

Sie zog sich in ihren Lieblingsraum im Haus zurück und machte sich bereit, in die Stille zu gehen. Vor ihr lag auf einem niedrigen Eibenholztisch ein feines Baumwolltuch, das Khu-ren aus Ägypten, seinem Heimatland, mitgebracht hatte. Sie saß mit gekreuzten Beinen daneben und sammelte sich für die vor ihr liegende Aufgabe, indem sie ihren Geist allmählich von den wimmelnden Gedanken eines geschäftigen Tages zurückzog. Sie versuchte nicht, sie zu bekämpfen, denn das hätte sie nur um so ausdauernder gemacht. Es war, als treffe sie mit jedem einzelnen die Abmachung, sich zu einem späteren Zeitpunkt mit ihm zu befassen – und zufrieden, dass sie ihnen tatsächlich später Aufmerksamkeit schenken würde, zogen sie sich friedlich zurück und Kyra war frei, sich ganz der vorliegenden Aufgabe zu widmen.

Wie ein Gedanke nach dem anderen sie verließ, richtete sie ihr Augenmerk auf das weiße Tuch auf dem Tisch. Sie befühlte seine Ränder und dachte an die Pflanzen, die in dem weit entfernten, heißen Land wuchsen und aus denen es gewebt war; dachte auch an die Weber, die ihr Leben in einer so anderen Umgebung führten, die Teil einer so anderen Kultur waren und doch mit ihren Händen dieselben Bewegungen vollführten wie die Weber in ihrem Land, auch dieselbe Art Gedanken hatten und dieselben Träume träumten. Sie dachte an den Tag zurück, als ihr Mann es ihr geschenkt hatte, und an den Entschluss, es auf diese Weise zu verwenden. Es war, verglichen mit dem groben Woll- oder Flachsgewebe ihres Landes, so fein und weich. Es würde sich gut eignen, um etwas besonderes zu bedecken, etwas, das ihr heilig war und das andere nicht sehen oder berühren sollten.

Als sie gewiss war, dass sie der Stille nah genug war, hob sie das Tuch hoch und legte es beiseite. Vor ihr lag auf dem Tisch ihre Sammlung von Kristallen. Einen nach dem anderen nahm sie in die Hand. Es war, als wären sie Licht, das in einer festen Form eingefangen und festgehalten wurde, so schön, so fein abgestimmt, so viel erzählend von den geheimnisvollen geistigen Reichen, die uns unsichtbar stets umgeben – und zugleich erinnerten sie sie an die feste Erde und ihre großzügigen, wunderbaren Gaben und geheimen Herrlichkeiten.

Zu jedem gehörte eine Geschichte, wie er gefunden worden war, und jeder hatte für Kyra eine eigene Bedeutung, doch einer im Besonderen schien ihr zaubermächtiger zu sein als alle anderen. Sie griff jetzt nach ihm und hielt ihn in den Sonnenstrahl, der durch das Fenster hereinschien. Es war ein Quarzkristall, durchsichtig wie klares Wasser und vollkommen in seinen Facetten – und in ihm befand sich ein weiterer, kleinerer Quarzkristall, genauso vollkommen. Ihr Herz schlug stets schneller, wenn sie ihn betrachtete. Er schien ihr die Einzelseele in der größeren Matrix des ewigen Geistes darzustellen.

Als sie in die Tiefe dieses Doppelkristalls starrte – das Licht blitzte und spiegelte innen und außen von Fassette zu Fassette –, bekam sie das Gefühl, die Grenzen ihres alltäglichen Selbst zu verlassen und ihr Gewahrsein auf das größere, ewige Selbst auszudehnen. In diesem Zustand spürte sie Uraks Bedrohung ihres Lebens, wenn sie auch noch keine Ahnung hatte, worin diese Bedrohung lag.

Sie erblickte unvermittelt eine alte Frau, knochendürr, mit eingefallenen Wangen und aschfahlem Haar, die mit gekreuzten Beinen vor einer großen Höhlenöffnung an einem Berghang saß. Ihre Knie staken wie Stöcke zu beiden Seiten unter einem Überkleid aus grober, schwarzer Wolle hervor. Erst konnte Kyra nicht feststellen, was sie tat, doch dann sah sie, dass sie zwischen ihren knochigen Händen eine schwarze Kristallkugel hielt. Ihre dünnen Lippen murmelten Beschwörungen, die Kyra nicht hören konnte. Ab und zu strich sie mit ihren Händen über die Kugel, als wenn sie Mühe hätte hineinzusehen und versuchte, eine Verunreinigung abzuwischen. In der Luft um sie her konnte Kyra eigentümliche geometrische Geheimzeichen sehen, die einmal kräftig flammend aufleuchteten und dann wieder schwach und nebelhaft waren.

Sie war von der Erscheinung völlig überrascht, aber sie wusste, wenn sie nicht schnell handelte, bevor die Hexenfrau ihren Fluch vollendet hatte, dann wäre die Gelegenheit vertan. Sie konnte das Netz aus Übel, das die Frau aus jenen Zeichen zu knüpfen versuchte, förmlich spüren – wenn sie auch noch keine Ahnung hatte, welcher Art es war oder gegen wen es sich richtete. Sie glaubte, dass es mit dem Schatten zu tun hatte, der sich ihrem Gefühl nach in letzter Zeit ihrem Leben näherte.

Kyras Hände bebten ganz leicht, als sie den kostbaren Kristall näher zu ihren Augen führte. Sie rief ihre ganze innere Kraft zusammen, das klare beständige Licht, das den Kern ihres Wesens ausmachte, und richtete sie durch den Kristall in ihren Händen auf die alte Frau vor der Höhle ...

Hastig bedeckte Urak die schwarze Wahrsagekugel. Der Lichtblitz, der eben aus der Oberfläche entsprungen war, hatte sie fast erblinden lassen. Zornig schritt sie in der Höhle auf und ab. Jemand mischte sich ein. Zum ersten Mal in ihrem langen Leben streckte sich jemand nach ihr aus. Sie war daran gewöhnt, die Leben der anderen auszuforschen, zu beherrschen, zu beeinflussen, sich einzumischen ... Konnte es einen Hexer geben, der mächtiger war als sie?

Sie ärgerte sich, dass sie so überstürzt gehandelt hatte.

Sie enthüllte die Kugel. Sie musste die Quelle dieses Lichtes finden und Maßnahmen treffen, damit sich so etwas nicht wiederholte.

Doch so sehr sie auch schaute, sie konnte nicht erkennen, was den Lichtblitz verursacht hatte; und er kam auch nicht wieder.

Kyra hatte alle Kraft aufgeboten, die sie besaß, und lag in ihrem Zimmer erschöpft auf einer Liege, den Kristall noch immer fest umklammert.

Boggoron, Uraks »Angehöriger«, verließ die Bergfeste im Morgengrauen. Er hatte seine Anweisungen und gedachte, sie mit Freude auszuführen. Er hatte die meiste Zeit seines Lebens in den hohen Felsklippen und verborgenen Kalksteinhöhlen zugebracht, wo seine Eltern ihn als Kind ausgesetzt hatten. Er hätte wahrscheinlich nicht lange genug überlebt, um zu erfahren, dass es die übrige Welt auch noch gab, wenn Urak ihn nicht gefunden und für ihn gesorgt hätte. Er verehrte sie und stellte nichts an ihr infrage. Demütig ertrug er die vernichtende Geringschätzung, die sie ihm gegenüber an den Tag legte, wenn sie über seine Gedankenträgheit oder die Unbeholfenheit seines Körpers aufgebracht war. Es war keine körperliche Deformation, die ihn so gebeugt und gekrümmt sein ließ; kein verformtes Bein ließ ihn stolpern und humpeln. Er formte sich nach dem Bild, das er von sich selbst hatte. Er glaubte, er habe kein Recht zu leben, außer als Werkzeug von Urak. Er glaubte, dass er kein richtiger Mensch sei. Und es passte gut in Uraks Absichten, ihn nicht von seinen falschen Vorstellungen zu befreien.

Als er die offenen Hügel und die weit gewellte Landschaft erreichte, fühlte er sich etwas unbehaglich. Er hasste es, angeschaut zu werden, und liebte nichts mehr, als anderen nachzuspionieren – hier gab es jedoch wenig Deckung. Der erste Mann, der ihn grüßen wollte, war erstaunt, als er davonlief und verschwand. »Ein Tunichtgut, muss ich wohl annehmen«, murmelte der Bauer und überlegte, ob er seine Schafe zählen sollte. Aber das brauchte er nicht. Boggoron war auf diesem Streifzug nicht auf Fleisch aus. Es ging um etwas viel Bedeutenderes.

Er hatte schon eine große Wegstrecke zurückgelegt und fing an, die Erleichterung, sein eigener Herr zu sein, zu spüren, als er plötzlich unsagbar müde wurde.

»Oh, nein!« dachte er gereizt. »Sie wird mich zurückrufen.« Gerade als er Spaß an der Reise hatte, die neuen Aussichten, die wunderbare Verschiedenartigkeit der Menschen genoss. Er versuchte, sich gegen das Gefühl der Mattigkeit zu wehren – doch er vermochte es nicht. Er legte sich am Wegrand nieder und war augenblicklich eingeschlafen. In seinem Traum erschien ihm Urak, wie er es vorher gewusst hatte. Sie hatte die Gestalt einer Eule und eine Maus im Schnabel. Er merkte, wie er über die Felder rannte und dem Schatten folgte, den sie warf. Er rannte schneller, als er es je für möglich gehalten hätte – bis aus dem Rennen auf ein Mal ein Fliegen wurde und er am Himmel hinter ihr herflog. Sie ließ die Maus absichtlich genau auf eine Straße fallen, die von einer Wegkreuzung abzweigte. Er bemerkte, dass einer der vier Steine, die die Richtungen bezeichneten, jener, der auf die Straße nach Norden wies, wo sie die Maus hatte fallen lassen, mit kleinen Löchern übersät war, während die anderen glatt und grau waren.

Er erwachte und sah, dass er nur einen Augenblick geschlafen hatte. Der Schatten war nicht weitergewandert.

»Nun, wenigstens muss ich nicht zurück«, murmelte er und ging weiter.

Er fand, wie er es gedacht hatte, die Wegkreuzung und nahm den, Weg nach Norden, den der eigenartige, mit Löchern übersäte Steine wies. Das Gefühl von Freiheit war fort. Es gab keinen Ort für ihn, wo er ihrer Aufsicht entging.

Als die Nacht dunkler wurde, wandelte sich das Wesen des Waldes. Die Stille, die ausbrach, als die Lieder der Vögel zum Sonnenuntergang verklungen waren, wurde bald mit allen Arten von Rascheln und Knacken und Piepsen erfüllt, als jene Geschöpfe, die gedeihen, wenn die Erde ihr Gesicht der Sonne abgewandt hat, in ihr Element gelangen; Geschöpfe, die Deva sehen konnten – die sie aber nicht sah.

Sie war erschöpft und fürchtete sich. Sie konnte nicht verstehen, wie sie sich so schnell so vollkommen hatte verlaufen können. Bestimmt war Isar nicht weit, auch Hael konnte nicht weiter sein als ein oder zwei Stunden. Sie hatte keine Vorstellung davon, wie groß der Wald war, noch davon, wie selten jemand so weit in ihn eindrang.

Sie ließ sich auf eine mit Farn bestandene Böschung fallen und wusste, dass sie nicht mehr weitergehen konnte. Ihre Stimme war ganz heiser vom Rufen, ihre Beine zerkratzt und schwer. Sie lehnte sich zurück und schloss ihre Augen. Wie lange würde das Kaleidoskop aus Schatten sich in ihrem Kopf immer herumdrehen? Baum um Baum verschwand hinter ihr, schwarz wie eine mondlose Mitternacht, Äste streckten sich nach ihr aus und streiften ihr Gesicht, Dornranken verhakten sich mit ihren winzigen Klauen in ihr.

Deva musste schließlich in Schlaf gefallen sein. Sie erwachte in kaltem Schweiß und hörte, wie sich ihr ein großes

Tier näherte. Sie setzte sich auf der Stelle auf, wobei sie verwelkte Blätter zerknitterte, die in ihrem Haar, an den Wangen und in ihren Kleidern fest hingen. Sie spähte in die Dunkelheit, die jetzt nicht mehr so dicht war. Benommen blinzelte sie und schaute unverwandt. Das Mondlicht drang hier und da durch die Äste und erhellte einige Stellen auf dem Waldboden ein wenig. Sie kreuzte ihre Arme und schlang sie um sich, teils aus Angst und teils vor Kälte, um das Zittern zum Aufhören zu bringen, das jenem nächtlichen Räuber ihre Anwesenheit zu verraten drohte, der da entlanggeschnaubt kam.

Sie dachte daran, wegzulaufen, aber sie wusste, dass sie in dieser Finsternis nicht laufen konnte; und wenn sie rannte, würde sie das Tier vielleicht ermutigen, sie zu verfolgen. Sie wartete zutiefst verängstigt. Sie erfühlte einen gezackten Stein bei ihrem Fuß und versuchte, ihn aus seinem Bett aus Erde und Laub zu lösen, ohne ein Geräusch zu verursachen. Die Arbeit an dem Stein lenkte sie von ihrer Furcht ab, und als sie ihn los hatte, nahm sie ihn zwischen beide Füße und zog ihn zu sich heran. Die Geräusche, die das schwere Tier machte, wurden lauter und kamen näher. Sie blickte sich nach dem Stein und hielt ihn in ihrer rechten Hand bereit. Mit höchster Aufmerksamkeit sah sie starr auf den Durchlass in den Büschen, auf den sich die Geräusche zubewegten.

Schließlich erschien eine Schnauze mit zwei leuchtenden Augen, denen sogleich der große aber nicht plumpe schwarzweiße Körper eines Dachses folgte. Er schien sie überhaupt nicht wahrzunehmen, sondern trat auf den mondbeschienenen Fleck hinaus, dicht gefolgt von seiner Gattin und einer Reihe von Jungen. Deva lockerte den Griff um den Stein in ihrer Hand. Es war ein eigenartiges Gefühl, von den Tieren so vollkommen unbeachtet zu bleiben – fast so, als wäre sie gar nicht da oder sei ein Teil des Waldes.

Sie beobachtete sie, bis sie außer Sichtweite wieder tief im Unterholz waren, dann stand sie auf und reckte sich. Sie fragte sich, ob es nun, da sie sich ausgeruht hatte, angebracht war, weiterzugehen. Die Zielstrebigkeit, mit der die Dachse sich fortbewegt hatten, gab ihr das Gefühl, dass der Wald doch nicht so ein Irrgarten war.

Sie tat einen Schritt und verdrehte sich ihren Knöchel in genau dem Loch, das sie selbst geschaffen hatte, als sie den Stein zu ihrer Verteidigung freigelegt hatte. Sie zuckte zurück und rieb ihn angstvoll ... in Sorge, vielleicht nicht mehr auf ihm gehen zu können. Behutsam versuchte sie es und stellte fest, dass er ziemlich weh tat.

»Wie dumm!« murmelte sie. Wie viele törichte Dinge hatte sie an diesem einen Tag getan? Sie biss sich auf die Lippen, war aber entschlossen, nicht zu weinen. »Warum nicht?« sprach sie bitter. »Niemand würde es sehen, wenn ich es täte.« Doch als sie es noch dachte, hatte sie das Gefühl, dass sie beobachtet wurde. Sie schnellte herum und starrte in die Schatten. Sie sagte sich, der Ort müsse voller kleiner Nachttiere sein, von denen sich viele unter den Zweigen und Blättern versteckten und sie beobachteten. Aber sie fühlte sich noch immer unwohl und sah nach oben.

Auf einem Ast im Mondlicht saß eine riesenhafte Eule, die sie mit ihren Augen fixierte, als sei sie ihre Beute.

Am Morgen verband Deva ihren Knöchel mit einem Stoffstreifen, den sie sich von ihrer Tunika abgerissen hatte. Er war geschwollen und schmerzte, aber das sollte sie nicht zurückhalten. Sie suchte und fand einen haltbaren Stock und begann, durch den Wald zu humpeln. Bei Tageslicht schien ihr Missgeschick nicht so schlimm. Sie hatte keinen Zweifel daran, dass sie bald auf offenes Gelände gelangen würde, wo es Dörfer gab, oder dass sie einen Pfad finden würde. Sie richtete sich jetzt nach der Sonne aus und führte die Tatsache, dass sie am Abend zuvor im Kreis gegangen war, darauf zurück, es da nicht getan zu haben.

Ihr war bitterkalt und sie erinnerte sich mit etwas mehr als Nostalgie an die Wärme von Isars an sie geschmiegten Körper, als sie vor dem Sturm Zuflucht gesucht hatten. Ihre Sehnsucht, wieder mit ihm zusammen zu sein, war überwältigend. Gya, ihr Ehemann, und alles, was sie miteinander geteilt hatten, bedeutete ihr nichts mehr. Sie waren Fremde, als sie geheiratet hatten, und Fremde waren sie geblieben. Aber Isar und sie – das war etwas ganz anderes! Ihre Wurzeln reichten sehr tief. Es war dumm von ihr gewesen, ihn gehen zu lassen. Wütend schlug sie nach einem Farnstängel, der sich gerade entfaltete, und haute ihm mit ihrem Stock den Kopf ab.

»Ich will Isar wiederhaben – komme, was da wolle!« sprach sie laut. »Wir hätten uns nie trennen sollen.«

Ein paar Augenblicke später fand sie einen Pfad, und wohlgemut ging sie auf ihm weiter.

Ihr Knöchel fühlte sich schon besser an. Der Dunst, der sich am feuchten Boden gehalten hatte, erhob sich, und die Sonne erwärmte die Luft allmählich. Sie verscheuchte die Schrecken der Nacht und begann, entschlossen zu planen, wie sie es unternehmen würde, Isar von Lerche zu trennen. Sie wusste, dass es nicht leicht sein würde. Ein jeder liebte Lerche, und sie wusste, dass Isar eine sehr enge und tiefe Beziehung zu ihr hatte, weil sie die Gefahren unter Na-Groth gemeinsam bestanden hatten und Lerche ihm mehr als einmal das Leben gerettet hatte. Aber wenn Deva etwas wollte, dann war es sehr ungewohnt für sie, es nicht zu bekommen. Sie hatte keinen Zweifel, dass Isar, auch wenn es gar nicht so aussah, schon ihr gehörte.

Das Dorf, das sie zuguterletzt im Tal erreichte, war noch von Dunst eingehüllt, aber die Hunde und Gänse kündeten den Dorfleuten ihre Ankunft, und sie war bald von erstaunten, aber um sie besorgten und freundlichen Menschen umringt. Wie es den Anschein hatte, war sie nicht der einzige Besuch an diesem kühlen Frühlingsmorgen. Ein Mann war kurze Zeit vor ihr aus dem Südwesten eingetroffen und wärmte sich schon an einem der Herdfeuer.

Als sie das hörte, tat ihr Herz einen Sprung, da sie dachte, es müsse gewiss Isar sein. Aber sie wurde enttäuscht. Der Mann, der mit gekreuzten Beinen neben dem rauchenden Holz des Mittelherdes auf dem Boden saß, war klein und klapperdürr, seine Schultern waren verkrümmt, als wenn er verkrüppelt wäre, und seine grauen Haare hingen ihm über die niedrige Stirn. Sie nahm weiter keine Notiz von ihm, als sie das Brot und die Milch verschlang, die die Dorfleute ihr aufgedrängt hatten. Erst als sie satt war, sah sie wieder zu ihm hinüber. Als sie seinen Blick traf, war sie bestürzt zu sehen, dass er sie sehr eindringlich anschaute und in seinem Blick etwas von Wiedererkennen und etwas von Frohlocken lag.

Die Geisteule

So alt Urak auch, war, sie war noch so behände wie eine Bergziege. Sie wusste, dass Boggoron Deva gefunden hatte und war ganz aufgeregt. Sie verließ die Höhle, sobald die Sonne hoch genug stand, um die glitzernden Frostkristalle zum Schmelzen zu bringen. Sie trug eine Luchsstola auf ihren knochigen Schultern und einen langen wollenen Mantel, der sie vor der Brise schützte, die vom Schnee herabkam, der noch auf den hohen Gipfeln lag. Ihr war nach feiern zumute und sie wollte Zuschauer. Sie hatte schon lange jede Verbindung zu den Dorfleuten verloren, die in den Tälern lebten. Es war schon Jahrzehnte her, dass sie in ihrer körperlichen Gestalt aus den Bergen hervorgekommen war, und kein Dörfler würde es wagen, in den Schlund zu steigen und sich dem Schrecken der furchtbaren Eulenfrau zu stellen, vor dem schon Generationen von Eltern ihre Kinder gewarnt hatten. Manchmal war sie einsam gewesen – doch zuletzt ziemlich selten. Sie fand die ortsansässigen Dorfleute, wenn sie ihnen nachforschte, dumm und langweilig. Nein, wenn sie einsam war, dann weil sie andere Gesellschaft suchte.

Sie bewegte sich an den steilen Berghängen entlang, bis sie zu einer flachen Felsplatte gelangte, die frei von Steinen und Felsbrocken war. Sie war im Norden durch dürre Bäume begrenzt, von denen fast alle durch den Kampf, in der mageren Erde Wurzelgrund zu finden, verdreht und verformt waren. Da gab es einen Baum, zu dem Urak sich besonders hingezogen fühlte. Es war eine Zwergeiche, gedrungen und stark und kaum größer als sie selbst, die aus einem Spalt in der Felsplatte hervorwuchs und deren gewaltige Wurzel, die auf ein langes Stück bloß lag, seitwärts und nicht nach unten einen Riss entlang wuchs. Gewunden wie eine riesige Schlange, war ihre Oberfläche schuppig und runzlig – mehr wie Rinde oder die Haut eines Drachen als Wurzelfaser. Sie hatte sie schon immer sehr angesprochen. Sie konnte die Kraft spüren, mit der sie ihren Weg durch den Fels erzwang, die elementare Stärke, die eifrige und rastlose Energie. Zitternd berührte sie sie und ließ ihre Finger an ihr entlang gleiten, wobei sie sich auf der Felsplatte dorthin bewegte, wo der Fels an einem jähen Abgrund endete. Dort unten war eine enge Felsschlucht, durch den ein wilder Fluss strömte, stürzte und weit unten donnernd in einen tiefen See fiel.

Eine lange Zeit stand sie an der Kante, die rechte Hand lag auf der drachenschuppigen Wurzel und hielt sie fest, während sie dem weißen Wassersturz zusah und seinen Sog spürte, den wachsenden Wunsch, sich selbst hineinzustürzen und eins zu werden mit der furchtbaren Kraft und Schnelligkeit. Sie war hin und hergerissen zwischen der unsichtbaren, unmerklichen Kraft der Wurzel und der wilden, sichtbaren Gewalt des Wassers. In einem Zustand gewaltiger Erregung zwang sie sich schließlich, sich vom Anblick des Wassers zu lösen. Wie sie es tat, wurde das weiße Wasser zu einer stillen Wand und die Felsklippen zu beiden Seiten flossen geschwind nach oben.

Dieser Augenblick war es, auf den sie gewartet hatte. Der Augenblick, wenn das Feste flüssig wird und das Flüssige fest.

Sie hob beide Arme, und das Sonnenlicht blinkte von den Edelsteinen an ihren Ringen wider, wobei das Licht von jedem der Steine über die Felsen und über den Abgrund hinüber tanzte. Unvermittelt erstrahlte ein Regenbogen über dem See. In diesem Augenblick sprang ein Fisch und seine silberdunkle Form war für einen Moment im farbigen Sprühen gefangen.

»Jetzt!« schrie sie, da sie wusste, dass der Zauber des Augenblicks geschwind auf dem Höhepunkt des Sprunges gepackt werden musste, bevor der Fall begann.

Plötzlich wurde das Unsichtbare sichtbar, und sie sah bei sich auf der Felsplatte eine Menge von Wesen – Vogel- und Tiergestalten, die man gewöhnlich nur aus Mythen und Legenden kennt, menschliche Schatten und Hüllen, fremdartige übernatürliche, gestaltlose Leuchten und Nebel, geflügelte Wesen, die zwischen Licht und Dunkel hin und herflackerten, als wüssten sie nicht genau, wie sie sich entscheiden sollten ...

Siegesstrahlend wandte sich Urak ihnen zu.

»Freunde«, rief sie. »Ich habe meine Nachfolgerin gefunden. Bald wird sie hier bei uns sein. Bald werden wir ihre Ausbildung beginnen. Sie wird mit euch gehen, mit euch reden, von euch lernen.«

Die Geschöpfe drängten sich voll Freude um sie. Bald würden sie ein anderes körperliches Fahrzeug haben, das sie benutzen konnten, eine andere Stimme, die für sie sprach. Sie begannen zu tanzen und zu singen, und Urak wiegte sich unmittelbar am Rande des Abgrunds zu ihrem Rhythmus – ganz außer sich von der Gefahr und der ausgelassenen Gewalt ihrer Ekstase.

Deva selbst war sich nicht bewusst, dass in jedem Augenblick eine Wende in ihrem Leben eintreten konnte. Der starre Blick des Fremden verwirrte und ärgerte sie, und sie bemühte sich, ihm zu entkommen. Sie tat seine Aufmerksamkeit als die gewohnte männliche Reaktion auf ihre Schönheit ab. Und wenn er sie wiedererkannte, so war das auch durch die Tatsache zu erklären, dass sie am Tempel als die Tochter der beiden großen Herren der Sonne und Hüter der Hohen Steine wohlbekannt war. Sie redete sich ein, sie hätte sich den Ausdruck von Frohlocken nur eingebildet.

Boggoron wartete auf seine Zeit. Der Vormittag war fast vorüber, als er die Gelegenheit hatte, zu ihr zu sprechen. Die Leute aus dem Dorf hatten sie, als sie die Geschichte von der Nacht gehört hatten, dazu überredet, bei ihnen zu bleiben, während sie einen Boten nach Hael sandten, um zu erkunden, ob Isar dorthin zurückgekehrt war. Es schien, die beiden Dörfer waren nicht allzu weit voneinander entfernt und durch einen guten Weg verbunden. Die Dorfbewohner waren davon überzeugt, dass Deva durch einen Fluch verleitet worden war, immer im Kreis zu gehen. Sie erzählten ihr, dass niemand von ihnen es wagen würde, des Nachts vom Pfad abzuweichen. Mehrere von ihnen konnten Geschichten erzählen, die Deva schaudern ließen, und sie war glücklich, dass sie nicht noch eine Nacht in dem Wald verbringen musste. Der eine Mann hatte in einer windstillen Mondnacht die Geräusche von Holzfällern vernommen, und als er losging, um der Sache auf den Grund zu gehen, – welcher Waldarbeiter sollte so spät noch arbeiten? – da fiel ein riesiger Baum um und genau auf ihn zu. Zutiefst erschrocken beeilte er sich, ihm aus dem Weg zu gehen. Er erinnerte sich bis zum heutigen Tage, wie die Zweige und Dornranken seine Haut aufrissen, als er durch das Unterholz stolperte und taumelte. Es gelang ihm, aus der Falllinie zu entkommen, und er lauschte, im Schutz eines anderen Baumes kauernd, auf das Knacken und

Rauschen, als der Riese alles in seiner Bahn zerschmetternd und zerreißend niederfiel. Er spürte sogar den Luftstrom, den er auslöste. Hinterher, als die Geräusche erstorben waren, getraute er sich nachzuschauen, ob der Holzfäller, der den Baum geschlagen hatte, verletzt war. Erfand keine Spur von dem Mann noch von einem gefällten Baum.

»Was war mit ihnen geschehen?« sprach Deva atemlos in Bann geschlagen.

»Ich habe später gehört, dass genau an derselben Stelle ein Holzfäller von einem Baum, den er gefällt hatte, getötet worden war, als mein Großvater ein Junge war.«

Andere bestätigten, dass die Bäume selbst manchmal eine Art Zorn auf Menschen zu haben schienen. Ein Mann war am späten Nachmittag tief im Wald gewesen und hatte ein entsetzliches Erlebnis gehabt.

»Es war ein finsterer Teil des Waldes«, sagte er. »Die Bäume standen eng beieinander. Es drang kaum Sonnenlicht durch. Ich sammelte Pilze. Ich war vollkommen glücklich. Ich erinnere mich, dass ich sogar vor mich hinpfiff. Mein Korb war übervoll und meine einzige Sorge war, dass ich keinen größeren Korb mitgenommen hatte. Ich bemerkte nicht, wie die Zeit verging und dass die Sonne schon sank.«

Deva konnte an den Gesichtern jener, die sich um sie versammelt hatten, erkennen, dass sie die Geschichte schon oft zuvor gehört hatten, und dass sie sie sowohl liebten wie auch hassten. Was hatte es mit der Dunkelheit auf sich, dass sie die Menschen sowohl fesselte wie auch abschreckte? Sie hatte nicht eine Geschichte von den gefährlichen Tieren gehört, die im Wald lebten. Die Ängste bezogen sich auf das Übernatürliche, das Unbekannte. Es war, als wenn man bei Tageslicht leicht die geheimnisvolle Weite des Weltenalls vergaß und die damit zusammenhängenden Dinge nicht verstand. Doch in der Dunkelheit, wenn es keine Ablenkungen gab, da erinnerte man sich. Der grimmigste Krieger war dann verletzlich und allein.

»Weiter«, drängte jemand. »Erzähl ihr, was geschah!«

»Die Sonne ging unter, bevor ich aus dem Wald gelangen konnte«, sagte er. »Ganz plötzlich. Ich habe nie gewusst, dass die Nacht so schnell hereinbrechen kann.« Er hielt wieder inne, um seine Worte zu unterstreichen.

»Weiter«, flüsterten die Zuhörer.

»Es war so viel, was ich sah«, sagte er. »Ich meine, was ich fühlte. Ich wusste, dass die Bäume mich beobachteten. Ich konnte spüren, wie sie näher kamen; wie sie mich umringten, auf mich herabstarrten und versuchten, mich zwischen sich zu zerquetschen. Ich ließ meinen Korb fallen und rannte, aber es war, als wenn die Bäume eine Wand um mich errichteten und mich nicht durchließen. Ich wusste, dass die Bäume mich irgendwie in ihren Leibern aufnehmen würden. Sie würden mich in sich aufsaugen. Mir fiel ein, dass andere Menschen in dem Wald verschwunden und nie wiedergesehen worden sind. Ich glaubte langsam, ich wüsste, was mit ihnen geschehen war. Ich schlug mit meinen Fäusten gegen die Bäume. Ich schrie sie an. Es war furchtbar, furchtbar ...« Er schwieg einen Augenblick lang, in der Erinnerung schaudernd.

»Was geschah dann? Wie bist du herausgekommen?« fragte Deva sogleich.

Er sah sie an, als hätte er ihre Anwesenheit ganz vergessen. Die Zuhörer waren totenstill. Und dann schüttelte er seinen Kopf.

»Ich weiß es nicht«, sagte er. »Ich habe es nie erfahren. Ich habe das Bewusstsein verloren. Als ich erwachte, war es

Morgen und mir ging es gut. Die Bäume waren wieder an ihrem Platz. Ich bin da nie wieder hingegangen.«

Deva war enttäuscht. Sie wollte mehr.

»Hattest du während deiner Bewusstlosigkeit irgendwelche Träume?«

»Nein.«

»Bist du sicher?«

»Ich erinnere mich an nichts.«

»Du erinnerst dich an nichts«, sagte Deva nachdenklich, »aber alles Mögliche kann mit dir geschehen sein, ohne dass du es weißt.«

»Was?« fragte der Mann.

»Ganz fürchterliche Dinge«, sprach Deva dunkel und erwärmte sich an ihrem eigenen Gedankengang.

Die Zuhörer drängten sich näher heran, da sie spürten, dass eine neue Wendung in die Geschichte kam.

»Dinge, die dich verändert haben können – für immer.«

Der Mann sah erschrocken aus. Seiner Frau stockte der Atem.

»Unsinn«, sagte er strikt. »Ich bin unverletzt entkommen.«

»Und woher weißt du, dass du dieselbe Person bist, die an jenem Tag in den Wald ging?«

»Natürlich bin ich das!«

»Aber woher weißt du das? Du bist vielleicht von diesen Bäumen aufgesogen worden, wie du vermeintest, und schreist jetzt noch um deine Freilassung.«

»Aber ...«

Sie wandte sich an die Zuhörer und wies mit ihrem Zeigefinger auf Berd, den Erzähler.

»Der Mensch, den wir vor uns sehen, kann durchaus ein Walddämon sein, der menschliche Form angenommen hat.«

Seine Freunde und Nachbarn, ja sogar seine Angehörigen zogen sich erschrocken zurück.

»Was sagst du da!« schrie der Mann. »Ich bin Berd. Ihr kennt mich alle. Ich bin derselbe.«

»Hat irgendjemand an ihm eine Veränderung bemerkt, seit er an jenem Tag aus dem Wald gekommen ist?« fragte Deva.

Berd sah mit wachsender Angst von einem zum anderen seiner Dorfmitbewohner. Niemand widersprach dem, was Deva vermutete. Er konnte sehen, dass die Saat des Verdachts, die sie gestreut hatte, in aller Herzen aufging. Einer nach dem anderen kamen sie mit Vorkommnissen heraus, die, wie sie sagten, daraufhin deuteten, dass etwas eigenartig und sonderbar an ihm war seit diesem Tage. Niemand hatte sich damals etwas dabei gedacht, aber jetzt, wo Deva es erwähnte ...

»Hör auf.« rief Berd aus. »Ich habe mich nicht verändert. Die Bäume haben mich nicht berührt. Ich habe es mir nur eingebildet. Ich hatte Angst vor der Dunkelheit. Sie haben mich nicht berührt! Es ist nichts geschehen!«

»Hört ihr, wie er es abstreitet?« sprach Deva sanft. »Hört ihr, wie zornig er ist, dass er enttarnt ist? Hört ihr, wie er die Geschichte abwandelt, die Geschichte, die ihr ein Dutzend Mal gehört habt?«

Die Leute wandten sich von ihm ab, blickten ihn mit Abscheu und Grauen an. Manche nahmen Steine auf und hielten sie bereit, beobachteten ihn sorgsam.

»Was machst du mit mir?« richtete Berd sich jetzt an Deva. »Siehst du nicht, was du tust?«

»Warum bist du schweißgebadet? Warum zitterst du?« fuhr sie ungerührt fort. Sie konnte die Macht ihrer Worte spüren. Sie wusste, dass sie diesen Mann ganz leicht vernichten konnte. Sie wusste, dass sie die Gefühle aller Umstehenden lenken und, wenn sie wollte, sogar das ganze Dorf zerstören konnte. Das Gefühl war berauschend. Ihre Wangen glühten. Ihre Augen glänzten unnatürlich.

Boggoron sah und hörte zu – hoch erfreut. Sie war genau das, was er erwartet hatte. Sie würde eine würdige Nachfolgerin für Urak, die Eulenfrau sein. Er bemerkte, wie die Leute jedes ihrer Worte für bare Münze nahmen. Er merkte, wie die Kinder sich an den Rockschößen der Mütter festklammerten. Sogar die großen, harten Männer waren bleich vor Angst. Aber vor allem sah er, wie sehr sie die Macht genoss, die sie über die anderen ausübte.

Und dann – unversehens – hielt Deva inne. Sie konnte ihn vernichten – aber das würde sie nicht tun. Zu wissen, dass sie es könnte, war im Augenblick genug. Sie wollte sehen, ob sie die Menge genauso leicht wieder beruhigen konnte, wie sie sie aufgebracht hatte. Auch das würde ihre Macht erweisen.

Sie hielt ihre Hand hoch, als der erste Stein erhoben wurde.

»Nein«, rief sie. »Ich habe nicht gesagt, dass er von einem Walddämon besessen ist. Ich sagte, es könnte sein.«

Der Mann mit dem Stein zögerte. Die anderen warteten und blickten Deva unsicher an.

»Wir können ihn prüfen. Wir können feststellen, ob er besessen ist oder nicht.«

»Wie? Wie können wir das überprüfen?« fragten die Dorfleute.

Deva dachte schnell nach. Sie wollte nicht für die Steinigung verantwortlich sein. Sie schämte sich ein wenig für das, was sie getan hatte. Es hatte als eitles Spiel begonnen, als bloße Vermutung, und einen tödlichen Ernst angenommen, den sie nicht beabsichtigt hatte.

»Überlasst das mir«, sagte sie. »Ich bin die Tochter des Hohepriesters des Tempels der Sonne. Ich kann es euch sagen.«

Unter den Dorfleuten gab es ein Gemurmel und sie drängten sich zu einem engen Ring zusammen. Berd und Deva blieben in einigem Abstand von ihnen stehen.

Sie stand unmittelbar vor ihm. Sie hob ihre Handflächen, sodass sie nah an seinem Gesicht waren, es aber nicht berührten.

»Hauche auf meine Hände«, befahl sie.

Er hauchte. Seine Augen waren vor Angst weit aufgerissen.

»Kräftiger!« fuhr sie ihn an. »Hol tief Luft und dann hauche sie gegen meine Hände.«

Er tat, wie ihm geheißen. Das Geräusch seines Atems war laut in der Stille, als alle gespannt und ängstlich auf das Ergebnis warteten. Deva hatte manchmal Priester gesehen, die das so machten, aber sie hatte keine Ahnung, warum sie es taten oder was sie wahrnahmen, wenn der Atem ihre Handflächen berührte. Sie spürte nur den heißen Atem eines angsterfüllten Mannes und roch den Duft von Zwiebel und Sauerampfer. Sie bemerkte, dass er fast unbeherrschbar zitterte. Sie und er wussten, dass sein Leben von ihren nächsten Worten abhing. Sie selbst begann zu schwitzen. Warum hatte sie das getan? Das hier war etwas ganz anderes als die Streiche, die sie schon ihr ganzes Leben lang anderen gespielt hatte. Mit diesem Streich konnte sie Leben nehmen. Mit diesem Streich konnte sie Leben geben.

Sie sah auf die Gesichter der sie umringenden Menschen und wusste, wenn sie das Spiel nicht bis zum Ende richtig durchhielt, wenn die Leute auch nur einen Augenblick den Verdacht hatten, dass sie ihnen einen Streich gespielt hatte, dann konnten sie sich genauso leicht und unbarmherzig gegen sie wenden wie gegen ihren Nachbarn und Freund. »Wie merkwürdig«, dachte sie, »jeder von diesen Leuten ist wahrscheinlich vernünftig und nett und harmlos. Aber zusammen werden sie zu einem gewalttätigen und blindwütigen Ungeheuer ...« Sie hatte jetzt dieselbe Angst wie Berd – gefangen in ihrer eigenen Falle.

Mit einer Stimme, die leicht schwankte, verkündete sie, dass Berd frei war und nicht besessen. »Dies ist der Mann, den ihr kennt«, sagte sie. »Habt keine Angst.«

Berd sah sie mit ungeheurer Erleichterung in den Augen an. Die Dorfleute entspannten sich. Sie spürte, wie die Dunkelheit, die sie zusammengekettet hatte, sich hob, und wie sie alle wieder zu eigenen Persönlichkeiten auseinanderfielen.

Sie wandte sich um und ging davon, den Rücken so aufrecht wie nur möglich gereckt und ohne ein Zeichen der Schwäche zu zeigen. Sie hörte einige von seinen Freunden ihm auf den Rücken klopfen und zu seinem knappen Entkommen beglückwünschen. Sie sah nur einmal zurück – und wünschte, sie hätte es nicht getan. Sie fing Berds Blick auf, und darin schaute sie echten Hass.

Boggoron stand auf und ging neben ihr her.

»Was willst du?« fragte sie schroff. »Warum schaust du mich dauernd so an?« Sie konnte seine Gegenwart nicht mehr unbeachtet lassen, und es war ihr auch nicht entgangen, dass er der einzige gewesen war, der ihren Lügen zugehört und ihnen nicht geglaubt hatte.

Er verbeugte sich leicht, und sie übersah nicht das wissende Blinzeln in seinen Augen.

»Ich kenne dich, Deva, Tochter von Kyra.«

»Du warst beim Tempel der Sonne?«

»Nein.«

»Hast du von mir gehört?«

Er lächelte, antwortete jedoch nicht.

»Wo hast du von mir gehört? Was hast du von mir gehört?

»Es gibt nichts, das ich nicht von dir wüsste«, sprach er mit einem schlauen und hinterhältigen Grinsen.

Einen Augenblick lang war sie außer Fassung und dann blickte sie kalt auf ihn hinab.

»Du weißt gar nichts«, sprach sie verächtlich und versuchte, sich von ihm zu entfernen.

»Aber Urak«, sprach er schnell und trat ihr in den Weg.

Sie sah ihn angewidert an – aber sie war neugierig.

»Urak?« Jäh kam ihr die Erinnerung an die riesenhafte Eule wieder, die sie im Wald gesehen hatte. Wenn es jemanden gab, der alles über sie wusste, dann würde sie nicht überrascht sein, wenn es diese Eule wäre. Aber das war verrückt! Wie konnte eine Eule ...?

»Wer ist Urak?« fragte sie hochmütig.

»Urak ist Prophetin, Wahrsagerin, Zauberin. Sie weiß alles! Sie ist die größte, die je gelebt hat. In den drei Reichen ist niemand unter den Lebenden oder den Toten, der es mit ihr aufnehmen könnte.«

Deva hatte Khu-ren oder Kyra nie von ihr sprechen gehört, doch würden sie von einem solchen Wesen wissen – »wenn es sie gibt«, sagte sie sich schnell und versuchte, das wachsende Angstgefühl zu unterdrücken.

»Das bezweifle ich«, sagte sie. »Wieso haben denn die mächtigen Priester des Tempels der Sonne noch nicht einmal von ihr vernommen?«

»Oh, sie haben vernommen. Sie haben von ihr gehört!« sprach Boggoron dunkel.

»Ich habe nie gehört, dass ihr Name erwähnt worden ist.«

»Und doch kennst du ihren Namen.«

Deva hielt inne. Es stimmte – sie kannte den Namen, aber sie hätte schwören können, dass sie ihn nie ausgesprochen gehört hatte.

»Der Mann ist schlichten Gemüts«, sagte sie sich abwehrend. Er kennt irgend eine kleine Hexenfrau in seinem Heimatdorf und hat eine übertriebene Vorstellung von ihrer Bedeutung. Er hat keine Ahnung von der Macht des Tempels. Wenn dem so wäre, würde seine tolle Urak bald auf ihre wirkliche Größe zusammenschrumpfen.«

Deva zuckte die Achseln. »Ich kenne eine Menge Namen«, sprach sie abschätzig.

»Sie benutzt die Gestalt einer Geisteule. Sie sieht selbst im Dunkeln«, sagte Boggoron ganz ruhig und sah sie dabei genau an.

Deva erschauderte. Jetzt hatte er sie. Sie hatte einen trockenen Mund und eine Gänsehaut. Das konnte kein Zufall sein. Da war schon etwas im Gange, das sie betraf, und sie war sich dessen nicht gewahr. Sie, die gerne alles in der Hand hatte, wurde gelenkt. Sie war hergeleitet worden, um diesen Mann hier im Dorf zu treffen, und dabei hatte sie gedacht, jeder Schritt, den sie getan hatte, nachdem sie den Tempel der Sonne verlassen hatte, sei ihre Wahl, ihre Entscheidung gewesen.

Sie fürchtete sich, war aber gleichzeitig sehr ärgerlich.

»Sag deiner wunderbaren Urak«, sprach sie wütend, »dass ich nichts mit ihr zu tun haben will. Ich bin Deva. Niemand weiß alles, was es über mich zu wissen gibt. Nicht einmal meine Mutter!«

»Urak weiß«, beharrte Boggoron. »Urak hat dich zu ihrer Nachfolgerin erkoren. Sie will dich ausbilden, damit du ihren Platz übernehmen kannst.«

Deva sah ihn verblüfft an. Ihr Herz setzte für einen Schlag aus. Einen Augenblick lang war die Versuchung ungeheuer – doch dann behielt die Vorsicht die Oberhand.

»Sag deiner Urak, ich bin die Nachfolgerin meiner Mutter. Wenn sie so viel weiß, dann wird sie das Format meiner Mutter Kyra kennen ... und was es bedeutet, ihre Tochter zu sein. Keine Zauberin, mögen ihre Untergebenen auch noch so sehr an sie glauben, kann je einen Schatten auf den ihren werfen.«

Boggoron lächelte.

»Sie kennt Kyra – dennoch beruft dich Urak zu ihrer Nachfolgerin.«

»Unsinn!« schnappte Deva und ging davon.

Da er wusste, dass sie schon halb in der Falle saß, wenn sie sich auch noch gegen das Netz wehrte, bereitete Boggoron sich darauf vor, die Schlinge enger zu ziehen, als sie plötzlich von der Ankunft einer Gruppe von Dorfbewohnern unterbrochen wurden. Es seien zwei Gestalten auf dem Weg von Hael gesichtet worden – ihr zurückkehrender Bote und neben ihm jemand, auf den die Beschreibung von Isar zutraf. Sehr bald würden sie an der letzten Biegung zum Dorf sein.

Deva wartete kaum auf das Ende der Ankündigung, als sie schon mit wehendem Haar und geröteten Wangen den Weg hinablief. Als Isar und sein Begleiter um die Ecke bogen, begegnete ihnen eine fliegende Gestalt, die sich in Isars Arme warf und ihn fast aus dem Gleichgewicht brachte. Lachend wirbelte er sie herum und umarmte sie voll Freude. Der dicke Angstknoten, der ihn gemartert hatte, seit sie verschwunden war, der sich etwas gelockert hatte, als der Bote nach Hael gekommen war und berichtet hatte, dass Deva in seinem Dorf in Sicherheit sei, löste sich jetzt völlig. Welche Laune auch immer in sie gefahren war, als sie am Tag zuvor weggelaufen war, sie war verflogen, und Deva war die Liebenswürdigkeit und Heiterkeit in Person.

»Wo warst du?« Sie neckte ihn, als sei alles nur ein Versteckspiel gewesen. Die Schatten der Furcht, die beide in der Nacht zuvor durchlitten hatten, waren vergessen und – für einen Augenblick – auch Lerche.

Isar küsste das errötete lachende Gesicht immer wieder, und die Dorfleute, die zuschauten, zogen ihre eigenen Schlüsse. Sie begleiteten das Paar zum Dorf zurück und bekränzten es mit Blumen.

An jenem Abend, am Herdfeuer ihres Gastgebers, entsann sich Deva Boggorons und sah sich nach ihm um. Er war nirgends zu sehen, und als sie nach ihm fragte, konnte niemand sich entsinnen, ihn seit Isars Ankunft gesehen zu haben. Sie erzählte Isar von ihm und lachte dabei, als wenn die ganze Begegnung eher belustigend als beängstigend war. Isar hörte zu und lächelte, schenkte dem, was sie sagte, aber sehr wenig Beachtung. Erst später, als die Ereignisse ihre Wendung nahmen, da rief er sich jedes Wort, das sie gesagt hatte, wieder ins Gedächtnis, und da bereute er, dass er ihnen so wenig Bedeutung beigemessen hatte.

Als es Zeit war, sich zur Ruhe zu begeben, bestand ihr Gastgeber darauf, dass sie das Bett von ihm und seiner Frau nahmen, während sie sich zu ihren Kindern begaben. Isar widersprach vergeblich. Deva hatte sie alle dazu verleitet anzunehmen, dass sie ein frisch verheiratetes Paar waren, und die Art, wie er sie beim Wiedersehen geküsst hatte, hatte das bestätigt. Mit lachenden Augen beobachtete sie, wie Isar versuchte, die Lage aufzuklären, ohne sie als Lügnerin zu bezichtigen. Sie war belustigt und erfreut zu sehen, dass er es nicht so nachdrücklich tat wie erwartet, und als das Lampenlicht gelöscht wurde und das Zimmer nur noch von den schwach glühenden Scheiten des Herdfeuers erleuchtet war, waren sie zusammen im Bett.

Sie ließ ihn einige Zeit steif am Rand liegen, so weit wie möglich von ihr entfernt. Dann, als die Müdigkeit ihn übermannte und er sich entspannte und auf die Seite drehte, war sie da, warm und nah, schlang sich um ihn, flüsterte in sein Ohr, suchte seinen Mund. Und wenn es auch schemenhafte Erinnerungsfasern aus der weit entfernten Vergangenheit gab, die beide gegenseitig anzog – fließendes Aufblitzen der Bilder vom Garten in Ägypten, den sie hinter sich gelassen hatten – der Lilienteich – das Summen der Bienen und das Rauschen der Palmwedel – die amarantenen Lilien, die im Schatten leuchteten – ein Ibis, der herabschwebte – die Kühle des Schattens nach der Hitze – die Berührung seiner Hand auf ihrer Brust – es war die wirkende Kraft der Gegenwart, die das Blut in ihren Adern tatsächlich anfeuerte.

Vergeblich sagte sich Isar, dass er nicht tun sollte, was er tat. Anfangs kam es ihm so vor, als wenn ein Teil von ihm außerhalb von ihm stünde und ihn warnte; ein anderer Teil war mit Anhai zusammen in jener uralten Zeit; während ein dritter Teil sich immer tieferen leiblichen Freuden hingab, da Devas seidiges Fleisch sich immer dichter an ihn drückte; ihr Mund erkundete und koste und küsste. Es gab einen

Zeitpunkt, da gab er sich vollkommen diesem dritten Teil anheim, und war er der Verführte gewesen, so wurde er jetzt zum Verführer.

Deva stieß einen Seufzer aus, der fast ein Stöhnen war, als sie die Veränderung in ihm spürte, fühlte, wie er sich so leidenschaftlich zu ihr aufrichtete, wie sie es sich immer erträumt hatte. »Endlich«, flüsterte sie. »Endlich«und dann vergaß auch sie die Vergangenheit, vergaß sie alles außer der anschwellenden Woge von ungebrochenem, entzückendem Gefühl, die sie beide zusammen in völliger Hingabe nach oben trug.

Als sie wieder des Zimmers gewahr wurden, in dem sie jetzt lagen, war das Feuer ganz heruntergebrannt und vollkommene Dunkelheit umgab sie. Isar löste sich von Deva und lag mit offenen Augen auf die unsichtbare Decke aus Schilf starrend auf seinem Rücken. Er lauschte, wie das Klopfen sein Herzens allmählich langsamer wurde und zu einem regelmäßigen Schlag in der ungeheuren Dunkelheit wurde. Deva bewegte sich nicht. Sie lag neben ihm und hielt ihren Atem an. Sie fragte sich, was er wohl dachte, ob sie es wagen sollte, ihn zu berühren. Nichts war durch ihre Vereinigung gelöst worden. Sie litten jetzt beide sogar mehr unter dem, was einst war und was hätte sein können.

Am Morgen war Isar in sich gekehrt und abweisend, als ob es die Nacht nie gegeben hätte. Er weigerte sich sogar, darüber zu sprechen, als wenn es dadurch weniger wirklich wäre. Deva gab es auf zu versuchen, seine Hand zu berühren; gab es auf zu versuchen, ihm in die Augen zu sehen. Sie konnte erkennen, dass er sich schämte und mit seinem Herzen zu Lerche zurückgekehrt war.

Als es Zeit war, aufzubrechen, sagte er ihr, dass er nicht mit ihr nach Hael und zu Farlas Hochzeit gehen würde. Er hatte jemanden gefunden, der ihn zu dem Teil des Waldes führen konnte, wo er hoffte, den Eichenknorpel zu finden, den er für Kyras Schale suchte. Es gäbe genug, die sie zurück nach Hael führen konnten, sagte er, und er hoffe, dass sie die Hochzeitsfeier genießen würde. Noch als er mit ihr sprach gelang es ihm, ihr nicht in die Augen zu sehen. So hätte er höflich zu einer Fremden sprechen können.

»Das ist also das Ende der Geschichte!« dachte sie bitter – und in ihrem Zorn und ihrer Enttäuschung ersann sie einen Plan, der das Leben vieler verändern sollte, auch wenn sie nur Isar eine Lehre erteilen wollte.

Sie tat so, als wenn es ihr nichts ausmachte, dass er von ihrer gemeinsamen Nacht nichts mehr wissen wollte. Sie achtete darauf, dass er und sein Führer für ihren Streifzug gut bevorratet waren und entbot ihnen ein heiteres Auf Wiedersehen. Mit einem ernsten Nicken nahm sie die Botschaft seines Bedauerns über seine Abwesenheit an, die sie Farla überbringen sollte – und mit einem Lächeln seine Bemerkung, dass sie sogleich direkt nach Hause eilen solle, wenn die Hochzeitsfeier vorüber war.

Als er den Wald erreichte und sich umsah, winkte sie lebhaft.

Zögerte sie, den nächsten Schritt zu tun? Wankte er in seinem Entschluss, das Spiel in der Weise zu spielen, die er gewählt hatte? Er stand eine ganze Weile da und sah zu ihr zurück, und einen Augenblick lang konnte sie seine Pein so tief empfinden wie die ihre. Sie hörte auf zu winken, und sie standen beide da und schauten sich nur unverwandt an. Sie fühlte einen überwältigenden Drang, hinter ihm herzulaufen

– doch bevor sie noch den ersten Schritt tun konnte, spürte sie eine Berührung an ihrem Arm. Es war Boggoron. Sie sah ihn an, bestürzt, dass er genau in diesem Augenblick wieder auftauchte. Zerrissen zwischen ihrem Entschluss und ihrer Liebe zu Isar, schaute sie wieder zum Waldweg zurück. Er war leer. Isar war gegangen.

Die Suche nach Guiron

Als Isar nach Hause zurückkehrte, war er schwer mit Taschen und Beuteln beladen, die Holz zum Schnitzen enthielten und auch jenen Eichenknorpel, dessentwegen er aufgebrochen war. Lerche lief ihm zur Begrüßung entgegen, sobald sie vernommen hatte, dass er auf dem Höhenweg gesichtet worden sei, und versuchte sogleich, ihm einige der leichteren Lasten abzunehmen. Er war länger fort gewesen, als er vorgehabt hatte, und er sah erschöpft aus. Er küsste sie und hielt sie mit einem Gefühl tiefer Erleichterung in seinem freien Arm. Er war zu Hause, und hier wollte er sein. Er liebte sie, und bei ihr fühlte er sich geborgen. Er versuchte, das lebhafte Aufblitzen der Erinnerung an die Nacht mit Deva zu unterdrücken. Es war erregend schön gewesen – ein Höhepunkt, den er nie vergessen würde –, aber es durfte sich nie wiederholen. Vermischt mit dieser Ekstase, die sie miteinander geteilt hatten, war etwas, das er nicht in Worte fassen konnte. Er hatte zuerst gedacht, dass es ein Schuldgefühl war – doch wusste er jetzt, das war es nicht ganz. Es war Furcht. Die Furcht, seinen Willen, sein eigenes und unabhängiges Leben zu verlieren. Lerche ließ ihn sich mehr als Ganzheit auf jeder Ebene erleben; Deva verminderte ihn bis zu dem Punkt, wo es ihm gleichgültig war, ob er sonst noch etwas war, Hauptsache, ihr Liebhaber. Er konnte noch den Schmerz seiner Trennung von ihr spüren, selbst als er Lerche küsste – aber er war entschlossen, ihn nicht zuzulassen.

Lerche merkte, dass etwas nicht stimmte, sich etwas verändert hatte in der Art, wie er sie hielt – in der Weise, wie er sie küsste. Sie zog sich von ihm zurück und sah ihm fragend in die Augen, aber er wandte sich sogleich ab und suchte geschäftig seine kostbaren Holzstücke hervor, um sie ihr zu zeigen.

»Sieh dir dieses Stück an«, sagte er, eine Spur zu begeistert. »Es bedarf nicht mehr als hier und dort eines Schnittes, um den Adler darin herauszuholen.« Er streckte es ihr entgegen und sie strich gedankenvoll über das Holz. Eine Form in der anderen – nichts ist, was es scheint ...

Isar, der auf ihr verwirrtes Gesicht hinabblickte, hasste sich dafür, dass er seine Gefühle nicht hatte beherrschen können. Er legte das Holz wieder hin und nahm sie nochmals in seine Arme. »Es ist alles in Ordnung«, sprach er sanft. »Ich bin fort gewesen – aber ich bin wiedergekommen.«

Sie schloss ihre Augen und überließ sich den warmen Gefühlen, die sie durchflossen, als er sie küsste. Es war alles in Ordnung – ihre Liebe war den Unregelmäßigkeiten des Lebens ausgesetzt wie ein Fluss den Felsbrocken, die in seinem Bett liegen. Was auch immer sie bedrohte, sie würden sich dem gemeinsam stellen. Sie würde ihm von dem Kind erzählen – und wovor sie Angst hatte. Er war wieder da.

Als Deva nicht an dem erwarteten Tag zurück war, war niemand besonders besorgt. Hochzeitsfeierlichkeiten zogen sich oft länger hin als erwartet. Doch am sechsten Tag kam ein Besucher aus Hael mit der Nachricht, dass die Hochzeit gar nicht stattgefunden hatte und dass er Deva nicht gesehen hatte, seit sie mit Isar fortgegangen war, um nach dem Eichenknorpel zu suchen.

Kyra rief einigermaßen beunruhigt nach Isar.

Sobald sie ihm die Neuigkeit erzählt hatte, sah sie an seinem Gesichtsausdruck, dass er etwas wusste, was von Bedeutung war, was er aber lieber für sich behalten würde.

Sie fragte ihn ruhig und vorsichtig aus und hatte bald herausgefunden, ohne dass er es ausdrücklich gesagt hätte, dass sie die Nacht gemeinsam verbracht hatten und unter Schmerzen von einander geschieden waren, jedoch mit dem Entschluss auf Isars Seite, es zumindest nicht wieder geschehen zu lassen.

Sie betrachtete den jungen Mann, den sie vor sich hatte. Sie hatte ihn immer gern gemocht – Ferns Sohn, empfindsam und freundlich und doch mit einer großen inneren Stärke. Er war von der Sorte Mensch, die wenig sagten, doch wenn sie sprachen, hörten die Leute zu; die Sorte Mensch, an die sich andere Menschen wandten, wenn sie durcheinander oder besorgt waren. Manchmal reichte schon das Zusammensein mit ihm, um einen zu beruhigen; manchmal war es ein kurzer und treffender Satz, der half, die eigenen Sorgen zurechtzurücken. Sie wusste, dass er Lerche liebte und willentlich nichts tun würde, was sie verletzen konnte. Die Anziehung von Deva musste wirklich stark sein, um das alles zu überwältigen.

War Deva also aus Trotz davongegangen? Kyra seufzte. Sie erinnerte sich an die Zeit, als ihre eigensinnige Tochter sich an den Feind gewandt hatte und eine Verehrerin von Groth geworden war, weil sie meinte, der Tempel täte nicht genug, um Isars Leben zu retten, als er ein Gefangener in Na-Groths dunklem Reich war. Sie wusste um ihre lange Geschichte, und einen Augenblick lang fragte sie sich, ob es nicht besser gewesen wäre, wenn sie doch in diesem Leben geheiratet hätten. Aber dann dachte sie an Lerche und wie Maal sich Lerche erkoren hatte, um durch sie zu wirken, und wie er Lerche auf Isars Weg gestellt hatte. Maal, der alte Priester, der ihr Freund und Lehrer gewesen war, als sie als junges Mädchen einer großen Gefahr gegenüberstand. Maal, der ihr bei seinem Tod versprochen hatte, zu ihr zurückzukommen, wann immer sie ihn wirklich brauchte.

So sehr sie ihre Tochter auch liebte, so wusste sie doch, dass Deva in diesem Leben für Isar nicht die Richtige war. Er hatte sich sehr viel weiter entwickelt als sie, und sie würde ihn zurückhalten – vielleicht sogar zugrunde richten.

Kyra kehrte behutsam zu ihrer Befragung zurück. Sorgfältig sichtete sie, was er ihr sagte und was sie sich selbst zusammenreimte.

Wo konnte Deva hingegangen sein? Zu ihrem Vater vielleicht? Aber Kyra kannte Deva gut genug zu vermuten, wenn sie verletzt war, dann würde sie lieber allein sein. Außerdem würde sie nicht wissen, wo sie ihren Vater finden konnte – er war noch auf seinen Reisen, und es sah so aus, als würde noch einige Zeit vergehen, bis er zum Tempel zurückkam. Eine im Traum übermittelte Botschaft hatte ihr gesagt, dass er über etwas beunruhigt war, was er herausgefunden hatte, und dass er vorhatte, dem auf den Grund zu gehen, bevor er heimkehrte. Kein Zweifel, Deva würde zu ihrer Zeit zurückkommen. Aber Kyra konnte sich nicht entspannen. Sie hatte das unbehagliche Gefühl, dass da mehr dran war, als eine von Devas Launen.

»Es muss da etwas geben, was sie gesagt hat ... Ich weiß, dass ihr viel daran lag, zu der Hochzeit zu gehen. Wenn sie ihre Absicht geändert hat – aus welchem Grund auch immer«, fügte Kyra taktvoll hinzu und vermied es, es auszusprechen, »dann muss sie etwas anderes im Sinn gehabt haben.«

Isar durchforschte seine Erinnerung. Bis dahin hatte er seine Aufmerksamkeit auf den Morgen ihres Abschieds gerichtet, doch jetzt fiel ihm etwas wieder ein, das sie gesagt hatte. Sie hatte sich belustigt über einen Fremden ausgelassen, der behauptete, sie sei die Nachfolgerin von einer Frau, die »Urak« genannt wurde.

Sobald Isar den Namen »Urak« ausgesprochen hatte, versteifte Kyra sich und wurde kreidebleich. Die ganze Art der Befragung änderte sich. Sie war jetzt auf das äußerste beunruhigt und bestand darauf, dass Isar jedes Wort wiederholte, das Deva über ihr Gespräch mit dem Fremden gesagt hatte, ob er es nun für wichtig hielt oder nicht.

»Wer ist Urak?« fragte Isar, von Kyras Reaktion auf ihren Namen aufgeschreckt.

»Ich dachte, sie sei schon lange tot!« murmelte Kyra. »Guiron nannte sie eine alte Frau, als er noch ein junger Mann war.«

Isar erinnerte sich an Guiron. Er war ein weiterer Mitspieler in dem Drama, von dem er gemeint hatte, es sei zu Ende – bis zu jener Nacht mit Deva.

»Was hat er über sie gesagt?« fragte er besorgt. Nicht oft sah Kyra so beunruhigt aus.

»Sie war eine ganz schreckliche Zauberin«, sagte sie. »Die Leute wandten sich an sie, wenn sie jemanden verletzen oder töten wollten. Guiron hat mich vor ihr gewarnt. Wenn ich je von ihr hören sollte, müsste ich aufpassen.«

»Eine Hexenfrau?« sagte Isar verblüfft. Die Hexenfrauen, denen er begegnet war, waren ziemlich harmlose Geschöpfe, die Zaubersprüche für »Glück«, für einen Geliebten oder für »Fruchtbarkeit« aussprachen ...

Manche gebrauchten ihre leichte Hellsichtigkeit, um anderen zu helfen. Manche waren sogar Heilerinnen. Es stimmte, manche benutzten ihre Gaben, um Leute zu verfluchen, doch niemand von ihnen wäre ein ernsthafter Gegner für Kyra oder sonst jemanden von der Priesterschaft, wenn es zu einer Auseinandersetzung käme. Warum war Kyra so erschüttert?

»Ihre Kräfte sind gewaltig«, fuhr Kyra fort. »Es gab ganze Dörfer, die im Schrecken vor ihr lebten.« Sie versuchte, sich an alles zu erinnern, was Guiron ihr von der Frau erzählt hatte. Sie meinte, sich zu entsinnen, dass es Guiron schließlich gelungen war, sie in ferne Berge zu bannen. Hatte sie sie in jenem Blitz aus ihrem Kristall gesehen – jene eigentümliche Gestalt, die vor einem Höhleneingang kauerte? »Ich hörte, sie hätte eine der Herren der Sonne werden können«, grübelte Kyra, »wenn sie sich dazu entschlossen hätte, ihre Fähigkeiten für das Gute und nicht für das Böse einzusetzen.« Sie runzelte die Stirn. Vielleicht hatten die Schwierigkeiten, die Khu-ren von Zuhause fernhielten, auch mit Urak zu tun. Kyra wusste, dass nichts jemals durch Zufall geschah – auch nicht abgetrennt vom Übrigen. Wenn ein Schatten in Bewegung war, dann würde er die Fäden aus vielen Leben mit sich ziehen, und für alle, die von ihm berührt wurden, gab es einen Grund, warum sie ihm begegneten. Jäh begann sie zu zittern, als sie sich erinnerte, dass sie den Namen zu einer anderen Zeit schon gehört hatte – auf Wardykes Lippen.

»Sie muss bald hundert Jahre alt sein, wenn sie noch lebt. Bist du sicher, das war der Name, den Deva genannt hat?«

»Ja, das war er. Aber es kann gut sein, dass es einen anderen Menschen gibt, der Urak heißt.«

Einen Augenblick lang flackerte ein Fünkchen Hoffnung in Kyras Augen – aber in ihrem Herzen wusste sie, dass dies die Urak war, vor der sie gewarnt worden war. Es passte zu ihren Vorahnungen, ihrem Eindruck von sich sammelnder Dunkelheit und einer großen sich nähernden Gefahr.

»Lass mich allein«, sagte sie mit einer plötzlichen Entschlossenheit. »Erzähle niemandem, was du mir erzählt hast. Ihr Name hat noch immer die Kraft, das Herz eines jeden mit Furcht zu erfüllen, der ihn jemals vernommen hat.«

»Was kann ich tun?«

»Nichts. Geh zu Lerche. Bleib bei ihr.«

»Ich muss wissen, was mit Deva geschehen ist. Ich muss ihr helfen, wenn sie in Gefahr ist.«

»Ich werde dich rufen, wenn du auf irgendeine Weise helfen kannst. Doch jetzt muss ich Khu-ren erreichen. Und das kann ich nicht, wenn du aufgeregt hier herumsitzt.«

»Aber ...«

»Geh!« fuhr sie ihn mit ungewohnter Ungeduld an.

Er ging.

Kyra und Khu-ren waren die einzigen Herren der Sonne in der Tempelgemeinschaft, und um die Kraft zu erzeugen, die notwendig war, die anderen Herren der Sonne aus der ganzen Welt in ihrer astralen Gestalt herbeizuholen, wenn sie sie brauchten, wäre eine gewaltige Unternehmung – die nicht nur die ganze Priesterschaft des Tempels einschloss, sondern auch viele der Bewohner aus der Umgebung. Doch dafür war die Zeit noch nicht gekommen. Zuerst musste sie sich mit dem Hohepriester, ihrem Mann, beraten.

Bei Sonnenuntergang kehrte sie zum Tempel zurück, die Erde um sie her kam zur Ruhe, lange Ketten von Vögeln flogen nach Hause. Die Herdfeuer in den Dörfern, die im Land um den großen Kreis aus stehenden Steinen verstreut lagen, wurden geschürt gegen die Kühle der kommenden Nacht. Sie stand gegen den höchsten der heiligen drei Steine im inneren Heiligtum gelehnt und begann, sich zu sammeln, um abermals Khu-ren zu erreichen. Der Himmel war lindgrün und ging im Westen in Purpur über. Er war rein und klar, makellos ohne eine einzige Wolke. Ein Stern leuchtete schon auf, ein Fixpunkt und eine Inspiration.

Gegen den gewaltigen Turm des Monoliths sah Kyra wie eine winzige und unbedeutende Gestalt aus, doch gegen den riesig weiten Bogen des Himmels wirkte der Stein zwergenhaft. Sie lehnte ihren Rücken gegen den Fels und hob ihr Kinn, sodass sie geradewegs zu dem Stern schaute. Sie sah ihn unbeweglich unverwandt an, bis die Verbindung zwischen ihnen so stark war, dass sie sein Licht auf ihrer Stirn fühlen konnte. Dann schloss sie die Augen, und das Bild und die Macht des Sterns trat durch das Tor ihres Dritten Auges ein und erstrahlte in ihrem Inneren. Zuerst taumelte sie fast zurück – aber der Stein hielt sie aufrecht. Sie spürte, wie ihr von der Kraft, die sie durchströmte, ganz heiß wurde, und ihr Herz klopfte vor Erregung. Gleichgültig, wie oft sie sich auf ihre astralen Reisen begab, es war niemals wie zuvor.

Vielleicht war das der Grund, weshalb diese Art Betätigung nicht für Uneingeweihte empfohlen wurde. Es war fast jedem möglich, durch die Befolgung eines festgesetzten Musters, eines Rituals, ein paar begrenzte Schritte zu tun. Doch jenseits davon ist tiefes, gefährliches Wasser, wo alles Ritual hinter einem bleibt und die Seele ihre eigenen Entscheidungen treffen, sich stets neu auf jede feine Schattierung einer sich wandelnden und in Bewegung befindlichen Situation einstellen muss. Um in den furchterregenden – weil ungewohnten – Bereichen jenseits dieser Wirklichkeit nicht vernichtet zu werden oder verloren zu gehen, musste der Reisende eine Seele haben, die nicht nur anpassungsfähig genug war, um sich zu jedem Zeitpunkt auf die Lage einzustellen, sondern die auch gut genug durchgebildet war.

Welch langen Weg hatte sie seit jenen ersten Tagen in ihrem kleinen Dorfsteinkreis schon zurückgelegt, als sie auf die astralen Ebenen gestolpert und den Schrecken des Unbekannten begegnet war. Das Unbekannte war noch da, und gleichgültig, wie viel sie lernte, sie konnte nie genug lernen, um alles zu meistern. Immer wenn sie in die Stille ging und den behaglichen und bekannten Grund verließ, begab sie sich in Gefahr – nicht nur, weil sie vielleicht nicht fand, was sie suchte, sondern weil sie vielleicht auch den Rückweg nicht fand. Sie war sich sehr wohl bewusst, dass die einzige Sicherheit im Leben die Unsicherheit ist.

Kyra trat aus der großartigen Halle aus Licht in ihrem Kopf und nahm ihre Bahn unter der wachsenden Zahl sichtbarer Sterne auf.

Khu-ren wartete auf sie. Auch er war in der Stille – streckte sich ihr entgegen.

Userhet hatte Guiron allein gelassen, damit er die Hieroglyphen auf einem langen Papyrusstreifen enträtseln konnte. Der Schreiber hatte seine Arbeit an dieser Abfassung der »Sprüche zum Herauskommen bei Tage« nur halb fertiggestellt. Sie waren für das Grab der Pharaonin Hatshepsut vorbereitet worden, der Frau, die sich selbst zur Herrscherin Ägyptens aufgeschwungen hatte, als sie nur Regentin für ihren Stiefsohn Thutmosis sein sollte. Der Papyrus sollte mit ihr begraben werden, damit die Magie der Worte ihr auf ihrer Reise durch das Duat, die Unterwelt, die lange Nacht der Toten helfen konnte, bevor ihr, wie der Sonne in der Morgendämmerung, neues Leben gegeben wurde.

Guiron hatte mit seinen Studien gute Fortschritte gemacht und konnte den größten Teil des alten Textes entziffern.

»Du sollst sprechen diese Worte, wenn dieser Geist rein ist«, las er. »Wenn er ihrer würdig ist und gesäubert, und wenn ihr Mund geöffnet wurde von einem Eisenstab, der von den Sternen gekommen ... Dieser Text ward gefunden in einer geheimen Lade, geschrieben von Gottes eigener Hand. Was geschrieben ist, ist ein Geheimnis der Unterwelt, gehörend zu den Mysterien der Unterwelt, ein geheimes Bild im Reich der Toten.«

Guirons Finger folgten angestrengt den Hieroglyphen, seine Lippen formten die Worte. »Ah, rein zu sein ...«, dachte er. »Würdig und gesäubert ...« Wenn diese alten Geheimtexte ihm helfen konnten, würde er sie so gut lernen, dass er in seinem Grab keine Papyrusrolle brauchte, um sie sich ins Gedächtnis zu rufen, wenn er durch die Prüfungen des Duat ginge. Würden aber Worte, so gewaltig und geladen mit zauberkräftiger Bedeutung sie auch sein mochten, ausreichen, um ihn von den Folgen seiner Taten zu befreien?

Der Mogüd in jenem Land weit im Norden, in Dunkelheit und Eis jenes endlosen, harten Winters, hatte sich bemüht, ihn zu lehren, die Begrenzungen seines leiblichen Körpers zu überschreiten, während er noch lebendig war, und zu jenem Reich zu »fliegen«, wo die großen Geistwesen wohnten, die sich die meisten als »Götter« dachten – um dort, vermutlich, von Angesicht zu Angesicht Erlösung von dem Übel, das er begangen hatte, zu erbitten.

Doch er hatte seine Zweifel, ob jene Bereiche, die er besucht hatte, wirklich die Wohnorte der »Götter« waren. Er hatte das Gefühl gehabt, er sähe nichts weiter als Bilder, die, angeregt von der Kunst des Mogüd, seiner Vorstellung entsprungen waren. Jene Bereiche stellten nichts anderes dar als die Eingangsschwelle zu dem Dahinterliegenden. Um sich den höchsten Ebenen zu nähern, wurde etwas mehr von ihm gefordert. Was? Guiron vergrub sein Gesicht in seinen Händen. Wenn er es in diesen Texten nicht finden konnte, dann wusste er nicht, wo er sonst noch suchen sollte.

Er war müde. Er konnte nicht mehr weiterlesen. Er hatte schon eine ganze Zeit an dem Text gesessen. Er legte sich auf ein Ruhebett und schloss seine Augen, umnebelt von all den Anweisungen, von all den Namen, die er behalten sollte, und von all den Hoffnungen. »Jeder, der diesen Text kennt, er soll hinausgehen in den Tag, er soll wandeln auf der Erde unter den Lebenden und er soll niemals Verderbnis erleiden. Dieser Text ist eine Million Mal wahr.«

»Wenn es nur so einfach wäre«, dachte er, als er einschlummerte ...

Als er schlief, träumte er zum ersten Mal seit Jahren von dem Tempel der Sonne im Land seiner Geburt. Es kam ihm so vor, als stünden Kyra und Khu-ren allein Hand in Hand in der Mitte des inneren Heiligtums, ihre Gesichter sorgenvoll und traurig ... Über ihnen hockte drohend ein riesiger Vogel, sein Schatten fiel auf Kyras goldenes Haar. Guiron versuchte zu sehen, was für ein Vogel es war, und er hatte den Eindruck, als laufe er sogleich über die Felder, als versuche er, den Tempel zu erreichen, und als flöge er hoch über ihn hinauf, sodass er den großen Steinkreis, den ihn umgebenden Erdwall und die in seiner Nähe liegenden Gebäude und Grabhügel sehen konnte ... Er war zugleich über dem hockenden Vogel und unter ihm. Aus irgend einem Grund schien er nicht an die beiden menschlichen Gestalten im Kreis zu denken, sondern versuchte nur herauszufinden, was der Vogel dort machte und welcher Art er war. Eben bevor er mit einem Ruck erwachte, sah er, dass es eine Eule war mit einer Flügelspanne weit größer, als von irgend einem Vogel, den er je erblickt hatte. Ihre Augen ...

Aber er war wach und zitterte, und der Name von Urak tönte in seinen Ohren ...

Kyra sandte einen Boten, um Isar und Gya zu sich zu rufen. Wenn Khu-ren wieder im Tempel war, würde es leichter sein, Guiron zu finden und zu entscheiden, was für Deva am besten zu tun sei. Derweil ließen die Aufregung und Sorge um ihre Tochter sie nicht ruhen. Sie hatte viele Male versucht, Urak zu erreichen, wie sie es damals eher zufällig mit Hilfe des Doppelkristalls getan hatte, doch Urak war durch diesen Vorfall gewarnt und würde sich nicht mehr unvorbereitet einfangen lassen. Sie hatte ihre Mittel und Wege, sich zu schützen und zu verbergen, wenn sie nicht entdeckt werden wollte.

Zu guter Letzt entschied Kyra, dass sie zumindest etwas in Bewegung setzen musste, während sie auf Khu-rens Rückkehr wartete. Wenn überhaupt jemand sie auf der gewöhnlichen stofflichen Ebene finden konnte, dann waren es Isar und Gya – beide liebten sie und beide waren auf unterschiedliche, aber sich ergänzende Weise klug und findig. Sie würde sie schicken ... Vielleicht war Urak so sehr damit beschäftigt, den Tempel und seine Priesterschaft zu bekämpfen, dass sie gar nicht daran denken würde, sich über zwei solche »Eintagsfliegen« zu beunruhigen.

Lerche wusste, dass Isar seit seiner Rückkehr von seiner Reise über etwas beunruhigt war – doch seit seinem langen Gespräch mit Kyra war er wie ein Tier, das in einem Käfig auf und ab schritt, und konnte sich kaum lange mit etwas abgeben. Selbst das Wissen darum, dass sie ein Kind bekommen würden, konnte seine Aufmerksamkeit nicht so lange fesseln, wie sie es erwartet hatte, wenn es ihn auch freute. Wenn er ihr nicht sagen wollte, was los war, versuchte sie, in seinem Denken zu lesen – aber er verschloss absichtlich seine Gedanken vor ihr. War er gewöhnlich für ihre Stimmungen so empfindsam und sorgte er sich um alles, was sie berührte, so bemerkte er diesmal nicht einmal, dass auch sie eine geheime Befürchtung nährte. Sie beschloss, ihre Ängste in Bezug auf Wardyke für sich zu behalten, bis er ihr wieder mehr Aufmerksamkeit schenkte.

Gya machte inzwischen aus Devas Abwesenheit das Beste. Es mangelte ihm nie an weiblichen Bewunderern, und so war es keine Schwierigkeit für ihn, junge Frauen zu finden, die sein Bett mit ihm teilten. Sie waren weniger aufregend als seine Frau, aber auch weniger launisch. Er wurde selten von Botschaften aus den anderen Reichen behelligt und hatte keine Ahnung davon, dass etwas nicht stimmte. Soweit er wusste, vergnügte sich Deva auf dem Fest in Hael, und er sah keinen Grund, warum er sich nicht auch vergnügen sollte. Er hatte mit ihr gehen wollen, aber sie hatte ohne Umschweife klargestellt, sie wolle allein gehen. Na gut. Sie wollte ihn vielleicht nicht – andere aber schon.

Als die Nachricht von Kyra ihn erreichte, er solle sie sofort aufsuchen, schlief er gerade nach einer langen Nacht aus und war überhaupt nicht erfreut, geweckt zu werden.

Noch schlaftrunken, sein Wams offen und sein dunkelbraunes Haar zerzaust, erschien er vor der hohen Herrin. Isar war schon da, blass und ernst. Die Sonne war kaum aufgegangen! Was dachten sie sich dabei, einen Mann so aus seinem Schlaf zu reißen?

Kyra begrüßte ihn ruhig und höflich. Sie lächelte nicht. Sie wusste wohl, dass die Dinge nicht so gut waren, wie sie sein sollten zwischen ihrer Tochter und ihrem Mann, und wenn sie ihn dafür auch nicht verurteilte, so bedauerte sie doch, wie Gya auf Devas Unberechenbarkeit reagierte.

Gya verbeugte sich wie es sich gehörte, aber er ließ keinen Zweifel daran, dass er verstimmt darüber war, so früh aus dem Bett geholt zu werden. Der Protest war bei Kyra vergeblich, die schon seit mehreren Stunden auf war und gearbeitet hatte.

»Gya«, sagte sie, »ich denke, du solltest wissen, dass wir uns um Deva Sorgen machen.«

»Deva? Warum?«

»Die Hochzeit in Hael hat nicht stattgefunden, und Deva ist noch nicht nach Hause zurückgekehrt.«

Er war überrascht, aber nicht beunruhigt. Deva war schon früher fortgegangen, um Besuche zu machen, ohne ihrer Familie zu sagen, wo sie war.

»Wir glauben, dass sie in Gefahr ist.«

Gya sah Kyra scharf an. Er war jetzt ganz wach. Er mochte mit anderen Frauen zusammenliegen, aber Deva war bei weitem die wichtigste für ihn. Kyra sagte ihm mit schlichten Worten, dass Isar Deva am Tag vor der Hochzeit gesehen hatte und dass sie zu ihm von einem geheimnisvollen Fremden gesprochen hatte, der sie eingeladen hätte, jemanden namens Urak zu besuchen, eine Hexenfrau, die in den westlichen Bergen lebte.

Gya runzelte die Stirn. Was war jetzt wieder mit dem Mädchen los? Es gab genug Zauberei und eigenartige Vorgänge am Tempel. Warum sollte sie sich um eine Hexenfrau scheren?

»Ich fürchte, diese Frau ist außerordentlich mächtig und böse.« Kyra bemühte sich, ihre Stimme stetig und ruhig zu halten, aber die jungen Männer bemerkten beide das Beben darin. »Je eher wir sie zurückholen, desto besser.«

Gya nickte sofort. »Aber gewiss wäre es wirkungsvoller, wenn du dich ein paar deiner astralen Tempeltricks bedienen würdest, um sie zurückzubekommen?« sagte er.

Kyra schüttelte den Kopf. »Wir werden natürlich tun, was wir auf den anderen Ebenen tun können. Aber ich würde mich glücklicher fühlen, wenn du und Isar da wären, um sie zurückzugeleiten, was auch immer geschieht ...«

»Meinst du, dass ihr schon ein Leid geschehen ist?«

Kyra seufzte und zuckte die Schultern. »Nein, noch nicht«, sagte sie. »Aber ich glaube, es ist keine Zeit zu verlieren.«

Ungefähr war die Lage von Uraks Bergfeste bekannt. Sie war in einem bestimmtem Gebiet in den westlichen Bergen – aber sie würden einige Findigkeit aufbringen müssen, um sie genau zu orten. Sie hofften, von den Dorfbewohnern und Bauern in der Nähe Aufschluss zu bekommen.

Gya war eigentlich ein Mann der Tat und hatte sich schon einige Zeit an dem ruhigen Leben, das er in der Tempelgemeinschaft führen musste, gerieben. Dass er bald zu einer Fahrt aufbrechen und sich Gefahren aussetzen würde, hatte für ihn seinen Reiz.

Isar war nicht so begierig auf das Abenteuer. Er hatte Angst um Deva – aber er hasste es, Lerche schon so bald wieder zu verlassen, besonders weil sie schwanger war und solche Schwierigkeiten mit ihren vorangegangenen Schwangerschaften gehabt hatte.

Es gab wenige Pferde in der Gemeinde, und die meisten von ihnen wurden von den Speerherren gehalten. Gya ging gleich zu Karne. und bat ihn, ihm zwei zu leihen. Er erzählte ihm so viel, wie er wusste, von dem Grund ihrer Unternehmung.

»In den hohen Bergen werden sie uns nicht viel nutzen«, gab Gya zu, »aber sie werden uns die größte Wegstrecke schnell voranbringen.«

Karne willigte sogleich ein und erklärte dem jungen Mann, wie lange sie am Tag reiten durften, ohne die Rösser zu überanstrengen.

»Pass auf sie auf«, sagte er. »Der Braune ist alt und ermüdet leicht. Der Graue ist jung und bockig.«

Fern hatte sich zu ihnen gesellt und hörte schweigend zu.

»Nimm du den Grauen«, riet sie Gya. »Isar ist nicht so erfahren wie du und braucht ein ruhigeres Pferd.«

Gya grinste und nickte. Er wusste gar nicht, warum Kyra wollte, dass Isar überhaupt mitkam. Soweit es ihn betraf, er würde allein viel besser zurecht kommen. Doch man legte sich nicht mit Kyra an, wenn sie mit der ganzen Autorität ihrer Stellung in der Priesterschaft sprach. Sie hatte ihre Gründe – aber sie zog es vor, sie nicht zu erklären.

Gya sprang leichtfüßig auf den Grauen und spürte die ruhelose Kraft des jungen Hengstes sofort. Fern trat eilig beiseite, als die Hufe nahe bei ihr trappelten; Gya hatte das Pferd noch nicht richtig im Zaum.

»Whau! Whau!« lachte Karne und streichelte die silbrige Mähne und die empfindliche Nase. »Du solltest ihn lieber eine Weile in den Feldern reiten, bis ihr beide wisst, was ihr von einander zu halten habt.«

Gya und der Graue waren sofort auf und davon.

Karne legte seinen Arm um Ferns Schultern, als sie dastanden und den jungen Mann und das junge Pferd auf dem Feld umhergaloppieren sahen, Haare und Mähne flatterten, die Augen strahlten vor Erregung. Er sah in das Gesicht seiner Frau hinab und bemerkte, dass sie besorgt war. Er küsste sie auf den Scheitel.

»Die machen das schon«, sagte er. »Sie finden sie und bringen sie in kürzester Zeit zurück.«

»Ich wünschte, Isar müsste Lerche nicht gerade jetzt verlassen«, sagte Fern. Sie wusste, Lerche hatte es zwar öffentlich gemacht, dass sie ein Kind erwartete, aber sie hatte weder Isar noch Kyra über ihre Befürchtungen in Bezug auf Wardyke etwas gesagt.

»Sie schafft das schon«, sagte Karne tröstend. »Er wird nicht lange weg sein. Kyra nimmt das überhaupt zu ernst. Deva ist immer schon ihre eigenen Wege gegangen. Wenn sie meine Tochter wäre ...« Karne beließ es dabei, aber Fern wusste, dass Karne zu vielen Gelegenheiten seine Missbilligung über Devas Widerspenstigkeit und Kyras Nachgiebigkeit gezeigt hatte. »Du meinst wohl, eine Frau mit solch außergewöhnlichem Verständnis für andere wäre in der Lage zu sehen, was mit ihrer eigenen Tochter nicht stimmt!« hatte er mehr als einmal gesagt.

Jetzt fragte sich Fern im Stillen, wenn sie Devas Mutter wäre – würde sie ihr so vieles nachsehen? Sie machte das Zeichen des heftigen Kreises auf ihre Stirn und dankte dem Namenlosen, dass Deva nicht ihre Tochter war – und auch nicht die Frau ihres Sohnes.

Gya galoppierte auf dem Grauen dahin zurück, wo sie warteten, und zügelte ihn gekonnt.

»Die beiden sind eines Wesens«, dachte Fern, als sie den Mann und das Pferd betrachtete. »So jung. So lebhaft. So unbekümmert und leidenschaftlich. Kyra. wusste, was sie tat, als sie Isar mitgehen lassen wollte. Gya braucht ihn – auch wenn er es nicht weiß.«

Das scharlachrote Gewand

Boggoron und Deva erreichten Uraks eindrucksvolle Bergschlucht am Mittag eines herrlich sonnigen Tages. Jedes Blatt leuchtete und kein einziger Schatten warnte sie vor der wahren Natur des Ortes, den sie betrat. Sie blickte sich erfreut um. Es hatte zuvor einen starken Regenschauer gegeben und die Kalksteinwände waren noch von den leuchtenden Fäden der Wasserrinnsale überzogen, die im Sonnenlicht glitzerten. Ihre Stimmen ertönten aus jedem Spalt und jeder Rinne, und es kam ihr so vor, als wandere sie an einen verzauberten Ort, wo alles hell und licht und voll Freude war.

Boggoron sah sie von der Seite an und grinste, als er sah, wie sie sich freute. Ein paar Mal auf der Reise hatte er gemeint, sie zu verlieren. Am Anfang war sie so entschlossen gewesen. Doch als sie sich immer weiter und weiter von ihrer Heimat entfernten, bekam sie Zweifel. Er setzte die ganze List ein, die Urak ihn gelehrt hatte, um ihren Entschluss zu festigen. Er beschrieb in allen Einzelheiten die erstaunlichen Kräfte von Urak – ihre Fähigkeit, Stürme heraufzubeschwören; ihre Fähigkeit, im Stoff erscheinen zu lassen, was immer sie wünschte; ihre Fähigkeit, überall hin zu reisen – in der Welt und jenseits davon.

Zuerst hatte Deva dem entgegengehalten, welche Wunder ihre Eltern vollbringen konnten, doch in allen Fällen war es Boggoron gelungen, ihre Geschichte zu überbieten und sie in Staunen zu versetzen. Das Abenteuer, das begonnen hatte, weil sie auf Isar zornig war und einen Bannspruch lernen wollte, um ihn ganz und für immer in ihre Gewalt zu bekommen, wandelte sich nun zu etwas ganz anderem und viel Wichtigerem. Sie war sicher, dass Kyra und der Tempel noch nie von Urak gehört hatten, und sie redete sich ein, dass es ihre Pflicht sei, sie auszukundschaften und Bericht zu erstatten. Als sie erkannte, wie weit sie zu wandern hatte und wie lange diese »Erkundung« dauern konnte, entschloss sie sich, ihren Eltern und Gya ein Botschaft zu senden. Sie überlegte sorgfältig, was sie sagen würde. Ihr Instinkt sagte ihr, dass sie ihr verbieten würden weiterzumachen, wenn sie genau wüssten, was sie tat, aber sie war sicher, wenn sie überhaupt nichts von ihr hören würden, dann würden sie jemanden schicken, um nach ihr zu sehen. Mit ihrer Hellsichtigkeit würden sie sie bestimmt ausfindig machen und zwingen zurückzukehren. Nachdem sie sich entschieden hatte, was sie in der Botschaft sagen wollte, stand sie vor der Frage, jemanden zu finden, sie zu überbringen. Boggoron hatte die Dörfer gemieden, und sie hatten auf ihrem Weg kaum eine Menschenseele zu Gesicht bekommen. Zum ersten Mal gewahrte sie dies, und ein fahler Schatten schien über ihr Herz zu ziehen. Tat sie am Ende das Richtige?

Doch innerhalb kurzer Zeit begegneten ihnen zwei Hütejungen, die nach verirrten Tieren Ausschau hielten – und Deva sagte sich, dass sie fehl gegangen war in der Annahme, Boggoron miede die Leute absichtlich. Sie rief sogleich nach ihnen und lief auf sie zu. Sie bemerkte nicht, dass Boggoron versuchte, ihren Arm zu ergreifen und sie zu dem Buschwerk zu ihrer Linken zu ziehen, um der Begegnung auszuweichen.

Zu spät, sie noch aufzuhalten, stand er still da und sah zu. Er konnte nicht hören, was sie sagte, aber er konnte sehen, dass die Jungen aufmerksam zuhörten und der ältere von ihnen etwas aus ihrer Hand entgegennahm.

Deva überredete den älteren Jungen, sich mit einer Botschaft für ihren Vater zum Tempel zu begeben, dass es ihr gut ginge und sie zurückkehren würde, wenn sie fertig wäre.

»Er braucht niemanden nach mir zu schicken«, betonte sie. »Das ist nicht nötig. Sag ihm das. Sag ihm, dass ich bei Freunden bin.«

Sie überreichte ihm einen ihrer Ringe – einen in Gold gefassten Granat. Die Augen des Jungen wurden weit, als er ihn anstarrte.

»Dies ist der Lohn für die Überbringung der Botschaft. Wenn du sie nicht überbringst, dann wird dieser Ring den Tod über dich bringen«, versprach sie düster. Der Junge sah verängstigt aus – konnte es aber nicht über sich bringen, den Ring zurückzugeben. Er hatte keinen Zweifel, dass er die Botschaft sicher überbringen würde.

Boggoron beobachtete, wie der ältere Junge sich von dem anderen trennte und nach Osten davonlief. Der jüngere ging ziemlich unglücklich weiter auf dem Pfad und trieb die verirrten Tiere, die sie schon gefunden hatten, vor sich her.

Deva kam zu ihm zurück. Sie bot keine Erklärung und Boggoron forderte auch keine. Er ließ sich nicht anmerken, dass er sich daran störte, was sie getan hatte.

Eine kurze Zeit später schlug er eine Rast vor und ging lässig davon, während sie sich am Fluss erfrischte. Sie hätte sich darüber beunruhigen sollen, dass er so lange außer Sichtweite war, aber sie fühlte sich so wohl dabei, wie das Wasser über die Steine plätscherte und die Vögel in den Bäumen sangen, dass sie einschlummerte. Sie zuckte zusammen, als sie beim Erwachen Boggoron neben sich stehen und auf sie hinabblicken sah. Sie mochte seinen Gesichtsausdruck nicht – konnte ihn aber nicht recht deuten. Sie stand eilig auf und schlug vor, dass sie weitergingen.

Sie wusste nicht, dass hinter dem Hügel, der zwischen ihnen und der Straße zum Tempel lag, ein junger Bursche mit einem Dolch im Rücken lag und verblutete, und dass der Granatring, den sie dem Boten gegeben hatte, sich jetzt in Boggorons Tasche befand – in einem ekligen Durcheinander aus Rabenfüßen und Wolfstatzen, Büscheln aus Menschenhaaren, die mit Nesselstängeln zusammengebunden waren, und einer verschimmelten Brotrinde.

Je weiter sie kamen, desto mehr erregte Deva die Aussicht, der Zauberin zu begegnen. Kyra hatte ihr nicht gestattet, am Tempel zur Priesterin ausgebildet zu werden, und im Ganzen war Deva froh darüber. Sie kannte die anstrengenden Prüfungen zu gut, denen sich die Novizen unterziehen mussten, um sie zu beneiden. Doch die Kräfte der Priester zu haben ohne all die harte Arbeit! Ihre Augen leuchteten bei dieser Aussicht. Sie hatte nicht die Absicht, Uraks Platz in den Bergen einzunehmen und den Rest ihres Lebens in der Abgeschiedenheit zu leben, aber sie würde genug lernen, um Isar in ihre Gewalt zu bekommen, ihre Eltern in Erstaunen zu versetzen und jedem zu jeder Zeit überlegen zu sein – und dann würde sie zurückkehren. Sie schlenderte anmutig an der Seite der linkischen, watschelnden Gestalt von Boggoron und träumte von all den Dingen, die zu tun sie in der Lage sein würde, wenn er ihr die Wahrheit über Urak gesagt hatte.

Sobald sie tief in der Schlucht waren, verließen sie den Talboden und den geschwind dahineilenden Fluss, der ihr ständiger Begleiter gewesen war, und begannen, an den Felsen hinaufzuklettern, die manchmal so steil waren, dass sie sich an Büschen und jungen Bäumen festklammern mussten, um nicht in den unter ihnen liegenden Abgrund hinabzustürzen.

Urak sah Deva kommen. Dies war also die Nachfolgerin, mit der sie den Rest ihres Lebens verbringen würde. Sie sah stark und gesund aus; ein Kind der Sonne, schlank, kräftig, lebhaft. Es gefiel ihr, wie sie nicht zögerte, über recht gefährliche Lücken am Berghang zu springen, wenn es erforderlich war, und kein einziges Mal bei einem Handgriff oder Fußtritt schwankte. Als Deva näher kam, musterte Urak ihre Züge. Ihr schwarzes Haar war zusammengedreht und am Halsansatz zusammengesteckt. Sie trug eine Tunika und Hosen aus Leder wie ein Mann – wie Frauen es auf Reisen oft taten –, aber Deva sah aus, als fühle sie sich darin wohler als in einem Kleid. Ihre Nase war gerade, ihre schwarzen Augen etwas schräg wie bei einer Katze und ihr Kinn drückte Entschlossenheit aus. Sie war wunderschön, doch sich dessen nicht bewusst. Urak nickte zufrieden. Sie würde es gut machen.

Unvermittelt trat die alte Frau hinter einer mächtigen alten Eibe hervor, die so im Gegensatz stand zu den schlanken Birken und dem Weißdorn. Deva blieb stehen und sah sie mit offenem Mund an. Es war ihr zwar gesagt worden, dass Urak alt sei, aber ihr war nicht klar gewesen, wie alt. Die Frau war fast ein Skelett, das mit einer Haut überzogen war; die war so dünn und weiß wie ein mit Reif überzogenes Blatt. Ihr Haar war Schneefeuer, ihre Augen so hell und klar wie Jettperlen.

Deva schluckte. Mit einem Mal war sie unsicher, ob sie das richtige getan hatte. Ihr wurde gewahr, dass sie an jemanden geraten war, der all ihre Schliche durchschauen und tief in ihre verborgensten Gedanken blicken konnte. Darüber hinaus war sie nicht durch solche Gesetze, wie der Tempel sie hatte, daran gebunden, die Sphäre ihrer Persönlichkeit zu achten. Sie dachte, auf der Stelle umzukehren und ihre Schritte rückgängig zu machen. Doch Boggoron war unmittelbar hinter ihr, um sie am Weglaufen zu hindern.

Urak streckte ihre Hände zum Gruß, und das Blitzen ihrer Ringe blendete sie vorübergehend. An jedem ihrer Finger blitzte und funkelte ein Edelstein von der Größe eines Vogeleis. Als sie das Licht auffingen, schien Deva von einem Netz aus Lichtstrahlen aus allen wahrnehmbaren Farben umgeben zu sein. Mit Erstaunen starrte sie auf Steine, die sie sich nicht im Traum hätte vorstellen können – große weinrote Granate, Topase wie fest gewordenes Sonnenlicht, Smaragde und Saphire und einen, der selbst keine Farbe hatte, aber farbige Pfeile verstrahlte, die leuchtender waren, als alle übrigen.

Da sie sah, wie Deva sie anstarrte, tat Urak eine schnelle, kaum wahrnehmbare Geste mit ihrer rechten Hand, und Deva sah, dass sie ihr etwas hinhielt – fast als hielte sie einem Rotkehlchen einen Leckerbissen hin. Sie hob fragend ihre Augenbrauen und blickte in Uraks Augen. Die alte Frau lächelte und nickte und kam näher. So erregt wie ein Vogel, tat Deva einen Schritt und streckte ihre Hand aus. Noch eine blitzschnelle Handbewegung von Urak, und Deva merkte, dass an ihrer nackten braunen Hand jetzt ein Ring funkelte. Gebannt schaute sie in die durchscheinende Tiefe eines Stücks Bernstein von der Größe eines ihrer Fingerglieder. Darin war eine Fliege eingefangen, die Flügel wie mitten im Flug gespreizt. Ihr Herz fing an zu rasen und sie hatte fast das Gefühl, als wenn sie immer tiefer in einer schweren Masse versank, aus der sie nie würde entkommen können.

»Sei gegrüßt, mein Kind«, sprach Urak sanft. »Hab keine Furcht. Du bist hier gut aufgehoben.«

Deva zerrte an dem Ring an ihrem Finger und war bestürzt zu entdecken, dass sie ihn nicht abbekommen konnte.

»Du bist sehr freundlich«, sagte sie und versuchte dabei, das Zittern in ihrer Stimme zu unterdrücken. »Dies ist ein wunderschöner Ring – aber ich würde ihn lieber ...«

»Behalte ihn«, sprach Urak großzügig. »Er gehört dir.«

»Ich – ich würde lieber –«

»Es gibt noch mehr – aber die musst du dir verdienen.«

»Ich – ich glaube, das ist ein Missverständnis ... ich bin hergekommen –«

»Du bist hergekommen, um zu einer großen Zauberin ausgebildet zu werden.«

»Nun, ich –«

»Hat mein Diener dir nicht gesagt, dass du meine Nachfolgerin und mein Erbe sein wirst?«

»Ja, aber –«

»Von allen aus der ganzen Welt bist du erkoren. Das ist eine große Ehre.«

»Ich weiß, meine Herrin – aber –«

»Du bist müde. Komm – ruh dich etwas aus und iss. Ich werde dich nicht gegen deinen Willen hier behalten. Bleibe diesen einen Nachmittag und die Nacht bei mir, und am Morgen – wenn du dann noch gehen willst –, dann werde ich dich nicht zurückhalten.

Deva runzelte die Stirn. Sie hatte Angst vor dieser Frau – diesem Ort –, aber sie war müde und hungrig, und jenen gefährlichen Abstieg zu wagen, ohne vorher ausgeruht zu haben, wäre töricht. Sie würde die Nacht lieber nicht bei dieser außergewöhnlichen und furchterregenden Zauberfrau verbringen, aber sie sah keinen anderen Ausweg. »Zumindest wird es interessant sein«, dachte sie. Die Neugier, die sie mehr als einmal in Schwierigkeiten gebracht hatte, regte sich wieder. »Da werde ich etwas zu erzählen haben, wenn ich nach Hause komme!« Sie schaute noch einmal auf den Ring an ihrem Finger, und jetzt sah sie die Fliege nicht mehr als armes, gefangenes Geschöpf, sondern als ein geflügeltes Wesen, das in beständigem Licht lebte.

Urak, die sie beobachtete, lächelte – sehr zufrieden.

Sie führte das Mädchen in ihre Höhle, und aus einer großen hölzernen Truhe zog sie sorgsam ein leuchtend rotes Gewand hervor. Als Urak es mit einem Ruck ausschüttelte, schwebten Falten um Falten aus fast durchsichtigem scharlachroten Stoff in der Luft. Deva stockte der Atem. Sie hatte bisher erst einmal ein solch feines Gewebe gesehen, das war jenes Stück ägyptischen Baumwollstoffs, den ihr Vater ihrer Mutter geschenkt hatte. Doch dies hier übertraf es bei weitem. Erfreut über die Wirkung, die sie hervorrief, hielt Urak es Deva hin.

»Deine Kleider sind staubig von der Reise. Ich bin sicher, du wirst dich hierin wohler fühlen«, sprach sie mit sanfter Stimme.

Deva nickte, sprachlos vor Entzücken. Urak gab Boggoron ein Zeichen, der die ganze Zeit hinter Deva gehockt und zu jeder Bewegung und zu jedem Wort Uraks gegrinst und genickt hatte – doch jetzt stahl er sich davon und ließ die beiden Frauen allein.

Das Mädchen schälte sich aus ihren abgetragenen und staubigen Kleidern und zitternd vor Erregung hob sie den duftigen Stoff über ihren Körper. Die Berührung damit ließ sie erschauern und an Isar denken und an die Freuden der Nacht, die sie mit ihm verbracht hatte. Wenn er sie jetzt nur sehen könnte! Er würde nicht einfach so fortgehen. Plötzlich kehrte ihr zorniger Entschluss wieder. Sie würde Urak dieses Gewand abhandeln und es mitnehmen, wenn sie am Morgen fortging. Isar würde sie darin sehen – komme, was da wolle.

Urak sah zu, wie sie die weichen Falten um ihren Körper zurechtlegte. Wie jung sie war! Wie frisch! Wie aufnahmebereit für alles, was sie ihr zu bieten hatte.

Das Gewand unterschied sich sehr von allem, was Deva in ihrem Leben je zuvor gesehen hatte, doch als sie sich anzog, wusste sie genau, wie sie den Stoff um sich herumwinden musste ... wie sie die Knoten an Hüfte und Schultern binden musste, die es hielten, ohne seinen Fall zu beeinträchtigen. Eine Brust blieb unbedeckt, und das schien ihr in Ordnung – wenn auch niemand, den sie kannte, sich in einer solchen Weise zur Schau gestellt hätte. Sie fingerte am Stoff herum und war erstaunt, wie die vielen kleinen Falten sich immer wieder aufwarfen, sosehr sie sie auch glättete.

Urak blickte sich erneut und holte einen Gegenstand aus der Truhe. Diesmal war es eine Halskette aus Gold und Edelsteinen. Lächelnd befestigte sie sie um Devas Hals, und sie passte, als ob sie für sie geschaffen worden sei. Die Pracht nahm ihr fast den Atem und Deva senkte ihr Kinn und schaute sie an, wie sie auf ihren Brüsten lag. Sie erkannte die Blumen, auch wenn sie diese in ihrem Leben noch nie gesehen hatte – außer in ihren häufigen Träumen und Gesichten, die sie als Kind von ihren früheren Leben in Ägypten gehabt hatte. Lotusblüten aus Türkis auf goldenen Stängeln waren mit Blättern aus Lapislazuli und kleinen Perlen aus wasserfarbenem Kristall zusammengefügt ... Sachte berührte sie sie, und eine Wallung durchfloss ihren ganzen Leib. Auch dies schien ihr so vertraut.

Dann griff Urak wieder in die Truhe und holte einen polierten Bronzespiegel hervor, der hatte einen Griff aus Ebenholz, geschnitzt wie ein Schwan, dessen Schnabel den Spiegel am Rand festhielt. Sie hielt ihn Deva hin, und dem Mädchen blieb angesichts des Bildes, das sich ihr bot, die Luft weg. Ihr Haar hatte sich gelöst und floss wie ein schwarzer Fluss über ihre Schultern herab. Das Licht, das durch den Höhleneingang hereinfiel, holte das darin liegende Blau hervor, und das Gold der Halskette spiegelte sich auf dem scharlachroten Stoff. Sie hatte es immer als selbstverständlich angesehen, dass sie schön war – doch jetzt war sie über ihren Anblick selbst erstaunt.

Doch wiederum griff Urak in die Truhe. Diesmal holte sie ein Stirnband aus Gold hervor. Sie nahm die langen Strähnen von Devas Haar zusammen und wand das goldene Band herum. Deva starrte unentwegt in den Spiegel, während Urak sie beobachtete. Über ihrer Stirn erhob sich eine türkisfarbene Lotusblüte aus dem goldenen Band, die so lebendig wirkte, dass Deva fast sicher war, einen Hauch ihres Duftes wahrzunehmen ...

Farla

Als der Morgen von Farlas Hochzeit dämmerte, war die Braut nirgends zu finden. Sie war des Nachts verschwunden und ließ einen tief verletzten und betroffenen Bräutigam und ein enttäuschtes Dorf zurück. Nur Farlas Mutter war nicht überrascht. Sie hatte ihre Tochter während der vergangenen Wochen genau beobachtet und wusste, wenn sie es auch nicht sagte, dass Farla nicht mit dem Herzen bei der Hochzeit war. Es betrübte sie nicht, dass Farla sich ihr entzogen hatte, nur die Art und Weise, auf die sie es getan hatte.

Als Farla ihr Heim verließ, hatte sie keine Vorstellung davon, wohin sie sich wenden sollte. Sie wusste lediglich, dass sie eines Lebens als gewöhnliche Dorffrau nicht froh werden würde, und das einzige andere Leben, das sie kannte – als Tempelpriesterin – ängstigte sie. Rastlos suchte sie in ihrem Geist nach einer anderen Möglichkeit, aber ihr fiel keine ein. Des einen war sie sicher, sie war eine Versagerin und eine Missgeburt. Sie verachtete sich aufs Äußerste.

Vielleicht, wenn sie eine Zeitlang bei Fremden lebte, dachte sie. Vielleicht, wenn sie sich einen neuen Namen, eine andere Identität gab. Vielleicht, wenn sie für andere jemand anderes geworden war, würde sie auch für sich selbst jemand anderes werden. Doch wo sollte sie hingehen? Wer sollte sie sein? Als sie durch die nächtlichen Schatten eilte, kamen ihr viele Persönlichkeiten in den Sinn und sie spielte in Gedanken mit ihnen, doch einer jeden fehlte etwas, das sie brauchte ...

Als sie des Wanderns müde war, gelangte sie zu einem Dorf, das ihr weit genug entfernt dünkte sowohl vom Tempel wie auch vom Dorf ihrer Kindheit, und wo man sie nicht erkennen würde. Sie war blass und erschöpft, als sie ankam. Die Kleider an ihrem Leib und das Gepäck auf ihren Schultern waren schmutzig und zerfetzt. Die Dorfbewohner, die sie begrüßten, betrachteten sie mit Argwohn, und sie wusste, sie würde nicht bleiben dürfen, wenn sie nicht etwas von sich erzählte.

»Mein Name ist Urak«, sagte sie ohne nachzudenken. Sie hatte den Namen niemals zuvor gehört, doch er fiel ihr gerade einfach so ein. Es schien ihr und den meisten Dorfleuten ein passender Name zu sein – doch ein alter Mann, der sich tief gebeugt schwer auf einen Stock stützte, tat leise einen Ausruf und trat vor, um sie sich genau anzusehen.

»Was ist los? Kennst du sie?« fragte das Oberhaupt der Gemeinde scharf, als er sah, wie sein Vater sie betrachtete.

»Wenn sie Urak ist, dann ist hier Zauberei am Werk.«

»Warum?«

»Urak ist eine Hexenfrau, so alt wie dieser Berg dort ...« sagte er und zeigte mit dem Finger auf einen Berg.

»Bist du Urak, die Hexenfrau?« fragte der Dorfvorsteher, und Farla bemerkte, wie die ganze Dorfgemeinde, außer dem Mann, der die Frage gestellt hatte, und dem alten Mann, der den Namen kannte, sich vor ihr zurückzog und sie anstarrte – gefesselt aber verängstigt.

Sie zögerte und wiederholte dann mit fester Stimme, ihr Name sei Urak. Indem sie nicht abstritt, dass sie die Hexe war, gab sie stillschweigend zu, sie zu sein. »Warum nehme ich das für mich an?« dachte sie. Vielleicht, weil sie eine neue Identität gesucht hatte, und ihr hier schon eine fertige gegeben wurde – oder, weil sie sich nicht anders zu helfen wusste. Wenn Urak eine Hexe war und ihr Name sich von selbst durch sie ausgesprochen hätte, dann war in der Tat Zauberei am Werk. Farla zitterte – blieb aber still.

In jenem Augenblick tauchte aus einem der Holzhäuser eine Gestalt auf, und erstaunt erkannte Farla Khu-ren – diesmal in Fleisch und Blut – in seinen Reisekleidern. Er erkannte sie sogleich, doch anstatt sie herzlich zu begrüßen, wie sie es erwartete hätte, blickte er sie argwöhnisch und feindselig an.

Farla wusste nicht, was sie jetzt wollte: ihre wirkliche Identität preisgeben oder sich hinter einer anderen verbergen. Wieder fühlte sie sich zwischen zwei Welten gefangen. Was war am Ende ihre wahre Identität.

»Urak?« fragte er kalt, das wohlgestaltete Gesicht fast ausdruckslos.

»Du kennst meinen Namen, mein Herr«, sprach sie mit leiser Stimme.

»Jawohl«, sagte er. »Ich kenne deinen Namen.« Aber seine Stimme blieb hart.

Sie spürte die Spannung, als das ganze Dorf auf seine Entscheidung wartete, was mit ihr zu tun sei. Er blickte sie unverwandt an. Die Stille war unerträglich. Sie wollte erklären, bitten, richtig stellen – aber ihre Kehle war so zugeschnürt, dass sie keinen einzigen Ton hervorbringen konnte.

Schließlich wandte er sich von ihr ab und den Dorfbewohnern zu.

»Gebt dieser Frau zu essen und zu trinken. Wenn sie sich ausgeruht hat, werden wir das Dorf gemeinsam verlassen.«

Farla seufzte erleichtert auf. Sie verstand nicht, warum sie das alles gesagt hatte, und sie verstand nicht, warum er ihre Lüge nicht offenbart hatte – aber zumindest hatte die Feindseligkeit der Dorfleute abgenommen.

Sie wurde zu dem Haus geleitet, aus dem er aufgetaucht war – das Haus des Dorfältesten. Als sie die Dunkelheit des Innern betrat, fiel sie bewusstlos zu Boden. Der Dorfälteste und seine Frau starrten auf die am Boden liegende Gestalt, konnten es aber nicht über sich bringen, sie zu berühren.

Khu-ren blickte einen Augenblick auf sie nieder, hob sie dann in seine Arme und legte sie aufs Bett. Er stand eine lange Zeit neben ihr und betrachtete sie sorgenvoll und nachdenklich. Dann beugte er sich über sie und vollzog mit seinem rechten Zeigefinger das Zeichen des heiligen Kreises im Uhrzeigersinn auf ihrer Stirn. Ohne ihr Bewusstsein wiedererlangt zu haben, glitt sie in einen natürlicheren Schlaf. Er zog einen Dreibein zu sich und setzte sich neben ihr hin. Seine Augen ließen nie von ihrem Gesicht ab.

Die Frau des Hauses, die sich unbehaglich fühlte, bereitete etwas zu essen und brachte es Khu-ren. Er bedeutete ihr, ohne vom Gesicht des Mädchens aufzusehen, sie solle es neben die schlafende Gestalt stellen. Sie tat es und zog sich sofort wieder zu ihrem Mann ans andere Ende des Raumes zurück.

Endlich erhob sich Khu-ren und kam zu ihnen.

»Sie wird eine Weile schlafen«, sprach er ruhig. »Habt keine Angst. Sie wird euch nichts tun.«

»Ist sie ...?«

»Nein, ist sie nicht.«

Es war deutlich, dass der große Priester nicht weiter ausgefragt werden wollte. Er verließ sie und ging nach draußen.

Hin und wieder spähte die Frau des Hauses zu Farla hinüber, aber sie schlummerte noch.

Als sie schließlich erwachte, war der Tag halb vergangen und das Essen neben ihr kalt. Sie war allein im Haus. Sie hatte einen eigenartigen Traum gehabt und fürchtete sich. Sie hatte irgendwie das Gefühl, ein Werkzeug des Todes zu sein. Wo immer sie auch hinging, starben die Menschen. Und wenn sie mit wachsendem Schrecken auf sie hinabsah, merkte sie, dass es gar keine Menschen waren, sondern Feldmäuse oder Hasen, deren pelzige Leiber entzweigerissen und deren Eingeweide rituell um sie herumgelegt waren.

Sie fröstelte, als sie erwachte, und zog die Decke auf dem Bett um ihre Schultern. Doch dann, weil das Gefühl von dem Fell sie an das blutige Fell in ihrem Traum erinnerte, warf sie sie zitternd wieder von sich fort. Sie wollte aus diesem dämmrigen Raum mit seinen schlimmen Träumen heraus und versuchte aufzustehen. Da merkte sie, als ihre Füße den Boden berührten, dass ihre Beine unter ihr nachgaben, als wenn sie nach einer langen Krankheit noch schwach wären. Sie schrie auf, als sie hinfiel, und griff nach dem Hocker, auf dem Khu-ren gesessen hatte. Was geschah mit ihr? Irgendwie hatte sie das Gefühl, sich nicht mehr in der Gewalt zu haben.

In jenem Augenblick kam Khu-ren in den Raum zurück und sah ihren Kampf, sah ihre Bestürzung und die Furcht in ihren Augen. Schnell schritt er auf sie zu. Er hob sie auf und legte sie auf das Bett zurück. Dann stand er an ihrem Fußende und schaute mit starrem Blick auf sie hinab. Sein Gesicht – eben noch voller Mitgefühl – war streng und zornig.

Er hob seine rechte Hand und wies mit seinem Zeigefinger auf die Mitte ihrer Stirn.

»Verlasse sie!« befahl er. Seine Stimme war wie ein Peitschenknall.

Farla hatte Khu-ren nie zornig gesehen und war von Schreck erfüllt. Der Raum schien abwechselnd hell und dunkel zu werden, so als wenn eine Lampe flackerte, obgleich keine Lampe angezündet war.

»Hilf mir!« schrie sie und streckte ihre Arme aus.

»Du musst dir selber helfen«, sprach er mit fester Stimme, aber jetzt etwas freundlicher. »Bringe dein Selbst zur Geltung. Erinnere dich, dass du einzigartig und etwas Besonderes bist, das Ergebnis von Tausenden deiner Handlungen und Einwirkungen. Du kannst niemand anderes sein. Du willst niemand anderes sein. Du bist wie du bist – und so, wie du bist, trittst du dem Leben gegenüber!«

Sie entsann sich, wie sie eine andere Rolle annehmen wollte, und mit Schrecken erkannte sie, wie dies wohl einer anderen Person ermöglicht hatte, von ihr Besitz zu ergreifen.

»Ich kann nicht«, schluchzte sie. »Ich schäme mich so ...«

»Es gibt nichts, dessen du dich schämen müsstest.«

»Du weißt nicht, was ich getan habe –, welche Gedanken ich gehabt habe ...«

»Ich weiß«, sprach er ruhig.

Sie errötete. Er kannte sie. Er kannte all ihre Zweifel, all ihren Wankelmut, ihre Ungeduld, ihre Unzufriedenheit – vielleicht sogar ihr Verlangen nach Gya! Selbst jetzt noch würde sie gerne jemand anderes sein – stark, in sich ruhend ...

»Nein!« rief er, unvermittelt wieder streng. »Farla! Sieh mich an. Sieh in meine Augen!«

Aber sie wollte sich verstecken. Sie wollte, dass Farla verschwand. Sie legte ihre Hände vor ihr Gesicht und verbarg ihre Augen vor seinen Blicken.

Sie spürte seine Hände auf den ihren, die sie fortzogen. Aber sie wehrte sich. Wer auch immer Urak sein möchte, sie wollte lieber Urak sein als Farla. So stark er auch war, er konnte ihre Hände nicht von ihrem Gesicht fortziehen. Es war, als klammere sie sich mit übermenschlichen Kräften an ihren angenommenen Namen. Da war ein Brüllen und Donnern in ihren Ohren – und da hindurch konnte sie schwach Khu-rens Stimme einen Namen rufen hören: »Farla – Farla – Farla ...« Einen Namen, den sie nicht hören wollte.

Plötzlich gab er den Versuch auf, ihre Hände zu lösen, nahm sie bei den Schultern und schüttelte sie wild.

»Du glaubst, ich, Khu-ren habe nichts in meinen Gedanken, dessen ich mich schämen müsste?« rief er. »Schau mich an! Schau in meine Gedanken. Sieh, was sich dort verbirgt. Ich lebe damit! Und du kannst es auch.«

Erstaunt ließ sie die Hände fallen. Sie schaute ihn an. Sie schaute in seine Gedanken und dort – und dort erblickte sie die Enttäuschung eines Mannes, der das eine Leben gewählt hatte, aber lieber ein anderes leben würde. Welches andere Leben? Was für ein anderes Leben konnte die am höchsten geachtete und mächtigste Person des Landes, der Hohepriester des Tempels der Sonne, der gewaltige Herr der Sonne, der Hüter der Hohen Steine – was für ein Leben würde er lieber fuhren? Sie sah ihn als Kind neben seinem Vater in einem Gerstenfeld und spürte sein Sehnen nach der Einfachheit des bäuerlichen Lebens in seinem Heimatland, nach der schwarzen Erde und reifendem Korn. Sie sah, dass er mehr als einmal die Pflichten seiner Stellung hatte aufgeben wollen, dass er hätte weinen und seinen Kopf verstecken und dass er in das Land seiner Kindheit hätte zurückgehen mögen. Sie sah die Wogen seines Bedauerns, soviel aufgegeben zu haben, aber immer noch mehr von ihm verlangt wurde. Sie sah seine Ungeduld mit Dummköpfen und sein zeitweiliges Versagen der Selbstbeherrschung. Sie hatte ihn als so stark, so vollkommen, so gottgleich betrachtet.

Sie wurde ruhig. Das Licht flackerte nicht mehr, der Sturm tobte nicht mehr in ihrem Herzen. Wenn er mit der Unvollkommenheit leben konnte, dann konnte sie das auch.

»Farla?« fragte er sanft.

»Ja, Farla«, antwortete sie und lächelte zaghaft.

Khu-ren bestand darauf, dass er und Farla sogleich zu ihrer Reise zum Tempel der Sonne aufbrachen. Als sie allein auf der Straße waren, befragte er sie zu dem Namen, den sie als den ihren ausgegeben hatte. Sie erklärte ihm, dass sie nichts von ihm wusste; dass er ihr einfach in den Kopf gekommen sei und sie ihn benutzt hatte, ohne darüber nachzudenken. Doch als sie ihren Traum erwähnte, war er sehr interessiert und ließ sich jede Einzelheit mehrmals erzählen.

Danach wanderte er eine lange Zeit schweigend neben ihr her. Sie konnte sehen, dass er tief nachdachte, und sie unterbrach ihn nicht.

Im dämmrigen Zwielicht war es, da sahen sie in einiger Entfernung den Rauch eines Dorfes, und sie erwartete, dass er sich nun beeilen würde, um es vor der Dunkelheit zu erreichen. Doch unvermittelt blieb er stehen und wandte ihr sein Gesicht zu. Er war sehr ernst.

»Was ist los?« fragte sie etwas beunruhigt.

»Ich möchte dich um deine Hilfe bitten«, sagte er, »aber ich fürchte, es könnte dich in eine sehr große Gefahr bringen – und ich weiß nicht, ob ich das Recht dazu habe.«

»Was soll ich tun?« fragte sie. Wenn ihr eine fest umrissene Aufgabe gestellt wurde mit bestimmten Anweisungen, konnte sie vielleicht die lästige Aufgabe, ihr wahres Selbst und ihre wirkliche Berufung zu finden, noch eine Weile aufschieben.

»Du wirst mir, glaube ich, zustimmen, dass der Name ›Urak‹ dir nicht zufällig eingefallen ist?«

Farla nickte, wartete aber, dass er fortfuhr.

»Es ist möglich, dass ihre Gedanken überall herumstreiften und nach jemandem suchten, den sie benutzen konnte. Du schienst das vollkommene Werkzeug zu sein. Dein Selbstbewusstsein lag völlig danieder. Du hast sogar darüber nachgedacht, deinen Namen und deine Persönlichkeit zu ändern. Ich erkenne, was für ein hervorragendes Werkzeug du für sie wärest, wenn sie dich bekommen könnte. Deine Seelenkraft ist stark – sonst wärest du nicht für die Priesterschaft erwählt worden oder hättest es nicht so lange ausgehalten in der Ausbildung. Dennoch erlaubst du dir, einfach so aufzugeben. Du hast die Priesterschaft aufgegeben. Du hast deine Heirat aufgegeben. Du warst sogar bereit, deinen Namen aufzugeben!« Farla wusste, dass das für einen Ägypter undenkbar war. »In die Lücke, die der Mangel an Selbstvertrauen und Willen gelassen hatte, konnte jemand anderes leicht eindringen.«

Farla ließ ihren Kopf hängen. Mit jedem Wort bestätigte er ihre schlimmsten Selbstvorwürfe.

»Sieh dich an!« sprach Khu-ren scharf. »Selbst wo ich spreche, versinkst du in Selbstmitleid und Selbstanklagen!«

»Was soll ich denn machen?« rief Farla verzweifelt aus. »So bin ich nun einmal! Ich kann es nicht ändern.«

»Was willst du tun, jetzt, in diesem Augenblick?«

»Mich umbringen!« murmelte sie, so leise, dass er es kaum verstand.

Er gab eine Unmutsäußerung von sich und nahm dann ein Messer aus seinem Gürtel und reichte es ihr mit dem Heft voran.

»Töte dich jetzt und du wirst dies alles noch einmal durchleben – schlimmer –, denn sich umzubringen ist der größte aller Fehler. Lebe und gewinne deine Selbstachtung, und du wirst frei sein, die ganze Fülle deiner Möglichkeiten zu nutzen, die du, wie Kyra – und ich – glauben, hast. Was soll geschehen?« Er hielt die Klinge unerschütterlich, sein Blick wankte nicht. »Wähle«, sagte er streng.

»Ich wähle das Leben«, flüsterte sie, »aber ich –«

»Gut«, sprach er schnell, als ob sie, nachdem diese geringfügige Sache geklärt war, jetzt zu ihrem ernsten Vorhaben kommen könnten. Er schnellte das Messer in die Luft, fing es geschickt am Heft wieder auf, steckte es in seinen Gürtel zurück und sah sie an. Er konnte den Widerstreit zwischen dem, was sie war, und dem, was sie sein wollte, noch in ihren Augen erkennen. »Was ich von dir möchte, wird nicht nur Mut erfordern, sondern deinen Willen, dein Selbstvertrauen und deine Entschlossenheit. Das Leben vieler wird von deinem Erfolg oder Misserfolg abhängen.«

»Wie kannst du dies von mir erwarten – wo du weißt, was du von mir weißt?«

»Ich glaube, dass du es tun kannst. Du bist nicht, wie du gestern warst, noch gestern, wie am Tag zuvor. Es ist ein Fehler zu meinen, dass du versagst, weil du damals versagt hast. Du hast dich verändert. Du bist nicht dieselbe.«

Sie schüttelte zweifelnd den Kopf.

»Du kannst es nicht sehen. Du fühlst es vielleicht nicht einmal. Aber es ist so. Sieh dich um. Seit wir angefangen haben zu sprechen, ist da irgend etwas dasselbe geblieben?«

Sie sah sich um. Die Dunkelheit hatte die Landschaft fast verschlungen. Die Farben hatten sich verändert, vom fein schattierten Grün zum dunklen Purpur und Rotbraun, Schwarz und Indigo. Ein wolkenloser Himmel war mit Sternen übersät. Die Feuer des Dorfes leuchteten.

»Was du sehen kannst, ist, dass jedes Blatt ein bisschen gewachsen ist; dass die Stängel sich in der Brise wiegen, die zuvor stillgestanden haben; eine andere Biene hat jene Blume besucht. Du bist älter. Meine Worte sind in deinem Herzen, meine Gedanken sind zu einem Teil deiner Erfahrung geworden. Du wirst niemals genau so sein wie zuvor. Zu sagen, dass du dich wieder genauso verhalten wirst, ist Unsinn.«

Sie straffte sich wie eine Mohnblüte, die sich anschickt, sich dem Sonnenlicht zu öffnen. Sie war eine andere. Sie war durch das Feuer seiner – und ihrer – Anschuldigungen gegangen, und sie war am anderen Ende um so stärker daraus hervorgegangen. Er betrachtete sie mit Zuneigung.

»Siehst du?« fragte er sie neckend.

Es gelang ihr ein zaghaftes, dünnes Lächeln als Antwort.

»Ich sehe«, pflichtete sie ihm bei. »Doch was soll ich tun?«

»Ich möchte, dass du Uraks Einladung, ihr zu folgen, annimmst. Veranlasse sie, dir genug Vertrauen entgegenzubringen, um herauszufinden, wo sie ist. Dann musst du uns benachrichtigen, aber erst dann. Sie darf nicht argwöhnen, dass du und der Tempel noch in Verbindung stehen. Aber du musst versprechen, dass du uns rufst, sobald du ihren Aufenthaltsort weißt. Gehe nicht auf eigene Faust weiter.«

Farla sah erschrocken aus. »Was ist, wenn sie mich durchschaut?«

»Sie wird dich nicht durchschauen, wenn du die Sperrmittel einsetzt, die du im Tempel gelernt hast.«

»Was ist, wenn ich versucht bin, ihr wirklich zu folgen?«

»Die Versuchung ist die eine Sache; ihr zu unterliegen eine andere.«

»Aber ...« Sie dachte daran, wie oft sie nachgegeben und aufgegeben hatte.

»Sei dir eingedenk – diesmal ist es anders. Du bist anders. Wenn du diesmal durchhältst und deine Verpflichtung durchstehst –«

An dieser Stelle wurden sie von einer Stimme unterbrochen, die nach ihnen rief. Es hatte den Anschein, die Nachricht von ihrem Herannahen hatte das Dorf erreicht, und eine Gruppe war ausgeschickt worden, sie zu begrüßen.

Farla und Khu-ren wurden in der ganzen Aufregung voneinander getrennt. Sie folgte den anderen, fast vergessen, als sie den Hohepriester mit Trommeln, Zimbeln und lärmendem Reden zu ihrem Dorf geleiteten. Ein solcher Besuch war ein großes Ereignis für sie und sie beabsichtigten, das Beste daraus zu machen. Das Wildbret steckte für das Willkommensmahl schon am Spieß, und die Funken stoben aus dem Holzfeuer zum Himmel empor und vermählten sich dort mit den Sternen. Farla begann darüber nachzudenken, was Khu-ren ihr vorgeschlagen hatte. Sie wusste genug, um sich der Gefahr bewusst zu sein, in Besitz genommen und Kanal für eine bösartige Kraft zu werden. Dass Khu-ren ihr angetragen hatte, diese Gefahr auf sich zu nehmen, zeigte das Maß seiner Besorgnis um Deva. Aber es bewies auch sein großes Vertrauen in ihre Fähigkeiten und Zuverlässigkeit – trotz all dessen, was geschehen war. Sie hatte Angst, zugleich aber war sie auch begierig darauf, sich seines Vertrauens als würdig zu erweisen. Und noch wichtiger, wie sie jetzt erkannte – wenn sie dies ohne zu wanken schaffen würde, dann würde sie ihre Selbstachtung wiedergewinnen. Doch wo anfangen?

Ihr wurden von den lächelnden Dorfleuten Fleisch und Met angeboten. Sie aß und trank – doch fortwährend arbeitete ihr Geist. Wie konnte sie die Aufmerksamkeit dieser Urak wiedergewinnen? Und wie konnte sie, wenn ihr das gelungen war, die Selbstbeherrschung bewahren, ohne dass Urak Verdacht schöpfte?

Gya und Isar

Gya und Isar waren seit Groths Krieg gute Freunde, wenn sich auch schwerlich zwei unterschiedlichere Persönlichkeiten finden lassen würden. Isar war ruhig, zurückhaltend, immer der verwobenen, unterschiedlichen Daseinsebenen gewahr; Gya, der nur das annahm, was seine fünf Sinne ihm übermittelten, war rasch zum Hass und zur Liebe bereit, handelte schnell ohne nachzudenken. Gya war es gewesen, der einen zusammengewürfelten Haufen von Aufständischen in die wirkungsvolle Streitmacht verwandelt hatte, die auf der stofflichen Ebene einen großen Teil zum Sieg über Na-Groths schreckliche Truppen beigetragen hatte, während Isar mit Lerches und Maals Hilfe ihren Anführer auf eine andere und tiefgreifendere Weise vernichtet hatte – von innen.

Es hatte zwischen ihnen kein Zerwürfnis gegeben, als Gya Deva heiratete. Isar hatte sich gefreut. Er glaubte damals, seine Liebe zu Deva sei mehr die Liebe eines Bruders zu seiner Schwester – trotz all dessen, was sie in früheren Leben gemeinsam erlebt hatten – und er hatte mit so leichtem Herzen wie alle anderen Blumen auf Braut und Bräutigam geworfen. Jetzt jedoch, da die beiden jungen Männer sich zu ihrer Suche aufmachten, lag eine Peinlichkeit zwischen ihnen. Gya hatte eigentlich keine Schuldgefühle, was er auch tat, und rechtfertigte seine sexuellen Abenteuer mit dem Verhalten Devas, die unberechenbar war und ihn manchmal absichtlich grausam behandelte – dennoch wollte er lieber nicht, dass Isar, der ihm so nahe war wie ein Bruder, etwas über die anderen Frauen herausfand, die er sich ins Bett geholt hatte. Isar seinerseits konnte Gya kaum in die Augen sehen wegen der Nacht, die er mit Deva verbracht hatte, und der Gefühle, die jetzt in ihm wüteten und die er nicht im Zaum halten konnte.

Die beiden jungen Männer ritten schweigend Seite an Seite und fragten sich, wie sie ihre Geheimnisse bewahren sollten.

Erst als sie die Vorberge des westlichen Gebirges erreichten, trafen sie auf Leute, die schon einmal von Urak gehört hatten. Bis dahin hatten sie keine Schwierigkeiten, Nahrung und Unterkunft zu finden, aber die Auskünfte waren sehr spärlich. In den entlegeneren Gemeinden der westlichen Berge, die oft durch Schnee und Hochwasser von ihren nächsten Nachbarn abgeschnitten waren, waren die Menschen weniger freundlich. Doch manche konnten von Urak Geschichten erzählen. Isar bemerkte, wie bei der Erwähnung von Uraks Namen die älteren Leute augenblicklich das Zeichen des Kreises über ihrem Herzen vollführten – das heilige Zeichen, das Schutzzeichen. Man berichtete ihnen von übersinnlich begabten Kindern, die entführt worden waren und von denen man nie mehr etwas gehört hatte. Nur eines ist einmal wiedergekommen, und die alte Frau, die diese Geschichte erzählte, bebte als sie sprach.

»Eines Morgens, Jahre später, öffnete die Mutter die Tür und fand ihren Sohn gebunden an einem Baum vor ihrem Haus hängen.«

»Tot?«

»Nein, nicht tot – aber er hatte seinen Verstand verloren und war nie mehr richtig im Kopf. Er konnte ihnen nie sagen, was geschehen und wo er die ganze Zeit gewesen war.«

Die Dorfleute rückten wie zum Schutz näher zusammen. Viele blickten ängstlich über ihre Schulter zu den wirbelnden Nebeln und geheimnisvollen Klippen und Abgründen der Berge.

»Der gehängte Junge hatte eigenartige Zeichen auf seinen Fußsohlen«, sagte ein alter Mann plötzlich.

»Was für Zeichen?« fragte Gya.

»Tätowierungen.«

Isar stutzte auf einmal, als wenn ihm etwas wieder einfiel.

»Wie sahen die Zeichen aus?« fragte er.

»Was tut das zur Sache!« rief Gya ungeduldig. »Reicht es nicht, dass wir wissen, wozu sie fähig ist, und dass sie Deva in ihren Klauen hat?«

Doch Isar bestand darauf zu erfahren, wie die Tätowierungen ausgesehen hatten. Darüber schienen die Meinungen etwas auseinander zugehen. Die einen hatten dies gehört und die anderen das. Und dann trat der alte Mann vor, der die Tätowierungen zuerst erwähnt hatte, und mit einer vom Alter zitternden Hand zeichnete er das Zeichen mit einem langen Stock in den Staub.

Gya sah, dass Isar das Muster erkannte und gehörig erschüttert war. Als sie später allein waren, bat er ihn um eine Erklärung.

»Als ich ein Kind war, habe ich einmal die Fußsohlen von Wardyke gesehen«, sagte Isar langsam. Dann hielt er inne.

»Und?«

»Sie waren von denselben Tätowierungen bedeckt. Ich fragte ihn danach, und er sagte, er hätte sie sich verdient, aber es hätte ihn sehr viel gekostet. Er sah aus, als wenn er sich an etwas erinnerte, das er lieber vergessen würde.«

Isar runzelte die Stirn. Er fragte sich, ob Wardyke irgendwie mit Urak zu tun hatte und was mit Deva geschehen war. Bei diesem Gedanken gefror Isar das Blut in den Adern. Wardyke und Urak zusammen? Was für eine erschreckende Verbindung!

»Nun, wenn selbst Wardyke sich nur ungern an sie erinnerte, dann müssen wir uns mit etwas wirklich Furchtbarem auseinandersetzen.« Gya sah fest in Isars Augen. »Bist du dazu bereit – oder soll ich allein gehen?«

»Ich werde dich nicht verlassen«, sagte Isar, beschämt, dass Gya überhaupt so etwas denken konnte.

»Schließlich ist sie meine Frau – und du hast selbst eine, an die du denken musst.«

Isar starrte in die Dunkelheit, die sich über dem Land sammelte. »Deine Frau und meine Frau«, dachte er. »Wie leicht nehmen wir Menschen zu Eigentum!« Hatte er sich nur eingebildet oder lag da ein Unterton in Gyas Stimme? Hatte er den Verdacht, dass Isar und Deva sich geliebt hatten – nicht nur in einer weit entfernten Zeit, sondern hier und jetzt? Sollte er es zugeben? Sollte er es abstreiten? Einmal ausgesprochen, würde die Schönheit der Erinnerung jener einen köstlichen Nacht die Eifersucht und den Hader überdauern ... die Wut und die Bitterkeit? Er und Gya hatten in Groths Krieg gemeinsam so viel durchgemacht, und gemeinsam standen sie wieder vor einem schwierigen und gefährlichen Abenteuer. Jetzt war nicht die Zeit, offen über solche Angelegenheiten zu sprechen. Was man sicher wusste, daran konnte man nicht vorbei; an dem, was man nur vermutete, wohl.

»Lerche ist in guten Händen«, sagte er schließlich ruhig – und er konnte an Gyas Gesicht sehen, dass er erleichtert war. Der junge Bogenschütze war stark, behände und fast furchtlos, doch er war an Feinde gewohnt, die er mit stofflichen Waffen bekämpfen konnte. Er war sich keineswegs sicher, ob er es allein mit einer alten Hexenfrau aufnehmen konnte.

Sie versorgten sich gut mit Vorräten und bewegten sich durch das Bergland auf die dahinterliegenden hohen Berge zu.

Isar hätte eine Botschaft oder ein Zeichen von Kyra erwartet. Er wusste, dass die Priester mit ihren Mitteln nach Deva suchten, und er hatte großes Vertrauen in ihre Möglichkeiten. Es überraschte ihn, dass sie so lange brauchten. Er versuchte, ständig ganz wach und bereit zu sein, hielt nach Zeichen Ausschau und war offen für jegliche Vorschläge, die Kyra ihm eingeben wollte.

Gya hatte seine Zweifel, dass vom Tempel Hilfe zu erwarten war. Der Ort war ihm immer ein Rätsel geblieben. Man hatte ihm erzählt, dass die Priester, insbesondere Khu-ren und Kyra, durch die Welt reisen konnten, ohne den Tempel zu verlassen, aber er war nicht bereit, das zu glauben. Er war einmal dabei, als die Herren der Sonne aus der ganzen Welt angeblich da waren. Es war zu einem der seltenen Anlässe, wo das gewöhnliche Volk zum Tempel Zutritt hatte – jedoch nur zum äußeren Kreis. Dort fassten sie sich an den Händen, um einen riesiggroßen Ring zu bilden, und sie sollten sich auf eine bestimmte rhythmische Weise immer im Kreis herumbewegen, Männer und Frauen im Wechsel. Die Kraft ihrer vereinten Körper, die Schwingungen ihrer vereinten Stimmen erhoben sich zu dem uralten Hymnus – und gaben dem Kreis der Hohen Steine mehr Kraft, um die Astralwesen aus tausenden Meilen Entfernung herbeizuziehen.

Er erinnerte sich, wie er sich voll Erregung dem Kreis angeschlossen und gedacht hatte, dass er zumindest sehen würde, ob das, was der Tempel behauptete, wirklich wahr oder nur eine ausgedachte Geschichte war, die die Leute beeindrucken und sie gefügig und zufrieden halten sollte. Er hatte die Hände der beiden Frauen rechts und links genommen und begann, sich mit den übrigen zu bewegen, dem Trommelschlag folgend, und beobachtete, wie die riesige, schwerfällige Menschenreihe sich in Wellen um den Umkreis des Tempels wiegte. Am Anfang stockten manche, manche kamen aus dem Takt, manche drängten sich zu eng ... doch allmählich waren alle im Rhythmus und hatten den richtigen Abstand zueinander. Der ganze Kreis erinnerte ihn an eine sich windende Schlange, die sich machtvoll um die Steine schlang und sich in den Schwanz biss. Er erinnerte sich an die Lehre des Tempels, wonach die Erde selbst von fließenden Kraftströmen lebendig durchzogen war, die sie in ihrer Bildsprache als Schlangen bezeichneten. Der Platz für jeden kreisförmigen Tempel aus Hohen Steinen wurde sorgfältig danach ausgewählt, wo diese Kraft am stärksten und am leichtesten zugänglich war. Isar hatte versucht, es am Beispiel eines Wirbels oder Strudels zu erklären, in den verschiedene Flüsse oder Ströme mündeten und so in der Mitte weit mächtiger wurden, als sie es als einzelne Flüsse waren.

»Aus diesem Grund dürfen wir nicht in den Tempel«, hatte Isar ihm gesagt. »Wir wären nicht in der Lage, mit diesen Kräften umzugehen.«

»Wie würden sie auf uns wirken?«

»Ich weiß es nicht genau – aber Kyra hat mir einmal gesagt, es erhöht jede Kraft, die du in dir trägst. Wenn du, sagen wir, in glücklicher Stimmung in den Tempel gehst, dann würdest du dich bald zur Ekstase emporgehoben fühlen. Doch wenn du mit ärgerlichen Gefühlen auf jemanden kommst, dann würdest du voll Hass und zum Töten bereit wieder fortgehen. Wenn du darin ausgebildet bist, deine Kräfte zu handhaben und zu beherrschen, erst dann würdest du in der Lage sein, die Kraft des Tempels auf die richtige Weise zu beherrschen und in die richtigen Bahnen zu lenken. Nur die Herren der Sonne sind fähig, die ganze mögliche Kraft des inneren Kreises zu gebrauchen.«

Gya hatte mehr Fragen, als Isar beantworten konnte, und am Schluss war Isars Geduld erschöpft.

»Schau, wenn du so viel wissen willst«, rief er gereizt, »frag Kyra, ob du der Priesterschaft beitreten und alle ihre Geheimnisse lernen kannst. Ich bin ein Holzschnitzer. Frag mich etwas über Holz!«

Gya lachte. »Kannst du dir mich als Priester vorstellen?«

»Nein«, grinste Isar, jetzt entspannter. »Aber nimm diese Dinge einfach als wahr an. Ich kann sie dir nicht beweisen.«

Gya hörte auf, Isar Fragen zu stellen; nicht aber sich selbst.

Als er anfing, sich mit der Schlange zu bewegen, war er misstrauisch und überheblich gewesen. Doch hinterher? Hinterher war er verwirrt. Wes war er Zeuge geworden? Was hatte er erfahren?

Als die Reihe der tanzenden Menschen sich bewegte, und er mit ihnen, hatte er allmählich seinen hinterfragenden Verstand vergessen und war eins geworden mit dem Fließen der Kraft. Er konnte sich nicht entsinnen, wann es geschah und wie –, doch nach einer Weile schien er wie ein Fluss zu fließen – anfangs langsam und dann an Geschwindigkeit zunehmend, bis er sich wie ein Sturzbach fühlte, der einen Abgrund hinabstürzte, über Felsen sprang, über Klippen hinabfiel ...

Einmal, inmitten des Drehens und Wirbelns, versuchte er,

seinen Verstand herauszuziehen und wieder als Einzelwesen zu denken. Einen Augenblick lang spähte er zu den Steinen des inneren Kreises hinüber, wo Khu-ren und Kyra standen. Ihre Rücken und Handflächen waren an den Stein gelehnt, ihre Köpfe zurückgelegt – die Augen geschlossen. Waren da andere Gestalten? Waren auf ihren Ruf hin die mächtigen Herren der Sonne aus der ganzen Welt gekommen?

Bei dem angestrengten Versuch, etwas zu sehen, war Gyas Kopf von einem quälenden Schmerz erfüllt, als er den Zug der Kraft bekämpfte, der ihn mit den anderen Männern und Frauen verband. Er konnte durch den Schweiß, der von seiner Stirn rann, nicht klar genug erkennen. Er versuchte, seine Hände von denen seiner Nachbarn zu lösen, damit er seine Augen reiben konnte, aber seine Hände waren fest umklammert, und auch mit seiner ganzen Kraft konnte er sie nicht frei bekommen. Er meinte, durch den Schleier vor seinen Augen Gestalten zu sehen – aber er war nicht sicher. Der Augenblick war vorbei und er war wieder der Fluss ...

Er erinnerte sich an die Erschöpfung, die er empfand, als sie endlich entlassen worden waren und nach Hause zurückkehrten. Er erinnerte sich an den Kopfschmerz. Er und Deva fielen bekleidet aufs Bett nieder und wussten nichts mehr bis zum Morgen. Als er erwachte, hämmerte es immer noch in seinem Kopf. Er hatte dagegen angekämpft. Deva war frisch wie das Morgenrot. Sie hatte es angenommen.

Noch heute hatte er seine Zweifel. Er hatte mehr Zutrauen in seine Bemühungen, Urak zu finden, als in die des Tempels. Tatsächlich betrachtete er es sogar als eine persönliche Herausforderung und war sehr darum besorgt, dass Isar und er Deva eher erreichten als der Tempel.

»Sie werden einen Weg finden«, sagte Isar überzeugt. Für ihn war es keine Frage, dass die Herren der Sonne die Macht hatten zu tun, was sie behaupteten.

Als Deva nach jener ersten Nacht erwachte, sah sie, dass sie allein war. Sie setzte sich auf und blickte sich um. Ein Sonnenstrahl drang bis zur hintersten Wand vor. Deva bemerkte zum ersten Mal, dass der Fels gespalten war. Sie fragte sich, wie weit der Spalt in den Berg hineinführte. Sie stand auf und begab sich zum Höhleneingang. Sie spähte zum Abhang hinaus, ob sie ein Zeichen von Boggoron oder Urak erblicken konnte. Doch alles, was sie sah, war die Felswand auf der anderen Seite des Abgrunds, die noch im Schatten lag, während in ihrer Nähe jedes Blatt von Licht loderte.

Sie entdeckte, dass in dem tauigen Gras zwei Paar Fußspuren von der Höhle fortführten, und sie war versucht, jetzt fortzugehen, bevor Urak und ihr Begleiter zurückkehrten. Sie glaubte nicht, dass sie gegen ihren Willen zurückgehalten werden würde, aber sie wusste, dass Urak versuchen würde, sie zum Bleiben zu überreden. Sie kehrte in die Höhle zurück und begann, sich die Kleider, in denen sie gekommen war, anzuziehen. Wie schäbig und grob nahmen sie sich gegen die federleichte Berührung des scharlachroten ägyptischen Gewandes aus, aber sie wusste, sie hatte eine lange Fahrt vor sich, und sie musste praktisch denken. Sie verschnürte ihre Stiefel über den abgetragenen Lederhosen, legte den Gürtel um ihre Ledertunika und entleerte ihre Umhängetasche von allem, was nicht unbedingt nötig war, um Platz zu schaffen für den feinen Stoff und das Geschmeide. Dann hielt sie inne. Sie war entschlossen, nicht ohne ihre neuen Kleider fortzugehen, aber wenn sie sie ohne Erlaubnis mitnahm, würde Urak sie dann nicht verfolgen? Sie hatte nichts von vergleichbarem Wert, das sie an ihrer Stelle zurücklassen konnte. Während sie noch zögerte, fiel ihr Blick auf die Truhe, aus der Urak die Kleider geholt hatte, und die Neugier überwältigte sie.

Sie lief zum Höhleneingang und sah noch einmal hinaus, um sicherzugehen, dass die anderen nicht zurückkamen. Die einzige Veränderung war, dass die Sonne langsam den Tau in der Nähe der Höhle auflöste, wenn er an den geschützteren Stellen auch noch funkelte. Sie lief zu der Truhe zurück und zerrte sie aus dem Schatten ans Licht. Mit zitternden Händen und immer wieder Blicken über die Schulter zum Eingang öffnete sie sie sacht. Was sie darin erblickte, ließ ihr den Atem stocken. Das Gewand, das sie getragen hatte, war nur eines von vielen; die Halskette und das Stirnband, über deren Schönheit sie so sehr erstaunt war, waren die geringsten jener, die sie jetzt hervorholte. Sie vergaß alles um sich her, als sie Gewand nach Gewand an sich hielt und sich Kette um Kette aus funkelnden Edelsteinen umtat und sich sogar die Ärmel hochkrempelte, um zu sehen, wie sich die goldenen Armreifen an ihren blassen Armen ausmachten. Sie hatte Halsketten aus Bernstein, Pechkohle und Gold zu Hause. Sie hatte schöne Kleider für hohe Anlässe – doch nie und nirgends hatte sie solche prächtigen Dinge gesehen, außer in jenen eigenartigen Gesichten von Ägypten, die sie als Kind gehabt hatte. Tiefer und immer tiefer griff sie in die Truhe. Ihre Schätze schienen kein Ende zu haben. Plötzlich zog sie die Hand mit einem Schrei zurück. Sie war auf eine Kobra gestoßen, deren Kopf zum Biss erhoben war und deren gelbe Augen böse in die ihren starrten.

Sie hörte ein Lachen hinter sich und sprang herum. Die Erregung des Augenblicks wandelte sich in schuldbewusste Angst.

Urak war unerwartet aus dem Spalt an der Rückseite der

Höhle aufgetaucht und hatte sie eine Zeitlang – belustigt – beobachtet. Jetzt trat sie vor ins Licht, und Deva war zwischen den goldenen Augen der Kobra hinter sich und den schwarzen, spöttischen Augen der Zauberin vor sich wie gelähmt.

»Ich wollte sie nicht stehlen ...« stammelte sie. »Ich habe nur – nur geguckt ...«

»Und gefällt dir, was du siehst?« fragte Urak schmeichelnd, ohne nur einen Augenblick die Augen von Deva zu nehmen.

»Ja – oh ja, natürlich ...«

»Und würdest du diese wunderschönen Dinge gerne dein eigen nennen?«

Devas Herz pochte. Sich noch mit Schrecken der Kobra in ihrem Rücken gewahr, wollte sie sich umsehen oder zur Seite gehen – aber sie wagte es nicht.

»Natürlich – natürlich ...« murmelte sie.

»Wenn du diese hübschen Dinge haben willst, mein Kind«, sagte die alte Frau mit weicher Stimme, »musst du dich nur nach ihnen bücken.«

Deva starrte sie an – zu Tode erschrocken. Meinte sie, sie solle ihre Hand da hineinstecken und die tödliche Kobra herausfordern? War dies Uraks Art, sie für den Gedanken zu bestrafen, die Kleider und das Geschmeide zu stehlen? »Ich hätte sie nicht wirklich genommen«, sprach sie verzweifelt zu sich selbst. »Ich war versucht, ja – aber ich hätte sie nicht genommen. Wenn sie so klug ist, dann weiß sie das bestimmt.« Urak kam immer näher.

»Sie gehören dir«, gurrte sie. »Greif nur hinein und hole sie heraus.«

Deva versuchte, beiseite zu treten, doch plötzlich klammerte die Frau ihre kräftigen, knochendürren Finger um ihren Arm und drückte sie leicht zu der Truhe hin. Deva war gefangen zwischen ihrem Entsetzen vor Urak und vor der Kobra.

»Ich – ich wollte nicht wirklich – ich wollte wirklich nicht ...« stammelte sie.

»Sie sind dein«, zischte Urak. »Nimm sie!«

Weiß und zitternd tat Deva ihre Hand in die Truhe und berührte ein Halsband aus Gold und Türkis. Jede Muskel ihres Körpers war angespannt und bereit, beiseite zuspringen, wenn die Kobra zustieß. Urak gab ihr unvermittelt noch einen Stoß und sie fiel fast in die Truhe. Sie schrie auf, als die Kobra und sie sich ins Gesicht sahen – und dann erkannte sie, dass sie eine Nachbildung war wie der übrige Schatz. Ihre gelben Augen bestanden aus Topas.

Schamrot blickte Deva auf und begegnete Uraks Blick. Die alte Frau warf ihren Kopf zurück und lachte. Das Geräusch hallte von den Höhlenwänden wider und rollte in den Berg hinein durch all die Gänge, Höhlungen, Grüfte und Spalten des verzweigten Höhlengebildes, welches das dunkle Reich der Eulenfrau war.

Die Suche mit dem Zaubersang

Als Khu-ren zum Tempel der Sonne zurückkehrte, war er allein. Unter seinen Amtsbrüdern wurde die Freude über seine Ankunft durch das Wissen um die Gefahr, in der seine Tochter schwebte, gedämpft. Doch die gewöhnlichen Leute, die im Tal am Fluss Kennet und auf den Hügeln lebten, die den großen Tempel von Haylken umgaben, wussten nichts von seinen Sorgen. Sie sammelten sich am Höhenweg, um ihn willkommen zu heißen, und umschwärmten ihn singend und frohlockend. Hunderte mühten sich, ihm nahe zu kommen, um ihn zu berühren; andere hielten sich zurück, damit zufrieden, einen Blick auf ihn erhascht zu haben. Er schritt ruhig durch das Gedränge, ein hochgewachsener, beeindruckender Mann, der schon durch seine bloße Anwesenheit den Schwachen und Unschlüssigen Kraft gab.

Kyra wartete auf dem hölzernen Damm, der in den Tempel führte. Hinter ihr waren, in gehöriger Entfernung, die Priester versammelt und warteten in völliger Stille. Ihr Haar, gesponnenes Gold, war aufgebürstet und umgab sie wie eine Aura. Ihre weichen, fließenden Gewänder hatten, wie ihre Augen, die Farbe des Sommerhimmels. An ihren bloßen Armen leuchteten die Armreifen, die er ihr geschenkt hatte, und an ihrem Hals die Kette aus Fayence-Perlen, die ein Zeichen ihrer Liebe gewesen war, lange bevor sie wagten, sie offen zu zeigen.

Khu-ren blieb stehen, als er sie sah. Die Menge zog sich

zurück. Nur sie beide standen sich da gegenüber, schwebten auf der Stille wie eine fallende Feder auf einer aufwärts führenden Luftströmung.

Die beiden Liebenden sahen sich an und es verlangte sie, sich einander in die Arme zu werfen – doch die beiden Priester hielten einen würdigen Abstand und beugten voreinander zu einer formalen und rituellen Begrüßung das Knie. Beide vollführten vor sich in der Luft das Zeichen des heiligen Kreises mit der ganzen Hand, die Handfläche nach außen.

Schließlich trat Khu-ren zu ihr. Die beobachtende Menge sah ihn an ihrer Seite, sie drehte sich um, um ihn in den Tempel zu geleiten, er nahm sie leicht am Arm, als er neben ihr herschritt. Viele seufzten voll Freude auf, da sie von der Liebe zwischen den beiden wussten, und waren glücklich, sie wieder vereint zu sehen. Manchen war aufgefallen, dass der Gesichtsausdruck der Herrin Kyra in letzter Zeit traurig und düster gewesen war, und sie waren sicher, dass es war, weil sie ihren edelmütigen Ägypter vermisste. Jetzt waren sie zusammen, und die Menge zerstreute sich langsam, befriedigt, dass die Hüter und Priester des Tempels wieder vollzählig waren und kein Übel sie befallen konnte.

Nachdem Khu-ren seine Amtsbrüder begrüßt hatte, wandten sie ihre Aufmerksamkeit der dringlichsten Angelegenheit zu: der Frage von Deva und Urak.

Jeder im Tempel war schon vor Khu-rens Rückkunft über Urak befragt worden, und viele der älteren Priester konnten Geschichten erzählen, die Kyra aus Furcht um ihre Tochter schaudern ließ. Die jüngeren hatten nie von ihr gehört. Es hatte den Anschein, dass sie jahrelang untätig gewesen war und sich mit Dingen beschäftigt hatte, die den Tempel nicht berührten. Die meisten, die von ihr gehört hatten, hatten gedacht, sie sei tot. Niemand wusste, wo sie zu finden war oder irgend etwas, das zu ihrer Auffindung beitragen konnte.

Kyra hatte vorgeschlagen, dass sie sich gleich, wenn Khuren wieder bei ihnen war, zu einem Ritual zur Suche zusammenfinden sollten. Dieses bereiteten sie nun vor.

Sie fassten sich im inneren Steinkreis um die heiligen drei Steine in der Mitte zu einem Kreis an den Händen und begannen zum Trommelschlag der Novizen mit rhythmischen Schritten die alten Worte des Zaubersangs der Suche.

Sie riefen alle Wesen um ihre Mithilfe bei der Suche an: die Bäume, die zum Himmel hinaufreichten und doch fest in der Erde verwurzelt waren, die Flüsse, die so geschwind von den Bergen zur See dahinflossen; die Vögel, die auf den Strömungen der Luft dahinglitten. Alle Wesen der Natur baten sie. Und dann riefen sie die Wesen an, die man nicht sehen konnte – jene Wesenheiten, die sich zwischen den nächsten und vertrautesten Welten und den großen leuchtenden Wesen jenseits der Reiche, die die Menschheit sich vorstellen und verstehen kann, hin und her bewegten.

Nach und nach glichen sich die Herzschläge aller Anwesenden den langsamen, rhythmischen Trommelschlägen des Rituals an. Das Wirrwarr der Gemütsbewegungen und Gedanken löste sich auf, und ein jeder war mit allen anderen in Übereinstimmung, wuchs über sich hinaus und konnte die beständige Sichtweise des Baumes erfahren; die anpassungsfähige Sichtweise des Flusses; die weitblickende Sichtweise des Vogels; und die zeitlose Sichtweise der anderen Reiche.

Manche suchten im Norden, manche im Süden, manche im Osten, manche im Westen.

Doch bei all ihrem Suchen fanden sie Urak nicht. Denn die Eulenfrau wusste, dass sie sie aufzuspüren suchten, und hatte sich versteckt, wie nur eine hohe Eingeweihte sich verbergen kann.

Deva sah Urak zu, wie sie ein ausgeklügeltes System aus geometrischen Figuren auf die flache Platte aus schwarzem Stein zeichnete, die vor dem Höhleneingang lag.

Eben noch hatte die alte Frau ihr begeistert erzählt, was sie ihr alles beibringen könnte, wenn sie bleiben würde, und im nächsten Augenblick wandte sie ihren Kopf und schien auf ein Geräusch zu lauschen, das Deva nicht hören konnte. Plötzlich eilte sie zum Eingang und rief dabei Boggoron zu, der irgendwo draußen herumschlich, in die Höhle zu kommen.

»Sofort!« schalt sie, als er nicht so schnell antwortete, wie sie erwartete.

Als wenn er wüsste, was dieser Tonfall bedeutete, und er große Angst davor hätte, kam er in die Höhle geschossen wie eine aufgeschreckte Katze und kauerte sich auf seinen Fersen an der Spaltöffnung hinten in der Höhle zusammen. Er richtete seine leicht hervorquellenden Augen ohne zu blinzeln auf Deva.

Von der Plötzlichkeit verwirrt, mit der die Dinge geschehen waren, und neugierig, was das alles zu bedeuten hatte, versuchte Deva, seinen starrenden Blick zu vergessen und sah wieder zu Urak, die mit einem großen Stück Kreide etwas auf den Stein zeichnete. Sie trat ein wenig näher, um besser zu sehen, doch Urak schnarrte sie, ohne sich umzudrehen, an, sie solle bleiben, wo sie war.

Sobald sie die Platte mit den für Deva unverständlichen Zeichen bedeckt hatte, setzte sich die Zauberin mit gekreuzten Beinen vor sie hin, schloss ihre Augen und begann, sich wiegend, zu summen. Anfangs war die Bewegung ihres Körpers kaum wahrnehmbar, das Geräusch nicht unähnlich dem einer Hummel, doch langsam wurde die Bewegung ausgeprägter und das Summen lauter. Deva sah gespannt zu, wie die Frau sich, scheinbar fest im Boden verwurzelt, in immer weiteren Bögen wiegte, bis sie fast völlig verdreht schien und sich so schnell bewegte, wie es für eine Frau ihres Alters unvorstellbar schien. Deva war nicht sicher, ob sie als junge Frau es auch nur halb so schnell und geschmeidig gemeistert hätte. Die ganze Zeit, während sie sich wiegte, wurde das Summen immer lauter. Der Mund öffnete sich und bildete die eigenartigsten Formen, und ihm entströmten die unheimlichsten Laute, die Deva je gehört hatte. Immer tiefer klangen die Töne, immer stärker widerhallend. Sie begannen, alles in der Höhle zum Schwingen zu bringen. Die irdene Tasse auf dem kleinen Holztisch begann zu tanzen und nicht lange, da fiel sie zu Boden.

Deva hielt ihr Hände vor die Ohren, als der Klang sie umdröhnte und der Schmerz auf ihren Trommelfellen fast unerträglich wurde – dennoch hörte sie ihn. Durch den Spalt erschollen gewaltige Echos, die von ihrer Reise durch den ausgehöhlten Berg zurückkamen und sich verstärkt mit den neuen Tönen, die Urak noch ausstieß, vermengten. Es hatte nach und nach den Anschein, als wenn hundert verschiedene Stimmen sich in jenem nicht-menschlichen, ungeheuren, alles durchdringenden Gesang erhoben.

Von den tiefsten Tönen, die aus der Mitte der Erde zu stammen schienen, arbeitete Urak sich auf der Tonleiter immer weiter nach oben bis dorthin, wo nur noch Lerchen singen – um in die Tiefe zu fallen, wie von einem unsichtbaren Pfeil getroffen.

Deva weinte und war überzeugt, sie würde sterben, wenn die tödlichen Klänge nicht aufhörten. Endlich besänftigte und verminderte Urak die Töne langsam und so gekonnt, wie sie sie heraufbeschworen hatte, bis Stille ward.

Doch die Stille, die Deva herbeigesehnt hatte, kam ihr nun so furchtbar vor wie zuvor die Missklänge. Der Gegensatz war so groß, dass sie auf dem Boden der Höhle liegend sich wie eine leere Muschel fühlte. Alles Gefühl und alle Erinnerung waren dahin.

Am großen Tempel brach der Kreis auf, geschlagen. Ihre Suche war misslungen. Ihr Zaubergesang der Suche hatte sein Ziel nicht gefunden. Einer nach dem anderen gingen die ermatteten Priester davon; die Trommler brachten ihre Trommeln fort. Doch auf einen Wink Khu-rens blieb Kyra zurück, und gemeinsam durchschritten sie den Kreis des Tempels. Sie waren müde, aber nicht so sehr wie ihre Mit-Priester. Abgesehen von der besonderen Übung, die sie als Herren der Sonne hatten, ließ ihre Angst um ihre Tochter sie nicht zur Ruhe kommen.

Sie besprachen das Such-Ritual und sein Misslingen und versuchten herauszufinden, warum es nicht gewirkt hatte. Sie hofften beide, dass beim Ritual etwas fehlte, denn wenn der Fehlschlag auf Urak zurückzuführen war, dann hatten sie es mit einem furchtbareren Feind zu tun, als jemals zuvor. Um einen solchen Zaubersang des Rufens zu sperren, musste sie gewusst haben, dass sie ihn ausgesandt hatten – und das bedeutete, dass sie sie vielleicht sogar jetzt im Augenblick ihrer Entmutigung und Hoffnungslosigkeit beobachtete. Gleichzeitig kam ihnen dieser Gedanke und sie blieben stehen. Sie blickten sich aufgeschreckt in die Augen.

»Wir könnten selbst eine Sperre aufbauen«, schlug Kyra vor.

Khu-ren runzelte die Stirn. Sie konnten es, aber dann wären sie abgetrennt, und sie konnten dann keine Botschaften empfangen oder senden. Sie wären von der übrigen Welt abgeschnitten, von den Menschen, für die sie verantwortlich waren.

Kyra versuchte es nochmals. »Wenn sie uns beobachtet, könnten wir vielleicht den Strahl ihrer Aufmerksamkeit zum Ursprung zurückverfolgen.«

»Wenn sie uns beobachtet«, murmelte Khu-ren. Und dann blickte er auf, als wenn ihm etwas eingefallen wäre. »Was hast du bemerkt, als wir gerufen haben – kurz bevor wir wussten, dass es uns misslang?«

Kyra versuchte, sich zu entsinnen. Sie war müde und besorgt, und keine ihrer Fähigkeiten schien richtig zu arbeiten.

»Deine Ohren?« setzte er nach. »Hast du irgend etwas an deinen Ohren bemerkt?«

»Sie prickelten etwas und dann –, dann schmerzten sie.«

»Genau. Sie benutzte Klänge, um uns zu sperren.«

»Heißt das, dass sie in der Nähe ist?« fragte Kyra und schöpfte plötzlich etwas Hoffnung. Die Schwingungen, die Klänge erzeugten, bewegten sich nicht so weit oder so schnell wie die kaum wahrnehmbaren aber kraftvollen Schwingungen der Gedanken. Sie waren ein verhältnismäßig grobes Medium.

»Nicht notwendigerweise. Jemand wie sie dürfte in der Lage sein, solche kraftvollen Klänge zu übertragen, so verdichtet und in einer Weise, dass ihre Schwingungen viel, viel weiter reichen, als man erwarten würde. Wir haben sie nicht gehört, sondern gespürt.«

»Könnte sie unseren Gesang ›gehört‹ haben?«

»Vielleicht, wenn sie nicht allzu weit entfernt ist – aber wir haben uns nicht darauf gerichtet, Klang zu übermitteln, sondern Gedanken. Sie hat vielleicht unsere Aufmerksamkeit aufgefangen. Wenn das so ist, dann müssen wir sie erreicht haben, wenn auch nur für einen Augenblick. Versuche, dich zu erinnern. Es muss etwas geben, ein fehlendes Bruchstück ...«

Kyra bemühte sich angestrengt, aber sie konnte sich an nichts erinnern, was ihr bedeutsam schien.

»Ich bin müde, mein Geliebter«, sagte sie. »Wenn ich vielleicht ein paar Augenblicke schlafe?« Sie hatte schon häufiger erfahren, dass ein paar kurze Augenblicke Schlaf ihren Geist von allen unbedeutenden Dingen reinigten und eine unerwartete Einsicht zum Vorschein bringen konnten. Sie konnte jene eigentümliche, plötzliche Erschöpfung aufkommen fühlen, als ihr Körper sich darauf vorbereitete, »beiseitezutreten«, um dem inneren Bewusstsein den Vorrang zu geben. Khu-ren hielt die Arme auf und sie lehnte sich stehend mit ihrem ganzen Gewicht an seine Brust. Sie seufzte. »Wenn nur die Umstände anders wären«, dachte sie noch, dann wurde sie in seinen Armen ganz schlaff. Sanft wiegte er sie, sanft küsste er ihr goldenes Haar. Doch noch bevor der Vogel, der von einer Seite des Tempels herbeigeflogen kam, sich auf einem der Steine auf der anderen Seite niedergelassen hatte, war sie wieder erwacht, erfrischt und mit leuchtenden Augen. Sie hatte sich des flüchtigen Anblicks zweier Gestalten entsonnen ...

»In einer Höhle ...« flüsterte sie und versuchte, die Vision in ihrem erwachenden Geist festzuhalten und Khu-ren zu beschreiben. »In einer Art Höhle – die eine ein Skelett – nein

– fast ein Skelett – die andere …« und da schrie sie auf, denn es war Deva.

Khu-ren befragte sie streng, um eine Beschreibung der Höhle aus ihr herauszubekommen. Wie groß war sie? Welcher Gestalt? Welche Farbe und Maserung hatte der Fels? Dies konnte wichtige Aufschlüsse für die mögliche Ortung geben. Aus ihrer Beschreibung war klar, dass der Fels aus Kalkstein war. Schien die Sonne geradewegs in die Höhle?

Er fragte immer weiter, bis Kyra ihm alles gesagt hatte, was sie konnte.

»Du hast die Verbindung hergestellt«, sagte Khu-ren, und sie zuckte bei dem scharfen Unterton in seiner Stimme zusammen, »und du hast ihn wieder verloren, weil du deinen Gefühlen freien Lauf gelassen hast.«

Das stimmte. Dies war nicht das erste Mal, dass eine solche Verbindung unterbrochen worden war, weil sie ihre Gefühle nicht beherrschen konnte. Es war wahrscheinlich die leidenschaftliche Kraft ihrer Liebe, die es ihr zuerst ermöglicht hatte, Deva zu erreichen, wo es Khu-rens beherrschterer und besonnenerer Zuneigung nicht gelungen war. Aber wenn sie bloß nicht so nachgegeben hätte, wenn sie nur die Beherrschung gewahrt und ihre Aufmerksamkeit unerschütterlich aufrechterhalten hätte. Wenn sie sich wie eine große Priesterin und Eingeweihte und nicht wie eine gewöhnliche Frau mit einem Kind verhalten hätte … Ihr schauderte bei der Erinnerung an die knochendürre Gestalt und an die Andeutungen, die ihr Guiron vor Jahren über die Macht dieser Frau gemacht hatte.

Wie war Urak der Aufmerksamkeit des Tempels die ganze Zeit entgangen? Khu-ren hatte ihr von dem Dorf berichtet, das er besucht hatte und wo eine ganze Familie durch eine

Verwünschung umgekommen war, und von dem Namen, der ungebeten in Farlas Geist gekommen war. War sie all die Jahre tätig gewesen, aber so schlau, dass sie den Nachforschungen selbst der Hüter der Steine entgangen war? Oder hatte sie schlafen gelegen – ihre Zeit abwartend, bis sie wusste, dass sie gewinnen konnte? Hatte sie Deva deshalb genommen – als Geisel? Wenn dies so war, fürchtete sie, Khu-ren würde sagen, sie müssten das Wohl der Gemeinde über das Leben der Tochter stellen. Ihre Lippen pressten sich aufeinander. Was würde sie dann tun? Was würde sie tun! Diesmal wandte sich ihr Gebet jenseits der Ahnenhelfer und der Geistwesen, die die Lichtreiche bewohnten, an das Wesen jenseits von allen Wesen, das Namenlose hinter allen Namen. »Lass es nicht dazu kommen! Stelle mich nicht vor diese Wahl!« rief sie aus.

Aber sie konnte nicht sagen, ob ihr Gebet erhört wurde.

Khu-ren berührte ihren Arm.

»Wenn wir diese Frau überlisten wollen, brauchen wir Guirons Hilfe. Er hatte in der Vergangenheit mit ihr zu tun und kennt sie besser. Er wird ihre Schwächen kennen.«

Sie seufzte. Guiron war seit vielen Jahren fort, und in dieser ganzen Zeit hatte er keine Verbindung mit ihnen. Er war schon alt, als er sie verließ. Wie konnten sie annehmen, dass er noch lebte, wanderte er doch in der Fremde, in fremdartigen und barbarischen Ländern?

Khu-ren wusste, dass es schwierig war. Er rief einen jungen Schüler und schickte ihn mit Botschaften für alle, die er für die Aufgabe brauchte, davon.

Guiron hatte mit Urak zu tun gehabt, als er ein junger Mann war, nicht lange nachdem er Hohepriester des Tempels der

Sonne in Haylken geworden war. Sie hatte ihn fast besiegt – aber nicht ganz. So hoch eingeweiht er auch war, hatte es ihn einige Zeit gekostet zu erkennen, dass der Tempel von ihr bedroht war. Seine Vorgänger hatten ihn vor ihr gewarnt, aber als Jahr um Jahr verging und er nichts von ihr sah oder hörte, da vergaß er die Vorsicht. Selbst als er bemerkte, dass etwas nicht stimmte, dachte er nicht gleich an sie.

Eines Morgens erwachte Guiron müder, als er beim Schlafengehen gewesen war. Er dachte sich nichts dabei. Doch als er Tag um Tag so müde war, dass er seinen Pflichten kaum nachkommen konnte, fragte er sich langsam, was los war. »Warum geht alles so langsam?« dachte er gereizt. Aus irgend einem Grund schien jeder, dem er begegnete, nur mit halber Geschwindigkeit zu arbeiten. Selbst junge Priester schlurften beim Gehen, als wenn sie entweder sehr alt oder im Halbschlaf wären. Dinge, die hätten getan werden müssen, wurden nicht erledigt, und er sah, dass er seine Zeit mit Schmeicheleien und Geschimpfe verbrachte. Einer nach dem anderen schienen die Menschen kränklich zu werden. Es war keine ausgesprochene Krankheit – nur Mattigkeit, Kopfweh und Übelkeit. Den großen Tempel auch nur auf der weltlichen Ebene in Gang zu halten, wurde eine schwierige und anstrengende Sache.

Erst als er versuchte, die Kraft der Steine zu benutzen, um mit den anderen Priestern im Land Verbindung aufzunehmen, erkannte er endlich, dass etwas sehr verkehrt war – und dass er die Erklärung dafür nicht, wie er es getan hatte, in den Unwägbarkeiten der gewöhnlichen Welt suchen musste ... Ernährung, Überarbeitung, das Wetter ... Die Steine selbst waren »müde«, und die Kraft, die die Priester immer in solcher Überfülle anzapfen konnten, war verschwunden.

Sie riefen die Lichtwesen; sie riefen das Namenlose an, das mit der Stimme der Sonne sprach; doch es wurde immer klarer, jemand oder etwas blockierte den Fluss der Kraft sowohl der Menschen wie des Tempels. Als er sich dessen gewiss war, setzte er all sein Können ein, um herauszufinden, wer oder was es war. Und da stieß er auf Urak.

Sie lebte in einem der Häuser im Tal von Kennet. Für ihre Nachbarn war sie nicht mehr als eine recht überspannte ältere Frau, die sehr zurückgezogen lebte, eine Fremde, die in jenem Jahr zugezogen war, aber alle freundlichen Einladungen zur Teilnahme an gemeinsamen Unternehmungen und Festen abgelehnt hatte. Sie zog Guirons Aufmerksamkeit an jenem Tag auf sich, als er entschied, alle Leute aus der näheren Umgebung zu einem gemeinsamen und verzweifelten Versuch zusammenzuholen, die Herren der Sonne um Hilfe anzurufen. Jeder Mann, jede Frau und jedes Kind waren zugegen, beteiligten sich an dem Schlangentanz – nur die Fremde, die für sich blieb, war nicht dabei.

Das Trommeln begann. Die Bewegung begann. Es dauerte länger, viel länger, bis die Menschen in den erforderlichen Rhythmus fielen – aber schließlich taten sie es. Guiron, allein in der Mitte der drei Hohen Steine, sammelte all seine Kraft und Aufmerksamkeit für die Erreichung der Herren der Sonne. Einen Augenblick sah es so aus, als hätte er Erfolg. Eine schattenhafte Gestalt erschien ... doch an einem der heiligen Drei und nicht an dem Steinkreis, der sie umgab. Dort sollten die Herren der Sonne nicht erscheinen.

Schweiß rann Guiron von der Anstrengung, die Kraft stark genug zu halten, damit die Herren der Sonne erscheinen konnten, über das Gesicht. Wer war der Eindringling? Die Gestalt war so undeutlich, dass er sie zuerst nicht ausmachen konnte. Warum erschien keiner von den anderen? Der Schlangentanz war jetzt auf voller Höhe ... doch innerhalb des inneren Kreises erschien niemand. Einen Augenblick lang nahm die nebelhafte Erscheinung neben ihm klarere Form an, und da blickte er in die starren runden Augen einer Eule ... einer Frau mit einem Eulenkopf! Er war so erschrocken, dass er seine innere Sammlung verlor, und sofort war das Gesicht verschwunden. Er spürte die ganze Kraft aus seinen Adern fließen, seine Augen rollten nach oben und er fiel vornüber in eine todgleiche Ohnmacht. Zur selben Zeit zerbrach die ununterbrochene Reihe des Schlangentanzes. Manche Leute verloren das Bewusstsein, andere standen herum, benommen und verwirrt. Die Trommler verloren den Schwung und gaben den Versuch auf, den Trommelschlag zu halten.

Es war nicht erlaubt, ohne den höchsten Rang das innere Heiligtum zu betreten, so musste Guiron dort ohne Hilfe liegen, bis er wieder zu Bewusstsein kam. Da entließ er sie alle und bestand darauf, allein im Tempel zu bleiben.

Die Nacht brach herein; die Nacht der Jagdeule. Er war herausgefordert worden und er wusste, dass er den Tempel nicht lebend verlassen würde, wenn er diese schreckliche Widersacherin nicht besiegte.

Es war Vollmond, und er hatte die Vollmondzeremonien abgesagt.

Wenn sie kam, wollte er mit ihr allein sein.

Als sie kam, war er mit ihr allein.

Er sah sie zuerst, ihre Flügel dunkel gegen die Silberscheibe des aufgehenden Mondes. Er hörte ihren durchdringenden, unheimlichen Schrei. Er wusste, es war sie, die einen Weg gefunden hatte, die Kraft der Menschen und des Tempels abzuziehen. Er wusste, sie wollte seine Stellung, seine Macht

– aber sie wollte dies zu ihrer Selbstverherrlichung und nicht um das Wohl des Landes willen.

Sorgfältig bereitete er sich auf den Zweikampf vor. Er klärte seinen Geist. Er nahm seine Stellung ein. Ruhig und mit peinlicher Sorgfalt flocht er ein Netz aus Licht, ein Gewebe aus glänzendem ätherischen Gold.

Sie kam herabgestoßen. Er schleuderte es in die Luft, und mit einem Schrei lenkte sie ab und entwich seinen umfangenden Falten. Einen Augenblick lang schimmerte es am Nachthimmel und fiel dann zur Erde, wo es sich augenblicklich wie Schneeflocken auf heißen Kohlen auflöste.

Sie flog einen Bogen und kreiste. Sie stürzte sich erneut herab.

Diesmal waren seine Arme über seinem Kopf. Die Handflächen nach außen gewandt beschrieben sie den heiligen Kreis immer wieder und so schnell, dass es durch diese unsichtbare Sperre aus wirbelnden Ringen kein Durchkommen gab.

Nochmals flog sie unverletzt davon und schwang sich in die Himmelshöhen hinauf, um die Zeit bis zum nächsten Angriff abzuwarten.

Diesmal war es der letzte Versuch. Sie wussten es beide. Er war ausgelaugt. Er wusste, er konnte nicht mehr lange standhalten. Was war noch in seiner Rüstkammer, das ihn jetzt retten konnte? Er kauerte sich auf den Boden, versuchte, sich auszuruhen, versuchte seine Kräfte zu sammeln. Er sah ängstlich zum Himmel hinauf. Gewöhnlich schien er ihm eine gewaltige Kuppel zu sein, blau am Tage und schwarz in der Nacht. Von irgendwo dort droben beobachtete ihn die Eulenfrau. Doch jetzt schien der Himmel plötzlich überhaupt keine Kuppel mehr zu sein. Er blickte in ein riesig weites

Loch, das kein Ende hatte. Er war zutiefst erschrocken. Er barg seinen Kopf in seinen Armen, krümmte sich zu einer Kugel wie ein Igel. Er wollte nie wieder zum Himmel hinaufschauen. Wie hatte er all die Zeit mit dieser gähnenden Leere über seinem Kopf leben können?

Diesmal, als sie herabstieß, sah sie ihn als kleines, hilfloses Geschöpf. Eine Maus hätte nicht verletzlicher sein können. Sie schrie siegessicher auf, als sie sich herabstürzte.

Doch als er schon die Luft in ihren Schwingen brausen hörte, kehrte sein Vertrauen in die Sinnhaftigkeit zurück ... der geheime Funken des Geistes, der niemals starb, sprang auf zur Flamme und entrollte sich wie ein Springquell. Der Himmel erschien ihm nicht mehr als ein endlos Verneindes – sondern als reiche und fruchtbare Gegend unendlicher Möglichkeiten. Er sprang – er schwang sich auf – er war ein Riese! Er schritt durch das Weltenall und mit seiner Hand fing er das winzige flatternde Geschöpf, das den Tempel und alles, für das er stand, angegriffen hatte. Er hielt sie an ihren Flügeln und lachte ihr in die Augen. Er wusste, er hätte sie auf der Stelle töten können – aber er wusste, er hatte kein Recht dazu.

»Ich verbanne dich«, rief er aus. »Ich verweise dich in die Berge – in das Felsengefängnis der hohen Gipfel – bis du nicht mehr versuchst, das Lebensblut der Welt auszusaugen – bis du mittust und nicht mehr widerstrebst dem großen Werk ...«

Und so geschah es, dass sie von dem Tage an verstoßen war in die Berge, wo sie über die Ungerechtigkeit brütete, die er ihr angetan hatte, indem er ihr die Macht, die sie als die ihre betrachtete, vorenthielt.

Jetzt standen Guiron und Userhet, die beiden alten Männer, die sich vom tätigen Leben zurückgezogen hatten, am Ufer des großen Flusses und sahen die Sonne über der Insel untergehen, die mit Palmen bewachsen war und zwischen den Lebenden und den Toten lag; zwischen der kurzlebigen Stadt und den ewigen Bergen; zwischen dem Ost- und dem Westufer. Da war eine weihevolle Stille in der Stadt, als alle in ihrem Tun innehielten. Wo sie es konnten, begaben sie sich an das Flussufer; wo nicht, kletterten sie auf die Dächer der Häuser. Hinter den Tempelmauern bereiteten sich die Priester auf die Abendrituale vor. Alle wandten sich nach Westen. Selbst die kleinen Kinder, die im Schmutz der Straßen spielten, bekamen einen Klaps, damit sie nach Westen schauten, bevor sie ins Bett gebracht wurden. Dies war der Augenblick der Ungewissheit; der Augenblick ehrfurchtvollen und atemlosen Wartens; der Augenblick, da – wie man sie gelehrt hatte – Nut, die Himmelsgöttin, den müden Sonnengott, Ra-Atum verschlang und in ihrem gewölbten und gestirnten Körper aufnahm. Dort würde er nacheinander durch die zwölf Tore der Nacht gehen bis zum Morgendämmern, wenn er mit Pracht und Jauchzen wiedergeboren wurde.

Guiron hörte Userhet murmeln und versuchte, die Worte zu verstehen.

»Du, die du alles in deinen Armen umfängst – unvorstellbar schön. Herrin der Sterne – schütze uns in der Nacht ...«

Dies war derselbe Himmel, der sich über seiner fernen Heimat wölbte; dies war dieselbe Sonne, die über den sanft geschwungenen Kreidebergen, die seinen Tempel umgaben, unterging.

»Vor allen Dingen war ich. Ich bin. Das große Er-Sie. Ra-Harakti zur Morgendämmerung; Khepri am Mittag; Atum am

Abend. Welchen Namens ich genannt werde ist ohne Bedeutung. Ich spreche das Wort des im Geheimen Benamten, dessen Name unbekannt ist.«

Die Abendrituale, die Kyra und Khu-ren weit, weit jenseits des grünen Meeres vollführten, waren nicht viel anders. Wie sehr sehnte er sich danach, wieder an ihnen teilzunehmen! Er mochte von diesem fremdartigen Land vieles lernen, doch er würde sich darin niemals zu Hause fühlen.

Über ihm flogen die Vögel heim zu ihren Nestern. Ein Schwarm Fischreiher – ihre langen Hälse gestreckt, ihre grauen Flügel schwer durch die Lüfte rudernd – flog über ihnen hinweg und ließ die Fische noch eine Nacht in Ruhe. Dann kamen die langen Reihen der Ibisse, der Vögel, die Djeheuty, Thoth, heilig waren. Guiron beugte sich bei ihrem Vorbeiflug bis zum Boden hinunter, denn Djeheuty, der Ibiskopf, war seinem Herzen sehr nahe: der Beschützer der Schreiber und Gelehrten, der Weise, der Friedenstifter, der ehrwürdige Richter ... Hinter ihnen kamen die pfeilschnell dahinschießenden und in Bogen fliegenden Schwalben, die sich niemals auf der Erde niederließen, sondern die Vorboten Shus waren, des göttlichen Odems – die voller Freude hoch in den klaren Lüften tanzten. Guiron kannte sie von den Sommerabenden zu Hause. Über ihnen, Nut selbst nahe, schwebte der Falke, dessen braune Flügel für kurze Zeit feuerrot leuchteten, da die sterbende Sonne sich in ihnen fing. Horus, der über allen anderen schwebt, jener, der weiter sieht als alle anderen, der Ungestüme und Schöne, der Starke, der Strenge, der Mächtige, Sohn des Osiris, des Herrn des Duat, der Bringer der Auferstehung, der Erneuerer des Lebens ...

Dann waren selbst die Vögel still, als die mächtige goldene Scheibe tiefer sank. Guiron war in einem Augenblick der

Verzweiflung versucht, den leuchtenden Pfad zu beschreiten, den die großen Wesen über das Wasser gelegt hatten. Wenn er nun hinausschritte, rufend, und im goldenen Licht ertränke? Wenn er die Reise durch die Unterwelt in eben dieser Nacht antrat? Wenn er nun Ra folgte durch die zwölf Tore der Verwandlung? Wenn er nun im Morgendämmern wiedergeboren würde mit Ra-Harakti – ein anderer und ein besserer Mensch?

Userhet berührte seinen Arm und hielt ihn fest. »Wir wählen nicht die Zeit«, raunte er. »Wir kennen nicht die Geheimnisse der ewig lebenden Ba.«

Guiron seufzte. »Nein, wir kennen nicht die Geheimnisse des ewigen Geistes«, dachte er. »Wir kennen nicht die Zeit seines Hervortretens noch die Zeit seiner Einkehr. Doch wir wissen, er ist das Innerste unseres Seins, die Essenz, die nie verloren geht, so oft wir auch unsere Form verändern mögen – jenes, das bei dem ›Geheim-Benamten‹ am Anfang war und sein wird am Ende ...«

Die Sonne war fort, doch sie hinterließ dem weiten wolkenlosen Himmel die Farbe des Feuers.

Eine lange, lange Zeit standen die beiden alten Männer da und betrachteten den ehrfurchteinflößenden Anblick. Seine Schönheit trieb ihnen Tränen in die Augen, und sie dachten, wie reich beschenkt sie doch waren, auf dieser Erde Gestalt angenommen zu haben und die Möglichkeit zu haben, Zeuge eines solchen Schauspiels zu sein.

»Wenn dies das Zeichen für Gott ist«, dachte Guiron, »wie muss dann seine Wirklichkeit sein?« Er wusste, er war noch nicht bereit, dieser Wirklichkeit gegenüberzutreten, und Userhet wusste, dass Guiron nicht mehr daran dachte, sich das Leben zu nehmen.

Das geschmolzene Gold des Flusses und das scharlachrote Nachglühen des Himmels schwanden langsam, ganz langsam. In den odemlosen letzten Augenblicken des Lichtes vermeinte Guiron, seinen Namen rufen zu hören. Er sah sich schnell um. Die Palmen und Tamarisken am Wasser waren still wie Stein. Kein Lufthauch regte sich. Die Leute, die den Gott hatten davongehen sehen, waren selbst gegangen. Er und Userhet waren am Fluss allein.

»Hast du meinen Namen rufen hören?« fragte er seinen Freund.

»Nein«, sprach Userhet.

Guiron zuckte die Schultern. Es war jetzt kühler. Sie würden nach Hause und ins Bett gehen.

Uraks Schatz

Das Durcheinander in Devas Erinnerung nach dem außergewöhnlichen Gesang passte Urak sehr gut, und sie ermutigte Deva auf jede Weise, in dem Niemandsland zwischen zwei Persönlichkeiten zu wandeln. Sie kleidete sie in ägyptische Gewänder und gab ihr zum Essen, was der gegenwärtigen Deva seltsam vorgekommen wäre, der jungen Frau, die vor langer Zeit im Niltal gelebt hatte, aber vertraut war. Boggoron kicherte in sich hinein, als er es auftrug, wusste er doch, dass es nicht war, was es schien. Er mochte die Gesellschaft der jungen Frau; erfreut beobachtete er Urak sie ausformen und zurechtmachen, wie sie so viele andere geformt und zurechtgemacht hatte. Jedes Mal, wenn ein möglicher Anwärter auf eine Ausbildung zu ihrem Berg gekommen war, sei es aus eigenem Antrieb, wie Wardyke, oder von Uraks List und Zauber herbeigezogen, glaubte Urak, sie hätte einen würdigen Erben und Gefährten gefunden. Doch jedes Mal war etwas schiefgelaufen. Entweder erwiesen sich die Gehilfen als ungeeignetes Material und mussten entlassen werden – und das bedeutete gewöhnlich, vernichtet, Opfer von Uraks rachsüchtigen Flüchen – oder sie waren unter Uraks Fuchtel so widerspenstig, dass sie zu entkommen versuchten, und dabei ereilte sie dasselbe Schicksal wie die anderen. Wardyke war einer der wenigen gewesen, die Urak achtete und die sie mit ihrem Segen in die Welt entließ, als sie merkte, dass sie ihn nicht länger halten konnte. Boggoron hatte gesehen, wie sie darunter gelitten hatte – doch Wardyke hatte versprochen, eines Tages zurückzukehren.

Wie würde es Deva ergehen? Boggoron starrte das Mädchen unablässig an – zu ihrem großen Unbehagen. Sie war sehr viel schöner als all die anderen, die bisher bei ihnen waren, und sie hatte eine Art an sich, die selbst Boggoron mit Ehrfurcht erfüllte. Es war eine erhabene, befehlsgewohnte Ausstrahlung. Sie würde nie unbemerkt durch eine Menge gehen; wenn sie etwas wollte, würde sie es bekommen, und wenn sie sprach, hörte man ihr zu. Wenn Urak ihre Gefolgschaft gewinnen könnte, dann hätte sie in der Tat ein mächtiges Werkzeug für ihre Arbeit in der Welt, wenn sie tot war.

Eines Tages fragte Deva, was hinter dem Spalt lag, den sie hinten in der Höhle sehen konnte und aus dem sie manchmal Boggoron und Urak auftauchen sah. Urak befahl Boggoron sogleich, mit ihr dorthinein zu gehen und ihre Neugier zu befriedigen.

Deva fiel die Eilfertigkeit auf, mit der Boggoron dem Geheiß Uraks folgte. Hastig sagte sie, sie würde lieber warten, bis Urak selbst sie mitnehmen konnte. Doch Urak bestand darauf, dass Boggoron und sie jetzt gleich gehen sollten. Sie nahm einen Umhang aus schwarzer Lammwolle, legte ihn sorgsam auf die bloßen Schultern der jungen Frau und schloss ihn an ihrem Hals mit einer silbernen Brosche.

»Du wirst es kalt finden so tief in der Erde«, sagte sie. »Nimm dies – und nimm eine Lampe.« Sie drückte ihr eine kleine irdene Öllampe in die Hand, während Boggoron am Herdfeuer eine Fackel entzündete.

»Willst du nicht mit uns kommen?« bat Deva erneut. Sie fürchtete sich, mit Boggoron allein zu sein.

»Diesmal nicht, meine Liebe.« Sie lächelte, als wüsste sie

sehr gut, was in dem Mädchen vorging. »Boggoron wird dich nicht anrühren. Dir wird nichts geschehen.«

Boggoron sah seine Herrin scharf an, als wenn er sich über dieses Verbot ärgerte. Sie hatte ihre weiblichen Gehilfen nicht immer so in Schutz genommen. Doch vielleicht, dachte er, war es hier anders, weil sie noch nicht richtig gebrochen war. Vielleicht war sie auch in gewisser Weise etwas Besonderes. Er sah an der Art, wie Urak ihn anschaute, dass er ernsthafte Schwierigkeiten bekommen würde, wenn er Hand an das Mädchen legte.

Nur wenig getröstet, zog Deva den Umhang eng um sich und folgte Boggoron in den ausgehöhlten Berg. Lange wanderten sie einen unebenen, nach unten führenden Gang hinab, eine Fortsetzung des natürlichen Spalts, der in Uraks Vorzimmer mündete. Die Luft wurde kalt und klamm und roch dumpf. Deva gewann immer mehr die Überzeugung, dass es ein Fehler war, Interesse an diesem Ort gezeigt zu haben, und wünschte, sie wäre wieder in der vergleichsweise behaglichen Außenhöhle.

»Ich möchte umkehren«, rief Deva, als es steiler abwärts ging und der Gang enger wurde.

»Nein. Nein!« sagte er grinsend und nickte koboldhaft – eine kleinc von einem riesigen Schatten umgebene Gestalt. »Bald. Bald. Du wirst sehen.« Und er winkte sie heftig weiter.

Sie stand einen Augenblick unschlüssig und fragte sich, ob sie es wagen konnte, allein mit der sehr kleinen Lampe zurückzugehen. Sie hatte mehrere dunkle Seitengänge bemerkt, die vom Hauptspalt abgingen. Boggoron hatte sie außer Acht gelassen, und es hatte den Anschein, dass sie geradeaus gegangen waren. Doch wenn sie den Weg nicht fand? Sie hatte keine Neigung, allein zu bleiben, auch wenn die andere Wahl hieß, mit Boggoron zu gehen.

»Bring mich sofort zurück!« befahl sie streng.

»Bald. Bald«, kicherte er und hetzte noch schneller voran als zuvor.

»Dafür wird er bezahlen!« dachte sie zornig, aber sie folgte ihm – wie er vorher gewusst hatte.

Nicht lange danach kamen sie zu einer scharfen Biegung im Gang. Es sah für Deva so aus, als wenn die natürliche Felsbildung dort künstlich verändert worden war. Vielleicht war der Spalt zu Ende gewesen und mit Pickel und Haue verlängert worden. Sie berührte die Wände und war erstaunt, dass so hartes Gestein unter so beengten Bedingungen hatte bearbeitet werden können. Boggoron sagte, sie solle warten, wo sie war, und sich nicht von der Stelle rühren – und dann verschwand er. Sie wartete in dem Gang eine lange Zeit wie ihr schien, ärgerlich und ängstlich.

Und dann hörte sie seinen Ruf.

Sie begab sich um die scharfe Biegung und war plötzlich in einem offenen Raum. Ihr stockte der Atem. Eine gewaltige Höhle dehnte sich vor ihr aus, behängt mit schimmernden Kristallvorhängen. Kristallsäulen wuchsen aus dem Boden hervor; Kristallfäden hingen von der Decke herab. Überall flackerten Fackeln. Boggoron stand in der Mitte der weiten Halle auf einem großen flachen Kristalltisch und schwenkte seine Fackel über seinem Kopf. Als er ihr Erstaunen sah, fing er vor Freude an zu tanzen und zu krähen.

Wenn die Höhle auch eine natürliche Gestaltung des Berges war, so hatte Urak sie in einen Ort unvorstellbarer Pracht verwandelt. Ruheliegen mit Seidenkissen waren an niedrigen Tischen angeordnet, auf denen hohe Silberpokale mit Wein standen und Körbe, aus denen alle Arten exotischer Früchte quollen. Deva vergaß ihren Ärger, eilte von Tisch zu Tisch und stieß Rufe der Verwunderung aus. Boggoron führte sie zu den Nischen an den Seiten der Haupthöhle, und dort sah sie Gold und Juwelen, Zierrat und Gewänder, sodass sich in ihr alles drehte. Nicht im Traum hätte sie sich solche Dinge vorzustellen vermocht: Standbilder aus jeglicher Art Stein ... Dreifüße mit Lampen, die kunstfertig und wunderbar aus verschiedenen Metallarten gefertigt und doch so fein wie Linnen waren, sodass das Licht, das von ihnen ausging, erstaunliche Schatten von tanzenden Gestalten und fliegenden Vögeln, fremdartigen Tieren und Blumen, die es in Britannien nicht gab, an die Wände warfen ...

Sie wusste nicht, wo sie anfangen sollte, die Reichtümer und Wunder näher anzuschauen, und Boggoron schien mehr daran gelegen zu sein, sie mit der Überfülle zu benebeln, als ihr zu erlauben, eines der Wunder näher anzuschauen. Sobald sie sich etwas heraussuchte, beeilte er sich, ihr etwas anderes zu zeigen.

»Wo ist das alles her?« sprach sie außer Atem.

Boggoron klatschte in die Hände. »Alles Uraks!« schrie er. »Alles Uraks!«

»Aber woher? Ich habe noch niemals solche Dinge gesehen ...«

»Das ist noch gar nichts. Tand! Trödel! Wenn du bei Urak bleibst, wirst du mehr als das haben. Viel mehr! Sehr viel mehr! Besseres! Viel Besseres!«

»Haben?« murmelte Deva. Ihre Augen leuchteten, als sie sich umsah. Die Schatztruhe in Uraks Außenhöhle war nichts gegenüber dem, was sie jetzt sah. Sie streckte ihr Hand aus und griff nach einer Halskette aus Rubinen, doch Boggoron schnappte sie ihr aus der Hand.

»Nicht anfassen. Darfst nicht anfassen. Wir gehen jetzt zu Urak zurück.«

»Aber …« Sie versuchte, ihm die Kette wieder zu entreißen, aber er warf sie fort.

»Du wirst diese Dinge haben – mehr – mehr – keine Sorge. Aber nicht jetzt. Nicht jetzt. Urak wird geben – nicht Boggoron …«

Es widerstrebte ihr, all diese Herrlichkeiten zurückzulassen. Er musste sie am Arm nehmen und sie mit körperlicher Gewalt zum Gang zurückzerren, während sie sich sträubte und wehrte.

»Nur noch ein bisschen Zeit. Wir müssen noch nicht zurückgehen«, bettelte sie.

»Urak wartet. Urak wird böse sein, wenn wir jetzt nicht gehen.«

»Aber wir sind doch eben erst angekommen!«

»Urak sagt zeigen – nicht berühren. Komm!« Er zog sie am Arm, und seine Kraft und Entschlossenheit gewannen die Oberhand. Sie waren wieder in dem engen Spalt, und Boggoron trieb sie vorwärts.

»Vielleicht werde ich ein wenig länger bei Urak bleiben«, dachte Deva. »Es wäre schön, wenn ich einige dieser Dinge haben könnte, um sie zu Hause zu zeigen. Ich werde allen Geschenke mitbringen, bei denen ihnen bestimmt die Luft wegbleiben wird.« Sie stellte sich vor, wie sie in einigen der Gewänder, die sie gesehen hatte, gekleidet sein und wie ihr Haus mit einigen der Liegen, den Standbildern und Lampen aussehen würde … Ihr Leben wäre wie verwandelt. Sie müssten natürlich größere Häuser haben – mit mehr Zimmern, um alles unterzubringen. Doch würde Urak ihr erlauben, die Dinge mitzunehmen? Sie begann, sich darüber Gedanken zu machen, wie sie sie in ihren Besitz und nach Hause bekommen sollte. »Einige von ihnen« – und da hielt sie inne, als ihr ein Gedanke kam – »einige sind zu groß, um sie auf diesem Gang fortzuschaffen.« Sie konnte sich nicht erklären, wie sie überhaupt in die Höhle gelangt waren. »Es muss einen anderen Eingang geben«, dachte sie, »und wenn ich ihn finde, dann kann ich ihn benutzen und alles so eingehend anschauen, wie ich will, ohne auf Boggoron angewiesen zu sein.«

»Eil dich!« drängte Boggoron. »Eil dich. Urak böse.«

Urak böse. Boggoron hatte offenbar große Angst vor Urak. Warum sollte sie böse sein? Sie hatte darauf bestanden, dass Boggoron ihr die Höhle zeigte. Deva zog die Brauen zusammen. Was hatte Urak mit ihr vor? Warum wollte sie, dass sie diese Höhle voller Wunder sah? »Nur um ihren Reichtum zu zeigen, vermutlich«, dachte Deva. »Um Eindruck zu machen. Nun, das ist ihr gelungen.« Deva dachte angestrengt an alles, was sie gesehen hatte, und sie wusste, dass sie nie wieder glücklich sein würde, bis sie nicht alles, was in dieser Höhle war, besaß. »Sie ist alt«, grübelte sie. »Sie ist sehr alt. Sie wird nicht mehr lange leben. Und wenn ich bleibe – als ihre Erbin – wird alles mir gehören.«

Ihre Gedanken brachen unvermittelt ab, als sie Uraks belustigtes und nachdenkliches Auge auf sich ruhen spürte. Sie war so mit ihren Plänen beschäftigt gewesen, dass sie nicht bemerkt hatte, wie sie schon in das Vorzimmer zurückgekehrt waren, wo Urak auf sie wartete.

»Gefällt dir mein Plunder?« fragte die alte Frau listig.

Deva errötete und fragte sich, ob sie wohl wusste, was sie gedacht hatte. Jetzt wünschte sie, sie hätte eine Priesterausbildung, um ihre Gedanken willentlich vor Leuten wie Urak verschließen zu können. Es hatte Zeiten gegeben, da hatte sie darum gebeten, zur Priesterin ausgebildet zu werden, als sie sah, welche Künste sie beherrschten, welche Macht sie hatten – doch ihre Mutter wies sie stets ab und sagte, dass sie noch nicht reif dafür sei – dass dies oder das zuerst geschehen müsse, bevor sie überhaupt ihren Namen dem hohen Rat als mögliche Schülerin vorschlagen könnte. Kyra sagte niemals unverblümt, dass Deva nicht zur Priesterin ausgebildet werden könne oder nicht geeignet sei, selbst als Deva weinte und bettelte und forderte und sie daran erinnerte, dass sie als Tochter der beiden großen Herren der Sonne doch gewisslich eine natürliche Begabung für diese Ausbildung haben müsse. Kyra vertröstete sie stets, da sie wusste, die Laune würde vergehen und bald darauf würde das Letzte, was ihre Tochter sein wollte, Priesterin sein.

Das Mädchen nickte eifrig. Ja, ihr gefiel Uraks »Plunder«.

»Komm, meine Liebe«, sagte die alte Frau. »Iss. Ich habe etwas zu essen bereitet.«

»Vielleicht hat sie nicht gesehen, was ich dachte«, ging es Deva erleichtert durch den Kopf. Es war kein Anzeichen des Zorns zu spüren, mit dem Boggoron ihr gedroht hatte. »Eigentlich«, kam Deva zu dem Schluss, »weiß ich nicht, warum Boggoron solche Angst vor ihr hat. Sie ist eine sehr nette alte Dame.«

Sie ließ sich an einen Tisch führen, der reich mit den verschiedensten und köstlichsten Gerichten beladen war, die sie je gesehen hatte. Sein Anblick machte ihr bewusst, wie hungrig sie war, und bald schlang sie das Essen in sich hinein. Sie wunderte sich gar nicht, wie eigenartig es war, dass Urak solche Dinge so hoch in diese entlegenen Felsenberge bringen konnte.

Die Insel

Farla war durstig. Sie hatte eine lange Strecke zurückgelegt. Das Dorf, dem sie sich näherte, wirkte verlassen; die Bewohner waren zweifellos zu dieser Tageszeit auf dem Feld. Sie sah einen Fluss unterhalb der Häusergruppe entlang fließen, zu dem ein gut ausgetretener Pfad führte. Sie folgte ihm, kniete sich auf einem flachen Stein am Wasser nieder und trank aus ihren hohlen Händen. Mit einem Mal fühlte sie sich beobachtet und blickte auf. Auf der anderen Seite des Flusses stand eine eigentümliche Gestalt: eine alte Frau mit dünnem weißen Haar, das sie wie ein Mantel umgab, und einer Kappe in Form eines Eulenkopfes auf dem Kopf. Farla rief gleich zu ihr hinüber, begrüßte sie und fragte, wo die übrigen Dorfleute hin seien. Die Frau antwortete nicht, sondern stand nur da und starrte sie an. Farla bückte sich, um aus dem Fluss zu trinken. Als sie wieder aufsah, war die Frau verschwunden. Sie war darüber nicht traurig. Die Frau war ihr nicht geheuer gewesen.

In dem Augenblick hörte Farla aus einem der Häuser ein Kind rufen und eine Mutter antworten. Sie ging sogleich dort hin und machte sich bemerkbar. Bald wurde ihr zu essen und zu trinken gegeben, und sie hatte das Gefühl, willkommen zu sein. Beim Mahl, als die anderen Dorfleute zurückgekehrt waren, erwähnte sie die alte Frau und fragte, zu welcher Familie sie gehörte. Aber sie schien zu niemandem zu gehören – ja sie schienen sie nicht einmal zu kennen. Verwirrt beschrieb Farla sie in allen Einzelheiten. Doch immer noch schien niemand zu wissen, wer sie war.

War die alte Frau Urak?

Farla schauderte.

In jener Nacht begegnete Farla Urak – oder ihrer »Erscheinung« – wie sie meinte, im Traum. In ihre Schlafdecke neben dem schwelenden Herdfeuer in einem der Häuser des Dorfes zusammengerollt, spürte sie, wie sie durch die Dunkelheit schwebte, ihre Glieder so schwerelos wie Rauch. Nach einer Weile konnte sie allmählich undeutliche Gestalten ausmachen, die nach und nach Form annahmen. Sie merkte, wie sie durch einen Wald mit riesigen Bäumen schwebte, deren Stämme so hoch waren, dass sie bis in den Himmel zu reichen schienen. Sie sah keine Blätter, keine Zweige, nicht Farn oder Flechten wachsen. Dies war ein toter Wald, starr und öd ... Sie fühlte sich sehr allein und hatte große Angst. Sie merkte, dass sie nicht die gewöhnliche Herrschaft über ihren Körper hatte – wenn sie überhaupt einen Körper hatte. Sie wünschte, der Wald wäre mehr wie ein lebendiger Wald mit Blättern, Zweigen, Farn und Vögeln, und als ihr dieser Wunsch in den Sinn kam, da pulsierte der Wald mit einem Mal von Leben.

Und dann – als sie sich gerade damit abgefunden hatte, dass alles, was sie sah, von ihren Gedanken hervorgerufen wurde, und sie weniger Angst hatte – da hörte sie ein Geräusch, das sie, wie sie wusste, nicht heraufbeschworen hatte: den Ruf der Eule, die ihren tiefen, schwermütigen Schrei ausstieß ... jenen unheimlichen, grausigen Ton, der die Herzen so vieler warmblütiger Geschöpfe mit Schrecken erfüllte ...

Farla erwachte mit einem Ruck in der dichten, verrauchten Finsternis des Dorfhauses. Der Wald war fort, doch der

Eulenruf war noch da. Sie kroch zum Ausgang und trat hinaus, um etwas frische Luft zu schnappen. Sie war erleichtert zu sehen, da waren Sterne und der Mond, die auf das Dorf und die Ansammlung von strohgedeckten Holzhäusern schienen. Doch ihre Haut prickelte ahnungsvoll, und sie war sicher, dass bestimmt etwas Schlimmes geschehen würde.

Plötzlich hörte sie über sich Flügelschlag und aufblickend gewahrte sie, dass das Licht von Mond und Sternen von den gespreizten Flügeln einer riesenhaften Jagdeule verdunkelt wurde. Sie hob ihre Arme über den Kopf. In diesem Augenblick war sie überzeugt, so klein wie eine Maus zu sein und in Stücke gerissen zu werden.

Doch nichts geschah.

Die Schatten der Flügel zogen über sie hinweg. Sie war unverletzt. Sie blickte auf. Der Mond und die Sterne leuchteten wieder. Der Vogel war fort. Die Nacht war still.

Nach einer Weile bewegte sie sich ganz vorsichtig. Sie hatte nicht mehr das Gefühl, beobachtet zu werden. Aber es war etwas Schlimmes geschehen, wenn sie sich dessen auch noch nicht bewusst war. Ihre alten Zweifel, ihre alten Ängste und Unsicherheiten waren wieder da – und stärker als zuvor.

»Ich hätte niemals Priesterin werden können«, sagte sie zu sich. »Ich verliere viel zu schnell die Selbstbeherrschung. Außerdem, wer will schon Priesterin werden! Da gibt es viel zu viele Regeln. Wir werden in der Ausübung von Macht ausgebildet, dürfen sie aber niemals anwenden, außer auf Geheiß des Hohepriesters.« Sie merkte, wie sie die Rolle von Kyra und Khu-ren in ihrem Leben grundsätzlich infrage stellte und gar nicht mehr verstehen konnte, warum sie daran gedacht hatte, zurückzukehren und ihre Ausbildung wieder aufzunehmen. »Ich wäre viel glücklicher, wenn sie mich in

Ruhe lassen würden«, dachte sie. »Soll Khu-ren doch seine Tochter allein finden! Warum soll ich deswegen mein Leben aufs Spiel setzen?«

Sie wandte sich zum Haus zurück – doch dann änderte sie ihren Sinn. Sie entschloss sich, jetzt fortzugehen, bevor sie Erklärungen für ihre Entscheidung abgeben musste. »Ich bedeute diesen Leuten nichts«, dachte sie. »Sie gewährten mir Gastfreundschaft, weil sich das so gehört – aber sie werden nicht traurig sein, wenn sie sehen, dass die Fremde gegangen ist. Ich werde nicht mit Khu-ren Verbindung aufnehmen – noch werde ich Urak und Deva suchen. Ich werde meinen eigenen Weg gehen. Es ist an der Zeit zu tun, was ich will!«

Sie machte sich auf der Straße, die aus dem Dorf hinausführte, nach Westen auf und hatte keine Ahnung, dass die Unabhängigkeit, die sie so nachdrücklich beanspruchte, in Wahrheit nichts dergleichen war.

Farla wanderte durch den Regen, als spüre sie ihn nicht. Sie hatte seit ihrem Entschluss, nicht zu ihrer Familie und ihren Freunden zurückzukehren oder Khu-rens Aufgabe zu erfüllen, einen weiten Weg zurückgelegt. Die Gipfel der höchsten Berge waren in Nebel gehüllt und verschmolzen mit dem Himmel, die Baumstämme waren schwarz und nass, die Blätter schwer von Wassertropfen. Ihre Kleidung war völlig durchnässt. Das einzige Zugeständnis, das sie dem Regen machte, war, ihre Schuhe auszuziehen und barfuss durch das lange Gras zu laufen. Schlamm quoll zwischen ihren Zehen. Sie fühlte sich außerordentlich frei.

Sie hatte keine Vorstellung davon, wo sie hinging oder was sie mit ihrem Leben anfangen wollte. Sie wusste nur, dass sie nicht zurückgehen würde.

In dieser Stimmung gelangte sie an einen See; eine schiefergraue Wasserfläche, von Regentropfen gekräuselt, deren Rand, von Schilf gegürtet, nicht deutlich zu erkennen war. Sie überlegte noch, auf welchem Weg sie ihn umgehen sollte, als sie ein aus Weiden geflochtenes und mit Leder überzogenes Boot entdeckte, das an einem halb im Wasser liegenden Baumstamm befestigt war. Ohne nachzudenken, schritt sie in das schlammige Wasser und kletterte in das Boot. Sie stieß sich ab und begann, halb im Traum, zu paddeln. Einmal im Wasser, schien der See jetzt viel größer zu sein, und was wie das gegenüberliegende Ufer ausgesehen hatte, war nur eine Insel.

Der Regen hörte schließlich auf und das Wasser wurde so still wie ein Spiegel. Farla lehnte sich über die Seite und schaute auf ihr Spiegelbild. Ihr Haar hing in langen feuchten Strähnen herab, ihr Gesicht war blass und müde. Das hatte sie erwartet. Doch was sie nicht erwartet hatte, da spiegelten sich neben dem ihren noch weitere Gesichter – eine ganze Menge von ihnen, junge und alte, männliche und weibliche, die sich eifrig um sie drängten, um ihr über die Schulter zu blicken. Verblüfft schaute sie sich um, aber sie konnte niemanden sehen. Schnell guckte sie wieder auf die Wasseroberfläche, aber der Regen hatte wieder eingesetzt und die Oberfläche war gekräuselt. Es waren jetzt keine Widerspiegelungen mehr da. Mit einem mulmigen Gefühl paddelte sie weiter, bis ihr Gefährt an der steinigen Küste der Insel aufsetzte.

Noch immer in dieser eigenartigen Verfassung, die Dinge geschehen zu lassen, anstatt eine Wahl zu treffen, trat sie ans Ufer. Nicht weit vom Strand standen die ausgebrannten Überreste von ein paar Holzhäusern, und auf einer kleinen Anhöhe, die kaum ein Hügel genannt werden konnte, ragten ein paar stehende Steine auf. Farla sah sie sich genauer an.

Sie konnte selbst von hier aus erkennen, dass der Tempelkreis nicht vollständig war, und als sie näher kam, sah sie, dass es einmal ein Kreis aus zwölf ziemlich kleinen Steinen gewesen war, von denen jetzt nur noch sieben standen. Dornenranken hatten den heiligen Ort überwuchert, und über allem lag der Eindruck von Vernachlässigung und Ödnis. Ein Schwarm kreischender Vögel flog auf, und sie schimpften, als wollten sie sie aus ihrem Gebiet vertreiben.

»Dies könnte noch von Na-Groths Krieg herrühren«, grübelte sie. Aber sie hatte gedacht, dass seither alle Kreise wiederhergestellt worden waren. Es war eine ungeheure Aufgabe gewesen, aber eine, der sich der Tempel von Haylken mit größter Sorgfalt gewidmet hatte. Ohne das Netzwerk aus kleinen Kreisen am Ort und die Priester, die ihnen dienten, wären die Gemeinden in dem weiten, waldigen Land völlig abgeschnitten. Der große Tempel der Sonne war das Herz eines mächtigen, fürsorglichen Gebildes. Ohne die geistige Verbindung mit seiner Kraft und Weisheit war man in einer dunklen und gefährlichen Welt allein und hilflos.

Farla dachte an die Gesichter, die sie im See widergespiegelt gesehen hatte. Waren sie die Seelen jener, die auf dieser Insel einen grausigen Tod gefunden hatten, ungeschützt, weil ihr Tempelkreis nach dem Krieg nicht wiederhergestellt worden war – oder hatte ein Unglück sie trotz des Kreises und des Priesters ereilt? Sie wusste, so mächtig die Priester als Hüter der Hohen Steine auch waren, es gab andere Mächte und Kräfte, die in der Welt am Werk waren, und eine ständige Bedrohung und Herausforderung darstellten.

Sie berührte den höchsten der Steine und spürte nichts – kein Summen zur Antwort. Die Steine waren tot, der Kreislauf unterbrochen. Ein kühler Wind war aufgekommen, und ihre nassen Kleider waren schwer und klamm. Sie begann, unbeherrscht zu zittern. Es war etwas Unreines an dieser Insel und sie wandte sich voll Schrecken von den Steinen ab und den Abhang hinab, wo sie das Boot gelassen hatte. Das graue Wasser des Sees brach sich am Ufer wie Meereswogen. Das Boot war fort! Sie konnte es weit entfernt auf dem Wasser sehen. Es schlingerte furchtbar, wurde von den kabbeligen Wogen hin und hergeworfen – und versank mit jedem Augenblick tiefer und tiefer, bis es schließlich unter der Wasseroberfläche verschwand. Sie war gefangen!

Sie zog sich vom Ufer zurück, wo der Wind am stärksten war, und suchte nach einer Bleibe. Ihr war kalt, sie war hungrig und fürchtete sich; so endete sie schließlich zusammengerollt wie ein Baby im Schoß der Mutter hinter einem Felsen, der die meiste Kraft des Sturmes brach. Sie weinte. Sie hatte keine Ahnung, wie man schwamm, aber auch wenn, so hätte sie eine gute Schwimmerin sein müssen, um sich durch so wilde Wasser wagen zu können. Sie war überzeugt, dass eine böswillige Kraft am Werk war und sie, wenn sie einschlief, ein Übel befallen würde.

Die Wolken wurden schwerer und hingen immer tiefer. Ein heftiger Regen wurde vom Wind herangetrieben. Das Schilf und die Bäume an der fernen Festlandküste verschwanden, und der Nebel kam über den See herangerollt und schnitt sie völlig von der Außenwelt ab. War es so angefangen – mit dem Abschneiden der Menschen auf der Insel? Sie barg ihren Kopf in ihren Armen, und ihr war zum Heulen zumute. Der Nebel war jetzt so dicht, dass sie nichts mehr sehen konnte, aber zumindest hatte der Wind aufgehört.

Als sie das Geflüster hörte, meinte sie zuerst, es sei der Regen auf den Blättern, doch dann konnte sie Worte heraushören und wusste, sie war von Gestalten umgeben. Sie spähte, doch konnte sie bei dem dichten Nebel kaum etwas unterscheiden – doch das Flüstern schien nahe zu sein, manchmal unmittelbar an ihrem Ohr. Zuerst war sie erschrocken; dann entschloss sie sich herauszufinden, was gesagt wurde und von wem. Sie hob ihren Kopf und lauschte. Da waren so viele Stimmen, wie es Gesichter gewesen waren, die sich neben ihr im See gespiegelt hatten. Alle sprachen gleichzeitig, und es war schwierig auszumachen, was gesagt wurde. Es schien jedenfalls sehr dringlich zu sein. Nachdrücklich versuchten sie, ihr etwas zu erklären, und sie baten um Hilfe.

»Aufhören! Aufhören!« rief sie und hielt beide Hände vor die Ohren – wenn dies die Stimmen auch nicht leiser machte. »Ich kann nichts verstehen, wenn ihr alle auf einmal redet. Ich möchte zuhören. Ich möchte verstehen. Einer von euch rede. Einer von euch erzähle mir, was ihr sagen wollt.«

So plötzlich wie sie begonnen hatten, verstummten sie jetzt. Es herrschte eine gespannte und beängstigende Stille, als wenn sie etwas gehört hatten, was sie nicht wahrnahm, und völlig still blieben und hofften, nicht bemerkt zu werden. Sie konnte keinen Laut vernehmen, nur das Plätschern des Wassers am Ufer des großen, grauen Sees.

Sie stand auf. »Sprecht!« rief sie nun wieder. »Ich höre. Was wollt ihr mir sagen?« Der Nebel war jetzt viel weniger dicht, und sie hatte die Empfindung von schattenhaften Gestalten, die eben außer Sichtweite versammelt waren. Doch als sie vortrat und ihre Arme nach ihnen ausstreckte, hörte sie ein anderes Geräusch – das Schlagen von Flügeln. Eine gewaltige Eule flatterte aus einem Baum in der Nähe und torkelte über die Insel. Ihr schauderte. Sie erinnerte sich an ihren Traum. Als sie sich wieder umblickte, waren die Gestalten fort. Hatten sie die Anwesenheit der Eule vor ihr gesehen oder gehört? Fürchteten sie sich vor ihr?

Ihr fiel die Aufgabe wieder ein, die Khu-ren ihr aufgetragen hatte. Sie hatte ihr den Rücken gekehrt, aber lag sie nicht immer noch vor ihr? Am Ende ließ die Geisteule sie nicht gehen. War sie also absichtlich zu diesem Ort geführt worden? War sie hier nun gefangen, bis sie einwilligte, mitzumachen? Farla war aufgebrochen, um ihre Unabhängigkeit zu finden – aber es schien so etwas gar nicht zu geben. In welche Richtung sie sich auch wandte, immer schien sie wieder derselben Aufgabe gegenüberzustehen.

Die Arbeit im großen Tempel musste fortgehen wie gewohnt. Kyra und Khu-ren wussten, dass zu viel von ihnen abhing, als dass sie sich nur um ihre Tochter kümmern durften. Alle Priester der weit verstreuten Kreise waren gewarnt worden, dass eine dunkle Macht, die den Namen Urak trug, wieder tätig war. Man hatte sie gefragt, ob sie etwas wussten, das bei der Suche nach ihr behilflich sein konnte. Derweil wurden die Unterweisungen und Übungen fortgesetzt, die Reinigungszeremonien, die Rituale zum Sonnenauf- und –untergang, zum Mondauf- und –untergang, die Gespräche zwischen dem Hohen Rat und den Abgesandten der Speerherren und den Ältesten der einzelnen Gemeinden über ihre besonderen Fragen und Schwierigkeiten, die Zeremonien zur Weihe der neuen Priester, die Prüfungen und Beurteilungen, die Aufnahme neuer Schüler und die Entlassung jener, die ihre Ausbildung erfolgreich abgeschlossen hatten.

Der Tempel wusste, dass die Ausbildung der Menschen zuerst in der Selbsterkenntnis und dann in der Kenntnis der Natur der Welten und Ebenen, in denen sie lebten, ein langsamer und oft schmerzhafter Vorgang war. Keine Stufe konnte beschleunigt werden – kein Schritt durfte ausgelassen werden. Die Schüler widmeten sich über Jahre der Ausbildung, und sie erwarteten die gleiche Hingabe von ihren Lehrern. Das Ganze gründete auf der Stärke und Rechtschaffenheit der einzelnen Teile – deshalb wurde jedem Schüler große Aufmerksamkeit geschenkt, während er am Tempel war, und keiner ging mit dem Abschlusszeichen auf der Stirn von dannen, dem Zeichen, dass die tiefsten und ehrfurchtgebietendsten Mysterien erfahren worden waren, solange er nicht fähig und würdig war, diese Erfahrung verantwortungsvoll umzusetzen.

Es war zu der Zeit, als Kyra und Khu-ren lieber nach Deva gesucht hätten, da nahte der Tag für eine der wichtigsten Zeremonien des Tempeljahres: die Vergabe des Zeichens des wahren Priesters auf die Stirn – jenes Zeichens, das gewöhnlichen Menschen unsichtbar war, doch offenbar all jenen, die es selbst trugen – und die Verabschiedung der Eingeweihten, um an den ihnen zugewiesenen Tempeln ihren Platz einzunehmen.

Als Kyra sich für den großen Tag ankleidete, dachte sie an Wardyke. Er war zu ihrem Dorf weit im Norden gekommen, als sie noch ein Kind war, und hatte, scheinbar mit der Macht des Priesters ausgestattet, fast ihre ruhige und harmonische Gemeinde zerstört. Erst als sie erfuhren, dass Guiron, der Hohepriester, sich geweigert hatte, ihm dieses Abschlusszeichen auf die Stirn zu geben, wussten sie, mit wem sie es zu tun hatten. Sein dunkler Schatten war jetzt nahe – sie konnte es spüren. Sie würde sich nicht wundern, wenn er etwas mit Devas Entführung zu tun hatte. Doch sie durfte heute nicht zu sehr an Deva denken. Es durften bei dieser Zeremonie keine Fehler geschehen.

Erst kleidete sie sich in Weiß, dann in Blau. Darüber, sie bis auf die Augen bedeckend, trug sie schwarze Gewänder. Auf ihrer Haut trug sie wie immer die einfache blaue Fayence-Perlenkette, die Khu-ren ihr als erstes Unterpfand seiner Liebe geschenkt hatte. Über der weißen Robe trug sie eine lange Halskette aus getriebenem Gold, in das die Spiralen sich bewegender Kraft und die Kreise der stillen Sammlung eingeritzt waren. Über dem Blau lag eine Kette aus Silber mit Bergkristall-Perlen und Amethyst. Das Schwarz hatte keine Verzierungen. An ihrem Armen waren Goldreife; auf ihrer Schulter, die Falten des Umhangs haltend, goldene Nadeln. Doch an dem äußeren Gewand waren sie so angebracht, dass kein Glänzen durch den Stoff drang.

Khu-ren trug Gelb auf seiner Haut – gelb für die Sonne – und einen Brustschmuck aus Gold, der mit Steinen besetzt war, die sorgsam zusammengestellt worden waren; klarer Bergkristall für Klarheit der Absicht und des Denkens; Amethyst für geistige Erleuchtung; Smaragd für Naturweisheit; Granat für Blutweisheit – die Weisheit tiefster gefühlsmäßiger Hingabe ohne Besitzstreben; Topas für Freude; Regenbogen-Turmalin für Gesundheit und Harmonie; geäderter Achat für Zeit; und Saphir für Ewigkeit. Darüber trug er einen Schleier aus Weiß und dann einen schweren Purpurmantel, der mit goldenen Nadeln an den Schultern befestigt war; und über dem ganzen, wie sie, einen Umhang aus dunklem Schwarz. Andere Priester trugen Rot und Grün – aber immer von Schwarz überdeckt.

Die Prozession außerhalb des Heiligtums, den langen, gewundenen, von hohen Steinen gesäumten Weg entlang, der zum Herzen des großen Tempels der Sonne führte, war düster und furchteinflößend. Nur Trommeln ertönten und zwar in einem langsamen und schwermütigen Rhythmus. Die drei Prüflinge, in einfache weiße Hemden gekleidet, gingen hintendran, mit gebeugten Köpfen und, wenn es ihnen so ähnlich ging wie Kyra, als ihre Zeit kam, verängstigt und voller Selbstzweifel. War das Abschlusszeichen einmal auf der Stirn, dann gab es kein Zurück mehr. Dann waren sie dem selbstlosen Dienst an der Gemeinde verpflichtet und gebunden durch den Schwur auf den geheimnisvollen Gott, dessen furchteinflößendes Auge auf sie herabstrahlte, das einzige Teil des großen Unbenannten und Unbekannten, das sich in körperlicher Gestalt offenbarte: die Scheibe aus Licht, die zu hell war, um in sie hineinzuschauen, die mächtige Quelle der Kraft, die ihren Tempeln Form und Sinn gegeben hatte.

Die Menge sah still zu. Dieser Teil der Zeremonie stellte die Leere dar: das, was sein würde, wenn es keine Lebenskraft gäbe – kein wie auch immer geartetes Bewusstsein ... Die Rückkehr der Prozession würde, wenn alles gut ging, ganz anders aussehen. Da würde es kein bisschen Schwarz geben, sondern alles würde farbenfroh und voll Freude sein – die Musik von Flöten und Trommeln schnell und festlich. Die neuen Priester würden bei jedem Schritt beglückwünscht und mit Beifall bedacht werden. Die Leere hatte aufgehört zu sein, und die Priester waren die Meister des Werdens.

Als Kyra ihren Platz im inneren Kreis neben ihrem Gemahl einnahm, fühlte sie sich mit einem Mal sehr eigenartig – als wenn ihr Geist irgendwo hintrieb, ohne ihre Erlaubnis. Sie versuchte, sich zusammenzunehmen. Dies war nicht Teil der Zeremonie. Es durfte nicht sein. Sie meinte, schließlich die Anwesenheit von Deva wahrzunehmen, doch tatsächlich war es Farla, die sie sah: Farla, die sich mühte, einen Hügel zu den stehenden Steinen hinaufzuklettern und von einer Menge schreiender Menschen zurückgehalten wurde. Auf Flügeln aus schimmerndem, unsichtbaren Gold flog sie herbei, um zu sehen, wie sie helfen konnte.

Khu-ren sah angestrengt auf die Gestalt Kyras. Da stimmte etwas nicht. Die Zeremonie am Tempel der Sonne hatte begonnen. Aus der ganzen Welt würden die Herren der Sonne kommen, um ihren Segen zu spenden. Der Ruf war hinausgegangen, sie traten bereits in ihre stoffliche Erscheinung. Er fühlte sich für einen Augenblick alleingelassen. Doch wenn Kyras Seelenselbst woanders war, dann musste es dafür, wie er wusste, einen Grund geben. Die wirkliche Arbeit des Tempels war schließlich nicht nur, den Menschen auf ihrem Spiralweg durch die Ebenen nach oben hilfreiche Unterstützung zu geben – sondern auch, sie zu beschützen, zu heilen und sie aus unmittelbarer Gefahr in dieser Welt zu retten ...

Farla streckte ihre Arme aus und heulte wie ein Wolf.

»Ich bin müde«, schrie ihr Herz. »Ich will ein einfaches Leben. Keine Entscheidungen. Keine schweren Aufgaben, von denen das Leben anderer abhängt!«

Hatte sie sich gereckt, so hoch sie es vermochte, so sank sie jetzt auf den Boden und rollte sich in die Fötusstellung. »Wenn ich nur noch einmal von vorne anfangen könnte«, murmelte sie. »Wenn ich nur ...« Wer waren diese Menschen, die sich um sie scharten? Was erwarteten sie von ihr? Wer war diese schreckenerregende Geisteule? »Warum ich? Warum? Warum ich?« Gewiss doch konnten die mächtigen Priester der Sonne mit einer Hexenfrau fertig werden, sei sie auch noch so geschickt. Warum brauchten sie sie – die unwürdige Versagerin, die hoffnungslos durcheinander war, unvollkommen in jeder Hinsicht ...? Tränen quollen hinter ihren geschlossenen Lidern hervor und flossen an ihren Wangen hinab, und wie Regen nach der Dürre brachten sie eine gewisse Erleichterung. Sie fiel in Schlaf, lutschte an ihrem Daumen wie ein kleines Kind.

Kyras Seelenselbst fand sie voll Schlamm zerzaust am Boden liegen. Sie klammerte sich an ihren Schlaf wie ein kleines Kind an seine Lieblingsdecke oder sein Kuscheltier. Um sie her hatte sich eine Menge schattenhafter Gestalten versammelt, sich wiegend und wehklagend, die warteten auf ein Zeichen ihres Erwachens. Da stand das Bild Kyras vor ihnen, in einem Mantel aus goldenen Federn, glänzendes Haar flatterte in der Luft ... Als sie sie sahen, wandten sie sich augenblicklich ihr zu, ihre Stimmen forderten lautstark ihre Aufmerksamkeit, wie zuvor jene Farlas. Kyra lauschte.

Seit undenklichen Zeiten war diese Insel als heiliger Ort angesehen worden. Sie war fast ein vollkommener Kreis – in der Mitte eines kreisrunden Sees. Ein Einsiedler hatte auf der Insel gelebt, und Pilger waren über den See gerudert, um ihm ihre Sorgen zu Füßen zu legen. Er war freundlich, stark und weise. Wunder geschahen in seiner Gegenwart. Menschen wurden geheilt. Menschen, die voll Verzweiflung gekommen waren, gingen mit Hoffnung.

Kyra sah zu Farla hinüber, deren Tränen noch nass waren auf ihren Wangen, und wieder zu den ängstlichen, gequälten Gesichtern der Geister, die sie umgaben.

»Was ging fehl?«

Es schien, der alte Einsiedler war gestorben und ein neuer trat an seine Stelle, der weder die Weisheit noch die Hingabe des alten hatte. Es wurde Brauch, ihm Gaben zu bringen, da der Einsiedler nicht zuhörte, wenn sie ihm nicht etwas von

Wert gaben. Ganze Familien arbeiteten hart für das, was er forderte. Es wurde Brauch, um Erfolg, Macht und Vergeltung zu bitten, anstatt um Verstehen, Heilung und Weisheit.

Immer mehr Menschen strömten zu der Insel, lärmend, fordernd und gierig ... Der uralte Platz war nicht mehr friedvoll und schön. Das fortwährende Getrampel der Füße um den Kreis herum lockerte die Fundamente der Steine und einige von ihnen fielen um. Andere wurden umgerissen und in den See geworfen, um Platz für immer mehr Menschen zu schaffen, die sich um den sogenannten »heiligen Mann« drängten, der fast jedermanns Wünsche erfüllen konnte.

Eines Tages ging der Mann davon.

Die Leute kamen und fanden die Insel verlassen.

Sie konnten es nicht glauben. Sie hatten sich so daran gewöhnt, sich wegen allem an ihn zu wenden – mit jedem Problem, mit jedem Wunsch –, dass sie vergessen hatten, die Dinge selbst zu richten. Der »heilige Mann« sagte ihnen, was zu tun war. Der »heilige Mann« sorgte für sie. Sie liebten ihn. Sie verehrten ihn.

Er würde zurückkommen, glaubten sie, und sie warteten und warteten. So viel Angst hatten sie, seine Rückkunft zu verpassen, dass viele von ihnen die Insel nicht mehr verließen, auch nicht, um Nahrung zu besorgen. Der Winter kam. Sturm peitschte den See wütend auf. Jene, die zurückgebliebenen waren, drängten sich zusammen und starben. Und dennoch warteten sie, klammerten sich an den Platz. Sie warteten darauf, gesagt zu bekommen, was sie tun sollten. Sie warteten darauf zu bekommen, was sie sich wünschten.

Niemand kam mehr zu der Insel. Es hieß, sie sei ein böser Ort ... wo verlorene Seelen spukten.

Farla war gekommen, und sie, die Wartenden, hatten sich

begierig um sie geschart. Sie wollten wissen, ob sie Nachricht von ihrem verlorenen Versorger hatte; ob sie gekommen war, seinen Platz einzunehmen. Sie hatte nicht verstanden.

Kyra beugte sich über Farla und bedeckte sie fürsorglich mit ihrem goldenen Federkleid. Sie flüsterte in ihren Traum, was sie, in Seelengestalt, erfahren hatte.

»Ich will fort«, wimmerte Farlas Traumschatten, »aber ich habe kein Boot.«

»Baue eines«, flüsterte Kyra. »Warte nicht wie diese Leute, dass es von selbst kommt. Baue eines.

Doch bevor du diese Insel verlässt, musst du sie reinigen ... du musst die Menschen dieser Insel befreien ... du musst ihnen zeigen, wie sich selbst helfen können.«

Sie berührte Farlas Stirn, wie Khu-ren im selben Augenblick die ihre berührte. Farla regte sich im Schlaf und streckte sich. Sie war nicht mehr ein Kind im Mutterleib, sondern eine junge Frau, die am grasbewachsenen Ufer ruhte.

Als Farla endlich ihre Augen öffnete, war klare Nacht. Ihr war kalt, aber sie war nicht mehr müde oder furchtsam.

Kyras Seelenselbst kehrte zum Tempel der Sonne zurück, bevor der letzte der Herren der Sonne Gestalt angenommen hatte. Ihr Körper versteifte sich plötzlich, ihr Kopf hob sich und der Fluss der Lebenskraft kam wieder in Gang. Khu-ren lächelte sie erleichtert an.

Jeden Stein des heiligen inneren Kreises hatte jetzt eine Gestalt eingenommen. Die Anwärter und die beiden Herren der Sonne von hier waren in Fleisch und Blut da; die anderen in ihrer astralen Gestalt, Besucher aus der ganzen Welt, aus China, Ägypten, aus dem hohen Himalaya und dem tiefgelegenen Regenwald der Tropen ... Quilla aus Kreta war da, von der Insel der Stiere. Sie war nicht mehr so jung wie damals, als Kyra ihr zuerst begegnet war – die furchtlose Akrobatin, die mit den Stieren tanzte –, doch ihr Körper war noch immer gelenkig und fest, und ihre Haltung stolz. Sie mochte jetzt mehr unterrichten und weniger auftreten, doch die Menge jubelte bei ihrem Erscheinen vor Bewunderung, wenn sie mit den anderen Athleten in die große Stierarena trat, und ihre körperliche, seelische und geistige Beweglichkeit hatte nichts von ihrer Kraft eingebüßt. Kyra und Khu-ren überließen sich einen Augenblick der Freude des Wiedersehens, bevor sie sich wieder ernsthaft auf die vorliegende Aufgabe richteten.

Auch alle Besucher trugen Schwarz. Das erste Lied war eine düstere Anrufung. Als es sich dem Ende näherte, wurden die Gewänder abgeworfen, und nun waren alle in Schattierungen aus Blau und Purpur gekleidet. Selbst das Licht, das sie umgab, schien blau gefärbt zu sein. Die Stimmung des Liedes hob sich. Es begann voll und tief, doch alsbald schwangen sich die Worte auf. Endlich klang, hoch und fein, ein Ton in der kristallklaren Luft. Alle anderen Laute hörten auf. Nur dieser eine blieb übrig. Jetzt waren sie alle in Weiß und Gold. Die neuen jungen Priester blinzelten, als das hell strahlende Licht ihre Augen blendete. Der Schmerz war anfangs unerträglich, – doch als sich ihre Augen so weit gewöhnt hatten, dass sie erkennen konnten, was sie vor sich hatten, stockte ihnen der Atem und sie fielen auf ihre Knie.

Aus der Stirn eines jeden der Herren der Sonne erstrahlte ein dünner, leuchtender Lichtpfeil, und wo sich diese Strahlen in der Mitte des Kreises trafen, war eine herrliche Vision, die sie nie würden vergessen, aber auch nie würden beschreiben können. Es war, als sähen sie in einem wunderbaren Augenblick die Schönheit und innere Übereinstimmung des ganzen

Daseins in einer Art lebendigem, schwingenden Sphärenbaum dargestellt, der gleichzeitig nach oben und nach unten wuchs und der in so hohen Welten verwurzelt war, dass deren Geheimnisse noch niemand geschaut hatte, und sein Stamm hatte Äste, die vor Leben schimmerten und hinabreichten, bis sie die Erde sanft berührten – während er gleichzeitig in der Erde wurzelte und sich durch alle grünen und wachsenden Sphären zu den hohen Welten der leuchtenden Geister und darüber hinaus erstreckte. Da war ein fortwährender Fluss durch Stamm und Ast, durch Blatt und Wurzel. Kein Teil war ausgenommen von der Veränderung, der Bewegung und Sinnhaftigkeit – von den gewaltigen Sternen auf ihren erhabenen und wohlgeordneten Bahnen bis hin zu den winzigsten Bestandteilen der allerkleinsten und allereinfachsten Zelle. Alles hatte seinen Platz und seinen Zweck. Alles trug zum Ganzen bei und war wichtig.

Die Ehrfurcht, die sie ergriff, brachte sie der Ohnmacht nahe. All dies war ihres! Ihnen als Menschenwesen war gegeben ein Bewusstsein, das auf der irdischen Ebene über jedes andere hinausreichte, um einer solchen Wirklichkeit ansichtig zu werden. Sie würden hinfort keine ihrer Handlungen mehr gutheißen können, wenn sie nicht auf dieser Schau beruhte.

Sie senkten ihre Köpfe, und da sie es taten, spürten sie die Finger des Hohepriesters auf ihrer Stirn und wussten, dass dieses Gesicht besiegelt ward; jetzt lag es in ihrer Verantwortung, jene zu führen, zu schützen und zu lehren, die es nicht erfahren hatten.

Farla begann, ein Floß zu bauen. Es gab keine Axt auf der Insel, aber es gab viele Äste, die sie von den Bäumen abbrechen konnte, oder Baumstämme, die vom Sturm umgeworfen oder vom Alter umgefallen waren. Um sie zusammenzubinden, benutzte sie dünne, von ihrem Wams abgerissene Lederstreifen und Schilfrohr.

»Es geht vielleicht unter«, dachte sie. »Wenn ich nur schwimmen könnte.«

Nun, schwimmen konnte man lernen. Sie hatte Menschen schwimmen sehen und wollte schauen, ob sie es nicht auch konnte. In den folgenden Tagen übte sie im flachen Wasser am Ostufer der Insel. Sie wollte nicht auf das Floß verzichten – aber sie wollte notfalls auch schwimmen können, um über den weiten See zu gelangen.

Der Regen hatte aufgehört und der Nebel sich gelichtet. Die Tage waren jetzt klar und warm; die Nächte ruhig und kalt – aber zumindest waren ihre Kleider jetzt trocken.

Sie begann, sich fast glücklich zu fühlen und fragte sich, ob sie wirklich fort wollte. Sie vergaß nicht die klagenden Stimmen und die ängstlichen Gesichter; noch vergaß sie die Geisteule – aber sie war so beschäftigt, dass sie vergaß, sich über sie zu beunruhigen.

Ihr war nicht klar gewesen, dass sie so findig sein konnte. Sie fand zu essen, obwohl sie gemeint hatte, sie würde von Hunger sterben. Sie baute sich aus Schilf ein Überdach und lehnte es an einen glatt abfallenden Felsen. Da fühlte sie sich nachts recht behaglich. Sie dachte sogar daran, den kleinen Tempel auf dem Hügel wieder zum Leben zu erwecken. Doch wie konnte sie die Steine wieder aufrichten?

Da erinnerte sie sich daran, was Kyra ihr einmal gesagt hatte. Die Steine waren nicht der Tempel. Sie waren eine Hilfe, um die Kraft zu sammeln, doch diese Kraft kam aus dem Geist der Menschen, die dort wirkten, von der Erde, dem Himmel, dem Wind und dem Wasser im Untergrund –, von allem, was sich darüber, darunter und rundherum befand ... Es mochte schwierig sein, den Tempel wieder zum Leben zu erwecken, wenn man den Steinkreis nicht vervollständigen konnte – aber es müsste möglich sein. Wenn sie in Übereinstimmung war mit allen Naturkräften und zugleich mit den unsichtbaren Welten, dann sollte sie ein starker Durchlass sein für die Art Kraft, die sie brauchte, um die Insel von bösen Kräften zu reinigen und sie wieder zum Leben zu bringen.

Sie begann, die Lieder, die sie im Tempel der Sonne gelernt hatte, einzusetzen. Lieder, die dazu geschaffen waren, böse Einflüsse zu beseitigen – Türen aus Klang, durch die sie auf die tieferen Ebenen des Bewusstseins gelangen konnte.

Dann wandelte sie den Rhythmus ab und ging immer im Kreis herum, mal innen und mal außen um die Steine, die noch standen – und innen und außen um die Stellen, wo die anderen einst gestanden hatten. Sie führte sich die fehlenden Steine an den Orten, wo sie ursprünglich gestanden hatten, klar vor Augen. Es war nicht schwierig, denn bald bemerkte sie, ein Teil der Kraft, den die Steine einst vermittelt hatten, war noch vorhanden. Das Muster des heiligen Kreises war noch ganz – es bedurfte nur ein wenig Können und Bemühen, um es zur Wirkung zu bringen.

Sie begann, ein unsichtbares Netz um die Steine zu weben – so verband sie die stehenden und das Kraftgepräge der fehlenden. Als das Netz immer enger und stärker wurde, da spürte sie langsam, sie hatte wieder einen wirksamen Kreis, und als sie schließlich in seiner Mitte stand, wusste sie, was sie zu tun hatte.

Sie rief die Menschen, die sie gesehen hatte – die ängstlichen, sich zusammendrängenden Gesichter, ihr verlorenes und furchtsames Volk. Der Himmel war wolkenlos. Ihre Stimme erscholl über den spiegelglatten Wassern, glitt über seine Oberfläche wie ein Eisvogel, hell, schnell und klar.

Sie wusste, sie konnte die Insel nicht verlassen, wie sie sie vorgefunden hatte – als einen gebrochenen, traurigen und verwunschenen Ort. Urak mochte sie hierher geführt haben, damit sie sie nicht fände – doch das Gewebe des großen Entwurfs war verwickelt, und die Antriebe eines Menschen dienten manchmal einem ganz anderen Zweck. Sie hatte nicht nur ihren Weg, sondern auch sich selbst verloren. Jetzt meinte sie zu erkennen, wie sie beides wiedergewinnen konnte. Sie meinte zu verstehen, warum die Leute sich so elendig an der Insel festklammerten. War es ein Traum, oder hatte Kyra sie wirklich besucht und ihr alles erklärt?

Sie rief sie zu sich und sie kamen herbeigeströmt – blasse Gespenster, nicht unähnlich dem weißen Mond, wie er an einem sonnigen Tag am blauen Himmel zu sehen ist. Fast unsichtbar ... Sie konnte jetzt verstehen, was sie sagten, und sie konnte ihnen antworten.

Sie zog sie zum Rand des Kreises. Sie ließ sie nicht eintreten – denn niemand, der nicht dazu ausgebildet war, konnte der Kraft eines solchen Kreises widerstehen, wenn seine Kräfte bis zum äußersten aufgeladen waren. Sie hatte sich noch nie so selbstsicher gefühlt. Es war, als sei alles in ihrem Leben für diesen Augenblick zusammengekommen. Ihre Ausbildung am Tempel – die Ruhelosigkeit, die sie fortgetrieben hatte – ihr Hierherkommen – alles war so vorgesehen. Sie wusste, sie war zur rechten Zeit am rechten Ort, und Gutes würde daraus erwachsen.

Sie hob ihre Arme, und die Worte, die in diesem Augenblick von ihr kamen, waren überzeugender, klarer und kraftvoller als alle, die sie je gesprochen. Sie zog die verlorenen

Menschen zu sich heran und sandte sie dann fort, bereit, die Reise zu den Welten wieder aufzunehmen, die sie aufgegeben hatten.

Manche wollten sie fragen, wo sie hingehen oder was sie tun sollten, aber sie weigerte sich, es ihnen zu sagen. »Jede Reise ist anders – einzigartig für jeden Menschen. Ich bin bereit, euch auf den Weg zu bringen, indem ich euch einige der Möglichkeiten zeige, wie ihr die Weisheit eures ewigen Geistes zu Rate ziehen könnt – aber ich kann euch nicht sagen, was nur er euch sagen kann. Und die Weisen, die ich euch zeige, sind vielleicht nicht die richtigen für euch. Auch die müsst ihr letztlich selbst herausfinden.«

Sie lehrte sie, wie Kyra es sie gelehrt hatte, in die Stille zu gehen.

Es war ganz unvermittelt, da wachte Farla eines Morgens auf und wusste, sie war frei von jeglichem Gefühl der Schuld oder des Bedauerns über die Vergangenheit. Sie wusste, wer sie war und was sie tun wollte, und jene alten Selbstzweifel standen ihr nicht mehr im Wege. Sie war nicht so edel wie manche Menschen und sie war nicht so unedel wie andere. Sie war sie, und als diese würde sie ihr Leben leben. Sie wusste auch, dass die Geistmenschen endlich fort waren – bereit, ihren Weg durch die Welten zu suchen, davon überzeugt, dass auch sie dazugehörten.

Sie hatte sich entschlossen, dass sie zum Tempel zurückkehren und ihre Ausbildung abschließen wollte, doch sie fühlte sich noch etwas unbehaglich, da sie Khu-rens Vorschlag, Urak zu finden, nicht gefolgt war. Sie wusste, die Wandlung, die sie durchlaufen hatte, indem sie die Insel verwandelt hatte, hatte sie untauglich gemacht, Urak als Köder zu dienen.

Die Zauberin brauchte eine schwache, unzufriedene und unschlüssige Person – nicht die Farla, die sie jetzt war, auf der Höhe ihres Selbstbewusstseins. Doch sollte sie auf andere Art und Weise helfen, Deva zu finden? Sie konnte sich nicht entscheiden.

Ein Teil der Ausbildung am Tempel bestand darin zu lernen, jenen Anhaltspunkten zu folgen, die die sogenannte »geheime Spur« bezeichneten. Wenn man seinen Weg durch das Land suchte, folgte man den offensichtlichen Hinweisen, die andere Reisende hinterlassen hatten – den Pfaden, den eingekerbten Bäumen, den Trittsteinen über Flüsse, den Sichtungslinien von einem Markstein zum nächsten, vom einen Steinhaufen auf dem Berg zum nächsten ... Die »geheime Spur«, von der sie im Tempel sprachen, war feinstofflicher, nicht Teil der stofflichen Landschaft. Die Anhaltspunkte, denen man folgte, kamen aus den Tiefen des Unterbewusstseins oder den Höhen des Überbewusstseins – wo man mit weit mehr in Verbindung stand, als im gewöhnlichen, wachen Leben vorhanden zu sein schien.

Farla hatte seit jeher eine besondere Liebe zu Schmetterlingen. Jetzt sah sie einen von einem tiefen und leuchtenden Rot, der seine Flügel auf einem gelben Löwenzahn sonnte. Auf seinen Flügeln waren zwei blaue Kreise, die in der Mitte weiß waren. Sie las diese Zeichen ohne Zögern. Die Löwenzahnblüte war die Sonne. Das geflügelte Wesen war ihre Seele. Die beiden Kreise waren der Kreis des Tempels und der Kreis ihres Selbstes. Rot stand für Tod.

Blau stand für Geist. Der Schmetterling war das Sinnbild für Wiederauferstehung und Verwandlung. Weiß stand für das lautere Licht des Namenlosen. Der Schmetterling faltete ganz kurz seine Flügel, sodass die beiden Kreise übereinander lagen. Sie war eins mit dem Tempel; seine Aufgabe war ihre Aufgabe.

Der Schmetterling erhob sich von der Blume und flog nach Westen. Nach Westen sollte sie sich wenden, um Deva zu finden, nicht zum Tempel, der im Osten lag. Ihre Entscheidung war gefallen. Sie war froh – denn im tiefsten Herzen wusste sie, dies war es, was sie zu tun hatte.

Deva

Deva saß zu Uraks Füßen und lernte alles, was diese zu lehren bereit war. Die Frau war unermüdlich, sie arbeiteten bis spät in die Nacht, damit, wenn sie starb, Deva genug wüsste und ihr so ergeben wäre, dass sie den verhassten Tempel der Sonne erschüttern, wenn nicht völlig zerstören würde.

Deva war gefesselt von dem, was Urak sie lehrte. Dies war besser als die Ausbildung am Tempel. Große Schritte und Sprünge wurden in kürzester Zeit gemacht. Es ging ohne diese langweiligen Vorbereitungen, jene lästigen Übungen der Selbstbeherrschung und die langen, langen Jahre des beständigen, stufenweisen Fortschreitens. Hier war nicht die Rede von »wesentlichen Grundlagen« oder »Verantwortlichkeit«. Jeden Tag sollte sie etwas Neues versuchen, ob sie die Lektion des Vortages nun gelernt hatte oder nicht. Warum machte der Tempel so viel Aufhebens um das »Bereit«-Sein für solches Wissen? Sie war bereit für alles, das Urak ihr vermitteln wollte.

Dennoch spürte sie manchmal einen Stich des Bedauerns, dass sie ihre Familie und Freunde nicht mehr sah, und ein oder zwei Mal vermeinte sie, aus dem Augenwinkel ihre Mutter zu erspähen – doch das Bild verschwand, sobald sie den Kopf wandte.

Urak entging nichts, und immer wenn sie das leiseste Zögern bei Deva verspürte – den leichtesten Schatten von Heimweh – dann schickte sie sie auf die »Reise«, um ihr Verlangen aufzustacheln und ihr zu zeigen, was ihr gehören könnte, wenn sie diesen neuen Weg unbeirrt weiterging.

Sie kleidete Deva sorgsam in gefälteltes Nesseltuch und legte ihr den Stoff so an, dass jede Rundung und jeder Vorsprung ihres schönen Körpers sichtbar war. Sie hängte ihr ein großes Edelsteingeschmeide mit Lotusblüten aus Türkis und Lapislazuli, Perlmutt und Gold um den Hals. Sie flocht Goldfaden in ihr dickes schwarzes Haar, bis es ihr Gesicht umrahmte wie eine ägyptische Perücke. Dann befestigte sie eine goldene Schlange an ihrem Oberarm und steckte einen goldenen Siegelring an ihren Finger. Anfangs war Deva enttäuscht, dass der Ring keinen Stein hatte – doch dann entdeckte sie, da waren überall Zeichen und Figuren eingeritzt, so klein, dass sie sie kaum erkennen konnte.

»Was bedeuten sie?« fragte sie und hielt ihre Hand neugierig ans Licht.

Urak lächelte. »Sieh sie dir genau an«, sagte sie sanft. »Es ist wichtig, dass du sie entzifferst.« Deva runzelte die Stirn und schielte auf die winzig kleinen Einritzungen und Linien. »Schau richtig«, drängte Urak. »Woran erinnert dich diese erste Figur?«

»An ein Tier«, antwortete Deva nach einem Augenblick des Nachdenkens.

»Was für ein Tier?«

»Nein, es ist eine Frau – aber mit einem Löwenkopf.«

»Sekhmet«, seufzte Urak befriedigt.

Deva nahm den Namen nicht bewusst auf, aber er war ihr jetzt im Kopf. Das Mädchen starrte auf die Zeichen und langsam, ganz allmählich entzifferte sie eines nach dem anderen. Sie stellte fest, dass sie vor sich hinmurmelte, als wenn sie laut lesen würde, was auf dem Ring geschrieben stand.

»Sekhmet – Löwenfrau – Herrin über Blut und Sturm ... In der einen Hand hältst du die Reichtümer des Lebens ... In der anderen ...« Deva schaute näher und immer näher in das leuchtende Gold, um die winzigen Hieroglyphen zu erkennen, aber die letzte konnte sie nicht deuten. Sie blickte auf, um Urak um Hilfe zu bitten. Doch Urak war nirgends zu sehen. Die Höhle, der Berghang, das baumbestandene Tal ihrer Heimat – alles war fort.

Sie stand in einem Zimmer, das sich sehr von allen unterschied, die sie in ihrem gegenwärtigen Leben gesehen hatte, wenn auch Erinnerungen aus der fernen Vergangenheit es ihr vertraut erscheinen ließen. Die gekalkten Wände waren mit Gemälden in den verschiedensten leuchtenden Farben bedeckt – da waren Bäume, die so echt aussahen, dass sie Vögel in ihren Zweigen rascheln hören konnte, dazwischen wanden sich blühende Blumen – doch es war alles sehr verschieden von den frischen grünen Wäldern Britanniens. Sie sah sich im Zimmer selbst um. Ein Strahl brennend weißen Lichtes kam durch das Fenster und schien auf einen Stuhl, der war so reich mit Gold beschlagen, dass er sie gehörig blendete. Dahinter war eine Truhe, fein gearbeitet mit Gold und funkelndem Email, das Wildvögel darstellte – auf einer der Tafeln hockten sie im Schilf, auf der anderen flogen sie in den Himmel, wobei ihre Flügel ein wunderbares Muster bildeten, das den Eindruck von Freiheit und zugleich Ordnung vermittelte ...

Deva begann, im Zimmer umherzugehen, entzückt von allem, was sie sah. Auf einem Bett aus Ebenholz und Gold lagen reiche Stoffe. Sie sah eine Kopfstütze aus Elfenbein, die war geschnitzt wie eine Gazelle; einen Tisch aus Zedernholz, in den Edelsteine eingelegt waren; kleine, köstlich geschnitzte Kästen; und Dosen und Fläschchen aus Alabaster und Chalcedon, die aromatische Salben und Öle enthielten. Ein Spiegel lag auf dem Tisch neben einem Fächer aus Straußenfedern. Deva schaute auf das Spiegelbild auf der glatten Oberfläche aus Kupfer und musste lächeln. Sie konnte sich nicht entsinnen, dass Urak ihr Gesicht berührt hätte, aber das Gesicht, das ihr so zufrieden entgegenblickte, war sorgsam mit schwarzen Linien bemalt, die der anmutigen Schrägstellung ihrer Augen Nachdruck verliehen, mit Grün auf ihren Lidern und Rot auf den Lippen ... Sie hatte noch nie so schön ausgesehen. Sie fand Kästen mit Juwelen und ließ sie durch ihre Finger gleiten: goldene Ketten auf Lotusblüten, Ohrringe wie Bienen, gewaltige Brustschilde aus miteinander verbundenen Gemmen, die die Götter und ihre Sinnbilder darstellten, goldene Kobra-Kronen ...

Die Tür stand einen Spalt offen, und sie war versucht, weiter zu forschen, und zugleich zögerte sie, den Schatz in diesem Zimmer allein zu lassen. Sie stand im Eingang, zauderte einen Augenblick – und schritt dann vorwärts. Das zweite Zimmer war ganz anders. Die in kühlem Türkis, Blau und Aquamarin gehaltene Malerei erinnerte an eine Unterwasserlandschaft. Fische und Wasserlilien schmückten die Wände, und in der Mitte war eine versenkte rechteckige Fläche – ein Schwimmbecken, in das Stufen hineinführten und an dessen Rand Krüge mit wohlriechenden Essenzen aufgereiht waren.

Deva blickte sich ängstlich um. War sie noch allein? Dann fand sie sich auf Zehenspitzen zum Schwimmbecken gehen und daneben niederknien. Sie rührte mit ihrer Hand im Wasser, und das Licht, das durch die Schlitze oben an der Wand hereinfiel, warf ein flackerndes, tanzendes Netz aus goldenem Licht auf die Oberfläche. Wie gern würde sie sich hineinstürzen! Wie gern würde sie in einer solchen Umgebung leben!

Plötzlich merkte sie, wie sie nach vorne glitt, und als ihr Gesicht die Oberfläche berührte, schien das Wasser in eine Million Lichttröpfchen aufzubrechen. Als sich ihr Blick wieder klärte, fand sie sich an Uraks felsigem und ungastlichem Berghang wieder.

»Nein!« schrie sie. »Nein. Nein. Nein! Ich will nicht zurück. Ich will dieses Leben nicht! Ich will das dort! Lass mich zurückgehen. Lass mich zurückgehen!«

Sie fand sich vor Urak kniend und an ihren Kleidern ziehend – jenen Kleidern, die ihr, verglichen mit dem, was sie gerade gesehen hatte, rau und hässlich vorkamen.

Urak sah sie streng an.

»Sei still, Kind. Sei still. Du sollst das alles haben – aber noch nicht. Noch nicht, sage ich!«

Doch Deva war nicht zu beruhigen. Sie lag auf dem Boden und schlug wie ein wütendes Kind mit ihren Fäusten. »Ich will es. Ich will es jetzt!«

Urak gab Boggoron ein Zeichen, und er, immer wartend und beobachtend, glitt vor und zog Deva an ihren Schultern. Grinsend schüttelte er sie vor und zurück und zur Seite, bis sie unter ihren Schluchzern fast erstickte. Schließlich gab sie sich drein und war still.

Auf ein weiteres Zeichen von Urak hin ließ er sie zu Boden fallen. Da lag sie eine Zeitlang wimmernd und dachte an das, was sie gesehen hatte und verglich es mit den einfachen Dingen, die sie bisher befriedigt hatten.

Urak und Boggoron zogen sich zurück und überließen sie ihren Gedanken.

Allmählich fiel sie erschöpft in Schlaf.

Eines Tages bat Deva Urak, ihr den Zauber zur Verdichtung im Stofflichen beizubringen. Sie hatte ihn am Tempel noch nie jemanden vollführen sehen. Ja, sie konnte sich nicht erinnern, je zuvor davon gehört zu haben. Sie wusste, Kyra und die anderen konnten, falls erforderlich, Illusionen heraufbeschwören. Aber im Stoff verdichten war nichts Vorgespiegeltes. Vorspiegelungen beruhten auf dem Freisetzen oder Übertragen von Bildern und Gedanken im Geist anderer. Urak konnte jedoch tatsächlich vor Devas Augen im Stoff verdichten, und Deva konnte es berühren und benutzen.

»Man macht dabei nicht etwas aus nichts«, erklärte Urak. »Es bedeutet, den ganzen inneren Bauplan von etwas durch die Kraft der Schwingungen zu verändern, die aus dem Geist hervorgehen. Ein Heiler benutzt die Schwingungen manchmal, wenn er eine Geschwulst zum Verschwinden bringt oder eine Ader wieder durchlässig macht. Ich verwende sie, wenn ich etwas begehre, das mir hier auf diesem Berg nicht zur Verfügung steht.« Sie hob einen gewöhnlichen Kieselstein auf und nach wenigen Augenblicken hielt sie an seiner Stelle einen Ring mit einem Edelstein. Sie lächelte über Devas Entzückung und reichte ihn ihr, damit sie ihn untersuchen konnte.

»Aber ich habe gesehen, wie du es aus der Luft machst – mit nichts beginnend.«

»Du sagtest ›aus der Luft‹, Kind. Das ist nicht ›nichts‹.«

»Ich verstehe nicht, warum die Tempelpriester es nicht tun. Sie könnten sich und ihrem Volk alle möglichen Bequemlichkeiten verschaffen.«

»Vielleicht soll es ihr Volk nicht allzu bequem haben.«

»Warum nicht?«

Urak zuckte die Achseln. »Wer weiß schon, was für abwegige Gründe sie haben«, sagte sie verächtlich.

»Kann ich lernen, wie man das macht?«

»Gewiss.«

»Jetzt gleich?« Deva dachte daran, wie sie zum Tempel zurückkehren und diese Kunst mitbringen würde. Vielleicht wussten die Priester nicht, wie man diesen Zauber zur Verdichtung im Stoff vollführte. Vielleicht beherrschte nur Urak diese Kunst. Wie beeindruckt würden sie sein, wenn sie ihnen etwas beibringen konnte, das sie nicht wussten ... wenn sie ihnen das Leben erleichtern und es bequemer machen konnte. Sie dachte an die Geschenke, die sie Isar geben konnte. Gya würde große Augen machen, wenn er sah, was sie konnte! Sie begann, sich in der Tempelgemeinde als sehr einflussreich zu sehen. Nein, sie würde ihnen nicht zeigen, wie es ging – nicht bevor sie sehr alt war, so wie Urak. Sie würde das Geheimnis für sich behalten, sodass sie stets zu ihr kommen mussten, wenn sie etwas wollten. Sie würde sie versorgen – und dadurch würde sie herrschen.

Urak lächelte. Wie eifrig das Kind bei der Sache war! Welche Freude, sie zu unterrichten.

»Noch nicht jetzt«, sagte sie zärtlich. »Aber in kurzer Zeit. Es gibt ein paar Dinge, die du zuvor noch wissen musst.«

Bei allem, was Urak tat, nahm sie den kürzesten Weg. Sie machte sich über die Zukunft keine Gedanken, sorgte sich nicht über die langfristigen Wirkungen auf andere. Was sollte sie das kümmern? Sie war nur an sich selbst interessiert. Selbst ihr Wunsch nach einer Erbin war eine Verbindung von Nicht-vergessen-werden-Wollen und von Rache. Guiron hatte sie vom Hauptstrom der Angelegenheiten der Welt abgeschnitten, sie in diese unbewohnten Berge verbannt – nun, ihre körperliche Gestalt war durch seine Bannsprüche an diesen abgelegenen Ort gebunden, doch über die Jahre hatte sie gelernt, aus ihrem Körper zu schlüpfen, und in der Gestalt ihres Totems, der jagenden Geisteule, war sie weit umhergeschweift und hatte ihr Zeichen hinterlassen, wo es ging, um zu zeigen, dass sie nicht völlig gelähmt war durch sein Edikt. Selbst mit seinen sie einschränkenden Banden hatte sie die Macht, zu strafen, zu verletzen und sich zu rächen, wenn sie es wollte.

Dass Wardyke ihr vorgeschlagen hatte, Deva als ihre Erbin zu erwählen, und dass es Boggoron gelungen war, sie zu fangen, waren die größten Glücksfälle ihres Lebens. Welch wunderbare Rache sowohl für Wardyke wie für sie: die Tochter des Hohepriesters genau zu der Sache zu verleiten, die Guiron am meisten hasste!

Der Tempel hatte Deva keine Beschränkungen auferlegt. Sie konnte gehen, wohin es ihr beliebte. Sie würde vielmehr mit großer Freude willkommen geheißen werden, wenn sie zu der Tempelgemeinschaft zurückkehrte. Welch Unheil konnte sie anrichten, bevor sie noch erkannten, wessen sie fähig war – und wie würden Kyra und Khu-ren leiden, wenn sie es sahen! So würde Urak sich an Guiron rächen – denn sie war sicher, dass er davon hören würde; und Wardyke hätte sich auch sowohl an Guiron wie an Kyra dafür gerächt, dass sie seine übersinnlichen Kräfte eingeschränkt hatten.

Urak hatte viel von den abtrünnigen Priestern gelernt, die am Tempel ausgebildet worden waren, ihn aber ohne das heilige Zeichen verlassen hatten. Doch ihre eigene Findigkeit hatte sie weitergebracht, als sie alle, und wenn sie nicht von Guiron verbannt worden wäre, dann wäre sie sicherlich als ein machtvolles Gegenstück zum Tempel berühmt geworden

– wenn sie ihn nicht gar ganz ausgeschaltet hätte. Sie war besonders an dem Zauber zur Verdichtung im Stofflichen interessiert, denn der Tempel war ausgesprochen dagegen. Einer ihrer Gehilfen hatte ihr berichtet, was Guiron gesagt hatte, als er darin Unterweisungen wünschte.

»Das Leben besteht nicht aus dem, was du hast«, hatte er zornig gesagt, »sondern aus dem, was du bist. Die Gefahr, die in dem Glauben liegt, der Besitz von Dingen sei ein Maß für das Leben, ist gar nicht abzusehen. Wir befinden uns auf einer langen und schwierigen Reise durch die Welten des Seins, und wenn wir durch das Gewicht unserer Besitztümer und dem Streben, sie zu vermehren, zu beschützen und so weiter, zurückgehalten werden – dann werden wir unser Ziel um so langsamer und wahrscheinlich sogar gar nicht erreichen.«

Sie wusste aus dem Eifer, mit der ihre Schüler sie um Unterweisungen in diesem Zweig der Zauberkunst baten, dass auf diesem Weg die Autorität des Tempels am leichtesten zu untergraben war. Es hatte sie viele, viele Jahre des Versuchs und Irrtums gekostet, den Grad der Meisterschaft in dieser verbotenen Kunst zu erlangen, den sie jetzt hatte, und sie hütete sie eifersüchtig. Bei der Ausbildung ihrer Nachfolger hob sie sich diese immer bis zum Schluss auf, und weil niemand bis zum Ende durchgehalten hatte, hatte keiner gelernt, sie zu beherrschen. Diesmal, bei Deva, würde sie sicherstellen, dass ihre Schülerin alles von ihr lernte, was es zu lernen gab. Sie spürte, es war die letzte Gelegenheit, den verhassten Tempel zu zerstören.

Immer mehr ermutigte Urak Deva zu »reisen« – und dann wählte sie fast immer ihr altes Heimatland, Kemet, das Schwarze Land, Ägypten. Es hatte etwas Tröstendes, wie wenig Ägypten sich seit ihren Tagen verändert hatte. Die Fellachen bestellten ihre Felder noch immer, nachdem die Überschwemmungen zurückgegangen waren; holten noch immer das Wasser aus dem Fluss oder den Kanälen mit Gegengewicht und Ziegenhauteimern, die an einem Kreuzbaum aus Palmenstämmen befestigt waren; bauten noch immer ihre Häuser aus sonnengetrockneten Lehmziegeln. Die Wüste verlief noch immer neben dem Fluss wie ein hungriger Hund. Nur die Tempel und Paläste waren noch großartiger, als sie sie in Erinnerung hatte – und sie waren es, zu denen es sie unverändert hinzog.

Eines Tages fand sie sich im kühlen Schatten eines gewaltigen überdachten Umgangs wieder. Wo der Schatten nicht hinfiel, strahlte die Sonne mit außerordentlicher Heftigkeit nieder. Durch die trockene, klare Luft hörte sie Singen – doch ob es aus der Nähe oder aus der Ferne erklang, vermochte sie nicht zu sagen. Zuerst meinte sie, die Worte seien in einer fremdländischen Sprache, doch dann begann sie sie zu verstehen. Sie ging den Umgang entlang und hielt sich dabei möglichst weitgehend im Schatten. Die Wände, die außerhalb der glühenden Sonne waren, erglänzten von vielfarbigen Gemälden von Booten und Vögeln, von Bäumen und Blumen, von stattlichen Göttern und Göttinnen. In den Ecken waren es Geier, Federn in Scharlachrot, Blau und Gold, mit weit gespreizten Flügeln und in den Klauen den Ring der Ewigkeit. Horus, der Falkenköpfige, starrte mit durchdringendem Auge auf sie herab. Hathor, die Herrin der Sykomoren, unser aller Mutter, ging vorbei ...

Deva konnte sehen, dass das Bauwerk noch nicht vollendet war. Eine Gruppe von Arbeitern hatte sich um den Vormann oder Architekten versammelt und lauschte seinen Anweisungen. Er war ein wohlbeleibter Mann mit heftigen und ausdrucksvollen Handbewegungen beim Sprechen und einem dunklen, kraftvollen Blick. Er wusste, was er wollte – und er wollte es mit aller Leidenschaft. Er würde es nicht zulassen, dass sein Traum durch liederliche Arbeit gefährdet würde.

Deva bemerkte zwei alte Männer, die im Schatten einer baumbestandenen Allee an einem Teich saßen. Der Garten war angelegt, machte aber nicht den Eindruck, dass er schon fertiggestellt war. Ein Baum war noch in einem Topf und lag auf der Seite, welkte in der Hitze. Deva war höchst erstaunt, solch frisches Grün, so viele Blumen und Bienen und so viel plätscherndes Wasser an diesem brütenden Wüstenort vorzufinden. Die inneren Räume des Gebäudes schienen in den Fels eines gewaltigen gelblich-roten Kliffs geschnitten zu sein, und die Säulen waren so angeordnet, dass sie den Rissen und Spalten des Natursteines folgten. Männer wälzten auf Rollen große Standbilder auf Steinrampen zu höheren Terrassen hinauf. Das Gebäude und sein Garten lagen zwischen der gelben Wüste, knochentrocken und ausgedörrt, und den stillen, sich auftürmenden Felsklippen.

Deva verließ die Schatten und ging über den heißen Sand dorthin, wo das Grün des Gartens begann. Die Weihrauchbäume waren voller Vögel, Fische sprangen und spielten in den Teichen, ein paar wachsweiße Blumen verströmten einen schweren Duft ...

Als sie sich den beiden alten Männern näherte, sah der eine von ihnen auf und erblickte sie. Der Schreck in seinem Gesicht war unverkennbar. Er kam mühsam auf seine Füße und stierte sie an, als sähe er einen Geist. Der andere war tief in Gedanken, blickte zu Boden und wurde ihrer Anwesenheit nicht gewahr. Sie wunderte sich über das Wiedererkennen in den Augen des alten Mannes, und es schoss ihr durch den Sinn, dass er ihr ebenfalls vertraut war – doch so plötzlich, wie sie gekommen war, verschwand die ganze Szenerie, und sie war wieder bei Urak in der Festung der britannischen Berge.

Userhet kam aus seiner Versenkung und merkte, dass Guiron neben der Bank im Garten von Hatshepsuts halbfertigem Grabtempel stand und unbeherrscht zitterte.

»Was ist, mein Freund? Was ist los?« fragte er besorgt und nahm seinen Gefährten sanft am Arm. Er versuchte, ihn zur Bank zurück zu führen.

»Hast du sie gesehen?«

»Wen?«

»Die junge Frau.«

»Wo?«

»Dort!« Guiron zeigte wie wild nach vorn. Die Gestalt war aus dem Nichts erschienen, war unter den Bäumen gewandelt, schimmernd, wie die Geistfrau vom See geschimmert hatte, und so schön wie sie – die Frau seines Freundes, Anhai – die Frau, die sich lieber getötet hatte, als ihrem Mann untreu zu werden. »Dasselbe!« schrie sein Herz. »Dasselbe – dasselbe – dasselbe –« Würde er nie frei sein von ihr? Er würde doch in seinem hohen Alter nicht mehr von ihr verfolgt werden?

»Ich sah niemanden«, sprach Userhet und schüttelte den Kopf. Und dann sah er genauer in Guirons bestürztes Gesicht. »Erzähle, mein Freund,« sprach er besorgt. »Was ist?«

»Nichts«, murmelte Guiron. »Gar nichts. Eine alte Erinnerung. Ein alter Traum.«

Userhet drängte ihn nicht weiter. Auch er hatte alte Erinnerungen, alte Träume, die er lieber für sich behielt.

Lerche stellt sich Wardyke

Eines frühen Morgens, nachdem sie sich die Nacht über nur hin und her gewälzt hatte, traf Lerche eine Entscheidung. Sie erklomm den Hang des Berges, der zu dem großen Grabhügel hinaufführte, der das Tal überragte, wo das Dorf lag. Das Gras, das ihn bedeckte, war nass, und der untere Teil ihres Kleides war durchgeweicht, als sie oben anlangte. Der Eingang zum Grab war von einer großen Steinplatte verschlossen. Davor war ein kleiner Hof, wo die Grabpriester ihre Zeremonien vollführten, doch dieser war jetzt menschenleer. Das Ritual für die Ahnen fand gewöhnlich des Nachts statt, wenn sich die Lebenden dem Tod viel näher wähnten.

Wardykes Urne mit Asche war hier, und wenn Lerche auch hoffte, dass seine gefallene Seele schon lange von diesem Ort fortgegangen war, so wusste sie, die Überreste eines Menschen, oder etwas, das ihm lange Zeit sehr nahe gewesen war, konnten manchmal für eine Anrufung benutzt werden.

Die Verzweiflung hatte sie zu solchen Maßnahmen getrieben. Sie wusste, sie sollte die Hilfe des Begräbnispriesters heranziehen und die Sache richtig und zur angebrachten Zeit in der Nacht durchführen – doch nach dem, was sie von Wardyke gehört hatte, wollte sie ihm nicht in der Nacht begegnen. Nein, die Morgendämmerung war die beste Zeit – wenn alle lichten und wachsenden Dinge, wenn Hoffnung, Liebe und Freude am stärksten waren. Sollte der Schatten jetzt kommen, wenn er am wenigsten Schaden anrichten konnte. Sie musste über ihr Kind Klarheit bekommen – so oder so.

Isar hatte Wardykes Dolch aufbewahrt. Er war eingewickelt und gut versteckt, aber aus irgend einem Grund wollte Isar sich nicht von ihm trennen. Sie hatte seine Wünsche geachtet, da sie wusste, dass Wardyke in diesem Leben sein leiblicher Vater und ihm in einer kurzen Zeitspanne, als Kind, nahe gewesen war. Sie wusste auch – welche Gier später auch über ihn gekommen war –, in den alten Tagen waren sie enge Freunde gewesen. Sie hasste es, ihn im Haus zu haben, besonders jetzt, da sie befürchtete, dass Wardyke wieder wie ein Schatten über ihnen hing. Es schien ihr, er könne durchaus wie ein Leitstein wirken, der ihn wieder anzog.

Heute hatte sie ihn mit. Sie zitterte angesichts der Gefahr, die sie einging, und sie hatte niemandem von ihren Absichten erzählt. Nicht einmal Fern. Sie hatte das Gefühl, sie müsse diese Sache alleine durchstehen.

Lerche trat in den schmalen Vorhof vor dem Eingangsstein und sammelte sich für ihr Vorhaben. Sie hatte keine klare Vorstellung davon, wie sie erreichen sollte, was sie erreichen wollte – oder ob es überhaupt möglich war. Sie stand da und hatte ihr Gesicht dem langen Gang zugewandt, der, wie sie wusste, hinter dem Verschlussstein lag. Sie stellte sich die kleinen Kammern bildlich vor, die zu beiden Seiten abgingen, die dunklen kleinen Zellen, die die Knochen und Überreste der alten Häuptlinge und ihrer Familien und, häufiger, der Speerherren und der anderen, die sie ehren wollten, enthielten.

Sie versuchte, sich ein Bild von Wardyke vor Augen zu

führen – nicht als Asche, sondern wie er lebendig war, so wie er ihr beschrieben worden war. Er war ein riesiger Mann gewesen, hochgewachsen und stark, seine Augen grimmig und finster, seine Nase wie ein Adlerschnabel. Sie erschauerte, als sie vorsichtig seinen Dolch auswickelte und die kalte Bronze ihre Hand berührte. Er hatte ein hölzernes Heft, gehalten von Hunderten winziger goldener Nägel, die hineingetrieben worden waren. Ihre Köpfe waren auf gleicher Höhe mit dem Holz und bildeten eine Reihe kunstvoller geometrischer Muster. Sie drehte ihn mit zitternden Händen um und hielt das Holz. War es Einbildung oder hatten die goldenen Nagelköpfe ihre Hände verbrannt? Es war, als summe der Dolch aus eigener Kraft, voll Ungeduld, benutzt zu werden.

Lerche legte ihn hastig auf das Pflaster unmittelbar vor die Mitte des Verschlusssteins – die Spitze auf die Dunkelheit in dem Grabhügel gerichtet. Sie wusste, dass ein Gegenstand, den eine einzige Person viele Jahre lang benutzt hatte, eine große Menge Kraft jener Person aufsaugen würde – und etwas, das einem Menschen wie Wardyke gehört hatte – einem zum Zauberer gewordenen Priester, bösem Geist und grausamen Herrscher über seine Gefolgschaft – ließ man am besten in Ruhe. Aber sie war schon zu weit gegangen. Sie merkte, dass sie den Blick nicht mehr von dem Dolch abwenden konnte. Sie konnte ihre Hand nicht mehr von ihm entfernen. Sie hockte neben ihm und streichelte ihn wie etwas Lebendiges. Das Summen in ihren Fingern, das ihr so furchteinflößend vorgekommen war, als sie ihn zuerst berührt hatte, kam ihr jetzt angenehm vor. Die Jahre, die er vom Licht abgeschlossen war, hatten nicht vermocht, den Schein auf seiner polierten Oberfläche zu vermindern oder die Schärfe der Klinge abzustumpfen. Wardykes Kraft war noch in ihm, sie konnte es fühlen und sie war davon gefesselt. Wäre es denn so furchtbar, wenn ihr Kind Wardykes Macht und Kräfte hätte? Sie liebte Isar, aber manchmal, nur manchmal, wünschte sie, er würde sich mehr zur Geltung bringen, entschlossener sein. Er durchschaute niemals Devas Ränke. Nie versagte er sich ihrer Bitte um Hilfe, mochte es auch noch so schwierig sein. Zum ersten Mal in ihrem Leben begann sie das Verhärtete, das Selbstische, das Grausame zu bewundern.

Dann erkannte sie auf einmal, was geschah. – Wardyke war da, seine Gedanken gaben ihr diese Dinge ein. Mit einem Ruck zog sie ihre Hand vom Dolch fort und trat zurück, lehnte sich mit dem Rücken an die Außenwand des Vorhofs. Es kam ihr so vor, als leuchte der Dolch schwach in einem bleichen Licht. Sie erschrak über das, was sie getan hatte. Was hatte sie sich dabei gedacht, ein solch gefährliches Spiel zu spielen? Wie naiv erschien ihr ursprünglicher Plan nun. Sie hatte gedacht, sie würde seinen Schatten anrufen und ihn dann von Angesicht zu Angesicht fragen, ob er vorhatte, sich in ihr wieder zu verkörpern. War sie verrückt? Würde ein solcher Mann ihr eine ehrliche Antwort geben? Und was, wenn er »ja« sagte?

Sie spürte, wie sich der Vorhof mit der Anwesenheit des Bösen füllte. Sie konnte nichts sehen, außer dem leuchtenden Dolch – aber sie wusste, sie war nicht allein.

Der Schrei, den Lerche ausstieß, drang kaum zu den Bauern, die begonnen hatten, in den Feldern unterhalb des Hügels zu arbeiten. Einer schaute auf, weil er vermeinte, etwas gehört zu haben, aber dann dachte er, es sei wohl die Krähe gewesen, die gerade vorbeiflog.

Sie konnte dieser grausigen Macht für ihre verderbten Ränke nicht den Körper ihres Kindes überlassen! Sie hastete nach vorn und ergriff den Dolch am Heft, erhob ihn und richtete ihn in einem plötzlichen Anfall verzweifelter Kraft auf ihre eigene Brust.

»Wardyke – ich weiß, ich kann dich nicht unschädlich machen – aber diese Tür kann ich für dich verschließen!«

Mit ihrer ganzen Kraft stieß sie den Dolch in ihr Fleisch.

Die Sonne war aufgegangen, während sie im Vorhof weilte, und genau in diesem Augenblick drangen die ersten Strahlen durch einen Spalt in der östlichen Mauer. Ein dünner Lichtpfeil blitzte von der Bronze und dem Gold des Dolches und irritierte und blendete sie einen Augenblick lang. Durch diese winzige Verzögerung verfehlte sie ihr Ziel um Haaresbreite, und wenn sie auch bewusstlos zu Boden stürzte, da das Metall sie durchbohrte, so traf es nicht ihr Herz und sie starb nicht – doch dies wusste sie noch nicht.

Es war ihr, als fiele sie in Finsternis und könne überall um sich her Schreie hören. Zuerst meinte sie, von kreischenden Dämonen umgeben zu sein, doch allmählich begriff sie, dass die Stimmen eine Stimme war, ihre eigene, die von den Wänden aus Dunkelheit um sie her widerhallte. Ihre Stimme, und sie hatte doch gar keine Stimme! Sie befand sich in dem Grabhügel – dessen war sie sicher. »Ich bin tot«, dachte sie. »Wardyke kann mich nicht mehr benützen.« Doch Wardyke stand vor ihr, drohend aufragend in seinem Umhang aus Asche, seine Augen bohrten sich in die ihren.

»Frau, warum bist du hier? Warum mischst du dich in Dinge ein, die dich nichts angehen?«

Sie versuchte, ihrer Angst vor ihm Herr zu werden – ihren Mut wiederzugewinnen, mit dem sie sich am Morgen aufgemacht hatte, und blickte ihm in die Augen.

»Du wirst jetzt nicht mehr in meinen Körper eintreten. Du wirst mich nicht benutzen, um wiedergeboren zu werden!«

Es schien ihr, Wardyke verstand anfangs nicht, was sie sagte, und als er es tat – fing er an zu lachen. Der ganze düstere Ort wurde erschüttert von seinem Lachen, hohl und höhnend, kalt und grausig.

»Frau, was ich will, das bekomme ich – und nichts, was du tun kannst, wird mich hindern.«

»Ich habe dich gehindert«, sprach sie kühn. »Ich bin tot. Ich kann kein Kind mehr austragen.«

Er betrachtete sie mit verächtlichem Grinsen.

»Tot bist du?« spottete er – und dann verblasste sein Bild, und die sie umgebende Dunkelheit schien sich zu lichten.

»Nein!« wisperte sie, als sie schließlich erkannte, dass sie ihr Ziel nicht erreicht hatte.

Sie öffnete ihre Augen und blickte in die Augen von Kyra.

Wie konnte das sein?

Sie lag auf einem Ruhebett in Kyras Kammer, und Heilkräuter waren ihr um die Brust gebunden.

Kyra beugte sich vor und küsste sie leicht auf die Stirn. Sie streichelte ihr Haar mit sanften Händen.

»Nicht bewegen, mein Kind – die Wunde ist tief – lieg still.«

Kyra hielt sie an den Schultern fest, damit sie still liegen blieb, während der jungen Frau allmählich zu Bewusstsein kam, was geschehen war. Lerche erinnerte sich an den Lichtblitz. War das ein hilfreicher Eingriff der Lichtwesen – oder ein weiterer grausiger Streich, den Wardyke ihr gespielt hatte? Sie lebte, dennoch wusste sie nicht die Antwort auf jene Frage, die sie am meisten beunruhigte. Sie blickte in Kyras Augen und legte ihre Hand auf ihren Bauch.

Kyra meinte zu verstehen und lächelte. »Deinem Kind

geht es gut.« Und dann, als sie die Mischung aus Erleichterung und Enttäuschung in Lerches Gesicht sah, setzte sie sich neben sie und nahm ihre Hände.

»Höre mir gut zu, mein Kind«, sprach sie sanft. »Wenn es dir wieder besser geht, werden wir über dein Kind sprechen. Ich gebe mir die Schuld an dem, was dir geschehen ist. Ich war zu sehr mit meinen eigenen Schwierigkeiten beschäftigt, um dir bei den deinen zu helfen. Du hast etwas Törichtes und Gefährliches getan, aber du bist jetzt außer Gefahr.«

Lerche drehte ihr Gesicht zur Wand und Kyra konnte unter ihren Lidern Tränen hervorquellen sehen. Sie streichelte ihr Haar.

»Schlafe jetzt. Ruhe dich aus. Wenn deine Wunde verheilt ist, werden wir reden.«

Lerche wollte nicht schlafen. Sie wollte hören, was Kyra über ihr Kind zu sagen hatte – über Wardyke – über Isar – doch die Hände der großen Priesterin waren fest und sanft, als sie ihren Kopf massierten, und in wenigen Augenblicken war Lerche fest eingeschlafen, und die Heilung und die Erneuerung setzten ein.

Viel später, als sie ausgeruht und ruhiger war, hörte sie, was geschehen war. Es war wohl so, dass der Totenpriester an jenem Morgen einen Drang gespürt hatte, zum Grabhügel zu gehen, wenn er dies gewöhnlich zu dieser Zeit auch nicht tat. Dort hatte er Lerche gefunden, die auf dem Pflaster des Vorhofes lag. Ein Dolch steckte zwischen ihren Rippen und sie verblutete langsam. Er hatte das Messer herausgezogen und die Wunde verbunden, so gut er es vermochte, um die Blutung zu stillen, bevor er sie zum Tempel trug. Kyra war gerufen worden.

»Der Dolch?« fragte Lerche Kyra besorgt in der Zeichensprache. Kyra schüttelte ihren Kopf. Als sie hereingebracht worden war, war kein Dolch bei ihr gewesen.

Lerche wiederholte ein ums andere Mal das Zeichen für Dolch. Von ihrem Beharren beunruhigt, schickte Kyra nach dem Totenpriester. Als er endlich eintraf und nach dem Dolch gefragt wurde, sah er bestürzt aus. Er sagte, er wüsste nicht, was mit ihm geschehen sei. Er erinnere sich, ihn herausgezogen und neben ihr hingelegt zu haben ... doch als er zurückgekommen sei, um das Blut abzuwaschen und den Ort für das nächste Ritual zu reinigen, sei der Dolch nirgends zu sehen gewesen. Er schwor einen Eid, dass keine Spur von dem Dolch mehr vorzufinden gewesen sei.

Lerche sah bei dieser Nachricht dermaßen entsetzt aus, dass Kyra den Mann auf der Stelle entließ und sich neben das Mädchen setzte.

»Was ist los?« fragte sie. »Was ist so besonderes an dem Dolch?«

Lerche versuchte zu erklären, doch anfangs bewegten sich ihre Hände zu schnell und zu wild, als dass Kyra dem folgen konnte, was sie zu sagen versuchte. Dann begriff sie die Bedeutung »Wardyke« und war sofort noch einmal so aufmerksam. Als Lerche ihr die Zeichen ein ums andere Mal wiederholte, da erkannte Kyra, was sie ihr sagen wollte – Wardykes Dolch, den Isar all die Jahre heimlich aufbewahrt hatte.

Wenn sie bloß gewusst hätte, dass dieser Dolch in Isars Besitz war! Wenn sie ihn nicht dazu hätte bewegen können, sich von ihm zu trennen, so hätte sie ihn wenigstens von seinem bösen Geist befreien können. Und nun, wer wusste, in wessen Hände er gefallen war! Sie dachte an den Totenpriester – doch sie vertraute ihm. Seine Geschichte hatte wahr geklungen. Es war viel Zeit gewesen, und jemand hatte in den Vorhof kommen und den Dolch mitnehmen können, während er Lerche zum Tempel getragen hatte. Einige der Bauern, die auf den Feldern in der Nähe gearbeitet hatten, hatten sicherlich bemerkt, was geschehen war und sogar dem Priester geholfen, seine Last zu tragen. Einer von ihnen konnte ihn genommen haben. Doch Kyra wusste, die Furcht der gewöhnlichen Leute vor dem Grabhügel war so groß, dass sich einer von ihnen kaum nahe genug herangewagt hätte, um den Dolch zu sehen – geschweige denn, ihn vom Vorhof der Grabkammer zu stehlen. Dass Wardykes Dolch wieder in der Welt freigesetzt war, war ein schrecklicher Gedanke. Wer immer ihn besaß, mochte sehr wohl von ihm beeinflusst werden, so wie Lerche. Jetzt, da sie mehr über die Umstände wusste, war es ihr nicht mehr so unverständlich, dass Lerche, die ihr immer als eine so tief in ihrer Mitte ruhende Person begegnet war, den dummen und vergeblichen Versuch eines Selbstmordes unternommen hatte.

Kyra verbrachte viel Zeit bei Lerche, während sie genas, und erfuhr viel von Lerches Ängsten in Bezug auf ihr Kind, von ihrer Verzweiflung, ihrer schrecklichen Begegnung mit Wardyke in der Grabkammer – und Isars eigentümlichem Verlangen, den Dolch trotz Lerches Unbehagen zu behalten.

Um sie hinsichtlich ihres Kindes zu trösten, erzählte Kyra ihr von ihren eigenen Sorgen vor der Geburt von Deva. Sie beschrieb ihr, wessen sie auf dem heiligen Grabhügel Zeuge wurde, kurz bevor Deva zur Welt kam, und wie sie überzeugt war, sie würde für eine Geburt missbraucht, die sie umbringen würde. Als sie nicht gestorben war, obwohl sie das Kind in einem brennenden Haus mitten im Krieg gebar, lernte sie, Vorahnungen nicht so einfach zu vertrauen. Khu-ren hatte sie die Jahre über immer wieder damit aufgezogen – immer wenn sie ein Zeichen oder ein Omen zu voreilig deutete.

»Außerdem«, sprach sie schließlich, »selbst wenn es zum Schlimmsten kommt und es Wardyke ist, der durch dich auf die Welt kommt, so wird das Kind nicht Wardyke sein. Er oder sie wird in einem neuen Rahmen erscheinen. Neue Einflüsse werden am Werk sein. Mit dir und Isar als Eltern, denke ich, wird sich nur sehr wenig von Wardykes schlechter Seite entwickeln können.«

Lerche war halbwegs getröstet – aber nicht ganz. Wenn nur Isar da wäre. Es war seine Liebe, die sie jetzt brauchte. Wie hatte sie je an seiner Kraft zweifeln können? Sie sehnte sich danach, von ihm in die Arme genommen zu werden – es verlangte sie nach seinen Worten des Trostes und der Weisheit.

Isar, der in einem kleinen Schafstall an den flacheren Hängen der Berge rastete, überkam eine Woge der Sehnsucht, in der Heimeligkeit seines Hauses bei Lerche zu sein. Gya schien das Abenteuer zu genießen und nahm jeden Tag, wie er kam, so als hätte er manchmal vergessen, weshalb sie überhaupt unterwegs waren. Er war der Tätigere, denn als erfahrener Jäger und Bogenschütze hatte er für das Fleisch zu sorgen. Isar konnte sich nie ganz daran gewöhnen, etwas zu essen, das er kurz zuvor noch fliegen oder laufen gesehen hatte, und befasste sich damit, die Wurzeln, Blätter und Beeren zu suchen, die Fern ihm als essbar gezeigt hatte.

Der Schafstall war verlassen; er wurde wahrscheinlich nur im Hochsommer benutzt, wenn die Schafe oben in den Bergen waren. Die beiden jungen Männer beabsichtigten, nur eine Nacht zu bleiben, doch der Morgen dämmerte fast unmerklich. Die Dunkelheit wich einem heftigen Regen, der so stark war, dass die Berge völlig verschwanden, und selbst

Isar, der es eilig hatte, ihr Vorhaben zu Ende zu bringen und nach Hause zurückzukehren, musste eingestehen, sie konnten bei dieser Sturzflut nicht weiter. Nach einer Weile ließ der Wind nach, aber die Wolken hingen weiter schwer auf den Berghängen. Es schien keinen Grund zu geben, warum sie sich jemals wieder davonheben sollten. Der Regen fiel beständig herab, prasselte auf das Strohdach der kleinen Hütte, gurgelte und sprudelte in Hunderten kleiner Bäche, die über die Felsen in das Tal hinabströmten.

Isar lag auf einem Haufen trockenen Strohs in der Hütte und hörte ihm Stunde um Stunde zu. Gya schlief fest. Er war ein oder zwei Mal aufgewacht, hatte festgestellt, dass es noch regnete, und war mit einem ärgerlichen Grummeln wieder eingeschlafen. Isar konnte nicht schlafen. Ihn verfolgten Erinnerungen: an Lerche, die er liebte, und an Deva, die ihm nicht aus dem Sinn ging.

Gestern bei Morgendämmern, als sie noch unten im Tal waren und in einem Flussbett über die Felsbrocken kletterten, hatte er das starke Gefühl gehabt, dass Lerche ihn brauchte. Wie gewöhnlich wanderte er hinter dem flinken Gya. Er rief mehrmals nach ihm, er solle anhalten, aber sein Gefährte blickte niemals zurück. Schließlich weigerte Isar sich, weiterzugehen. Nach einer ganzen Zeit bemerkte Gya, dass Isar nicht mehr bei ihm war. Er rief mehrmals ungehalten nach ihm und begann dann, zurückzugehen. Er dachte, vielleicht war Isar etwas zugestoßen. Schließlich fand er Isar, der inmitten des Flusses auf einem Felsbrocken saß und, das Kinn auf die Knie gestützt, tief in verdrießlichen Gedanken versunken war.

»Was ist los mit dir?« schimpfte Gya. »Ich dachte, du seiest ertrunken oder sonst etwas.«

»Ich glaube, ich ertrinke«, murmelte Isar.

»Was?« rief Gya gereizt.

»Nein. Ich bin nicht ertrunken«, sagte Isar.

»Und was, um alles in der Welt, sitzt du da herum? Wir haben noch einen weiten Weg vor uns.«

»Ich weiß.«

Gya sah ihn an. Isar schien die Entschlossenheit verloren zu haben. Sein Gesicht war verzerrt und müde – doch nicht von körperlicher Erschöpfung.

Gya sprang auf ein paar Felsbrocken über den weiß schäumenden Fluss und ließ sich neben seinem Freund nieder.

»Was ist denn nicht in Ordnung?«

Isar schüttelte seinen Kopf.

Gya drängte ihn nicht, zu antworten. Er kauerte sich auf dem Felsen neben Isar noch eine Weile hin, um ihm Gelegenheit zu geben, sich ihm anzuvertrauen, doch als Isar es offenbar nicht wollte, ging Gya zu einem Felsen in der Nähe, legte sich flach auf seinen Bauch und starrte in das verhältnismäßig ruhige Wasser einer Vertiefung am Rand der Hauptströmung des Flusses. Beide jungen Männer fischten: der eine nach einer Entscheidung, der andere nach einer Mahlzeit. Sie waren so still, dass die Vögel sich ohne Scheu neben ihnen niederließen, um zu trinken. Ganz plötzlich stieß Gya zu und holte mit seiner sonnengebräunten Hand einen silbernen Fisch aus dem Wasser.

»Ha!« rief er erregt und hielt ihn stolz hoch.

Sein Ausruf brach in Isars Träumerei. Er schüttelte sich und grinste. Gya machte es richtig – im Augenblick leben. Wenn er das bloß könnte!

»Was wäre, wenn du alleine weitergingest, um Deva zu finden?« fragte er, als sie Gyas Fisch über dem Feuer rösteten und der Duft des Holzrauches durch die Äste des Waldbaldachins davon trieb.

Gya sah ihn scharf an. »Das ist es also. Du willst aufgeben.«

»Ich hatte das starke Gefühl, Lerche ist in Gefahr.«

»Wie kann sie in Gefahr sein?« sagte Gya. »Sie ist zu Hause und unter Freunden. Sie ist in der Nähe des Tempels – dem sichersten Platz auf der ganzen Erde! Da kann ihr nichts geschehen!«

Isar sah nicht überzeugt aus.

»Wir sind jetzt vermutlich in Gefahr«, fuhr Gya fort, »und Deva ganz bestimmt!«

»Wenn wir Deva finden ...«

»Natürlich finden wir Deva!«

»Ich weiß nicht – niemand weiß wirklich wo Urak ist – außer, dass sie in diesen Bergen sein muss. Doch dieses Gebirge ist riesig groß. Sie kann überall sein.«

»Ich dachte, Kyra wollte uns Botschaften senden.«

»Aber wo sind sie dann? Die einzige starke Botschaft, die ich empfangen habe, ist, dass Lerche mich braucht.«

»Gut, dann gehe zu ihr!« sagte Gya. »Ich komme schon zurecht.«

Isar sah unsicher und unglücklich aus.

»Ich weiß nicht, was ich tun soll.«

»Geh zu deiner Frau.«

»Aber wenn Deva ...«

»Ich werde Deva finden«, sprach Gya mit fester Stimme. »Mache dir um sie keine Sorgen.«

Isar wusste, wenn irgendwelche Botschaften von Kyra geschickt werden würden, hätte Gya wenig Aussicht, sie zu empfangen. Gya hatte nicht die leiseste Ahnung, wie er sich für solche Gedankenübermittlungen aufnahmebereit machen konnte. Isar wusste, wenn er jetzt umkehren würde, setzte er vielleicht die Möglichkeit, Deva zu finden, aufs Spiel.

Er starrte eine Zeitlang in den sich kräuselnden Rauch und versuchte, mit seinen Sorgen ins Reine zu kommen. Was Gya über Lerche sagte, war vernünftig. Sie war unter guten Freunden, unter dem Schutz des großen Tempels. Es war Deva, die sich in Gefahr befand, und er würde es sich nie verzeihen, wenn ihr etwas zustieße ...

Der Saal der Aufzeichnungen

Eines Nachts erwachte Urak aus einem verwirrenden Traum und sah, wie ihr Bett von einer Menschenmenge umringt war. Ärgerlich setzte sie sich auf, weil sie dachte, Devas Familie und Freunde hätten sie schließlich doch aufgespürt und wären gekommen, um sie zurückzuholen. Doch als sie ganz wach war, erkannte sie, dass ein fremdartiges, unheimliches Licht in der Höhle war und die Gestalten, die sie umringten so wenig stofflich waren wie Rauch. Sie sah sie sich genauer an und erkannte ein oder zwei. Da war der Mann, dessen ganze Familie sie getötet hatte, weil er sich geweigert hatte, seine Tochter zu ihr in die Berge zu lassen. Da war einer ihrer früheren Schüler, der unter grauenhaften Umständen zu Tode gekommen war, weil einer ihrer Zaubersprüche danebengegangen war. Da waren ... Als Urak sich umsah, erkannte sie immer mehr Menschen wieder, und ihnen allen hatte sie etwas angetan. Sie hätte erwartet, dass sie zornig und rachedurstig waren, doch was sie am meisten verunsicherte, war der Ausdruck der Erwartung, der schadenfrohen Siegesgewissheit in allen Gesichtern.

»Was wollt ihr?« zischte sie. Hinter ihnen konnte sie Deva und Boggoron noch schlafen sehen, und sie wollte sie nicht aufwecken. Es kam ihr so vor, als wenn eine Welle der Belustigung durch die Menge ging, aber niemand antwortete.

Sie streckte ihre Hand aus, um die nächststehende Gestalt zu packen, doch die knochige Hand griff durch den Arm hindurch.

»Sprecht oder hinfort mit euch!« schnarrte sie. Sie dachte angestrengt darüber nach, wie sie sie austreiben konnte auf eine Weise, dass sie sie nicht mehr des Nachts behelligen würden, doch aus irgend einem Grund arbeitete ihr Verstand nicht richtig. Sie konnte sich an nichts von ihrem ganzen Wissen erinnern, an keinen Zauber, keine Beschwörung und kein Ritual ... Sie war leer und hilflos, eine alte Frau, bedroht und unfähig, sich zu verteidigen. Der Zorn verwandelte sich in Angst. Sie blickte sich plötzlich mit großem Schrecken um. Sie erfuhr die Angst, die jeder ihrer Besucher in der Vergangenheit durch ihre Hand erfahren hatte. Als sie die jeweiligen Schmerzen durchlebt hatte, entschwand ein Besucher ihrer Sicht. So blieb sie schließlich zurück, ein bibberndes Bündel aus Knochen, das sich an der Felldecke auf ihrem Bett festklammerte. Als sie auf ihre Hände hinabblickte, da waren es die Hände eines Skeletts, ganz ohne Fleisch. Jetzt versuchte sie, nach Deva und Boggoron um Hilfe und Beistand zu rufen, doch kein Ton kam aus ihrer Kehle.

Wie lange sie so dalag, konnte sie nicht sagen – aber sie musste wieder in Schlaf gefallen sein, denn das Nächste, was sie wusste, war, dass Deva und Boggoron sich besorgt über sie beugten und Deva einen glatten Silberspiegel vor ihr Gesicht hielt.

»Wir dachten, du seist tot«, sagte Deva verblüfft, als Urak ihre Augen öffnete. Sie trat ein oder zwei Schritte vom Bett zurück und versuchte, den Spiegel hinter sich zu verbergen.

Die alte Frau hob ihre linke Hand und sah sie an. Da war Fleisch dran.

»Was glotzt ihr so!« schnappte sie und setzte sich auf.

»Ich bin noch nicht tot. Weit davon entfernt!« Doch in ihrem Herzen wusste sie, dass dies eine Vorahnung von ihrem Ende war und dass es jetzt nicht mehr lange dauern würde.

Boggoron gackerte frohlockend als er davonhoppelte.

»Ich habe es dir gesagt«, sprach er fröhlich zu Deva. »Sie stirbt nie. Sie ist nicht sterblich wie du.«

Urak stand auf, ihre dünne, hagere Gestalt war jetzt beängstigend groß und beeindruckend, erneut mit Macht lebendig. Deva zog sich zurück und ließ sie vorbei. Sie verhielt an der Tür, um den langen Umhang aus schwarzem Ziegenhaar und Eulenfedern zu ergreifen, den sie trug, wenn sie etwas besonders Schwieriges vorhatte, und schritt ohne einen Blick zurück in das Licht hinaus. Boggoron und Deva sahen sich beunruhigt an. Etwas Bedeutungsvolles bahnte sich an, und sie waren nicht miteinbezogen.

Bis dahin hatte Deva sich eingeredet, dass sie jederzeit frei war zu gehen; dass sie nur blieb, weil es ihr gefiel. Doch in dem Augenblick, als sie dachte, Urak sei tot, da wusste sie, sie wollte mehr als alles in der Welt lernen, was Urak sie lehren konnte. Sie könnte es nicht ertragen, wenn Urak stürbe, bevor sie ihr Wissen an sie weitergegeben hatte – und sie wusste, sie konnte nicht fortgehen, solange es eine Möglichkeit gab, etwas davon zu erwerben. Es hatte eine Zeit gegeben, da wäre sie entzückt gewesen, eine Höhle voller Tand mit nach Hause zu bringen. Doch jetzt reichte ihr das nicht mehr. Sie wollte die Macht, zu erschaffen, was sie begehrte. Es stimmte, was Urak tat, war nicht erschaffen im eigentlichen Sinne. Was sie in stofflicher Form verdichtete, war schon da – aber in einer anderen Form. Auf diesem Weg gab es unendlich viele Möglichkeiten, und Deva war trunken von Begierde.

Als Kind hatte sie geglaubt, sie liebe ihre Eltern – doch jetzt erkannte sie, sie hegte einen tiefen Groll gegen sie, weil sie Geheimnisse hatten, die sie nicht mit ihr teilen wollten. Wohl denn, sie würde bald Geheimnisse haben, die sie nicht mit ihnen teilen würde. Und ihre Geheimnisse würden erstaunlicher und beeindruckender sein als alle, die sie haben konnten. Sie wollte ihnen keinen Schaden zufügen – sie liebte sie in gewisser Weise – aber sie wollte sich als ihnen überlegen erweisen, denn sie hatten ihr auf so viele Weisen zu verstehen gegeben, dass sie nicht in der Lage sei, in ihre Fußstapfen zu treten. Sie trauten ihr nicht zu, die Ausbildung zur Priesterin aufzunehmen, wo sie ihnen doch immer wieder gezeigt hatte, dass ihre übersinnlichen Fähigkeiten mehr als ausreichend waren. Sie litt noch immer unter den Worten, die Kyra ihr eines Tages gesagt hatte, als sie besonders eindringlich gefordert hatte, die Ausbildung aufzunehmen. »Es gibt einen großen Unterschied zwischen dem Geistigen und dem Übersinnlichen«, hatte sie gesagt. »Wenn es auch zutrifft, dass wir die Novizen aus jenen erwählen, die besondere übersinnliche Begabungen aufweisen, – und es ist keine Frage, dass du dazugehören würdest, wenn das der einzige Maßstab wäre – so spielt für die Auswahl noch mehr eine Rolle, als das. Wir schauen auf die Vergangenheit der in Frage stehenden Person – wie sie sich entwickelt und entfaltet hat – wie weit sie fortgeschritten ist – wie viel sie bereits gelernt hat ...« Deva war tränenüberströmt aus dem Zimmer gerannt. Was gab ihnen das Recht, sie als unwürdig zu erachten! Sie war genauso »entwickelt« wie sie, genauso weise, genauso begabt ...

Wo war Urak? Was tat sie? Eine Woge der Ungeduld, weitere Unterweisungen zu erhalten, trieb Deva zum Ausgang der Höhle. Da war von der Frau keine Spur. Dies war die Tageszeit, da Deva, erfrischt vom Schlaf, ihre Ausbildung am meisten genoss. Sie hatte sich daran gewöhnt, von Urak ständig beachtet zu werden, und Urak hatte sie nun einfach stehen gelassen, als sie hinter ihr davon geschritten war.

»Wo ist sie hin?« fragte sie Boggoron. Er zuckte die Schultern. Selbst er war von der Art, wie Urak sich benahm, überrascht. Er wusste, wie wichtig Deva für Uraks Pläne war, und es war das erste Mal seit Devas Ankunft, dass sie ihn ohne das Mädchen betreffende Anweisungen zurückgelassen hatte. »Ich denke, sie glaubt, ich brauche keine Ermahnungen«, dachte Boggoron selbstgefällig. »Niemand wird mir entkommen!« Er kauerte sich am Eingang der Höhle nieder, die Augen fest auf Deva gerichtet. »Wir warten auf sie«, sagte er.

»Ich werde hinter ihr hergehen. Ich will wissen, was vorgeht.«

»Nein. Wir warten hier.«

Deva sah Boggoron an. Seine hervorquellenden Augen weideten sich an ihr, als er sie anstarrte. Sie wusste, es war nur seine Angst vor Urak, die ihn von ihr fernhielt. Sie war nicht darauf vorbereitet, mit ihm allein zu bleiben.

»Du bleibst hier. Ich gehe und suche nach ihr.« Sie schritt entschlossen vorwärts, ihren Kopf hoch und stolz erhoben, als sie an ihm vorbeiging.

Er krümmte sich wie ein bösartiger brauner Kobold und sprang sie an. Sie versuchte, sich von ihm zu befreien, doch seine knorrigen Hände waren sehr stark. Sein Gewicht warf sie zu Boden und er war ganz über ihr. Sie konnte das Reibeisen seiner Zunge spüren, als er ihr Gesicht und ihren Hals ableckte wie ein Hund. Sie spürte seine Knie ihre Beine auseinander drücken. Still mühte sie sich, freizukommen. Es hatte keinen Sinn, um Hilfe zu schreien, denn es war niemand da, der sie hören konnte. Schließlich gelang es ihr, ihren Kopf von ihm wegzudrehen, und als sie um Atem rang, hatte sie die Geistesgegenwart, über seine Schulter zu blicken und Uraks Namen zu rufen, so als sähe sie die Frau herannahen.

Boggoron ließ von ihr ab, als wenn ein Feuer ihn versengt hätte, und nahm voller Schrecken den Berghang hinab Reißaus. Dabei verlor er den Halt und schlitterte die größte Strecke, bis er sich schließlich in einem Dorngestrüpp verfing. Zerschunden und erschüttert wartete Deva nicht darauf, bis er entdeckte, dass sie ihn übertölpelt hatte. Sie eilte den Weg entlang davon, den Urak gewöhnlich einschlug, wenn sie ihren besonderen Platz aufsuchte. Ob sie jetzt dort war, wusste Deva nicht, aber sie wusste, so wütend oder lüstern Boggoron auch sein mochte, er würde es niemals wagen, einen Fuß auf Uraks besonderen Platz zu setzen. Sie war sich nicht sicher, ob sie es selbst wagen würde – aber zumindest konnte sie nahe genug sein, um dort Zuflucht zu suchen, falls Boggoron sie noch immer nicht in Ruhe ließ.

Uraks besonderer Platz war eine Art Amphitheater, dessen Felswände eine dunkle Einlage in dem silbergrauen Kalkstein bildeten. Von hier stammte die glatte schwarze Platte vor Uraks Höhle, auf der sie ihre Zaubersprüche vollführte. Der Fels war fein gekörnt, aus den Tiefen der Erde hervorgequollen und vor vielen Millionen Jahren rasch erkaltet. Dies war der Ort, an den sie sich begab, wenn sie die Hilfe der dunklen Geister anrufen wollte. Guiron hatte die Kraft seines Tempels nutzen können, wenn er die Hilfe der Geister des Lichtes anrufen wollte; auch sie hatte ihren Tempel – diesen entlegenen, windigen Ort.

Sie war das erste Mal hier gewesen, kurz nachdem sie auf dem Berg angekommen war – wenn es da auch ganz anders ausgesehen hatte – und hatte die Kräfte angerufen, die »da draußen« waren. Sie setzte nicht fest, ob diese Kraft, die sie anrief, positiv oder negativ, licht oder dunkel, gut oder böse sein sollte. Sie wollte einfach jemanden – irgendjemanden –, der sie lehrte, wie sie die mächtigste Zauberin werden könnte, die je gelebt hat. Sie erinnerte sich, wie sie an das gedacht hatte, was sie mit ihrer Macht tun wollte, und nichts davon hätte die Zustimmung des Tempels gefunden. Wille ist der Schlüssel, der die Tür öffnet – doch die Tür, die er auftut, wird vom Antrieb her bestimmt. Die Tür, die sich an jenem Tag für sie öffnete, war die Tür in die Dunkelheit. Der Berg bebte und der Himmel wurde schwarz. Kreischend barg sie ihren Kopf in ihren Armen, und als sie wieder aufblickte, hatte sich die ganze Gestalt dieses Teils des Berges verändert. Der Kalkstein hatte sich abgeschält und war in das Tal hinabgestürzt. So legte er diesen schwarzen, fremdartigen Felskern frei. Sie war körperlich unverletzt, aber vor ihr stand das Wesen, das sie herbeigerufen hatte. Seine Augen waren schwärzer als der sternenlose Himmel und seine Stimme wie der Geist des Donners.

Sie hatte das Wesen gefürchtet, aber sie hatte von ihm gelernt, was sie lernen wollte.

Jetzt stand sie in der Mitte der Felsplattform – hinter ihr die aufragende Felswand, vor ihr die Bergesschlucht. So hatte sie einen weiten und ungehinderten Blick – auf die niedrigen Vorberge – die Flüsse und Seen – die Dörfer und Höfe ... Dies war der Horst, von dem aus sie in die Welt hinausspähte. Dies war der Ort, von dem sie sich aufschwang, wenn sie die Gestalt der jagenden Geisteule annahm. Heute umwallte sie ihr grober schwarzer Mantel, ihr breiter Kragen aus Eulenfedern zauste an ihrem Hals. Auf ihren Kopf setzte sie einen Stirnreif – eine dünne gewundene Schnur aus verschiedenen Metallen, die auf ihrer Stirn durch eine große Gemme zusammengehalten wurde. Der Edelstein hatte selbst keine Farbe, sondern spiegelte alle Farben wider. Er hatte selbst keine Form, sondern konnte jede Form annehmen. Diesmal wusste sie, wen sie rufen würde; sie wusste, wer ihr am besten helfen konnte.

Sie formte seinen Namen mit ihrem Mund – doch kein Laut entfloh ihm. Tief in ihrer Kehle begannen die Schwingungen, doch sie waren nicht für irdische Ohren bestimmt und kein irdisches Ohr würde sie je vernehmen.

»Wardyke«, dachte sie – hauchte sie – rief sie ...

Und Wardyke kam.

Die Erde erzitterte, als er sie betrat. Lockere Felsbrocken lösten sich und rumpelten in den unter ihr liegenden Abgrund, doch diesmal stand der Berg fest. War es eine Wolke, die den Himmel verdüsterte, oder hatte sich das Licht der großen Himmelskugel plötzlich verdunkelt? Urak spürte den kalten Hauch und zitterte. Sie wiederholte die unhörbaren Laute, die, passend zu ihren Gegenstücken in der Astralwelt, den Schatten eines Schattens im Stoff verdichten würden.

Wie zuvor, war zuerst die Finsternis – dann das Gefühl der bösen Ahnung – und zuletzt das eigentümliche Gefühl, allmählich von ihrem Körper losgelöst zu werden. Urak erinnerte sich gut daran. Ihre Zunge wurde schwer wie Blei in ihrem Mund, ihre Glieder so unbeweglich wie Stein. Sie hatte sich nicht mehr in der Gewalt.

Der Eindruck von Finsternis nahm beständig zu, wenn auch in Wahrheit das Sonnenlicht nicht nachgelassen hatte.

Sie schien sich von allen Seiten her zu sammeln. Urak konnte ihre Augen nicht mehr bewegen, doch sie hatte das Gefühl, hinter ihr huschten Schatten vorbei und schlossen sich einem größeren Schatten an, der schon auf der Plattform war.

Auf einmal stand Wardyke vor ihr.

Sie brauchte ihm nicht in Worten zu sagen, weshalb sie ihn gerufen hatte. Er wusste von dem Besuch.

»Dein Tod ist nah«, bestätigte er.

»Ich bin noch nicht so weit!« rief sie verzweifelt. »Kann er nicht verschoben werden?« All ihre Zauberkunst kam ihr wertlos vor, wenn sie damit nicht erreichen konnte, auch nur einen Augenblick länger auf Erden zu weilen.

»Deine Zeit ist gekommen«, sprach er. »Es gibt nichts, was du oder ich tun könnten.«

»Deva ist noch nicht so weit. Ich werde sterben, und die an uns verübten Untaten bleiben ungerächt. Wenn ich tot bin, kann ich nur dann durch sie wirken, wenn sie mich anruft. Und das tut sie vielleicht nicht. Ihre Eltern sind mächtige Priester und könnten sie leicht dazu bringen, sich gegen mich zu wenden, wenn sie wieder unter ihrem Einfluss ist. Ich brauche mehr Zeit! Ich brauche deine Hilfe!«

Es kam ihr vor, als verdichte sich die seltsame Dunkelheit, die sie umgab. Einen Augenblick lang kam ihr ein anderer Gedanke. Der Tod würde sie aus den Gefahren dieser Welt entlassen – doch was war mit der Vergeltung, die sie in jenen anderen Welten erwarten mochte …? Vielleicht sollte sie wenigstens eine gute Tat tun, bevor sie starb. Aber Wardyke ward gerufen und er war da – bereit ihr zu helfen. Wenn sie diese Gelegenheit nicht nutzte, dann würde sie alles verlieren, für das sie so lange gearbeitet hatte – die Vernichtung des Tempels, der ihnen beiden so viel Freiheit und Macht verweigert hatte.

»Es gibt Wege, die Ausbildung zu beschleunigen. Dann könntest du sie vor deinem Tod abschließen«, sprach Wardyke.

»Sag mir wie«, bat sie. »Ich werde alles tun.«

»Das Mädchen könnte daran sterben – oder verrückt werden. Selbst ich, wäre ich in einem irdischen Leib, würde zögern, diese Mittel anzuwenden.«

»Habe ich eine Wahl? Ich werde sterben!« schrie sie.

»In der Tat, keine Wahl«, sagte er trocken, und für einen Augenblick vermeinte sie, Spott und Hohn in seinen Augen zu erblicken.

Deva, die nach dem Amphitheater im Fels suchte, hatte die Erde beben gespürt und hatte Angst. Ein herabstürzender Felsbrocken war nur knapp an ihrem Kopf vorbeigegangen. Sie überlegte, die Gelegenheit zu nutzen und den Berg zu verlassen. Zum ersten Mal, seit sie gekommen war, waren weder Boggoron noch Urak in Sicht. Unter ihr fielen die Kuppen in das Tal ab, in dem ein Fluss dahinfloss. Sie konnte das Geräusch des Wassers hören, das über die Felsbrocken rauschte und zum Meer eilte. Wenn sie den Fluss erreichte und ihm folgte, würde sie mit Sicherheit den Weg aus diesen rauen und steilen Felsklüften finden. Wo das Land flacher war, würde sie auf Menschen treffen.

Doch – wollte sie schon fort? Abermals entschloss sie sich zu bleiben. »Ich kann jederzeit gehen«, sagte sie sich zum wiederholten Male. »Aber jetzt ist noch nicht die Zeit.«

Der Pfad, dem sie folgte, verzweigte sich immer wieder. Sie meinte, sie müsse Uraks besonderen Platz leicht finden, denn sie war diesen Weg oftmals gegangen, wenn Urak sie unterrichtete. Doch aus einem unerfindlichen Grund konnte sie ihn jetzt nicht finden. Sie konnte sich nur vorstellen, sie habe aus Versehen die falsche Abbiegung genommen, und so ging sie den Weg zurück. Doch so oft sie dies auch tat und so überzeugt sie auch war, diesmal den richtigen Weg gefunden zu haben, er war es nie.

Urak fand sie, als sie zur Höhle zurückging.

Aus dem geheimen Versteck im Berg wurden die Trommeln herbeigeschafft. Es waren zwei große und drei kleine, die sorgsam in Häute eingewickelt waren. Boggoron wurde geschickt, sie eine nach der anderen zum aufragenden Halbrund aus Basalt zu bringen. Er strauchelte unter dem Gewicht der größten, doch Urak erlaubte es Deva nicht, mit anzupacken. Als sie vortrat und ihre Arme ausstreckte, um seine Last zu stützen, knallte Uraks ärgerliche Stimme wie eine Peitsche, und sie zog ihre Hand augenblicklich zurück.

»Berühre sie nicht. Berühre sie niemals!« schnarrte Urak.

»Ich wollte nur helfen«, murmelte Deva abwehrend.

»Die Trommeln dürfen nur vom Trommler berührt werden«, wurde ihr gesagt. »Die Kraft ihrer Sprache zerbricht, wenn sie falsch angefasst werden.«

Deva hatte vergessen, dass auch am Tempel die Trommeln stets für sich aufbewahrt wurden, und wenn ein Trommler die Gemeinschaft verließ, wurde seine Trommel in einer besonderen Zeremonie einem neuen Mann übergeben – als sei sie ein lebendiges Wesen, das der Obhut eines neuen Pflegers übergeben wurde. Trommeln hatten Stimmen. Trommeln konnten sprechen. Trommeln konnten Leidenschaften erwecken; Gefühle beeinflussen; auf Gedanken, Träume und Entscheidungen einwirken. Am Tempel wurden sie dazu benutzt, die Stimmung zu erzeugen, die das Weltliche für das

Heilige offener machte; das Sterbliche für das Unsterbliche; das Natürliche für das Übernatürliche ...

Wofür würde Urak sie einsetzen? Deva konnte die prickelnde Erregung in der Luft spüren. Urak hatte etwas vor, das selbst sie gefährlich fand. Boggoron wusste, etwas Besonderes stand bevor. Er stolperte mit seiner Last auf dem Pfad davon, sein Gesicht leuchtete erwartungsfroh.

Deva musste sich damit zufrieden geben, zuzusehen und zu grübeln. Urak kleidete sich sorgsam, wie für eine große Zeremonie, holte besondere Ritualgegenstände aus ihren Verstecken und bereitete sie vor.

Als sie schließlich fertig zu sein schien und Boggoron alles herbeigeschafft hatte, wandte Urak sich Deva zu. Sie gab ihr ein Kleid aus feinem, weißen ägyptischen Linnen zum Anziehen, diesmal jedoch legte sie ihr statt Juwelen das Fell eines Luchses um die Schultern. Ihr Haar wurde mit einem Elfenbeinkamm ganz ausgekämmt, nach hinten gelegt und mit Goldnadeln befestigt, damit ihr keine Strähnen in das Gesicht fielen. Dann holte Urak einen kleinen Kasten mit Pigmenten und Salben hervor und begann, Devas Gesicht mit einem seltsamen und sorgsam angelegten Muster zu bemalen. Als sie sich am Ende im Spiegel betrachtete, war sie nicht wiederzuerkennen. Es war, als trüge sie eine Maske. Ihre Haut fühlte sich straff und unangenehm an, wo die Farbe getrocknet war.

Danach bemalte sich Urak ihr Gesicht. Deva schaute mit wachsender Bestürzung zu, als das grausige Gesicht der alten Frau alle Anzeichen einer schrecklichen Jagdeule annahmen. Sie bemalte ihre Augenbrauen und ummalte ihre Augen derart, dass es, selbst wenn sie blinzelte, so aussah, als wenn ihre Augen noch immer starr blickten. Dann setzte sie sich ihre Haube aus Eulenfedern auf und verkündete, dass sie bereit seien zu gehen.

»Gehen, wohin?« fragte Deva.

»Die Frage ist bedeutungslos«, sprach Urak rätselhaft und führte sie auf dem Weg zu ihrem besonderen Platz.

Deva folgte schweigend, von zitternder Erregung erfüllt. Sie spürte, dies würde keine gewöhnliche Unterrichtsstunde werden. Urak bereitete etwas wirklich Außergewöhnliches vor – etwas, das sie vielleicht selbst noch nie getan hatte.

Als sie den Platz erreichten, hatte sich die Sonne hinter hoch aufgetürmten Wolken verborgen, und bald war der ganze Himmel eine Masse aus wirbelndem Weiß, Grau und Schwarz, als wenn auch er sich auf ein Schauspiel vorbereitete, das in den Bergen stattfinden würde.

Die Trommeln hatte Boggoron an ihre Plätze gestellt, und er kauerte bereits hinter den drei kleineren Trommeln.

Deva stand, wo Urak sie hingestellt hatte, und sah zu, wie die Eulenfrau die Plattform umschritt und um die Trommeln herumging, womit sie eine Art Muster schuf. Die Luft wurde sehr still. Deva hörte nicht Vogelruf noch Insektengesumm. Die Wolken über ihnen türmten sich immer weiter auf, als versammelten sie sich in einem Theater, um einer Vorstellung beizuwohnen. Hinein und hinaus webte Urak, während Boggoron still wie ein Stein dasaß und Deva gefesselt zuschaute.

Die Körper aller fünf Trommeln waren aus dem Holz eines Baumes ausgehöhlt worden. Die Oberfläche des Holzes war glattgerieben, und durch regelmäßiges Einölen blieb sie glänzend. Deva hatte Boggoron hin und wieder an ihnen arbeiten gesehen. Sie war immer erstaunt, wie anders er ihr vorkam, wenn er an den Trommeln arbeitete. Seine Erscheinung wurde fast vornehm, fast schön, seine Hände geschickt und empfindsam. Jetzt, da er neben ihnen hockte, konnte sie in seinem Antlitz etwas sehen, das sie sich fragen ließ, ob es nicht noch einen anderen Boggoron gab, der sich in jenem ungeschlachteten, verkrümmten Körper und in jenem schlauen, kriecherischen Geist verbarg. Was er für Urak empfand, waren Angst und Dankbarkeit, für sie Begierde, doch für seine Trommeln empfand er Liebe.

Über das Holz waren Häute straff gespannt, mit Holzpflöcken befestigt und mit Lederriemen festgebunden. Die leichteste Berührung brachte die Trommeln zum Erklingen.

Schließlich blieb Urak vor der zweitgrößten stehen. Deva konnte an Boggorons plötzlicher Wachheit spüren, dass die Arbeit begann. Doch was sollte sie tun? Sie hatte keine Anweisungen erhalten. Seit sie an diesem Platz angelangt waren, hatte man sie im Grunde nicht mehr beachtet. Der Gedanke, zu der größten Trommel zu gehen, schoss ihr in den Sinn. Sie war von der Atmosphäre gespannter Erregung angesprochen und wollte daran teilhaben. Außerdem, wenn sie nicht in das, was geschehen würde, einbezogen werden sollte – warum war sie dann überhaupt hier?

Plötzlich sah Urak zu ihr herüber und, als ob sie laut gesprochen hätte, wusste Deva, dass es Ärger geben würde, wenn sie auch nur die leiseste Bewegung tat. Es war nur ein Blick, und sofort hatte Urak ihre ganze Aufmerksamkeit wieder auf die Trommel gerichtet, doch Deva wusste, sie war so sicher an diesen Platz gebunden, als wenn sie daran festgenagelt wäre.

Noch ein langer Augenblick tiefster Stille – und dann begannen Boggoron und Urak, die Trommeln mit ihren Trommelstöcken zu berühren. Soweit Deva sah, gaben sie sich kein Zeichen, aber sie bewegten sich in völligem Gleichklang. Zuerst war es ein bloßes Zucken von Holz auf Haut, so dünn, dass es kaum vernehmbar war. Doch Deva wusste, die Stille hatte geendet, und sie hatten sich jetzt etwas Geheimnisvollem und Furchtbaren verschrieben.

Der dünne Klang wurde stärker. Sie lauschte, hielt fast den Atem an, als er anschwoll. Er erinnerte sie an Regentropfen, die zu Beginn eines Gewitters vereinzelt fielen und danach zu Abertausenden, die auf Blatt und Dach prasselten. Die Hände von Urak und Boggoron bewegten sich schneller und immer schneller, bis sie nicht mehr als verschiedene Hände erkennbar waren. Der Trommelrhythmus war rasch und kraftvoll. Ihre Kopfhaut prickelte, als der Klang zu einem mächtigen Wind wurde, der durch einen Wald heulte. Er wogte und schwoll, wuchs an und ließ nach. Der Wind war vorbei, aber der Regen ging fort. Hinter seinem Klang meinte sie, das Grummeln eines fernen Donners zu hören.

Deva zitterte und schloss ihre Augen. Sie fühlte sich in der Mitte eines gewaltigen Gewitters gefangen, der Klang des Donners hallte in ihrem ganzen Körper wider. Sie schwankte und wehklagte vor Schreck, überzeugt, dass die Blitze immer näher bei ihr niederzuckten. Der Lärm des Sturmes, der kein Sturm war, wurde immer lauter, immer wütiger. Schließlich erreichte er eine solche Steigerung, dass Deva es nicht mehr ertragen konnte und sich mühte, ihre Augen zu öffnen. Sie war entschlossen, sich irgendwo vor diesem Wüten zu bergen, selbst wenn Urak darüber zornig würde. Was sie erblickte, als sie ihre Augen öffnete, erfüllte sie mit noch mehr Schrecken. Der Himmel war pechschwarz und überall um sie her auf der Plattform und auf den Vorsprüngen über ihnen waren noch mehr Trommeln und Trommler. Urak und Boggoron waren jetzt nur ein Teil eines gewaltigen Trommelorchesters. Uraks größte Trommel wurde von einem riesenhaften Wesen geschlagen, so grauenerregend anzusehen, dass Deva fast ohnmächtig wurde vor Bestürzung. Dunkle Nebel wirbelten auf dem Berg, und durch die Düsternis wollte es Deva scheinen, als schwebten einige der Trommler in der Luft – manche schienen in den Wolken zu sein ...

Urak, von einem unheimlichen Glanz umgeben, bewegte sich so schnell, dass es fast den Anschein hatte, die Stöcke bewegten sie, und nicht sie die Stöcke. Sie und Boggoron schienen ihre Begleiter nicht wahrzunehmen, ja, gar nichts wahrzunehmen außer der urgewaltigen Kraft, die sie hervorriefen.

Deva konnte spüren, wie der Kraftwirbel, der sie umgab, immer stärker wurde, bis sie das Gefühl bekam, in einen Strudel hineingesogen zu werden. Sie versuchte mit aller Kraft, sich an einem Felsen in der Nähe festzuklammern, aber sie wurde von einer Macht ergriffen und gezogen, die größer war als jede, der sie je begegnet war. Der Ton eines ungeheuren, wilden Windes umheulte sie, doch kein Blatt regte sich. Donner krachte und brüllte, aber kein Blitz zuckte. Sie wollte schreien – doch als sie den Mund auftat, war es, als ob der dunkle, bewegungslose Wind sich in ihre Kehle ergoss und sie einnahm. Von außen wie von innen hatte er von ihr Besitz ergriffen. Ihre Finger bluteten, als sie vom Felsen fortgerissen und davon gewirbelt wurde. Sie wurde zum Wind – zu einer finsteren, körperlosen Kraft, die die Berge und die Trommler weit hinter sich ließ und durch die Dunkelheit sauste, die Wolken zerteilte ... und suchte – suchte ... Was? Ein namenloses Bedürfnis trieb sie voran – ein heftiges Begehren – eine hemmungslose, gewaltige Leidenschaft – eine überwältigende Gier ...

Sie fand sich schließlich in einem riesigweiten kreisrunden Raum wieder. Seine Decke bestand aus sich überlappenden Felsplatten, die so kunstfertig angebracht waren, dass sie eine hohe, gewölbte Kuppel bildeten. Ein dünner, kraftvoller Lichtstrahl schien durch ein kleines rundes Loch in der Spitze und ließ eine leuchtende Scheibe genau in der Mitte des Fußbodens erscheinen, wo eine Reihe glänzender Kachelsteine lagen. Jeder Kreis, den sie bildeten, war von anderer Art und Farbe.

Als sich die Augen nach und nach an den Gegensatz zwischen der Helligkeit des Lichtstrahls und den dämmrigen Teilen der umgebenden Halle gewöhnt hatten, bemerkte sie ringsum an den Wänden, vom Boden bis zur Decke, Alkoven oder Nischen. In jedem Alkoven stand entweder ein Steinkrug, wie er für die Aufbewahrung der Asche der Toten verwendet wurde – oder flache Steinschüsseln, in denen mehrere verstaubte Schädel lagen. Sie erschauderte. War sie lebendig in einem Grab eingeschlossen?

Reglos starrte sie, eiskalt vor Angst, als sie von der anderen Seite der fast festen Lichtsäule ein Geräusch hörte und eine Bewegung empfand. Ihre Fäuste geballt und die Zähne zusammengebissen, um das Zittern zu zügeln, machte sie sich bereit, dem gegenüberzutreten, was an diesem grausigen Ort lauerte. War das eine Gestalt, die sie unklar sehen konnte – fast wie ein Mensch, nur überlebensgroß? Mit großer Anstrengung beherrschte sie ihren Schrecken so weit, dass sie mit lauter Stimme, die nur wenig schwankte, ausrufen konnte.

»Ist da jemand?«

Die Wände fingen das Echo auf und mit einem Mal schienen da hundert Stimmen zu rufen: »Ist da jemand? Ist da jemand – da – da – jemand – jemand – jemand ...?«

Wurde sie verhöhnt?

Plötzlich tauchte klar eine Gestalt auf und kam vor ihr zum Stehen – ein hochgewachsener Mann, größer als alle, die sie je gesehen hatte. War es ihre Einbildung, oder konnte sie durch seinen Körper hindurch, wie durch einen schwarzen Schleier, die gegenüberliegende Wand des riesigen Raumes sehen? Er schaute in ihre Augen, und es war ihr, als hätte sie noch nie Augen gesehen, die so dunkel, so kalt, so grausam waren.

»Was ist dies für ein Ort?« Sie bemühte sich, ihren Kopf hochzuhalten – ihm kühn in die Augen zu blicken. »Was willst du von mir?«

Er lächelte, und sein Lächeln ließ ihr Blut kälter erschauern, als sein schrecklicher, düsterer Blick.

»Ich höre, du bist ehrgeizig, Deva, Tochter von Kyra«, sprach er, und sie sah, dass seine Stimme aus irgend einem Grund kein Echo hatte und sein Körper keinen Schatten warf. Der Klang ihres Namens, ausgesprochen von so einem, stieß noch mehr Schrecken in ihr Herz. Sie sah wie wild um sich, aber der Raum hatte keine Türen – es gab keine Möglichkeit, zu entkommen ...

»Hab keine Angst«, sprach er mit weicher Stimme. »Du bist hergekommen, um zu lernen, und ich bin hier, um dich zu lehren. Dies ist die Halle der Aufzeichnungen. Hier ist die Erinnerung verwahrt von allem, was war, was ist und was sein wird. Bist du nicht neugierig? Bist du nicht begierig darauf zu wissen, was ich dir zeigen kann?«

Sie war neugierig. Sie war begierig. Ihre innere Eingebung warnte sie, sie solle sich zurückhalten, ablehnen, was er anbot – doch etwas in ihr überging die Warnung. Hier war eine Gelegenheit, die man nicht verstreichen lassen durfte gleichgültig, um welchen Preis.

»Komm mit mir«, sprach er einschmeichelnd. »Komm, lass uns mit dem Unterricht beginnen.«

Er streckte seine Hand aus, um die ihre zu ergreifen, aber sie schrak zurück. Sie war dankbar, dass er nicht darauf bestand. Sie folgte ein paar Schritte hinter ihm, als er über die Bodenfliesen schritt. Vor einem der leichter zugänglichen Alkoven blieben sie stehen. Er griff hinein und hob einen Schädel auf. Und bevor sie noch richtig merkte, wie ihr geschah, hatte er ihr den Schädel in die Hände gelegt. Erschrocken starrte sie in seine blicklosen Augenhöhlen, und einen Augenblick dachte sie, sie würde sich erbrechen. Und dann ...

Und dann kam es ihr so vor, als erlebe sie eine Schlacht. Sie galoppierte über eine Ebene und viele tausend Pferde waren ihr zur Seite. Sie und ihre Mitstreiter stießen einen seltsamen, heulenden Schrei aus, als sie auf den Feind niedergingen, einen furchterregenden Kriegsschrei. Sie empfand eine ungeheure Erregung und eine heftige Ungeduld, zu töten und wieder zu töten. Hass floss in ihren Adern so heiß wie Blut. Hufe trommelten und donnerten, Pfeile zischten, Männer schrieen ... Sie hatte sich noch nie so herrlich gefühlt, so stark, so überzeugt davon, das Richtige zu tun.

Sie litt unter qualvollen Schmerzen in ihrem Kopf, da sich die Ereignisse, die sie durchlebte, beschleunigten. Die Schlacht war vorbei und sie erlebte die Siegesfeiern – die Trinkgelage – die Gesänge – wie Frauen genommen wurden. Wie eigenartig, dachte sie, zu empfinden, wie es ist, wenn ein Mann eine Frau nahm ...

Dann legte ihr Führer den Schädel, den sie gehalten hatte, wieder an seinen Platz zurück und überreichte ihr einen anderen. Sie war auf der Stelle Teil einer anderen Erfahrung, die so lebendig war, wie die vorhergehende. Diesmal war sie ein reicher Händler, der mit Befriedigung seine riesigen Besitztümer und seine kauernden Sklaven begutachtete. Sie berührte Ballen mit exotischen Stoffen. Sie ließ Goldmünzen und Perlen von unschätzbarem Wert durch ihre Finger gleiten. Sie befahl ihren Sklaven, die Bettler auszupeitschen, die an der Tür wehklagten.

Jeder Schädel vermittelte ihr die Erfahrungen von jemand anderem in einer anderen Zeit an einem anderen Ort. Dies ging so fort, viele Male, bis sie einen solch reichen Vorrat an Erlebnissen und Erinnerungen hatte, wie der Händler Schätze in seiner Truhe.

Dann legte ihr Führer einen der versiegelten Krüge in ihre Hände und bedeutete ihr, sie solle ihn öffnen. Sie fiel fast hintenüber und ließ ihn fallen, als ein Strom unbekannten Bewusstseins in Form eines dicken und ätzenden Rauches herausquoll. Sie konnte nicht anders, als ihn einzuatmen, auch wenn sie fast daran erstickte. Alles, was Urak in all den langen Jahren der Versuche und Fehlschläge herausgefunden hatte durch ihr listiges und gewissenloses Experimentieren – Deva lernte es jetzt. Die Geheimnisse des Zaubers, im Stoff zu verdichten, waren zu guter Letzt die ihren!

Doch die Anspannung, all dies neue Wissen zusammenzuhalten, war ungeheuer, und es kam ihr so vor, sie würde zersplittern, in Millionen Teilchen zerplatzen, deren jedes eine Seelenpein war, wenn sie nur noch eine Kleinigkeit aufnahm.

Sie wandte sich zu ihrem Führer, um eine Ruhepause zu erbitten – doch er war nicht mehr da. Sie blickte sich um und sah, dass er jetzt in einiger Entfernung von ihr stand, einer neuen Gestalt gegenüber; der eines alten Mannes, der mit einem schäbigen blauen Umhang bekleidet war. Sie konnte nicht verstehen, weshalb ihr mächtiger Begleiter diesen hageren alten Mann offenbar fürchtete, und doch hatte es den Anschein.

Die beiden Männer schlossen die Augen, und Deva konnte die Strahlen von Gedankenkraft fast sehen, die zwischen ihnen hin und her geschleudert und abgewehrt wurden. Keinen Augenblick wankte der alte Mann.

»So, Wardyke, treffen wir uns wieder?« sprach er mit ruhiger, stetiger Stimme.

»Maal!« Wardyke spie – und das schwarze Feuer seines Blickes flammte auf, wurde aber kurz vor dem alten Mann aufgehalten, als wäre er auf eine unsichtbare Weise geschützt. Deva erkannte, dass sie Zeuge eines Zweikampfes der Willenskraft wurde.

Plötzlich schien sich der Lichtstrahl in der Mitte auszudehnen und in alle Richtungen auszustrahlen. Er erhellte mit starker Leuchtkraft die ganze höhlenartige Halle – und beschränkte sich dann wieder auf die Mitte. Jetzt war keine Spur mehr von dem dunklen Wesen, das ihr Führer gewesen war. Neben ihr stand bloß der freundliche alte Mann. Sie sah ihn erstaunt an.

»Deva«, sprach er freundlich. »Du bist in die Irre geführt worden.«

»Im Gegenteil«, sagte sie, »ich habe alles erfahren – und die Wahrheit gesehen.«

»Hast du das?« sprach er ruhig. »Schau nochmals.« Er wies auf den Schädel, den ihr vorheriger Führer ihr zuerst gezeigt hatte. Sie hatte den Eindruck, dass der Ort jetzt heller war, und sie konnte deutlicher sehen.

Sie war wieder in derselben Schlacht wie zuvor, doch diesmal war sie ein kleiner Junge am Boden, der sich vor Angst erbrach. Um sie her lagen abgetrennte menschliche Gliedmaßen, das Blut verwandelte den Boden in klebrigen, stinkenden Matsch. Als sie aufblickte, konnte sie gerade noch die Axt erkennen, die auf ihren Kopf zukam, und sie wusste, sie würde sterben. Sie schrie in Todesqualen und voll Bedauern um all die Dinge, die sie gern noch getan hätte in ihrem Leben, wenn ihr dazu Gelegenheit gegeben worden wäre. Sie fühlte keinen Hass – nur Hoffnungslosigkeit angesichts der Unsinnigkeit und Abscheu über die erniedrigende Rolle, die die Menschen spielten, wo sie doch so großartig sein konnten.

Alles, was der erste Führer ihr gezeigt hatte, zeigte ihr auch der zweite. Doch in jedem Fall sah sie es, obwohl dieselben Ereignisse auftauchten, anders.

Als sie zu Uraks Leben kam, war sie nicht wie zuvor von Stolz erfüllt, sondern empfand Ekel über das, was Urak hatte tun müssen, um ihr Wissen zu erlangen, und sie war erschüttert darüber, wie sie es gebraucht hatte.

»Geh nach Hause, Deva«, sprach der alte Mann. »Deine Mutter wartet auf dich.«

»Aber sage mir – welches der Bilder, die ich gesehen habe, ist das wahre.«

Maal – Kyras alter Freund und Lehrer – lächelte traurig.

»Wenn du die Wahrheit nicht einmal erkennst, wenn du sie siehst«, sprach er, »was lässt dich dann glauben, dass du Gott spielen könntest?«

Kyra saß still in ihrem Zimmer, die Augen geschlossen, und presste einen der Kristalle auf ihre Stirn. Alle Kristalle waren klar wie Bergwasser, ohne Makel. Jeder war an beiden Enden facettiert. Es gab andere Kristalle – schön, aber nicht so vollkommen – die im Tempel in Gebrauch waren. Doch Kyras beidendige Kristalle waren für ihre Vollkommenheit berühmt. Sie stammten aus der ganzen Welt. Viele waren von Reisenden in zerbrechlichen Schiffen aus fernen Landen mitgebracht worden – zauberische Kristalle, die einst von Priestern und Schamanen in den Wäldern Afrikas verwendet worden waren. Andere aus den tiefen, trockenen Felsschluchten Amerikas, wo sie generationenlang für Zeremonien verwendet worden waren, in denen mit Geistern gesprochen wurde. Einige stammten aus dem fernen Norden, wo Guiron dem Mogüd begegnet war. Kyra benutzte sie meist zum Heilen. Doch heute verwendete sie einen Seelensucher, der aus Afrika zu ihr gekommen war. Ein Händler hatte ihn mitgebracht und ihr die Geschichte erzählt, wie er ihn durch die Kraft von Gesichten und Träumen trotz Entfernungen und Gefahren gefunden hatte. Als er ihn hatte, wollte er ihn behalten – doch wieder hatten Träume eingegriffen und ihn zu Kyra geführt. Es war fast so, als sei ihr Name unsichtbar auf ihm eingeritzt.

Sie wusste seit der ersten Berührung, dass er mit einer sehr starken Kraft geladen war – so stark, dass sie nicht gewagt hatte, ihn vor diesem Tag zu benutzen. Heute brauchte sie die ganze Kraft und Stärke, die er ihr geben konnte.

Zuerst sprach sie mit ihren Schutzgeistern und bat sie um Schutz, wie sie es vor gewagten Unternehmungen immer tat. Dann weihte sie die Benutzung den Zwecken des Lichtes. Endlich hob sie ihn an ihre Stirn, Zuerst empfand sie unangenehm die kalte Oberfläche auf ihrer warmen Haut – doch bald wurde er warm, und sie konnte seine Energie durch ihren Körper strömen fühlen.

Obwohl sie wusste, es war gefährlich, was sie tat, denn

die Kristallkraft konnte, wenn sie nicht aufpasste, ihren Verstand ausbrennen, behielt sie sich in der Gewalt. Mit einer ruhigen, stetigen Stimme, bat sie den Seelensucher, den Priester ihrer Kindheit zu finden, Maal, ihren Freund und Lehrer, der schon lange tot war. Er hatte versprochen, zurückzukehren, wann immer sie ihn wahrhaftig und ernsthaft brauchte.

Und so geschah es, dass Maal gekommen war. Und Maal hatte Deva gefunden und Wardyke abermals überwunden.

Ohne Übergang fand Deva sich am Berg zu Uraks Füßen liegen, auf das Äußerste erschöpft. Das Trommeln hatte aufgehört. Boggoron ruhte sich, den Kopf auf den Knien, aus, seine Kleider waren von Schweiß durchnässt. Urak stand über ihr und wartete darauf zu sehen, wie sie aus dem Erlebnis hervorgehen würde – wartete darauf zu sehen, ob Wardyke sie gelehrt hatte, was er versprochen hatte ...

Die Feuermähre

Ob Isar und Gya je den Eingang zu dem großen Bergschlund gefunden hätten, in dem Urak ihren Aufenthalt hatte, wäre Urak selbst nicht zu beschäftigt gewesen, um ihr Reich zu bewachen, wer hätte es zu sagen vermocht?

Als die beiden jungen Männer eines Abends ihr Lager aufschlugen, da wussten sie noch nicht, wie nahe sie dem Ende all ihres Suchens waren. Tatsächlich verließ auch Gya langsam die Hoffnung; er pflockte die Pferde an und half Isar schweigend und verdrossen, Holz für das Feuer zu sammeln. Was, wenn sie sie nicht fanden? Was, – wenn sie schon tot war – oder »eingenommen«, wie Kyra befürchtete? So viele Erinnerungen stürmten auf ihn ein ... Deva, die neben ihm herritt, ihr Haar im Wind flatternd ... Deva, die sich auf die Lippen biss, als sie sich darauf richtete, den Bogen zu spannen, als er sie zu schießen lehrte ... Deva, die nackt im See badete ... Deva, wie sie ihn liebte ...

Er streunte fort vom Lagerplatz in die sich sammelnden Schatten, damit Isar nicht sah, wie beunruhigt er war. Manchmal hasste er Deva – doch der Hass war bittersüß und dem Begehren sehr nah. Jetzt jedoch, an diesem entlegenen Ort, da ihm zum ersten Mal die Abenteuerlust abging, die ihn die ganze Reise über getragen hatte, und er nur daran dachte, was es bedeutete, wenn sie sie nicht fanden, hatte Gya das Gefühl, sein Leben ohne sie würde öd und reizlos sein.

Isar sah ihn davongehen und spürte seine Hoffnungslosigkeit. Sie passte zu der seinen.

Alles wurde allmählich sehr still, die letzten Vögel flogen heimwärts, die Sterne kamen hervor. Isar hüllte sich in seinen Mantel und saß einfach da, die Funken betrachtend, die vom Feuer emporstoben. Er hörte Gya zurückkommen, aber er blickte nicht auf. Der Bogenschütze legte ein weiteres Stück Holz aufs Feuer und fand, gegenüber von seinem Gefährten auch einen Platz für die Nacht. Beiden war nicht nach Reden zumute. Beiden war nicht nach Schlafen zumute. Das Prasseln des Feuers war das einzige Geräusch.

Wie lange sie so dagesessen hatten, konnte hinterher keiner von ihnen sagen, doch urplötzlich wurden sie durch ein erschreckendes und außerordentliches Ereignis aus ihrer düsteren Stimmung gerissen. Uraks Wachsamkeit war vielleicht geringer, als sie hätte sein sollen, die geisterhaften, leiblosen Wesen, die schaurigen und grotesken Wracks, die den Raum zwischen den Welten bewohnten und sich für keine der Ebenen entscheiden konnten, die sich an irdischen Wesen wie Urak festklammerten, die ihnen eine Tür in diese Welt offen hielten, waren wachsam. Sie waren bereit, ihr Reich zu schützen und unerwünschte Besucher zu vertreiben.

Plötzlich barst der letzte Scheit, den Gya auf das Feuer gelegt hatte, auseinander und gewaltige Flammen schlugen auf. Die beiden jungen Männer sprangen auf – sich der Gefahr für die umstehenden Bäume bewusst –, doch sie konnten wegen der verzehrenden Hitze nicht nahe genug herangehen, um festzustellen, was eigentlich los war. Sie zogen sich zurück und dann sahen sie beide, wenn auch keiner glauben mochte, was er sah, in den brausenden Flammen – eine riesenhafte weiße Mähre, die sich aufbäumte und nach hinten ausschlug, auf den rotglühenden Stämmen mit ihren glühenden Hufen herumtrampelte.

Ihre beiden Pferde, die am Rand des Waldes in Sicherheit waren, wieherten zur Antwort und bäumten sich ebenfalls auf. Sie rissen sich los und kamen in wildem Galopp herbei. Wahnsinnig durch ihre Lust auf die außerordentliche Stute und die gleichzeitige Angst vor dem Feuer, umkreisten die beiden Pferde wie wild das Feuer, wobei sie Gya und Isar fast zu Tode trampelten. Gya sprang hinzu und versuchte, die Zügel zu ergreifen, während Isar, der mit Pferden nie besonders vertraut war, sich verschreckt hinter einen großen Felsbrocken zurückzog.

Die weiße Mähre schien in dem Feuer zu tanzen, ohne sich um die Hitze zu kümmern, ihre Mähne flatterte ohne zu versengen, ihre herrlichen Flanken waren so weich wie Seide. Die beiden Pferde, die nicht an sie herankamen und schier verrückt wurden, begannen, gegeneinander zu kämpfen. Gya wurde zur Seite geschleudert und war ernsthaft in Gefahr, getötet zu werden. Isar stürzte hinzu und versuchte, ihn zu retten – war aber zu weit entfernt. Gya blickte auf und sah das riesenhafte Geschöpf über sich – sah die gewaltigen Hufe herankommen – und schloss seine Augen. Der Fall hatte ihn verrenkt und er konnte sich nicht bewegen. Es war aus mit ihm. Dessen war er gewiss.

Auf einmal tauchte aus dem Nichts eine Frau auf und nahm ihn unter die Arme. Sie hob ihn empor und zog ihn fort. So entriss sie ihn um Haaresbreite dem Tod. Dann war Isar da und sie zogen ihn in Sicherheit. Gya rang nach Luft – die Erde bebte unter den donnernden Hufen, die Luft erschauerte von den Schreien der Tiere, als schnappende Zähne sich in Hals und Flanken verbissen, bis sie bluteten.

Farla schaute die riesenhafte Mähre an, die funkelnden roten Augen, die silberne Mähne. Sie war von furchtbarer und grausamer Schönheit – aber sie war Illusion. Dennoch fürchtete sie, sie hätte ein Eigenleben angenommen – wie Illusionen es manchmal taten, wenn jemand stark genug an sie glauben musste. Die beiden Rösser ließen sie nicht los, obwohl Farla auf dem Felsblock stand und all ihre Kraft aufwandte, um sie zu entzaubern. Verwirrt sahen die beiden jungen Männer zu und lauschten, als die Frau sang, als die Frau erglühte in einer Aura aus vibrierendem und pulsierendem Licht. Schweiß lief ihr das Gesicht hinab. Ihre Stimme wurde heiser. Die Bilder, die sie in ihrem Geist zu halten versuchte – die Bilder, die erforderlich waren, um die beiden Rösser von ihrer Lust und Besessenheit zu befreien – blieben flackernd und blass. Wer auch immer diese Mähre hervorgerufen hatte, war in der Tat sehr mächtig, doch Farla wusste, jetzt waren es die Pferde selbst, die sie festhielten. Sie bekämpfte ihr Bedürfnis, an das zu glauben, was sie sahen, denn solange sie nicht das Bild in ihrem Geist verändern konnte, solange konnte sie auch das Bild der Mähre im Feuer nicht vernichten.

Wenn die Stute davongaloppierte oder einfach verschwand, so würden die Pferde dennoch um sie kämpfen ... und nach ihr suchen. Sie mussten irgendwie das Interesse an ihr verlieren. Verzweifelt versuchte sie, die Mähre niederzuringen – sie weniger anziehend zu machen. Feuer war die Kraft, die benutzt wurde, das Feuer hielt sie am Leben. Farla dachte an Wasser; stellte sich Wasser bildhaft vor; träumte von Wasser. Sie hob ihre Arme zum Himmel und schuf im Geist das Bild von Regen, der ihnen auf die Köpfe niederströmte und in die Flammen ... Doch das Feuer brannte heller – das Wasser verspritzte und verzischte bloß, als es die Hitze berührte, und verwandelte sich sogleich in große wallende Dampfwolken – und das Bild der Mähre wurde immer noch stärker ...

Hörte sie Gelächter? Sie wagte nicht, vom Feuer wegzusehen, aber sie wusste, dass auf allen Bäumen, die sie umgaben, auf jedem Ast und unter ihren Schatten Gestalten lauerten – Uraks Freunde, Uraks dämonische und körperlose Genossen. Isar konnte sie auch sehen, und ihn schauderte. Gya konnte sie nicht sehen – doch selbst er spürte, wie sie da etwas aus den Schatten beobachtete.

»Kommt heraus, ihr Bastarde, und nehmt eure verdammte Mähre mit!« rief er – und lief mit gezogenem Dolch auf die Bäume zu. »Zeigt euch! Kämpft, ihr Drecksgesindel!« Heftig schlug er auf alle Schatten ein, doch das einzige, was zurückschlug, waren die Dornenranken.

Dennoch erfüllte sein scheinbar nutzloses Tun einen Zweck. Der alte Braune war schlimm verletzt und gezwungen, sich zurückzuziehen. Der siegreiche Graue, jetzt frei, die Mähre zu besteigen, wurde durch Gyas Schreien und das Blitzen seines Dolches im Feuerschein verwirrt. In diesem Augenblick – in ihrer Achtsamkeit nicht nachlassend – handelte Farla. Als er wieder zu seiner schönen Stute schaute, da strauchelte sie, da ermattete sie, da welkte sie dahin. Als er schnaubend zu ihr trat, da lag sie tot in der grauen Asche des sterbenden Feuers. Er schnüffelte an ihr, aber der starke Geruch ihrer Weiblichkeit war dahin. Er wandte sich ab von ihr, noch bevor sie zu weißer Asche zerfiel und nicht mehr war.

Dann wandte Farla ihre Aufmerksamkeit den Zuschauern in den Bäumen zu und richtete ihre zornigen Gedanken auf sie. Erstaunt über ihre Kraft, jagten sie davon, verschmolzen wieder mit der Dunkelheit, aus der sie gekommen waren.

Der Braune war fast tot. Der Kampf war keine Illusion gewesen, auch wenn die Ursache eine gewesen war. Gya musste ihm mit einem Pfeil, den er ihm durch den Kopf stieß, den Gnadenstoß geben während Isar neben ihm kniete und ihm die Flanke streichelte. Farla rief den Grauen zu sich und besänftigte ihn mit freundlichen Worten und weichen Berührungen. Er war ganz nass von Schaum und Schweiß und zitterte an allen Gliedern. Bestimmend sagte sie zu Isar, er solle das Feuer wieder anzünden, damit sie sähe, was sie tat, und aus ihrer Umhängetasche holte sie verschiedene Kräutersalben, die sie auf die Wunden auftrug. Der Hengst schnaubte und stampfte unruhig, erlaubte ihr aber, ihn zu behandeln.

Als alles getan war, setzen sich die drei erschüttert und erschöpft um das Feuer.

»Du hast mir das Leben gerettet«, sagte Gya dankbar zu Farla. »Aber wo bist du mit einem Mal hergekommen?«

Sie lächelte. »Ich hatte eure Spuren verfolgt«, sagte sie. »Ich will helfen, Deva zu finden.« Sie merkte, wie ihr Herz schneller schlug, als er ihr in die Augen blickte. »Wenn nur ...« dachte sie. »Wenn nur ...«

Isar wollte wissen, ob sie vom Tempel gekommen sei und was dort vorging.

»Wir haben keine Führungshilfe bekommen«, sagte er etwas gekränkt. »Wir haben keine Ahnung, wo wir nach ihr suchen sollen.«

»Wir müssen sehr nahe dran sein«, sagte Farla, »warum sonst sollten diese – diese Geschöpfe – uns einen solchen Streich spielen?«

»Mir ist, als ich vorhin einen Rundgang machte, eine Schlucht aufgefallen, die vor uns liegt«, sagte Gya, »die würde ein gutes Versteck abgeben für jemanden, der nicht aufgespürt werden will.«

»Das ist es dann also«, sagte Farla. Morgen früh werden wir ...« Ihre Stimme verebbte. Sie war unglaublich müde nach dem Erlebnis, das sie durchgemacht hatte, und sie begann, nach vornüber zu fallen. Gya, der ihr am nächsten war, nahm sie in die Arme und drückte sie an sich. »Nur langsam«, sagte er teilnehmend. »Du brauchst etwas Ruhe nach dieser ganzen Aufregung.« Er tat ihr seinen Mantel um und legte sie auf den Boden. Er rückte ihre Tasche als Kopfkissen unter ihrem Kopf zurecht und streichelte ihr Haar. »Morgen früh wirst du dich besser fühlen«, sagte er. »Wir finden sie. Mach dir keine Sorgen.« Farla blickte zu ihm auf, der Feuerschein gab seiner sonnengebräunten Haut einen warmen Glanz, seine Augen lagen im Schatten ... Sie wusste, sie liebte ihn – und sie schämte sich nicht mehr.

Der silberne Strudel

Deva war verwirrt. Seit ihrer Begegnung mit Maal in der Halle der Aufzeichnungen, kamen ihr Zweifel, ob irgendjemand das Recht auf die Geheimnisse hatte, die Urak ihr anbot. Sie hatte auch Zweifel, ob das geheime Wissen, das Urak ihr verschaffte, überhaupt einen Wert hatte. Sie war durch die Art einigermaßen ernüchtert, wie die Akasha-Chronik, von der sie gemeint hatte, sie würde ihr eine wirkliche und letzte Wahrheit von allem vermitteln, ihr nurmehr unterschiedliche und persönlich eingefärbte Darstellungen desselben Ereignisses gaben. Entweder waren dies nicht die wirklichen Akasha-Chroniken – dann versuchte Urak, sie zu betrügen; oder sie waren es – dann müsste sie ihr Verständnis von dem, was die Akasha-Chronik war, ganz neu überdenken. Sie verglich immer wieder die Augen der beiden Wesen, die sie dort getroffen hatte: der erste Führer – durch Urak gestellt – hatte Augen, die sie bis ins Mark frösteln ließen; der zweite hatte Augen, die freundlich und weise waren.

Ihr erster Gedanke nach diesem Erlebnis war, Urak sofort zu verlassen. Doch Urak musste gewusst haben, dass mit der ersten Unterweisung etwas schief gelaufen war, denn sie achtete sehr darauf, dass Deva ihr keinen Moment aus den Augen geriet. Sie versprach ihr, bei der nächsten Unterweisung den Zauber selbst bewirken zu dürfen; nicht mehr nur mit offenem Mund dastehen zu müssen, wenn Urak vor ihren Augen Gegenstände im Stoff verdichtete. Sie würde es selbst tun können. Diese Versuchung war zu groß für ihre keimhaften Zweifel und bösen Ahnungen.

»Ich lerne nur noch das, und dann gehe ich«, dachte sie. »Was kann es schaden, solange ich mich in der Gewalt habe und es nicht zu weit treibe. Und ich werde es schließlich nur anwenden, um gute Dinge im Stoff zu verdichten.«

Urak führte sie in die Tiefen des Berges, den engen Spalt hinab, den sie und Boggoron schon mehrmals gegangen waren, durch die große Schatzkammer in einen weiteren Spalt, der noch enger war als der erste. Je tiefer sie kamen, desto kälter wurde es. Sie zitterte unbeherrscht, teils vor Kälte und teils aus Angst. Wo gingen sie hin? Würde die Frau niemals anhalten? Urak schritt unnachgiebig voran, überwand fast unpassierbare Gefahrenstellen. Beim Versuch ihr auf den Fersen zu bleiben, schürfte sich Deva mehrmals die Haut auf und stieß sich Kopf und Schultern. Boggoron rutschte hinter ihnen her und wimmerte und murmelte vor sich hin.

Dann kam ihr langsam ein Geräusch zu Bewusstsein, das vor und unterhalb von ihnen war – eine Art Donnern. Einen Augenblick lang fürchtete sie, dass sich ein Erdbeben ankündigte, wodurch ihnen gewiss der ganze Berg auf die Köpfe stürzen würde – doch Urak schien unbeeindruckt und schritt voran.

Schließlich gelangten sie zum Ende des langen Tunnels, dem sie gefolgt waren, und standen auf einem offenen Sims, von dem sie auf einen weit unter ihnen liegenden unterirdischen See blicken konnten, dessen Wasser dort, wo mehrere Wasserfälle in ihn hineinstürzten und es aufwirbelten, milchig weiß war. Als Urak ihre Lampe und Boggoron seine Fackel hochhielten, konnte sie sehen, dass es ein furchtbarer Strudel war –, ein großes Schlundloch –, ein Ort des Grauens.

Es schien kein Fluss aus ihm abzufließen. Alle führten hinein und keiner hinaus.

Der Pfad, den Urak, Deva und Boggoron gekommen waren, endete hier. Vor ihnen war nichts als die glatten Wände eines fast kreisförmigen Trichters, der sich weit über ihnen in die Dunkelheit erstreckte und weit nach unten in das wütend wirbelnde Wasser.

»Dies ist der Ort«, sprach Urak ruhig.

Devas Herz setzte einen Schlag aus. Was meinte sie? Wie konnte sie auf diesem schmalen, rutschigen Sims irgendwelchen Zauber vollführen? Ein Schwindelgefühl wollte sie übermannen und sie trat einen Schritt vom Rand zurück. Ihr Fuß glitt aus, und wenn Boggoron sie nicht sofort mit seinen ungeheuer starken und knochigen Händen ergriffen hätte, wäre sie hingefallen.

Ihr Herz pochte bis zum Hals.

»Urak«, flüsterte sie heiser, »lass uns umkehren ... Ich will nicht ... Ich kann nicht ...«

»Steh still, Mädchen«, befahl Urak. »Dies ist der Ort. Dies ist die Tür.«

Einen kurzen, rasenden Augenblick lang war Deva erleichtert. Es gab eine Tür im Fels! Sie blickte wild an den dunklen Wänden umher, tastete mit ihren Fingern, ob sie eine Spur von ihr finden könnte. Je eher sie von diesem gefährlichen und furchterregenden Ort fort waren, desto besser. Ihr gefiel die Art nicht, wie Urak und Boggoron sie ansahen. Sie drängten sich von beiden Seiten näher an sie heran und zeigten keine Neigung, die Tür im Felsen zu finden.

»Was ist los? Was schaut ihr mich so an?« waren die letzten Worte, die Deva sprach, bevor Urak und Boggoron sie zusammen über den Rand und in den Kessel mit eisigem, brodelndem Wasser einige hundert Fuß in die Tiefe stießen.

»Das ist mein Tod«, dachte Deva als sie fiel, und eine eigenartige Ruhe überkam sie. Es gab den Augenblick des Erschreckens – den Schrei, der von den dunklen Felsen widerhallte, der jeden Winkel und jede Ritze durchdrang, der sich gegen die Wände warf wie ein im Käfig gefangener Vogel. Doch dann wurde alles still. Sie hörte nicht einmal mehr das Brüllen und Donnern des Wassers, das ihr entgegenspritzte. Das Wasser tobte, doch sie war still. Sie schien zu gleiten, bewegungslos eine lange, lange Zeit in der Schwebe zu hängen über einer schrecklichen Schönheit. Die Flüssigkeit war zu Licht geworden – silberne und diamantene Tropfen wirbelten in einem Spiraltanz umher – Goldfäden drehten und zwirbelten sich – Aquamarin, Smaragd, Saphir – all die Juwelen, von denen sie geträumt hatte – drehten sich in diesem gewaltigen silbernen Strudel, und sie wurde ein Teil von ihm. Die Felswände waren jetzt völlig verschwunden. Sie war in einer Welt aus weißer und silberner Gischt. Als wäre es ihre freie Entscheidung – so wie ein Lachs den Augenblick und den Ansatz seines Sprunges wählt – zielte sie auf die Mitte des Strudels und war augenblicklich in seinem mächtigen Abwärtssog gefangen, in dem wilddurstigen Saugen einer uralten Kraft ...

Als ihr Kopf auf dem festen Fleisch des Wassers aufschlug, verlor sie das Bewusstsein.

Von oben sahen Urak und Boggoron sie ein paar Augenblicke lang wie einen zerbrechlichen, schwarzen Zweig herumwirbeln und dann verschwinden.

Sie standen schweigend, die Lampe und die Fackel hoch

erhoben, und schauten angestrengt, ob sie wieder auftauchen würde. Als sie sicher waren, dass es nicht der Fall war, wandten sie sich um und hetzten den Tunnel zurück – in solcher Hast, dass selbst Urak sich an den Wänden stieß.

Kyra erwachte mit einem Schrei. Sie hatte den Eindruck, die Wände ihres Zimmers wirbelten um sie herum. Es war ein Brüllen und Donnern, und wo sie hinsah, war alles in Bewegung – Tische und Stühle – Kleider – alles ... Sie schloss ihre Augen und hielt sich die Arme über den Kopf. Noch in der Dunkelheit konnte sie sich drehen fühlen.

Mit einem Mal war Khu-ren da. Er nahm sie in die Arme, er gab ihr Halt. Sie klammerte sich an ihm fest und schluchzte an seiner Brust.

»Du bist in Sicherheit, meine Liebe«, flüsterte er. »In Sicherheit bei mir. Öffne deine Augen und sieh dich um – wir sind zusammen.«

Ängstlich öffnete sie ein Auge und dann das andere. Die Wände und die Gegenstände im Raum bewegten sich nicht mehr. Khu-ren hielt sie fest an sich gepresst. Sie spürte seine Lippen an ihrer Wange – ihrem Hals – ihrer Brust ...

»Wenn das der Tod ist«, dachte Deva, »dann ist er nicht, wie ich ihn erwartet hätte.«

Sie meinte, keinen Körper zu haben, und war doch bei Bewusstsein. Die Ordnung, die sie von der Erde her kannte, war nirgends zu erkennen. Es gab kein »Oben« und »Unten«, kein »Rechts« und »Links«. Es war wie eine unendliche Dunkelheit, in dem winzige Lichtflecken für einen Augenblick aufleuchteten und dann verschwanden. Sie erschienen aufs Geratewohl und verschwanden aufs Geratewohl. »Keine Ordnung«, dachte Deva, und sie erkannte, dies war das Furchterregendste, was sie je erlebt hatte. War sie einer jener Flecken? Würde sie jeden Augenblick ausgelöscht werden und nie wieder erscheinen?

»Das ist ungerecht«, dachte sie. »Nach dem, was man mich gelehrt hatte, durfte ich mehr erwarten nach dem Tod. Wo sind die geistigen Reiche, von denen Kyra mir erzählt hat? Wo die geordnete Abstufung des Seins – das allmähliche Durchlaufen der Stufen, bis man eine Ebene erreicht, die hoch genug ist, um alle Dinge zu verstehen ...«

Sie verzweifelte.

»Ich wäre lieber gar nicht geboren worden, wenn das alles ist«, dachte sie. »Wie einfältig. Wie sinnlos.« So viel Schönheit, so vielfältige Beziehungen gezeigt zu bekommen! Einen Geist zu haben, der zu so vielen großartigen Dingen fähig war – zu solchen Sprüngen, Flügen, wunderbaren Einsichten – und am Ende all der Bemühungen war dies, dieses Chaos, diese Leere, dieses Nichts!

Plötzlich erschien der Führer aus der Halle der Aufzeichnungen, der mit den kalten Augen, Wardyke.

»Bin ich tot?« fragte sie.

»Nein«, sagte er. »Du bist hergekommen, um etwas über die Natur des Stoffes zu lernen – und die Natur von Wille und Gedanke. Du bist in dem Kraftstrudel, aus dem eine Million Welten geschaffen wurden. Hier gibt es nichts als Kraftimpulse – du kannst sie zu allem formen, was du wünschst.«

Deva hatte einen Priester nackt im Schnee stehen sehen, ohne die Kälte zu spüren und an Erfrierungen zu leiden. Sie hatte einen Priester auf glühenden Kohlen stehen sehen, ohne Schmerz zu verspüren oder Verbrennungen zu erleiden. Sie hatte niemals daran gezweifelt, dass Geist stärker war als

Stoff, aber sie hätte nie gedacht, dass sie ihn auf diese Weise würde einsetzen können.

Sie war ungeheuer erregt. Es war, als gehöre das Weltenall ihr und sie könne es auf jede beliebige Weise formen. Es kamen ihr Bilder in den Sinn, wie die Dinge sein sollten, wenn sie die Macht dazu hätte – und mit ihnen kam der Drang zu singen. Sie merkte, wie sie eigenartige, hohe Töne ausstieß, ganz andere als jemals zuvor. Überrascht stellte sie fest, dass die Kraftimpulse in der weiten Dunkelheit zusammenkamen und Gegenstände bildeten. Ihre Vorstellungen begannen Form anzunehmen. Es war, als dächte und sänge sie eine Welt ins Sein. Sie erinnerte sich, wie Urak ihr kürzlich ein Stück Leder gezeigt hatte, das zwischen Pflöcken straff gespannt und mit einer dünnen Lage trockenen Sandes bedeckt war. Boggoron und die alte Frau hatten jeder auf einer Seite gesessen und etwas gesungen – etwas, das immer lauter wurde, bis Deva sich die Hände vor die Ohren halten musste. Sie hatte gesehen, wie die Lederhaut zu schwingen begann und der Sand dabei auf der Oberfläche zu hopsen anfing und sich zu geometrischen Mustern ordnete.

War es das? War dies der Schlüssel zum Zauber der Verdichtung im Stofflichen – Klänge, die Schwingungen erzeugten, die die Schwingungsmuster in einem Gegenstand veränderten? Sie dachte an die Male zurück, da sie Zeuge war, wie Urak etwas im Stoff verdichtet hatte. Ihrer Vermutung nach war es die Sammlung von Gedankenkraft, was die Veränderung bewirkte – doch jetzt erinnerte sie sich, wie sich Uraks Kehle jedes Mal bewegt hatte, als wenn sie einen Ton erzeugte, und es hatte in Devas Ohren geklungen, als ob sie einen hörte – wenn auch meistens der Ton, den Urak erzeugte, jenseits der Hörgrenze lag. Erfreut über ihre neue Einsicht, überließ sich Deva ganz dem Ausdenken neuer Bilder und der Erzeugung der entsprechenden Töne.

Doch plötzlich bekam sie Angst. Die Dinge geschahen zu schnell. Sie konnte ihre Gedanken oder die Töne, die sie erzeugte, nicht mehr in der Gewalt halten. Schreckliche, furchterregende Gedanken kamen ihr, und schreckliche, furchterregende Dinge traten ins Sein. Je mehr Angst sie bekam, desto schneller jagten ihre Gedanken und desto schneller bevölkerte sich die Welt mit grässlichen und missgestalteten Formen. Das Lied, das sie sang, war hässlich und misstönend geworden – jeder Ton schlimmer als der vorhergehende – und ihr fiel nicht ein, wie sie aufhören und neu anfangen könnte.

Wardyke lächelte und erhob eine Hand. Augenblicklich gefror alles. Sie war entsetzt über das, was sie sah. War es das, was sie bewirken würde, wenn sie die Macht hätte, eine Welt zu schaffen?

Ihre Gedanken gingen zu Kyra, ihrer Mutter. Sie sehnte sich nach der Kinderzeit, als ihr das Leben sicher und überschaubar erschienen war. »Was für eine entsetzliche Sache, dafür verantwortlich zu sein, wie die Dinge sind«, dachte sie. Sie war gar nicht mehr sicher, ob sie diese Macht noch wollte. Warum hatte sie nicht auf Kyra gehört? Warum hatte sie sich immer von ihr abgewandt?

In dem Augenblick bemerkte sie, dass Wardyke, der sie mit einer hämischen Befriedigung beobachtet hatte, mit einem ärgerlichen und überraschten Ausruf einen Schritt zurückwich. Er schien sich vor ihren Augen aufzulösen und dann in der Gestalt von Maal wieder neu zu bilden. Neben ihm, an dessen Hand, war das Bild ihrer Mutter. Sie hoben beide ihre freie Hand zu ihrem Kopf, und sie hatte das Gefühl, ein Lichtstrahl käme von oben herab, der durch die Hände der beiden in ihren Kopf strahlte. In jenem Licht sah sie klar die Gefahren dessen, mit dem sie und Urak spielten. Schaffe ein Ding, verändere ein Ding, und alles muss sich, wenn vielleicht auch nur geringfügig, verändern, um sich anzupassen. Das Unbekannte, das das Weltenall geschaffen hatte, konnte die Rückwirkungen bis in die millionste, ja billionste Folge in Rechnung stellen – doch ihr begrenzter Geist konnte niemals ein solch riesiges verwobenes und feingewirktes Muster überschauen.

Dann plötzlich schien es, als wenn die Zeit, die stehen geblieben war, wieder weiterging, wo sie aufgehört hatte.

Deva hörte ein Brüllen in ihren Ohren und fühlte sich in der ungeheuren Kraft des Strudels umhergeschleudert. Sie kämpfte darum, an der Oberfläche zu bleiben, und erhaschte einen Augenblick lang den Anblick von Uraks und Boggorons Gesichtern, die auf sie hinabschauten. Dann waren sie fort, und das Wasser schlug über ihr zusammen. Ihre Lungen schmerzten, als sie versuchte, die Luft anzuhalten. Ihr Trommelfell platzte beinahe. Doch plötzlich war das Wasser klar. Zerrissen und zerschunden, wurde sie durch eine schmale Öffnung im Felsen herausgespült und ein langes Stück auf der Oberfläche eines unterirdischen Flusses, der zum Meer eilte, mit fortgetrieben. Über ihr war gerade genug Raum, um hin und wieder einen tiefen Atemzug zu tun. Sie wollte leben. Sie wollte zu Kyra zurück. Oh, was für ein Dummkopf war sie gewesen! Wenn nur – wenn nur ...

Sie war fast blind, als der Fluss am Berghang in das Sonnenlicht hinausbrach. Da war ein Wasserfall – und sie fiel in die wirbelnde Vertiefung an seinem Fuß, mehr als halb ertrunken, doch sich mit aller Willenskraft am Leben festklammernd.

»Los! Los!« schrie Urak und stieß Boggoron zur Seite, als er ihr in den Weg stolperte. Sie waren aus dem Berg herausgestürmt und eilten auf einem steilen Pfad entlang, um Deva zu finden, wenn sie ins Freie gespült wurde.

Urak rang nach Atem und ihr kam es vor, als ob eine riesige Hand nach ihrem Herzen griffe und es immer enger zusammendrückte – aber sie musste Deva finden. Sie musste wissen, ob sie gelernt hatte, was sie lernen sollte; sie wollte wissen, ob sie bereit war, zum Tempel zurückgeschickt zu werden – Uraks Geschöpf, Uraks Sklave – bereit, all das zu untergraben, für das der Tempel stand, und in der Lage, sowohl ihre wie auch Wardykes Rache auszuführen.

»Ai ...« schrie sie. »Ai ... Ai ...«. Wie sehr sie ihr Körper doch schmerzte und sie aufhielt! Wie sehr der mit großen Schritten laufende Boggoron sie aufregte! »Trag mich«, kreischte sie ihn an. »Du Abschaum, kannst du nicht sehen ...«

Erschrocken kroch Boggoron zurück. In all den Jahren, die er mit ihr zusammen war, hatte er weder gewagt noch war es ihm erlaubt, sie zu berühren.

Sie schlug mit ihrer knochigen Hand nach ihm aus und zerkratzte mit ihren scharfen Fingernägeln seine Wange. Sie musste sich gegen einen Felsen lehnen, zusammengekrümmt vor Schmerzen.

Er stand da, unentschlossen, erschüttert, zitternd – doch der Blick in ihren Augen veranlasste ihn schließlich zu gehorchen. Bebend vor Angst hob er sie auf. Sie wog fast nichts.

»Lauf.« zischte sie. »Lauf – du – du ...«

Er lief. Trittsicher wie eine Bergziege achtete er auf alle Gefahren des unebenen Weges – wusste er doch, dass er nicht nur tot war, wenn er stolperte und fiel, sondern wahrscheinlich auch auf alle Ewigkeit verflucht.

Doch selbst so wusste Urak, sie würden nie rechtzeitig da sein, um Deva abzufangen, wenn sie aus dem Berg herausgewirbelt wurde. Bruchstücke von Bildern blitzten vor ihren Augen auf und sie wusste, es war jemand anderes in der Nähe – jemand vom Tempel, der Kyras Tochter suchte. Urak war zu erschöpft, um sicher zu sein, wer es war und wie nahe sie waren, doch sie befürchtete, der Tempel würde ihr vielleicht abermals den Sieg entreißen. Sie musste zu Deva. Sie musste sie sich sichern. Wenn es die geringste Möglichkeit gab, dass Deva nicht tat, was Urak von ihr wollte, wenn sie zum Tempel zurückkehrte, dann wollte die Eulenfrau ihren Tod. Das allein wäre schon eine Rache. Mochte sie den Tempel auch nicht zugrunde richten, so würde sie jene verletzen, die in ihm am meisten Macht besaßen.

Aber sie brauchte Hilfe. Dieser Tölpel Boggoron war zu langsam.

Sie versuchte, sich so weit zu sammeln, dass sie einen Ruf aussenden konnte. Der tonlose Ton kam heraus – gebrochen, fast unzusammenhängend – nichtsdestoweniger verstanden von jenen, die sie meinte.

Am Grund von Uraks engem Tal suchten drei Gestalten vorsichtig ihren Weg durch den Fluss, der voller Felsbrocken war. Gelegentlich konnten sie am Ufer entlangklettern, doch meist waren die felsigen Seiten zu steil oder der Wald war zu dicht. Das graue Pferd hatten sie an einem langen Zügel zurücklassen müssen, ausreichend Wasser und saftiges Gras in Reichweite.

Isar und Farla waren angespannt und unruhig, da sie die Begegnung fürchteten, die sie nahe spürten. Gya führte sie an, voll aufgeregter Erwartung, da die Dinge nun endlich zu einem Ende kamen. Seine Waffen waren bereit, seine Sinne wach.

So waren sie ein gutes Stück Weges vorangekommen, als Farla bemerkte, dass die Vögel aufgehört hatten zu singen. Sogar das Geräusch des Flusses hatte sich geändert – das sanfte glucksende Gemurmel, das sie den ganzen Weg die Felsschlucht hinauf begleitet hatte, war jetzt eher ein drohendes Grummeln und es klang, als lägen vor ihnen Stromschnellen oder ein Wasserfall.

Farla wollte Gya zurufen, vorsichtig zu sein, doch der war zu weit voraus und das Wasser machte zu viel Lärm.

Isar blickte sich um und sah zu ihr zurück, sein Gesicht war beunruhigt. Sie beeilte sich, zu ihm aufzuschließen, und war nahe bei ihm, als sie um eine Biegung kamen und plötzlich eine Waldlichtung vor ihnen lag. Ihr Fluss führte in ein Becken, das sehr tief aussah, und ein Wasserfall donnerte aus einem Loch in einer steilen, nach Westen gewandten Felswand in ihn hinunter. Gya war schon da. Er stand auf einem Felsen, der über das Wasser ragte, und sah sich mit einiger Überraschung um. Der Schlund hatte sich so unvermittelt aufgetan. Keiner von ihnen hätte das erwartet.

Farla schaute zum Wasserfall hinauf, als sie einen Schrei ausstieß und mit erhobener Hand dort hindeutete. Sie hatte einen Gegenstand aus dem dunklen Loch im Berg hervorbrodeln und mit dem weißen Wasser in das Becken stürzen sehen – und der Gegenstand sah einer menschlichen Gestalt erkennbar ähnlich.

Die beiden jungen Männer schauten sich sogleich um, doch bevor sie sich klarmachen konnten, was sie nun genau gesehen hatten, hörten sie ein schreckliches Geräusch über ihren Köpfen und blickten auf. Über ihnen schwebte ein Schwarm der seltsamsten und widerlichsten Wesen, die sie jemals gesehen hatten – und selbst Gya sah sie diesmal. Einige ähnelten Geiern, doch mit bemerkenswert menschlichen Gesichtern. Andere hatten gar keine Vogelform, sondern waren schattenhafte Umrisse, die sich drehten und wanden und ständig verwandelten – das einzig Beständige an ihnen war, dass sie das Licht der Sonne abhielten und einen tödlichen Kälteschauer auf die drei entsetzten Menschen warfen. Gya spannte sogleich seinen Bogen und schoss einen Pfeil auf einen, der fester aussah als die Übrigen, doch sein Pfeil ging direkt hindurch, auf der anderen Seite wieder hinaus und fiel ohne Schaden angerichtet zu haben ins Wasser. Die Geschöpfe kreischten und stießen mit feuerroten Augen und Schnäbeln, die blitzten wie poliertes Metall, auf sie nieder. Es gab einen eisigen Luftzug, als sie vorbeiflatterten.

Isar hatte sein Messer gezogen und schlug damit über seinem Kopf hin und her, während er mit dem anderen Arm versuchte, sein Gesicht zu schützen. Gya schoss wie wild einen Pfeil nach dem anderen, wenngleich keiner irgend eine Wirkung auf ihre Angreifer zeigte.

Farla sah wieder zum Wasser, da sie den Verdacht hegte, sie würden diesem Angriff nicht ausgesetzt sein, wenn sie nicht nahe daran waren, Deva zu finden. Eine Gestalt schwamm im Wasser, schlaff und offenbar bewusstlos, der Wirbel zog sie halb hinunter. Farla konnte sehen, dass es Deva war, und sie wurde dorthin getrieben, wo der Fluss sich auf der anderen Seite des Beckens über einen Felssims in einen weiteren Wasserfall ergoss.

Farla schrie, als eine garstige Klaue sich in ihre Schulter krallte, und sie spürte den heißen und stinkenden Atem des missgestalteten Geschöpfes, das sie angriff – doch gelang es ihr, sich freizuschütteln und ins Wasser zu stürzen. Sie hatte sich selbst das Schwimmen beigebracht, um von der Insel zu entkommen, und jetzt kam ihr diese Fähigkeit zugute. Isar und Gya schafften es, die Geschöpfe vollauf zu beschäftigen, als sie zu Deva in die Mitte des Beckens hinausschwamm. Nach einem Kampf mit dem heftigen Sog des Wassers gelang es ihr, sie in den Griff zu bekommen, und begann, sie zurückzuziehen.

Isar eilte herbei, um ihr zu helfen. Gemeinsam bekamen sie Deva ans Ufer und bemühten sich nach Kräften, das Wasser aus ihren Lungen zu pumpen und die Blutungen der zahllosen Schnitte und Schrunden zu stillen, die sie auf ihrer Reise durch den Berg erlitten hatte. Gya kämpfte weiter. Wenn er auch keinen zur Strecke brachte, so verunsicherte und verwirrte der ständige Beschuss mit den Pfeilen ihre Angreifer offenbar.

Als sie sah, dass Isar sich um Deva kümmerte, wandte Farla ihre Aufmerksamkeit wieder den Geschöpfen zu. Wenn stoffliche Waffen ihnen nichts anhaben konnten, dann vielleicht andere Mittel. Wenn sie nicht von dieser irdischen Ebene waren – und das war offensichtlich – dann musste der Wille von jemandem sie hier hergeführt haben und sie hier halten ... Das war natürlich Urak.

In diesem Augenblick hörte sie ein Geräusch von der Klippe über sich und sah auf. Eine alte Frau und etwas, das wie ein missgestalteter Zwerg aussah, standen neben der Höhle, aus der der Wasserfall sich ergoss, und blickten auf das sich bietende Schauspiel.

Urak!

Farla versuchte, sich trotz des Lärms und der Gefahr zu sammeln. Um Kyras willen, um all dessentwillen, was sie für sie getan hatte, wollte sie mehr als alles in der Welt ihre Tochter heil wieder zu ihr nach Hause bringen – doch an einem vergrabenen Teil ihres Herzens ziehend war zugleich der Gedanke, dass Deva Gyas Frau war, und wenn sie Erfolg hatte, würde sie Gya niemals bekommen. »Nein«, sagte sie heftig und zertrümmerte den Gedanken. Diese Art Ablenkungen waren schon einmal ihr Unglück gewesen. Sie spürte noch immer den Tod des kranken Kindes in ihrem Bewusstsein. Sie musste an Kyra denken. Nur an Kyra. Kyra und Khu-ren. Den Tempel. Sie musste die Kraft des Tempels anrufen und durch sie die Kraft der großen Lichtwesen aus den höheren Reichen – die »Vögel«, die in dem mächtigen Lebensbaum sangen.

Kraftvoll stellte sie sich das Bild der großen Herren der Sonne vor, umgeben von dem Kraftkreis, der der Tempel war.

»Urak!« Sie formte diesen Namen in ihrem Geist, auch wenn keine Worte über ihre Lippen kamen. Sie wagte nicht, ihren Blick von der Frau zu wenden, doch sie hatte den Eindruck, dass der lärmende, gewalttätige Schwarm dorthin zurückgekehrt war, von wo er gekommen war, erschrocken vor der Stärke des Lichtes, das sie durch sich hindurchfließen ließ. Die alte Frau hoch auf dem Kliff strauchelte und fiel zurück.

»Es ist vollbracht!« dachte Farla frohlockend. »Es ist vollbracht!« Und – einen Augenblick zu früh – drehte sie sich um und wollte sehen, ob es Deva besser ging. Doch Urak war noch nicht am Ende.

Sie hatte die Kraft in Farlas Blick gesehen – sie hatte das Bild vom Ring der stehenden Steine gesehen – sie hatte die Botschaft und die Warnung der Lichtwesen aufgefangen. Sie war jetzt zu schwach, um Bild gegen Bild, Kraft gegen Kraft zu fechten. Sie konnte kaum stehen. Doch sie war entschlossen, dass Deva ihre Rache zum Tempel tragen oder überhaupt nicht zurückkehren würde.

Urak war wie wahnsinnig. Sie konnte sehen, dass Deva lebte, aber mehr konnte sie nicht sagen. Sie versuchte, Wardyke um Hilfe anzurufen, doch konnte sie die nötige übersinnliche Kraft nicht sammeln. Farla und die hassenswerten Priester hatten den Durchlass zwischen den Reichen verschlossen und Urak von ihren Vertrauten getrennt.

Aber es gab noch ein Letztes, was sie versuchen konnte ...

Plötzlich stürzte sich eine riesenhafte Jagdeule auf Devas durchweichten und geschundenen Körper. Sie begann mit ihren Klauen und dem Schnabel wütend an ihr zu zerren. Entsetzt versuchten die Gefährten, auf sie einzuschlagen – zogen sich aber bald zurück, überrascht von ihrer Größe und Wildheit.

Gya legte seinen letzten Pfeil auf und zielte sorgfältig. Der Schaft flog richtig. Blut spritzte auf Deva, als ein riesiger Vogel aufschrie und mit seinen Flügeln flatterte, seinen Griff von ihrem Fleisch lösend. Er hob sich, auf einen Augenblick sah es so aus, als wenn er davonhumpeln könnte. Doch der Pfeil steckte noch in der Brust und das Lebensblut versickerte rasch im Boden.

Farla erhaschte Isars Gesichtsausdruck, als er Deva in seine Arme hob. Sie schluchzte und klammerte sich an ihn, ihr Blut sickerte – wo die Eulenklauen ihr Fleisch zerrissen hatten – in seine Tunika. In jenem Augenblick schien es sonst niemanden auf der Welt zu geben, außer den beiden, die sich durch die Zeit hindurch umklammerten, Liebende für immer ... Farla sah schnell zu Gya hinüber und fragte sich, ob er bemerkt hatte, was sie gesehen hatte.

Gya stand, wo die Eule zu Boden gefallen war, und starrte bestürzt auf etwas, das am Boden lag.

»Was ist?« Farla ging zu ihm.

Zu seinen Füßen lag eine uralte Frau mit einem Pfeil in der Brust, sie war dünn wie ein Skelett und hatte weißes Haar, lang wie ein Umhang.

Urak war tot.

Von der Klippe über sich hörten sie ein unirdisches Heulen, und als sie aufblickten, sahen sie einen merkwürdigen, wilden Mann, der mit den Fäusten gegen seinen Kopf trommelte und untröstlich schluchzte. Boggoron hatte die einzige Familie verloren, die er gekannt hatte.

In jener Nacht bauten Isar und Gya einen Ring aus Feuer um ihr Lager und schirmten sich so von Uraks hastig gegrabenem Grab ab. Sie hatten ihr bei Sonnenuntergang so etwas wie ein Begräbnis bereitet. Farla hatte über ihrem hageren, ausgemergelten Körper gebetet, die Lichtwesen möchten sich ihrer annehmen – ihre Seele möchte erkennen, wo sie in diesem Leben fehlgegangen war, und sich im nächsten wandeln..

Gya entfernte sich von der kleinen Gruppe und stand starr vor sich hinblickend an dem Becken, wo sie Deva gefunden hatten. Er lauschte dem Rauschen des Flusses, wie er aus den geheimnisvollen Tiefen in den Kalkbergen hervorsprudelte, im Becken immer herumwirbelte, um endlich seinen Weg das Tal hinab zum großen Meer zu finden. Er war nicht überzeugt, dass er alles glaubte, was der Tempel lehrte ... Er war nicht davon überzeugt, dass unser Körper auf dieser Erde nur ein Mantel war, den wir, als ewige Wesen, anziehen und ablegen, und dies immer wieder, bis wir, wie Kyra es einmal ausdrückte, »dem Bedürfnis danach entwachsen und bereit sind, auf die höheren Ebenen aufzusteigen«.

»Was sind diese höheren Ebenen?« hatte er sie einmal gefragt. Doch nicht einmal Kyra konnte sie beschreiben.

»Kann ein eben geborenes Kind dir die Freuden der Liebe zwischen Mann und Frau beschreiben?« fragte sie, als er sie weiter bedrängte. »Frag mich wieder, wenn ich weiter bin auf der großen Reise.«

»Aber woher weißt du, dass es sie überhaupt gibt?« Er ließ nicht locker. »Woher weißt du, dass es überhaupt noch irgend etwas gibt, nachdem die Würmer uns aufgefressen haben?«

»Es hat Einblicke gegeben«, antwortete sie, »Augenblicke der Einsicht. Nicht nur für mich, sondern für alle, die bereit sind, hinzuschauen und hinzuhören …«

»Willst du sagen, das Kind erhascht einen Blick auf Mann und Frau, die sich lieben, versteht aber noch nicht, was sie tun?«

Sie lachte. »So in etwa. Eines Tages wird es zurückblicken und sich daran erheitern, wie wenig es damals verstanden hat und wie viel es jetzt versteht.«

»Darauf kann ich nicht warten!« war Gyas lachende Antwort. Und so hatte er es auf sich beruhen lassen. Eines Tages würde er verstehen, aber bis dahin gab es andere Dinge, die ihn mehr interessierten.

Er hatte das Holz für die Feuer gesammelt, während die anderen die seltsame kleine Feier beendeten. Farla hatte darauf bestanden, sie für Urak zu veranstalten.

Von allen unbemerkt, hatte Boggoron, versteckt hinter ein paar Büschen, alles beobachtet. Tränen rannen dabei an seinen verschmutzten Wangen hinab.

Am nächsten Tag, als die vier jungen Leute fort waren

– sie hatten das Grab nur mit so vielen Steinen bedeckt wie notwendig waren, um es vor Aasfressern zu schützen –, kam Boggoron hervorgekrochen und baute, immer noch weinend, einen gewaltigen Hügel aus abgerundeten Flusssteinen über ihrem Grab.

Kyra wusste, dass Deva auf dem Heimweg war; so, als hätte sich ein Nebel gelichtet und als könne sie endlich wieder klar sehen. Sie wusste nicht genau, was geschehen war, aber sie wusste, dass sie nicht mehr durch Uraks Ränke gehemmt war. Sie rief Lerche zu sich und sagte ihr, Isar würde bald wieder bei ihr sein. Lerche neigte dankbar ihren Kopf. Sie glaubte, die Trennung nicht länger ertragen zu können. Sie brauchte seine Unterstützung, sein Verständnis, seine Kraft. Als sie an jenem Abend zu Bett ging, war es ein nahtloser Übergang vom Wachen zum Schlafen ... Sie hatte keine schlechten Träume. Endlich kam Isar zu ihr nach Hause zurück!

Devas Rückkehr

Deva wandelte auf den matschigen Straßen ihres Heimatdorfes und sehnte sich nach der Pracht und Weite der Berge, nach der Herrlichkeit der Paläste und Säulengänge Ägyptens. Sie war unzufrieden mit der Bescheidenheit der Häuser und der Genügsamkeit der Leute. »Warum geben sie sich mit so wenig zufrieden«, fragte sie sich gereizt, »wenn sie so viel mehr haben könnten?« Sie erzählte immer mehr Leuten, was ihnen alles fehlte. Sie beschrieb ihnen ihre Reisen nach Ägypten, die Einlegearbeiten von Gold und Elfenbein in den Stühlen, die Stoffe, die so dünn waren, dass man fast durch sie hindurchschauen konnte, die fremdartigen Gerichte, die Fächer aus Pfauenfedern, Vasen aus Alabaster ... Die meisten lauschten ihren Geschichten wie gebannt und sahen sich in ihren kleinen strohgedeckten Häusern aus Holz um, mit ihren wenigen zweckmäßigen irdenen Töpfen und hölzernen Schalen, und fühlten sich sehr ärmlich.

»Ich weiß nicht, wie du so leben kannst«, sagte sie zu ihrem Vater. »Du, der du in Ägypten so viel Wohlleben gekannt hast.«

»Es ist das Wasser, was ich trinke, nicht die Tasse. Es gibt kein reineres Wasser, als das, welches diesen Bergen entspringt.«

»Aber dein Volk kann auf Papyrus oder Stein Worte schreiben. Wir haben hier nichts dergleichen. Vermisst du nichts aus deiner Heimat?«

Einen Augenblick lang zögerte Khu-ren. Er vermisste viele

Dinge von Ägypten. Sein derzeitiges Zuhause war wunderschön – die sanften, weiblichen Rundungen der Kalkberge, das weiche, wogende Gras, so grün, dass Smaragde daneben verblassten, die Weizenfelder reicher als Gold, die bewaldeten Täler, rotflammend im Herbst und köstlich samtgrün im Frühling. Er liebte den Tempel mit seiner Beschränkung auf das Wesentliche – die Hohen Steine, die den Kreis bildeten – das Zeichen für die Sonne – die ihrerseits Zeichen war für das Grenzenlose und Namenlose: das Eine, das alles enthält. Er liebte die Rituale, die eng mit den Jahreszeiten verbunden waren, mit den Rhythmen der Erde, der Sonne, des Mondes und der Sterne. Er war mit der Verwickeltheit der religiösen Rituale seines Volkes unzufrieden geworden, mit den Priestern, die oft der körperlichen Darstellung der Götter so viel Beachtung schenkten, dass sie vergaßen, wofür die Bilder aus Stein, Gold oder Lapislazuli eigentlich standen.

Aha, seine Tochter hatte einen Nerv getroffen. Er vermisste Ägypten tatsächlich. Er vermisste die Sonnenuntergänge über der Wüste – das feuerrote Nachglühen, das sich immer mehr vertiefende Karmesin- und Purpurrot. Er vermisste den großen Fluss und die Segel, die sich in der Brise bauschten. Er vermisste die Morgendämmerung, die Stille der Erwartung, den Augenblick der Verwandlung. Auch hier gab es Sonnenauf- und –Untergänge, doch nie so stark, klar und tief. Er vermisste die Berge am Westufer, die ihre Ruhe und ihre Geheimnisse bewahrten. Er vermisste die Braun- und Ockertöne der Wüste, ihre große Weite ...

Er vermisste so viel!

Er sah Deva scharf an. »Dies ist jetzt meine Heimat«, sagte er. »Dies ist mein Volk. Wir bedürfen nicht der in Stein geritzten Worte, um zu erfahren, was wir wissen müssen.«

Gya war auf einmal hellwach. Ein Schatten hatte sich in das Zimmer geschlichen. Deva schlief neben ihm ganz fest, ihre nackte Schulter spiegelte blass das Mondlicht vom Fenster her wider. Er war, nachdem sie sich geliebt hatten, einen Augenblick etwas eingedöst, doch nicht lange danach wieder wach geworden. Dann hatte er still dagelegen und über die Frau an seiner Seite nachgedacht. Den einen Augenblick begehrte sie ihn so leidenschaftlich, dass er ihre Gier kaum befriedigen konnte. Und dann gab es Zeiten, da hatte er das Gefühl, er bedeute ihr gar nichts und ihre Aufmerksamkeit sei ganz woanders. Er hatte gesehen, wie sie und Isar sich angesehen hatten, doch er befürchtete nicht, dass sie jemals mehr tun würden, als sich ansehen. Isar hegte eine tiefe und treue Liebe zu Lerche, und er würde als der Mann, der er war, niemals etwas tun, was ihr wehtun würde.

Es lag eine Verzweiflung in der Art, wie Deva an diesem Abend geliebt hatte. Sie waren beide angeschlagen. Sie waren beide erschöpft. Aber er konnte nicht schlafen. Irgend etwas beunruhigte ihn. Er lag da und hinterfragte seine Liebe zu ihr. Er empfand keine Zärtlichkeit für sie, so wie Isar für Lerche, sondern nur eine Art Leidenschaft – fast eine Qual. Doch eine Qual, ohne die er, wie er fürchtete, nicht leben konnte. Was, wenn sie ihn verließ? Seit ihrer Rückkehr von Urak schien ihre Bindung aneinander immer brüchiger zu werden. Sie weigerte sich, über Urak zu sprechen, als wäre es ein Teil ihres Lebens, der für immer verschlossen bleiben sollte – doch sie war ruhelos – geistesabwesend – unzufrieden ...

Als er die Bewegung in den Schatten bemerkte, war er froh, dass er wach war. Langsam und vorsichtig glitt sein Arm unter den Decken hervor und tastete nach seinen Kleidern neben dem Bett. Es steckte ein Dolch an seinem Gürtel.

Deva spürte die Bewegung seines Körpers und regte sich mit einem Seufzen, aber er hatte kein Geräusch gemacht und sie wachte nicht auf. Seine Augen waren auf den Ort gerichtet, wo er den Eindringling entdeckt hatte.

Plötzlich gab es ein Sausen und Knarren, als ein Körper sich auf ihn warf. Er hatte seinen Dolch noch nicht in der Hand, war aber geistesgegenwärtig genug, sogleich seine Arme zu heben und seinen Angreifer zu packen. Der Schrei, den er ausstieß, weckte Deva, und sie setzte sich erschrocken auf.

»Ich habe ihn!« rief Gya gellend. »Entzünde die Lampe! Entzünde die Lampe! Wir wollen sehen, wer sich des Nachts in unser Zimmer schleicht!«

Entsetzt hantierte Deva mit den Feuersteinen und zitterte vor Angst, als die Leiber ihres Mannes und des Angreifers hin- und herrollten und schließlich aus dem Bett und auf den harten Boden fielen. Sie hörte Gyas Fluchen und eine andere Stimme, die sie wiederzuerkennen glaubte.

Schließlich war die Lampe entzündet, und sie konnten beide sehen, es war ein bösartiger, speiender, hilfloser Boggoron, den Gya in seinem muskulösen Griff hielt.

»Gya, lass ihn los!« rief sie. »Es ist nur Boggoron.«

»Nur Boggoron!« schimpfte Gya. »Sag ihm, er soll sein Messer fallen lassen, wenn er ein Freund von dir ist!«

»Er ist kein Freund. Boggoron!« herrschte sie ihn an, wobei sie die Lampe hoch hielt. »Lass das Messer fallen. Mein Mann wird dich töten. Lass es sofort fallen!« Gya war viel größer als Boggoron, und wenn Uraks Sklave das Messer auch noch in der Hand hielt, hatte er doch keine Möglichkeit, Gya damit zu erreichen. Wimmernd und knurrend ließ er es fallen – seine Hand war fast blau von Gyas Griff.

Gya schüttelte ihn, wie eine Katze eine Maus schüttelt, und schleuderte ihn von sich und auf den Boden. Doch bevor er davon kriechen konnte, zog Gya seinen Dolch und stellte sich drohend über ihn.

»Wer ist dieses Wiesel?« fragte er Deva verächtlich.

»Töte ihn nicht. Er ist Uraks Sklave.«

»Uraks Gefährte. Uraks Gehilfe. Uraks Rächer!« Fast schluchzte Boggoron. »Kein Sklave – kein – kein Sklave ...«

»Lass ihn«, sagte Deva ruhig. »Ohne Urak ist er nichts.« Sie empfand Mitleid mit ihm. Sie wusste, Urak war sein ganzes Leben gewesen. Und so sehr sie ihn auf dem Berg auch gehasst hatte, so war er zumindest ein greifbarer Beweis, dass sie all die unglaublichen Vorfälle nicht bloß geträumt hatte. »Wer weiß«, dachte sie, »vielleicht wird er mir noch von Nutzen sein.« Er mochte etwas von Uraks Wissen hinter seiner flachen, vorstehenden Stirn haben. Sie fühlte sich von seinem Anblick merkwürdig erhoben.

»Er hat versucht, mich zu töten«, knurrte Gya.

»Ich weiß«, sagte Deva beschwichtigend. »Aber er war wütend, weil du den einzigen Freund getötet hast, den er je hatte. Sieh ihn dir an. Er ist keine Gefahr für dich.«

Gewiss gab die gekrümmte Gestalt, die da am Boden lag und die Arme über den Kopf hielt, um Schläge abzuwehren, keinen würdigen Gegner ab für den berühmten Bogenschützen und Krieger.

»Boggoron«, sprach sie mit fester Stimme. »Wir werden dein Leben verschonen, wenn du schwörst, meinen Herrn Gya nie mehr anzugreifen.«

»Was ist mein Leben wert, da Urak tot ist«, murmelte Boggoron.

Gya hob sein Messer.

»Boggoron«, fuhr sie ihn an. »Dein Leben gehört jetzt mir. Urak hat mich zur Erbin bestimmt. Du hast sie gehört. Du weißt es. Du bist mein.«

Boggoron sah sie unter seinem Arm hervor an. Er schwieg.

»Erkenne es an!« sprach sie streng. Sie hatte sich ein Gewand locker um den Leib gelegt und stand im Lampenschein vor ihm. Ihr Haar, blauschwarz wie Rabenschwingen, floss über ihre milchigen nackten Schultern. Ihre Augen, so mächtig wie Uraks, funkelten ihn an. Er begann zu zittern. Es war, als ob Urak wieder die junge Frau war und er das Kind, das sie im Farnkraut gefunden hatte.

»Ich erkenne es an!« flüsterte er.

»Lass ihn los«, sprach sie zu Gya. »Du wirst keine Schwierigkeiten mehr mit ihm haben.«

Gya senkte seinen Dolcharm und blickte erstaunt von einem zum anderen. Boggorons ganzer heftiger Zorn war verflogen und er krümmte sich zu Devas Füßen wie ein geschlagener Hund. Gya war in der ganzen Situation äußerst unbehaglich zumute, doch schien auch er, zumindest eine Zeitlang, dem Banne Devas erlegen. Er hätte ihr nicht zuwiderhandeln können, auch wenn er es gewollt hätte.

»Du kannst vor unserer Tür schlafen heute Nacht«, sagte Deva herablassend zu Boggoron. »Morgen werde ich einen angemessenen Platz für dich finden.«

Gya starrte mit offenem Mund, als Boggoron zur Tür kroch und sich dort wie ein Hund zusammenrollte.

»Deva ...« begann er seinen Einspruch.

»Das reicht«, sprach sie kühl. »Es ist vorbei. Es ist mitten in der Nacht und ich bin müde.«

Sie warf das Gewand von sich und kletterte, weiß wie Alabaster, ins Bett. Artig legte Gya sich neben sie und lag flach auf seinem Rücken. Er wagte nicht, sie anzurühren.

Innerhalb weniger Augenblicke waren sie und Boggoron eingeschlafen, während Gya wach lag.

Boggoron war bald ein vertrauter Anblick. Er folgte Deva überall hin, und sie brauchte nur mit den Fingern zu schnippen, damit er ihren Befehlen gehorchte. Kyra versuchte, ihr zu erklären, sie habe kein Recht, ihn in einer solchen Unterwürfigkeit zu halten, doch Deva antwortete, dass Boggoron nichts anderes kannte. Er würde in Stücke brechen, wenn sie ihr Joch von seinen Schultern nähme.

»Das bezweifle ich«, sagte Kyra. »Er ist vielleicht eine Zeit lang durcheinander, aber er würde bald lernen, sein eigenes Leben zu führen, so wie wir anderen auch. Du fügst dir durch dein Verhalten mehr Schaden zu als ihm.«

Deva schüttelte ungehalten den Kopf und ging davon. Kyra verstand das nicht. Kyra hatte nicht Boggorons Beziehung zu Urak erlebt. Diese Kreatur wollte Sklave sein. »Außerdem«, und hier war Deva einen Augenblick lang ehrlich, »brauche ich ihn.« Sie brauchte ihn, damit sie etwas von dem Glauben an die Macht und die Vorrechte wiederfand, die ihr eines Tages gehören würden, wenn sie Uraks Weg folgte. Sie brauchte ihn, damit er sie an Urak erinnert ... damit er sie an einige Gesichtspunkte von Uraks Lehre erinnert, die ihr schon entglitten. Stundenlang konnten sie zusammensitzen und über »alte Zeiten« reden, Boggoron zu ihren Füßen, sie auf einem hohen Eichenstuhl.

Nach und nach sammelte sie eine kleine Gruppe von Freunden um sich, Leute, die an ihren Lippen hingen; Leute, die sich damit brüsteten, Vertraute der Tochter des Hohepriesters zu sein; Leute, die nichts aus ihrem Leben machten und sich dann beklagten, wie öd alles war. Sie lauschten gefesselt ihren Erzählungen von den Reichtümern, die sie gesehen hatte, und von dem Wohlleben anderer Länder. So wurden sie mit ihrem Leben immer unzufriedener.

»Du musst mir helfen«, sprach Deva, die es müde war, nur zu erzählen und zu beschreiben eines Tages zu Boggoron. »Ich will etwas tun, um diese Leute in Erstaunen zu versetzen.«

Seine Augen leuchteten. Er hatte nicht teil an Uraks tief-sten Geheimnissen, aber er hatte über die Jahre genug beobachtet, um seiner neuen Herrin von Nutzen zu sein.

Deva hatte für ihren Versuch jenen Ort erwählt, der »das Feld der grauen Götter« genannt wurde. Es befand sich in einem Tal in einiger Entfernung vom Tempel und außer Sichtweite der Dorfleute. Es war mit riesigen Steinbrocken übersät. In ganz frühen Zeiten hatten Deva und Isar, in ihrer früheren gemeinsamen Einkörperung, dort einen Palast gehabt, und einige Überreste davon waren noch sichtbar. Einer im Besonderen: ein uneben geformter Thron. Zu ihm zog es Deva stets hin. Sie hatte auf diesem Thron gesessen, bevor in ihrem früheren Leben die Dinge so furchtbar falsch gelaufen waren. Hier spürte sie die Kraft, die sie als Radadefs Geliebte besessen hatte. Sie wusste, es war unwahrscheinlich, dass Boggoron und sie gestört würden – denn die ortsansässige Bevölkerung fürchtete das Feld und behauptete, es sei verwunschen. Hin und wieder kamen Tempelschüler hierher, um zu lernen, die Schwingungen und Ausstrahlungen der Steine zu erkennen, bevor sie sich der heiklen Aufgabe zuwandten, die richtigen Steine für die Errichtung heiliger Kreise ausfindig zu machen. Doch sie hatte Voraussicht walten lassen und festgestellt, wann die nächste Gruppe von Schülern zu dem Feld geführt würde. Das würde nicht in den nächsten Tagen sein.

Sie ließ sich auf dem Thron nieder und befahl Boggoron, sich zu ihren Füßen niederzukauern wie gewöhnlich. Er öffnete seinen Mund, um etwas zu sagen, doch schloss er ihn wieder, als sie warnend ihre Hand erhob. Der Stein war kalt, als sie sich auf ihn setzte, und unbequem – doch fast im selben Augenblick bekam sie ein sehr eigentümliches Gefühl. Es war fast, als wenn er summte. Er erwärmte sich sehr rasch von ihrer Körperwärme, und sie merkte, wie sie ihn als sehr behaglich empfand, so, als wäre er dick gepolstert. Sie blickte über das Feld mit seinen verstreuten grauen Felsen und zu den in voller Blüte stehenden Weißdornbüschen am Rand. Eine Krähe landete auf einem Felsbrocken in der Nähe und starrte sie mit ihren gelben, runden Augen furchtlos an. Sie starrte einen Augenblick zurück und fragte sich, wie sie sie wohl sähe, fragte sich, welche Gedanken ihr wohl durch den Kopf gingen, fragte sich, ob es wirklich eine Krähe war ... oder ein Schamane oder Zauberer, ein Meister der Gestaltwandlung.

Als sie wieder vom Vogel fortschaute, entdeckte sie, dass ein dichter Nebel die Ränder des Feldes verdeckte. Die Weißdornbüsche entschwanden bereits ihrer Sicht, und rasch rollte die weiße Wolke herbei und verschlang die ihr im Weg liegenden Felsen.

Sie konnte einen Angstschauder nicht unterdrücken. Sie wollte, dass der Zauber begann, dass das Feld sich mit einer Kraft auflud, die sie benutzen konnte. Doch jetzt war sie allein, und keine mächtige Urak stand ihr zur Seite, um die Fäden zu ziehen. Sie beugte sich vor und berührte Boggoron an der Schulter. »Komm näher«, flüsterte sie. »Verlass mich nicht.« Bereitwillig rückte er näher, bis er unmittelbar neben dem Steinstuhl war. Er blickte furchtsam auf den merkwürdigen Nebel, der sich näherte, und drängte sich an sie, bis er ihr Bein berührte. Verwundert, dass sie es nicht sogleich zurückzog, schaute er zu ihr auf. Sie war wie festgewurzelt. Sie saß kerzengerade in dem Stuhl, ihre Hände umklammerten die Armlehnen und ihre Füße waren dicht nebeneinander am Boden. Sie starrte geradewegs nach vorn. Was sah sie? Er spähte in den Nebel, bemüht zu sehen, was sie sah – doch er konnte nichts ausmachen.

Deva wandelte in dem alten Palast, der einst an dieser Stätte gestanden hatte. Die gewaltigen Steinquader waren wieder zusammengefügt, um große, hohe Mauern zu bilden. Krieger standen Wache am Tor. Ihre Frauen folgten ihr schnatternd den langen Gang zum Thronsaal entlang. Dort saß ihr Gebieter, Radedef – ihr Geliebter. Er blickte auf, als sie eintrat, und ihr Herz zerschmolz fast bei seinem Lächeln. Um sie her waren die Höflinge, Gold an ihren Hälsen und Armen, Gold an ihren Fingern und Ohren ...

»Mein Gebieter.« Sie hörte ihre Stimme deutlich. Er streckte seine Hände nach ihr aus, und sie ging auf ihn zu, in seiner Liebe vollkommen glücklich.

Doch bevor sie zu ihm gelangte, stieß sie mit ihrer Sandale an eine vorstehenden Bodenplatte und stolperte. Als sie wieder aufblickte, waren er und der ganze Hofstaat verschwunden. Der Saal mit seinem reichen Pomp war fort, auch die Gänge und Mauern ... Sie war auf einem öden Feld, Boggoron kauerte zu ihren Füßen und in der Ferne wälzte sich der Nebel davon.

Sie gab eine Unmutsäußerung von sich und ihre Augen füllten sich mit Tränen.

»Wenn ich«, murmelte sie, »wenn ich nur ... wenn ich nur zu jenen Tagen zurückkehren könnte!«

»Herrin.« Boggoron zerrte beunruhigt an ihrem Kleid. »Was ist los? Was ist, Herrin?«

»Nichts«, fuhr sie ihn an, wobei sie mit ihrem Handrücken über ihre Augen fuhr. »Alte Erinnerungen. Narrheiten. Wir können die Vergangenheit nicht zurückbekommen, Boggoron. Das habe ich gelernt. Das goldene Zeitalter ist für mich und dich unwiederbringlich dahin – aber es gibt noch Dinge, die wir haben können! Wir lassen Uraks Künste nicht mit ihr sterben. Komm, Boggoron – lass uns sehen, ob ich von der großen Eulenfrau etwas gelernt habe!«

Sie hatte tiefste Einsichten erfahren in dem Strudel, mithilfe von Kyra und Maal, doch ihre Natur und das Gift von Urak, das noch in ihren Adern floss, bekämpften sie. War es Uraks Stimme, die ihr ins Ohr flüsterte, oder ihre eigene, die sie davon überzeugte, dass ein paar im Stoff verdichtete Annehmlichkeiten die Welt nicht allzu sehr verändern und ihr Leben doch gewiss leichter und erfreulicher machen würden?

Sie bückte sich und hob einen kleinen Stein auf. Sie hieß Boggoron, sich vor sie zu stellen, und sie legte den Stein in seine Hand. »Halte ihn ausgestreckt so«, sagte sie. »Nicht bewegen. Wage es nicht, dich zu bewegen. Auch nicht zittern! Ich werde eine goldene Tasse aus diesem wertlosen Stein machen, Boggoron, genau so wie Urak. Du musst ihn festhalten und deine Gedankenkraft darauf sammeln, dass es eine Tasse ist, eine goldene Tasse. Verstanden?« Er nickte. »Es ist wichtig, deinen Geist nicht abschweifen zu lassen. Verstanden?« Er nickte nochmals, heftiger. Er war von einem Gefühl der Wichtigkeit erfüllt. Urak hatte ihn nie auf diese Art mittun lassen.

Deva beschrieb ihm die Tasse in allen Einzelheiten – die Tasse, die er vor seinem inneren Auge erstehen lassen sollte. Sie sollte aus fein getriebenem Gold sein, mit Reifen und Ringen, doch der Rand so dünn wie ein Blatt. Sie hatte einen Henkel an der Seite. Er würde sie am Henkel halten, wenn sie sich verwandelte. Sie wusste nicht, ob es erforderlich war, ihn am Vorgang der bildlichen Vergewärtigung teilhaben zu lassen, doch meinte sie, es könne nicht schaden, und es mochte durchaus helfen. Sie war sich nicht sicher, ob sie allein genug Kraft hatte.

Als sie hinreichend überzeugt war, dass er den Gedanken im Kopf hatte, sehr still stand und ohne zu blinzeln den Stein in seiner Hand betrachtete, begann sie, Klänge zu erzeugen. Sie begann zu singen. Diesmal ließ sie ihre Gedanken nicht abschweifen zu alten Wunden, suchte sie keine Bilder im Nebel. So klar, als sähe sie sie in der stofflichen Wirklichkeit, stellte sie sich eine goldene Tasse vor in der Mitte des silbernen Strudels, in den sie eingetreten, als sie von Urak in den unterirdischen Sog gestoßen worden war. Sie meinte nun, die Bedeutung der Spiralen zu verstehen, die in den alten Tagen in die Eingänge von Grabstätten eingeritzt waren, an die Innenwände von Einweihungsräumen und an den Holzsäulen am Eingang ihres Tempels der Sonne. Sie stellten den Strudel dar – den mächtigen Kraftsog, den man außerhalb der Zeit erlebte, wenn man den Übergang von einer Welt in eine andere erlebte …

Anfangs gab es Augenblicke, da ihr Bild schwankte und ihre Stimme zu brechen schien – doch ihr Wunsch, den Zauber zur Wirksamkeit zu bringen, war so stark, dass ihre innere Sammlung bald wiederkehrte.

Sie hatte das Gefühl, wie in einem Fieber zu verbrennen.

Ihr Kopf tat ihr weh, Schweiß lief ihre Wangen hinab. Doch sie hielt durch – hielt durch. Boggoron war selbst wie Stein geworden. Er bewegte sich nicht. Er war so fest in den Kraftstrahl eingebunden, der von ihr ausging, wie der Stein, den er hielt.

Plötzlich stöhnte er auf und fiel zu Boden.

Das Band der inneren Sammlung zerbrach. Sie starrte ihn einen Augenblick lang an, ganz bestürzt, und fragte sich, wer er war und wo sie war und was vorging. Dann erinnerte sie sich, was sie zu tun versucht hatte. Ohne einen Gedanken daran, ob es ihm gut ginge oder nicht, stürzte sie zu ihm und griff nach dem Gegenstand, den er in der Hand gehalten hatte. In seiner Hand war, als sie sie aufbrach, nichts als Staub. Der Stein war zerfallen, hatte aber seine Natur nicht gewandelt.

Wütend wandte sie sich an ihn.

»Wir hatten es beinahe geschafft!« schrie sie. »Warum hast du dich bewegt?« Sie schlug ihm auf seinen bewusstlosen Kopf. Das Gefühl seines Knochens an ihren Fäusten befriedigte sie.

»Staub!« schrie sie. »Wenn du dich nur nicht bewegt hättest!«

Nach einer Weile hatte sie sich wieder gefasst und blickte ihn ruhiger an. War er tot? Hatte sie ihn getötet mit der Kraft, die sie von sich ausströmen gespürt hatte? Sie war eher neugierig als traurig, als sie ihn umdrehte.

Als er stöhnte, war sie erleichtert. Wie hätte sie seinen Tod erklären sollen?

Wardykes »Freund«

Fern machte sich große Sorgen über das Verhalten ihres jüngeren Sohnes, Jan. Er war immer ein Junge gewesen, der auf Abenteuer aus war, und dadurch mehr als einmal zu Schaden gekommen – doch nie hatte er Geheimnisse oder tat er böse Dinge. Er war von der Sorte Kinder, die zu hoch auf Bäume kletterten und dann nicht mehr allein herunterkamen; die in den Fluss fielen, wenn sie aufpassen sollten, dass das Baby nicht hineinfiel; die nicht rechtzeitig zum Essen kamen. Er war der enge Freund seines Vaters und tat nichts lieber, als mit Karne auszureiten. Dann saß er hoch über der Welt auf dem Pferd des Speerherren und hatte seine Arme fest um Karnes Hüfte geschlungen.

Doch in letzter Zeit hatte er sich verändert. Er war mürrisch und still geworden. Er wollte nicht mehr mit Karne ausreiten und ging lieber allein in die Wälder. Wenn andere Menschen ihm unversehens nahe kamen, dann zuckte er zusammen, als habe er verbotene Gedanken.

Karne meinte, es könnten die ersten Anzeichen der Pubertät sein und sie sollten an die Einweihungsrituale denken, die alle Jungen an der Schwelle zur Mannbarkeit durchliefen. Doch Fern erspürte etwas in ihm, das vorher nicht da gewesen war, und sie glaubte, dass es nichts mit den natürlichen Veränderungen in seinem Körper zu tun hatte.

Jan hatte ein Geheimnis, und er hatte vor seinen Eltern noch nie ein Geheimnis gehabt – kein schwerwiegendes jedenfalls. Jeden Herbst versteckte er seinen besonderen Vorrat an Haselnüssen vor seinen Geschwistern, doch es dauerte nie lange, bis sie das Versteck gefunden hatten. Diesmal musste das Geheimnis gewahrt bleiben. Wenn er jemandem davon erzählen würde, das war ihm klar, dann würde ihm der Gegenstand, der ihn so fesselte, augenblicklich fortgenommen werden – und das könnte er nicht ertragen. Noch nicht, jedenfalls.

Er hatte an jenem Tag, als Lerche sich Wardyke stellte, in den Wiesen beim großen Grabhügel gespielt. Er hatte gesehen, wie sie mühsam den Berg erstiegen hatte und hinter der großen Steinplatte am Eingang verschwunden war. Die Frage, was sie dort tat, beschäftigte ihn ein oder zwei Augenblicke ... doch dann hatte er einigen Spatzen Körner hingeworfen und zugeschaut, wie die flauschigen Jungvögel mit den Flügeln schlugen und ihre Eltern weiter um Futter anbettelten, obwohl sie durchaus in der Lage waren, die Körner selbst aufzupicken – ja sogar, zu fliegen und selbst nach Futter zu suchen. Erst als er nach Hause gehen wollte, bemerkte er den Aufruhr und sah er den Priester und einen weiteren Mann Lerche, die wie tot aussah, den Hügel hinabtragen.

Er war entsetzt. Sie kam häufig zu Besuch, und wenn sie auch nicht sprechen konnte, so spielten sie oft Verstecken miteinander. Manchmal abends, wenn sie nicht einschlafen konnten, saß sie bei ihnen und zupfte auf ihrer kleinen Harfe wunderschöne Melodien, bis sie einschlummerten.

Er schaute zum Grab, um zu sehen, was geschehen war. Es lag da wie immer, ein langer grüner Hügel auf einer Bergkuppe, dem blauen Himmel nah. Doch heute vermeinte er einen schwarzen Rauch darüber hinziehen zu sehen. Er war nicht sicher. Der Rauch war so schwach und flüchtig, schon fast wieder fort, bevor er ihn noch richtig wahrnahm.

Neugier war schon immer Jans Unglück gewesen. Er wollte nachschauen – und lief den Berg hinan.

Es war niemand in der Nähe.

Er konnte nichts sehen, wenn er sich nicht hinter die große Felsplatte am Eingang in den Vorhof wagte. Sollte er? Er fühlte sich angezogen und er hatte Angst, so hielt er vor den Stufen inne, die über die Seitenmauer des Vorhofes führten.

»Ich steige nur hinauf und schaue hinein. Ich gehe nicht hinunter«, versprach er sich.

Als er das Blut sah – und den Dolch – wollte er auf der Stelle umdrehen und fortlaufen ... doch der Dolch glitzerte und funkelte, seine Goldnägel fingen das Sonnenlicht ein. Mit hämmerndem Herzen stieg er die Stufen auf die Pflastersteine hinab und ergriff den Dolch. Ohne Verweilen war er wieder oben und aus dem Vorhof hinaus. Mit großen Schritten eilte er den Berg hinab, um sich im Wald am Fluss zu verbergen, den Dolch in seiner schwitzenden kleinen Hand umklammert.

Zitternd wusch er ihn im Fluss. Er starrte ihn an, als das Metall unter dem fließenden Wasser aufleuchtete und sich unter den Wellen verformte, sodass es einen Augenblick eher wie ein Gesicht mit einem langen Spitzbart aussah als wie ein Dolch. Vor Schreck über diese scheinbare Verwandlung ließ er ihn fallen und der Dolch trudelte hinab auf den Grund zu den glatten runden Steinen. Er tauchte seinen Arm hinab und versuchte, ihn wiederzubekommen. Dabei verlor er sein Gleichgewicht und rutschte ins Wasser. Fast ertrank er, da seine Arme sich in den Schlingpflanzen am Ufer verfingen.

Die Flussmitte war so klar, dass er sich in der Tiefe getäuscht hatte. Der Dolch war weiter, als er gedacht hatte, und so sehr er sich auch abmühte, er schien ihm nicht näher zu kommen. Doch etwas musste ihn von seinem Ruheplatz aufgehoben haben, denn plötzlich schwebte er frei und wurde von der Strömung auf geisterhafte Weise in Richtung seiner ausgestreckten Hand getrieben. Mit berstenden Lungen zerschnitt er die Ranken, die ihn festhielten, und keuchend tauchte er auf, den Dolch sieghaft in der Hand.

Er war seiner! Er hatte sein Leben für ihn aufs Spiel gesetzt – und er hatte ihm das Leben gerettet. Niemand würde ihn dazu bringen, sich jemals wieder von ihm zu trennen!

Hastig suchte er den Wald nach einem geeigneten Versteck ab. Er wusste, er musst es klug anstellen, denn das ganze Gebiet war für die Dorfkinder vertrautes Gelände.

Schließlich fand er einen Platz, bei dem er sich sicher war, dass ihn niemand entdecken würde, und dort vergrub er die tödliche Klinge.

»Warte hier auf mich«, flüsterte er. »Ich komme wieder.«

Als er sich umwandte, um nach Hause zu laufen, vermeinte er eine schemenhafte Gestalt zwischen den Bäumen zu erblicken. Er drehte sich um, voll Sorge, dass ihn jemand beobachtet hatte. Es war aber niemand da. Er rief und suchte – doch er fand niemanden.

So hatte es angefangen. Er hielt den Dolch geheim, und dieser wurde für ihn wertvoller als ein heiliges Schutzzeichen und schöner als die Edelsteine, die seine Mutter trug – noch kostbarer sogar als das graue Pferd seines Vaters. Er gehörte ihm auf eine Weise, wie nichts anderes ihm gehörte. Sein Besitz gab ihm eine geheime und furchtbare Kraft. Er würde ihn nie benutzen, sagte er sich. Nur ihn zu haben …

Eines Tages hatte er Wardykes Dolch aus seinem Versteck geholt und sich auf den Boden gehockt, um ihn wieder und wieder in seinen Händen zu drehen und die Musterung auf seinem Heft zu bewundern, als er plötzlich das Gefühl bekam, beobachtet zu werden. Hastig schob er ihn hinter seinen Rücken und bedeckte ihn mit trockenem Laub. Dann blickte er schuldbewusst auf und sah, nur ein paar Schritte entfernt, einen Fremden an einen Baum lehnen. Er konnte sehen, dass sein ungeschickter Versuch, den Dolch zu verstecken, umsonst gewesen war. Der Gesichtsausdruck des Mannes verriet belustigten Spott. Er hatte alles gesehen. Jan wusste nicht, was er tun sollte. Er schätzte den Abstand zwischen ihnen ab und wusste, dass er nicht weit kommen würde, wenn er weglief. Er sah sich den Mann genauer an. Er hatte etwas Seltsames an sich. Er trug einen langen, tiefschwarzen Umhang, obwohl es ein warmer Tag war. Sein Gesicht war grausam und hart, und doch schien er zu lächeln. Seine Augen schienen sich, auch aus dieser Entfernung, geradewegs in Jans Kopf zu bohren. Der Junge spürte, dass er seine allergeheimsten Gedanken lesen konnte. »Das ist nicht in Ordnung«, dachte Jan vorwurfsvoll. »Er tut es ohne Zustimmung.« Die Priester des Tempels beherrschten diese Kunst, doch würden sie niemals in die persönliche Sphäre eindringen, ohne vorher um Erlaubnis zu bitten – es sei denn, natürlich, wenn Gefahr im Verzuge war. Dieser Mann forschte ihn von außen und von innen aus, und Jan mochte das gar nicht.

Er nahm wieder den Dolch und stand auf. Er hob sein Kinn und blickte dem Fremden tapfer in die Augen. Sein Herzschlag ging sehr schnell, und er hatte die größte Angst, doch auf eine Weise gab ihm der Dolch Kühnheit. Er würde ihn nicht aufgeben, was auch geschah. »Selbst wenn ich für ihn stürbe!« dachte er wild entschlossen.

Der Mann lachte – aber es war keine Freude in seiner Stimme.

Schweiß lief über Jans Stirn, und, ohne es zu wollen, nahm er seine linke Hand, um ihn wegzuwischen. In dem Augenblick, da ihm die Sicht versperrt war, verschwand der Mann. Jan blieb der Mund offen stehen, und voll Unbehagen sah er sich um. Der Fremde war völlig verschwunden. Der Junge lief zu dem Baum, an den er sich gelehnt hatte, schaute hinter ihn und suchte alles ab. Jan fühlte sich außerordentlich unbehaglich. Irgendwo versteckte sich der Mann, beobachtete ihn und lachte. Er umklammerte den Dolch fester. Wo er ihn jetzt auch hintun mochte, er konnte nicht sicher sein, dass ihn der Mann nicht sah und ihn wegnahm, wenn er fort war. Die Vorstellung, den Dolch zu verlieren, war Jan unerträglich.

Er steckte ihn unter seinem Wams in den Ledergürtel. Es würde schwierig sein, ihn bei sich versteckt zu halten, doch er wollte nicht mehr Gefahr laufen, dass ihn jemand anders fand. Wenn man ihn bei ihm fand, hätte er wenigstens Gelegenheit, ihn mit Worten – oder Kampf – zu verteidigen. Doch wenn dieser kalte, harte Mann ihn nahm, dann würde er ihn nie wiedersehen oder wissen, wo er war. Der Mann war nicht von hier – dessen war er gewiss – und angesichts seines bösartigen Äußeren bezweifelte er, dass er am Tempel zum Priester ausgebildet wurde. Es gab viele Fremde in diesem Tal, die auf ihrer Reise zum Tempel durchkamen, denn er zog Lernende aus der ganzen Welt an. Doch die sahen aus wie Leute, die begierig waren zu lernen – wie Leute mit einem guten und befriedigenden Lebenssinn. Dieser Mann sah aus wie ein Feind des Lebens.

Jan versteckte den Dolch des Nachts unter seiner Matratze und am Tage trug er ihn verborgen bei sich, wohl wissend, dass er ihn seinen Eltern oder den Tempelpriestern übergeben sollte. Doch jeden Tag sagte er sich, dass er ihn noch einen Tag behalten und am nächsten herausgeben würde. Er stellte jedoch fest, dass es mit jedem Tag schwieriger wurde, zuzugeben, dass er ihn hatte.

Anfangs hatte es einigen Aufruhr und Geschrei darum gegeben – sein Vater fragte jeden aus, der möglicherweise in der Nähe des Eingangs zu dem alten Ganggrab gewesen sein konnte, als Lerche versucht hatte, sich das Leben zu nehmen. Da hatte Jan gelogen – und er musste weiterlügen, bis er sich schließlich in einem solchen Irrgarten aus Lügen verfangen hatte, dass es kein Entrinnen mehr zu geben schien. Aller Spaß und jegliche Freude schien aus seinem Leben verschwunden zu sein. Er wurde verdrießlich und gelangweilt. Er spielte nicht mit den anderen Kindern, wenn es ihn von Zeit zu Zeit auch danach verlangte. Er war von der Furcht besessen, dass sie den Dolch bei ihm finden konnten. Er hatte unruhige Nächte und böse Träume, und Fern machte sich Sorgen, da er mit jedem Tag dünner und blasser wurde. Wenn sie ihn fragte, beharrte er darauf, dass alles in Ordnung sei, und er zog sich noch weiter in sein Gehäuse zurück. Er hätte ihr so gern alles erzählt und sich von dem Geheimnis befreit, das ihm jetzt zur Last geworden war. Doch er konnte es einfach nicht.

Eines Nachts lag er schlaflos, als unversehens jemand am Fußende seines Bettes war. Er meinte zuerst, es sei sein Vater, der des Nachts häufig kam und schaute, ob die Kinder warm zugedeckt waren, doch der schattenhafte Umriß des Mannes schien zu groß zu sein. Entsetzt starrte er ihn an und vor

Angst konnte er nicht einmal schreien. Der Fremde winkte ihm zu, und ohne Murren kroch er aus dem Bett und folgte ihm. Es war eine sehr dunkle, mondlose Nacht. Tiefe Wolken bedeckten die Sterne und nur wenige der vielen Herdfeuer im Tal hatten noch Glut. Jan war voll Angst. Er konnte nichts sehen – aber er konnte die Anwesenheit des Fremden neben sich spüren.

»Hast du meinen Dolch?« fragte der Mann mit leiser Stimme. Jan schauderte, als er bemerkte, wie hohl und entfernt sie klang, obwohl der Mann dicht bei ihm war.

»Ich – ich habe das nicht gewusst ...« stammelte Jan. »Du – du kannst ihn wiederhaben! Ich – ich – wusste nicht ...« Er wandte sich um und wollte ins Haus eilen, um den Dolch zu holen, jetzt wild entschlossen, ihn loszuwerden. Doch der Eingang, obgleich scheinbar leer, hatte eine Art Vorhang aus eiskalter Luft, den zu durchschreiten Jan nicht über sich brachte. Entsetzt blickte er über seine Schulter zurück. Es schien ihm, er könne die Gestalt des Fremden ausmachen – eine dunkle Form, schwärzer noch als die Nacht.

»Ich will ihn nicht wiederhaben«, sprach das Wesen sanft. »Ich möchte, dass du ihn behältst. Er gehört dir.«

Jan stockte der Atem. Ihn behalten? Sein Herz setzte für einen Schlag aus. Da war etwas in ihm, das darauf bestand, dass Wardyke ihn zurücknahm – denn jetzt war er sicher, dass der Fremde Wardyke selbst war – doch etwas anderem in ihm verlangte es, ihn zu behalten.

»Ich – ich würde lieber ...«

»Behalte ihn«, flüsterte Wardyke aus der Dunkelheit. »Er gehört dir.«

»Mir?«, murmelte Jan. Wardykes Dolch, ihm von Wardyke selbst gegeben!

Er hatte das Gefühl, seine Familie und seine Freunde weit hinter sich gelassen zu haben. Er hatte das Gefühl, zum Mann geworden zu sein ohne die vielfältigen Rituale und Prüfungen, denen sich die anderen Jungen unterziehen mussten.

»Da ist nur eins ...« unterbrach Wardykes listige Stimme den Fluss seiner Gedanken.

»Was du willst«, antwortete Jan ohne nachzudenken. Der Gedanke, den Dolch zu behalten, erfüllte ihn mit Erregung der Gedanke, dem geheimnisvollen und fast schon legendären Wardyke selbst begegnet zu sein ...

»Ich bin einsam – ich brauche einen Freund.«

»Ich werde dein Freund sein«, bot Jan ihm sogleich an.

Wardyke lächelte, und die Dunkelheit seines Schattens schien sich noch zu verstärken.

»Unsere Freundschaft muss ein Geheimnis bleiben.«

»Natürlich!« sagte Jan, der sich jetzt mutiger und wichtig genommen fühlte. Dabei bemerkte er nicht, dass er nicht nur weit davon entfernt war, sich des einen Geheimnisses zu entledigen, das ihn belastete, sondern dass er sich noch ein weiteres aufgeladen hatte.

»Ich werde dir auf jede Art und Weise helfen, wie du willst«, sprach Wardyke schmeichelnd. »Freunde helfen sich immer.«

»Gewiss«, sagte Jan, jetzt fast heiter.

»Geh jetzt wieder schlafen«, flüsterte Wardyke. »Bewahre den Dolch wohl. Er is das Unterpfand unserer Freundschaft.«

Jan war von den Mög lichkeiten, die ein so mächtiger Freund wie Wardyke ihm eröffnen würde, so angetan, dass er winkte, als er sich zum Gehen wandte. Erst als er wieder im Bett war, die Decken bis zum Kinn gezogen und das sanfte

Atmen seiner Geschwister neben sich, kamen ihm böse Ahnungen.

Seither erschien Wardyke ihm recht häufig. Was er auch gerade tat, wenn Wardyke winkte, folgte ihm Jan. Gewöhnlich konnte sich der Junge, wenn er zurückkam, nicht mehr erinnern, was zwischen den beiden vorgefallen war, aber er merkte, wie sich seine Einstellung änderte. Er empfand immer weniger Achtung für seinen Vater und fing an, ihn dafür gering zu schätzen, dass er damit zufrieden war, über ein solch kleines Dorf zu herrschen. Er träumte davon, wie er sein Gebiet ausdehnen würde, wenn er Speerherr wäre. »Ich würde eine ordentliche Streitmacht aus ausgebildeten Kriegern aufstellen, sodass mich alle fürchten und mir gehorchen würden.«

Unter Wardykes Einfluss begann er abzulehnen, was sein Dorf und die Tempelgemeinschaft ausmachte. Er brütete darüber nach, wie er es anstellen und wie er die Dinge ändern würde, wenn er die Macht dazu hätte. Doch wenn er Wardyke eine Zeitlang nicht sah, stellten sich seine alten Gefühle wieder ein; dann wusste er, dass diese Gedanken und diese Denkweise nicht die seinen waren. Manchmal fürchtete er sich, Wardyke zu begegnen, und sehnte sich, von ihm frei zu sein. Doch dann wieder freute er sich auf das Zusammentreffen mit ihm.

Eines Morgens, als die Nebel die Dörfer im Tal von Haylken umwaberten, forderte Wardyke Jan auf, einen bestimmten Kristall aus Kyras persönlicher und sehr kostbarer Sammlung zu stehlen. Er sagte ihm ganz genau, wo er sie finden würde und welchen er nehmen sollte. Jan erinnerte sich, die Kristalle schon einmal gesehen zu haben. Sie waren überaus schön und es hatte ihn verlangt, sie in seinen Händen zu halten. Aber ... einen zu stehlen! Dies wollte er nicht tun.

»Warum holst du ihn dir nicht selbst?« fragte er mürrisch.

Wardyke lächelte grimmig. »Ich habe meine Gründe«, sagte er.

Welche Gründe? Jan grübelte. Wenn er überall und zu jeder Zeit erscheinen konnte wie er wollte, warum erschien er nicht einfach in Kyras Gemach und nahm den Kristall? Dann kam ihm der Gedanke, wenn der Mann so wenig körperlich war, wie er erschien, dann konnte er wahrscheinlich stoffliche Gegenstände gar nicht anfassen und mit sich führen. Er brauchte einen Menschen, der das für ihn tat. Er brauchte Jan. Jan fragte sich, ob er es wagen konnte, sich zu weigern, den Kristall zu stehlen. Er sah in Wardykes kaltes, wachsames Gesicht und kam zu dem Schluss, dass er es nicht wagte.

Er hatte schon Dinge für Wardyke getan, die er bereute. Einmal hatte er Kyras Fayencekette gestohlen – jene Habe, die Kyra über alles liebte. Gewöhnlich trug sie sie immer, aber an jenem Tag war die Schnur zerrissen und die Perlen lagen in einem kleinen Kasten aus Birkenholz in ihrem Zimmer. Kyra brach es über den Verlust schier das Herz, und sie hatte von oben bis unten alles nach ihnen durchsucht. Für sie war es weit mehr als eine Halskette – es war ihre Jugend, es war ihre Liebe zu Khu-ren und seine Liebe zu ihr, es war Schutz gegen die dunklen Mächte, das Band zwischen dem Land ihres Mannes und dem ihren, und es war ihr eigenes und ganz persönliches Eigentum, das nichts mit dem Tempel und seinen Ritualen zu tun hatte. Es drückte ihre Persönlichkeit als Kyra, die Frau aus, im Gegensatz zu Kyra, der Priesterin. Als Jan sie stahl, war er erleichtert, dass es nichts wertvolleres war. »Sie wird die paar losen Perlen nicht vermissen«, hatte er gedacht. Doch als er mitbekam, wie verzweifelt sie über den Verlust war – da tat es ihm leid.

»Warum?« hatte er Wardyke gefragt. »Warum wolltest du die Halskette? Sie ist nicht sehr wertvoll. Lass sie mich in ihr Zimmer zurückbringen, und ich werde dir ihre goldenen Ohrringe und Ketten, ihre Ringe und Armreifen bringen ...«

Wardyke lächelte. »Gold bedeutet mir nichts, Junge«, sagte er.

»Aber warum ausgerechnet die Halskette?« beharrte Jan. Doch Wardyke antwortete nicht.

Er dachte schon an ihre Kristalle. Ihr die Kraft zu entziehen, ihr Selbstvertrauen zu untergraben ... die Wahrscheinlichkeit zu erhöhen, dass sie übereilte und schlecht durchdachte Entscheidungen traf ...

»Wenn ich den Kristall für dich hole ...« begann Jan ängstlich, »versprichst du mir dann, dass ich nie mehr etwas stehlen muss?«

»Du wirst mir den Kristall besorgen – und dann sehen wir weiter«, sprach Wardyke ungerührt.

Jan biss sich auf die Lippen. Er hatte diesmal noch nicht den Mut, sich durchzusetzen, doch der Drang, sich von Wardyke zu befreien, wurde mit jedem Tag stärker.

Farla machte sich so gut sie es vermochte wieder ernsthaft an die Arbeit im Tempel. Meist kam sie gut voran, da sie jetzt wusste, was sie wollte. Doch an manchen Abenden konnte sie nicht schlafen. Dann ging sie spazieren, bis sie sich entspannen konnte. An einem solchen Abend hatte sie ein Erlebnis, das sie sich hinterher schwer erklären konnte.

Die Häuser der Schüler und Priester standen im Westen des Tempels in einem Hain. Ein fast voller Mond warf tiefe Schatten, die sich mit Lichtstreifen abwechselten. Es war die tiefste Nachtstunde – die Herdfeuer waren schon lange erloschen. Farla, die sich auf den mondsilbernen Pfaden zwischen den Gebäuden bewegte, konnte beinahe die Berührung der Träume der Menschen spüren und die schattenhaften Nachtreiter vorbeiziehen sehen.

Als sie gerade den Weg mit den vom Fluss geformten Steinen erreichte, der zum Haus der Hohepriester führte, meinte sie eine kleine dunkle Gestalt aus der Tür auftauchen und davonrennen zu sehen. Die Gestalt eilte davon, ohne sie zu bemerken. Ganz kurz erhaschte sie einen Blick auf das Gesicht, und erstaunt erkannte sie Jan, Ferns Sohn.

»Jan!« rief sie – aber er hielt nicht an und war schon fort, verschmolz mit den Schatten.

Sie überlegte, hinter ihm herzulaufen, doch war sie nicht sicher, welchen der vielen Pfade er genommen hatte. Verwirrt schaute sie wieder zum Haus der Hohepriester. Was, um Himmels Willen, machte das Kind zu dieser Nachtzeit draußen – und offenbar so heimlich. Hatte sie es sich eingebildet? Nein – sie war sicher, er war aus dem Haus gekommen. Es war kein Licht zu sehen – was bedeutete, dass Kyra und Khu-ren entweder schliefen oder fort waren. In Farla stieg ein Verdacht auf, den sie von sich wies, denn, wie alle, die ihn kannten, hatte sie Jan stets gemocht. Doch in letzter Zeit hatte es einige Diebstähle im Dorf gegeben, und niemand konnte sich vorstellen, wer dafür verantwortlich war. Doch gewiss nicht Ferns Sohn?

Sie kam näher heran und stand etwas unentschlossen vor der Tür. Sie fragte sich, ob sie Kyra und Khu-ren wecken sollte, als sie plötzlich das Gefühl hatte, dass jemand hinter ihr stand. Sie drehte sich schnell um und sah einen dunklen Schatten, der sich zurückzog und mit dem Schatten des Hauses verschmolz.

»Wer ist da?« fragte sie scharf. Ihr Herz setzte einen Schlag aus.

Sie erhielt keine Antwort und es gab keinen Hinweis auf irgendjemanden.

Sie hatte Angst, aber sie war entschlossen, der Sache auf den Grund zu gehen. Sie näherte sich dem Schatten und rief ihn wieder an – diesmal lauter – und halbwegs hoffend, dass ihre Stimme die Schlafenden im Haus wecken würde.

Plötzlich fühlte es sich an, als wenn eine kalte Hand ihre Stirn berührte, und erschrocken sprang sie zurück. Es war eine leichte Berührung, fast augenblicklich wieder vorbei. Nichts weiter geschah. Nichts bewegte sich. Verwirrt fand sie sich vor Kyras Haus stehen, mitten in der Nacht in ihrem Nachthemd mit nur einem leichten Umhang über den Schultern – und sie konnte sich nicht mehr erinnern, was sie da tat oder wie sie da hingekommen war. Sie wusste auch nichts mehr von der Gestalt, die sie hatte davonlaufen sehen. Sie stand eine ganze Zeitlang still da und versuchte, sich zu entsinnen; doch es kam nichts. Langsam wanderte sie zu dem Schülerhaus zurück, in dem sie wohnte, ein bisschen benebelt, mit schwankenden, unsicheren Schritten, als sei sie betrunken oder unter Drogen. Sie fand ihr Bett und rollte sich zusammen. Augenblicklich war sie eingeschlafen.

Jan war fest entschlossen gewesen, einen von Kyras Kristallen zu stehlen. Er war nicht sicher, ob Wardykes Rede ihn überzeugt hatte, dass sie so viele habe und einen nicht vermissen würde – oder ob seine Angst vor Wardyke seine Bedenken überstimmt hatte. Er war in ihr Haus geschlichen, als er das ganze Dorf in tiefem Schlaf wähnte, und hatte in dem Zimmer gestanden, wo sie ihre Sammlung jetzt in Isars wunderschöner Eichenschale verwahrte. Eine dünne Nadel aus Mondlicht drang durch ein Loch in den Vorhängen und fiel unmittelbar auf die Schale. Dies war an sich schon störend. Es war, als leuchtete die Schale und als gäben die Kristalle darin Licht ab. Er starrte sie an, ehrfürchtig angesichts ihrer Schönheit. Er fragte sich, ob er nicht zwei nehmen sollte – jenen, den Wardyke wollte, und einen für sich selbst.

Er trat näher und beugte sich über sie ... Sie waren silberweiß, durchscheinend, unwirklich ... Er streckte seine Hand aus. Er zögerte. Hörte er aus dem Nebenraum ein Geräusch? Wälzte Khu-ren sich im Schlaf? Spürte Kyra, dass ihre Kristalle in Gefahr waren? Was, wenn man ihn erwischte? Wieder Stille. Er wagte kaum, zu atmen. Noch nie hatte er irgendwo etwas so Herrliches gesehen. Er senkte seine Hand und berührte sanft einen von den Steinen ganz vorsichtig, damit die anderen nicht umfielen, wenn er ihn fortnahm. Er hatte ihn in seiner Hand. Er konnte seine kühle Oberfläche fühlen; seine Finger folgten den glatten, glänzenden Seiten und Fassetten ... Noch einen. Nur noch einen! Er berührte einen anderen und sprang zurück. Es kam ihm vor, als schösse ein scharfer, stechender Schmerz durch seinen Finger und den Arm hinauf.

»Unsinn«, sprach er zu sich und langte wieder hin. Das Mondlicht schien die Schale zu erfüllen, und er hatte jetzt den Eindruck, die Kristalle schwebten in klarem Wasser. Er beugte sich über die Schale, und erschrocken sah er sein Gesicht darin widergespiegelt ... sein Gesicht war vervielfältigt, da jede Fassette der vielen verschiedenen Kristalle ein Bild von ihm zurückwarf. Jedes Bild hatte einen anderen Ausdruck – manche einen glücklichen, manche einen traurigen, manche einen erschreckenden. Er starrte wie gebannt. Es schien ihm, einige der Gesichter entsprachen nicht dem, der er jetzt war, Jan, Sohn von Karne, sondern denen von anderen Menschen – und doch wusste er irgendwie, sie waren alle er selbst. Manche schienen nah, manche fern zu sein. Alle diese Menschen waren er. Er hatte die Kraft und das Wissen all dieser Menschen. Er war nicht nur ein kleiner Junge, der sich fürchten musste, Wardyke nicht zu gehorchen ... Er war Wardyke ebenbürtig. Sein Wesen hatte Wurzeln, die genau so lang und tief waren wie Wardykes. Er hatte die Wahl, und wenn er, Jan, nicht den Mut hatte, Wardyke zu widerstehen, dann doch die anderen, die er auch war – die vielen Fassetten seines Wesens, seine reisende Seele, sein ewiger Geist – sie würden ihm den Mut geben, Wardyke zu widerstehen.

Er legte den Kristall zurück, den er genommen hatte, und rannte so schnell er konnte aus dem Zimmer und aus dem Haus. Er sah Farla nicht auf dem Weg stehen. Er sah Wardyke nicht in den Schatten lauern, mit zornigem und enttäuschtem Gesicht.

Am Tag darauf suchte Jan seinen Bruder Isar. Er fand ihn in dem überdachten Schuppen ohne Wände, in dem er sein Holz aufbewahrte und ablagerte. Er hatte eben ein neues Schnitzwerk begonnen und lud Jan gleich ein, bei ihm zu bleiben und ihm zuzuschauen. Er war froh über die Gelegenheit, mit dem Jungen allein zu sprechen. Auch er machte sich, wie seine Eltern, in letzter Zeit um das Betragen von Jan Gedanken.

Jan saß auf dem Holzstoß und setzte sich mehrmals zurecht, um einen bequemen Platz zu finden – und auch, um Worte zu finden für das, was er sagen wollte. Jetzt, da er sich entschlossen hatte, sich hinsichtlich des Dolches zu offenbaren, war er froh, dass Karne für ein paar Tage fort war. Sein Vater verlor leicht die Beherrschung. Doch Isar – niemals.

Plötzlich sah er hinter Isar einen Schatten sich regen,

und er wusste, sie waren nicht allein. Isar, der aufblickte, sah den Schrecken im Gesicht seines Bruders, der auf etwas oder jemanden hinter Isars Schultern blickte. Schnell wandte er den Kopf, konnte aber nichts sehen. Jan kletterte von dem Holzstoß herab, und die Stämme rollten und polterten überall herum. Bevor Isar ihn aufhalten konnte, war er aus dem Schuppen davongelaufen. Da er der Holzlawine ausweichen musste, verlor Isar Zeit. Und als sich die Verwirrung gelegt hatte, gab es keine Spur mehr von Jan. Er machte sich sofort auf die Suche nach ihm, aber der Junge musste schnell gelaufen sein. Isar lief geradewegs zum Haus seiner Mutter – doch Jan war nicht dorthin zurückgekehrt.

Jan wusste nicht, wo er hinging. Soweit er wusste, gab es keinen Ort, zu dem Wardyke ihm nicht folgen würde. Doch all seinen Mut und seine Kraft zusammennehmend war er entschlossen, dass er zumindest seine Familie und seine Freunde nicht der Vernichtung anheim geben würde. Er war gehörig reifer geworden, seitdem er den Dolch in seinem Besitz hatte. Unter Wardykes Einfluss war er falsch und unaufrichtig geworden – doch genau die Falschheit seines Denkens hatte ihn dazu gebracht zu erkennen, was Wardyke vorhatte. Er würde so weit wie möglich von Haylken fortgehen, solange er dazu noch genug geistige Unabhängigkeit besaß. Er würde ein Verbannter und ein Wanderer auf dem Antlitz der Erde sein und seine Lieben nie wiedersehen, wenn nötig – aber er würde nicht bleiben und sich auf diese Art gebrauchen lassen.

Er lief und lief, sein Herz brannte vor körperlicher Anstrengung und Furcht in seiner Brust. Doch zum ersten Mal, seit er den verhängnisvollen Dolch berührt hatte, hatte er das Gefühl, seine eigene Entscheidung zu treffen – und allein dies schon gab ihm Kraft. Er erinnerte sich an das, was seine Mutter einmal gesagt hatte: »Wir sind nie allein. Wir werden stets von denen, die uns umgeben, beeinflusst – ob wir sie nun sehen können oder nicht. Doch vergiss nicht, der Einfluss ist die eine Sache – ihm zu unterliegen eine andere.« Sie hatte mit Nachdruck betont, dass uns niemand zu etwas bringen kann, das wir nicht wollen. Man konnte unseren Körper töten, doch man würden uns nicht befehlen können, solange wir nicht gehorchen wollten. Jan wollte nicht sterben, doch wurde er sich klar, wenn das die einzige Möglichkeit war, sich zu befreien, dann musste er selbst das tun. Er dachte an Lerche. Hatte sie deshalb versucht, sich umzubringen?

War auch sie dem Fluch des Dolches erlegen?

»Vielleicht möchte er, dass ich das tue«, dachte er dann. Das wäre eine gute Rache an Kyra, Karne und Fern, wenn die Menschen, die sie liebten, einer nach dem anderen Selbstmord verübten. »Ich muss den Dolch loswerden«, dachte er. »Das ist der einzige Weg.« Er hatte das schon mehrmals versucht – doch niemals war es ihm gelungen. Diesmal würde er zu einem tiefen See gehen, an dem er einmal mit Karne gewesen war und wo sie beim Baden viel Spaß gehabt hatten. Karne hatte ihn davor gewarnt, sich zu weit vom Ufer zu entfernen. »Niemand weiß, wie tiefer ist«, hatte er gesagt, »aber vor nicht allzu langer Zeit ist hier ein Kind ertrunken.« Bestimmt war er tief genug, damit niemand den Dolch jemals wiederfinden und seinen bösen Einflüssen unterliegen würde.

Er erkannte mit außergewöhnlicher Klarheit, dass er sich zuvor zum Teil nur deswegen nicht von dem Dolch getrennt hatte, weil er nicht wusste, wo er ihn hintun konnte, ohne dass ihn jemand fand. Wichtiger war, dass er sich nicht von ihm getrennt hatte, weil er es nicht wollte. Jetzt wollte er. Er wollte es ernsthaft. Vielleicht war es jetzt möglich, ihn loszuwerden – und mit ihm den bösen Geist, der in ihm wohnte. Wenn der See ihn aufnahm, wäre er frei und könnte nach Hause zurückkehren. Wenn nicht – dann würde er niemals heimkehren.

Isar stellte bei allen Nachforschungen an, die Jan an diesem Morgen seinen Schuppen verlassen oder in der Nähe des Dorfes gesehen haben konnten. Schließlich fand er einen Holzfäller, der den Jungen durch den Wald hatte laufen sehen.

»Gewöhnlich hält er an, um sich mit mir zu unterhalten«, sagte der Mann, »doch heute Morgen hat er mich nicht einmal gegrüßt.«

»Welche Richtung hatte er eingeschlagen?«

Der Mann konnte ihm die Richtung angeben, und nun folgte Isar seinem Weg nach Westen, indem er die Spuren verfolgte. Versuchte der Junge, seinen Vater zu finden? Isar konnte nicht den Schrecken im Gesicht seines Bruders vergessen und machte sich ernste Sorgen um ihn.

Als er an diesem Morgen mit Fern sprach, gewahrte Isar, dass er nicht der einzige war, der das Gefühl hatte, als kauere ein geheimnisvoller Schatten über dem Tempel und seinen Bewohnern. Fern war davon überzeugt.

»Es ist nicht nur Jan«, sagte sie, und sie berichtete ihm von den zunehmenden Fällen von Diebstahl und Gewalt unter Karnes Leuten und davon, wie viele darauf zu warten schienen, dass etwas geschah, anstatt ihr Leben wie gewohnt weiterzuführen.

Auch Lerche machte Kummer. Sie schien so blass und teilnahmslos, so sehr er und Fern und Kyra sich auch mühten, sie davon zu überzeugen, dass sie jeden nur denkbaren Schutz um sie aufgebaut hatten und dass, selbst wenn Wardykes gefallene Seele sich durch sie verkörperte, die veränderten Umstände seiner neuen Familie und Umgebung und die gesammelte Liebe und Fürsorge und Fürbitte sie wirksam vor dem erneuten Auftreten der schlimmsten Teile seiner alten Natur bewahren würde. »Schließlich«, betonte Kyra, »müssen wir alle unsere Schwierigkeiten Leben um Leben abarbeiten – und in deine Familie geboren zu werden, hier und jetzt, könnte vielleicht genau das sein, was Wardykes Seele braucht, um sich vom Dunkel zum Licht zu wenden.«

Lerche hörte wohl zu – aber es war noch immer keine Freude in ihren Augen, wenn sie das Kind in ihrem Bauch sich regen fühlte.

Isar war zutiefst erschrocken, als er vernahm, was mit dem Dolch seines Vaters geschehen war, und wütend klagte er sich selbst an, dass er ihn nicht mit seinem Besitzer zusammen begraben hatte. Die Tatsache, dass er nicht aufzufinden war, beunruhigte ihn über die Maßen. Er war sicher, die Zunahme der Gewalt, von der Fern sprach, hatte etwas mit ihm zu tun. Was für ein unverantwortlicher Dummkopf war er gewesen, die Waffe eines abtrünnigen Priesters und Hexenmeisters aufzubewahren! Er konnte sich nur damit entschuldigen, dass er damals noch ein unwissendes Kind war – und dass seine Gefühle Wardyke gegenüber nicht so einfach zu verstehen gewesen waren wie jetzt. Ein Kind konnte man entschuldigen – aber er war kein Kind mehr. Und bei allem, was er sagte, um Lerche zu trösten, fürchtete er die mögliche Rückkehr von Wardyke genauso wie sie.

Er hatte nach seiner Rückkehr mit Deva seine eigenen Erkundigungen nach dem Dolch angestellt – tatsächlich hatte das fast all seine Zeit in Anspruch genommen – aber er hatte keinen Erfolg gehabt. Nun, da er Jans Spuren folgte, fragte er sich zum ersten Mal, ob die Veränderung in Jans Betragen etwas mit dem Vorhandensein des Dolches zu tun haben könnte.

Und so kam es, dass er keineswegs erstaunt war, als er Jan schließlich fand. Dieser stand am Ufer eines Sees, hielt die Waffe in beiden Händen vor sich ausgestreckt und sein Gesicht war von der Anspannung eines inneren Widerstreits ganz verzerrt.

Isar empfand es als wichtig, dass Jan selbst den Dolch in den See warf – doch er hatte angstvolle Momente, wo er fürchtete, eine Macht würde Jan überwältigen und ihn auf immer von ihm reißen, wenn er den Jungen allein ließ. Das Wasser des Sees war spiegelglatt, der Himmel darüber dunkelgrau. Es war, als braue sich ein Sturm zusammen, aber als würde der Regen zurückgehalten wie ein Kind bei einer langen und schwierigen Entbindung.

Die Hände des Jungen zitterten von der Anstrengung, den Dolch vor sich ausgestreckt zu halten. Unvermittelt sprang Isar vor als er erkannte, dass sich seine Spitze allmählich wie eine Wünschelrute auf Jans Brust ausrichtete. Er erinnerte sich an Lerche – und stürmte auf seinen Bruder zu.

»Jan!« rief er. »Jan – nein! Wirf ihn weg! Wirf ihn weg!«

Unversehens sprang ein dunkler und schrecklicher Wind auf. Das Wasser des Sees warf wilde Wellen auf, und die Bäume am Ufer bogen sich fast bis zum Boden. Jan stemmte sich gegen den Wind, lehnte sich fast auf den Dolch.

Isar sprang auf ihn zu und schlug ihm das tödliche Metall aus der Hand. Er hörte es gegen einen Stein klirren und sah einen helles Leuchten von dem Schlag aufflammen, der einen Augenblick das Antlitz des Jungen erhellte und einen Ausdruck unvorstellbaren Hasses offenbarte.

Isar ergriff seine Schultern und schüttelte ihn heftig.

»Jan, ich bin dein Bruder. Sieh mich an. Ich bin Isar. Dein Bruder!«

Die Wolken waren jetzt donnerschwarz und das Wasser des Sees finster wie Pech. Isar spürte die Veränderung in Jan, als er mit ihm kämpfte. Seine dünnen Kinderarme waren unglaublich stark. Isar, der Mann, wurde zurückgestoßen.

»Jan!« rief er verzweifelt. »Erinnere dich, wer du bist. Denk an Fern. Denk an deine Mutter!«

Bei der Erwähnung von Ferns Namen, gab der Wind ein Geheul von sich, das war so menschlich, so gequält, dass es Isars Blut erstarren ließ. Wardyke erinnerte sich an Fern! Wardyke erinnerte sich an die Zeugung von Isar.

Jan erschauderte heftig und fiel bewusstlos zu Boden. Der Dolch lag neben ihm, scheinbar leblos. Isar wusste nicht, was tun. Sein Instinkt sagte ihm, dass Jan nur wirklich frei sein konnte, wenn er selbst die Wahl traf, ihn fortzuwerfen; auf der anderen Seite war er derjenige, der ihn vor dem Grab bewahrt und an sich gebracht hatte. Vielleicht war es an ihm, ihn endlich zu beseitigen.

Er traf eine Entscheidung und nahm den Dolch auf.

»Wardyke!« rief er gellend. »Ich weiß, dass du hier bist. Höre mir zu. Höre!«

Seine Worte wurden zu ihm zurückgeworfen. Er musste sich gegen den Sturm stemmen. Wenn er den Dolch jetzt in den See hinauswarf, konnte es geschehen, dass er wieder zum Ufer geweht wurde – wieder auf ihn und Jan. Es war sogar möglich, mit Wardykes Macht im Hintergrund, dass er im Herzen von einem von ihnen landete.

Er hob ihn über seinen Kopf und hielt ihn mit all seiner Kraft fest.

»Es ist vorbei. Lass uns in Ruhe! Du schadest niemandem als dir selbst, wenn du dich an deine alten Wege und deine alten Hassgefühle klammerst. Ich rufe das Namenlose an und alle Lichtwesen, uns zu helfen. Gegen diese kannst du letztlich nicht gewinnen, Wardyke. Du weißt es und ich weiß es.«

Ein fahler Blitz zerriss die schwarzen Wolken und ein Donnerschlag betäubte ihn fast. Ein Baum nicht weit von ihnen löste sich in gelbem Rauch auf.

Jan hatte sein Bewusstsein wiedergefunden, kam zu ihm gekrochen und kauerte sich an seine Beine. Die beiden Brüder waren voll der Angst.

Es gab noch einen Blitz, der noch näher zu sein schien. Das Wasser zu ihren Füßen zischte und kochte. Noch einer – und der Dolch in Isars Hand versengte sein Fleisch. Grimmig hielt er ihn trotz des Schmerzes fest.

»Wirf ihn weg«, flüsterte Jan heiser. »Wirf ihn weg!« Er wusste jetzt so gut wie Isar, dass der Dolch das Tor war, durch das Wardykes bösartige Kraft sich ergoss.

Isar sammelte all seine Kraft, und bevor noch der nächste Blitz aufflammte, schleuderte er den Dolch mit aller Kraft so hoch und so weit er es vermochte.

Erstaunt sahen die beiden ihn höher steigen, als Isar ihn je hätte werfen können, sich im Zenit umdrehen, wobei die goldenen Nägel am Heft ein paar Augenblicke lang Lichtstrahlen aussandten, und dann langsam auf die Wasseroberfläche hinabtrudeln, genau auf die Mitte des Sees zu. Als der Dolch den See berührte, kam der Regen. Ein Sturzbach aus schweren Tropfen zeichnete zahllose Ringe auf das Wasser. Sie hielten sich fest umschlungen und wussten, dass zumindest diese Gefahr vorüber war.

Sekhmet und Ra

Unter Devas rastloser Anleitung fingen viele Menschen an, in den Mysterien herumzupfuschen, die der Tempel stets sorgsam zu hüten sich bemühte, da er wusste, wie gefährlich sie sein konnten, wenn sie nur halb verstanden wurden. Das »Feld der Grauen Götter« und manchmal das Haus von einem aus Devas Gefolgschaft wurden zu Treffpunkten für geheime Riten. Deva gab so viel von Uraks Lehren weiter, wie sie für angebracht hielt, um eine starke Gruppe zu formen, die ihre Leistung und Kraft beisteuern konnte zu dem Versuch, Gegenstände im Stoff zu verdichten. Sie war ganz davon besessen. Sie hatte es geschehen sehen. Sie hatte Anweisungen erhalten. Sie wollte auf keinen Fall das Geheimnis mit Urak sterben lassen. Welche Macht würde ihr gehören, wenn sie es meistern könnte!

Welche Macht besaß sie schon, dachte sie, als sie um sich blickte und die verzückten Gesichter jener sah, die sich um sie versammelt hatten.

Am Anfang war Boggoron ein festes Glied der verschworenen Gemeinschaft, die sich im Geheimen traf, doch immer häufiger fand er Ausreden dafür, nicht dabei zu sein. Deva kümmerte das nicht. Sie hatte ihn auf Geheimhaltung schwören lassen und keine Sorge, er würde den Eid brechen, denn er war mit einem schrecklichen Fluch besiegelt. Beim ersten Mal, als er nicht erschien, fragte sie sich, wo er war, und stellte ihn zur Rede. Doch er hatte eine gute Ausrede – Kyra hatte ihn gebeten, etwas für sie zu tun, und das konnte er nicht ablehnen, ohne Verdacht zu erregen.

Die Treffen begannen stets mit einem Ritual, das sie von Urak gelernt hatte und das sie vor den tiefblickenden Augen der Priesterschaft verbergen würde. Bisher hatte Kyra noch keine Ahnung, wie ernsthaft ihre Tochter nach verbotenem Wissen trachtete. Wenn sie sie sah, hatte sie den Eindruck, sie führe ein gewöhnliches Leben, und Kyra war erleichtert, dass so wenig von Uraks Gift an ihr hängen geblieben schien.

Auf der anderen Seite bemerkte Deva nicht, dass Boggoron sich veränderte. Sein Rücken streckte sich. Er schien größer zu werden. Seine Augen blickten immer häufiger in die ihren, wenn sie mit ihm sprach, anstatt auf den Boden zu ihren Füßen.

Kyra war eines Tages aufgefallen, wie Boggoron die Trommler beim Üben beobachtete, hatte gesehen wie sein Körper auf den Trommelschlag reagierte. Sogleich bot sie ihm an, eine der Trommeln zu spielen, die von den anderen heiligen Trommeln abgesondert worden waren. Sie bemerkte das erregte Funkeln in seinen Augen, als er die Trommelstöcke aus ihrer Hand nahm, und sie war erstaunt über die Kraft und Kunstfertigkeit seines Spiels. Sie ermutigte ihn zu spielen, und nach und nach verschaffte sie ihm einen Platz in der Gruppe, die für das Trommeln im Tempel zuständig war. Khu-ren wandte ein, sie ginge vielleicht zu schnell voran und sie dürfe nicht vergessen, dass Boggoron Uraks engster Gefährte gewesen war und noch unter ihrem Einfluss stand – aber Kyra hörte nicht auf ihn. Sie spürte, Boggoron war bereit, sich zu ändern; alles, was er brauchte, war, um seiner selbst und dessen willen, was er konnte, geachtet zu werden. Sie gab ihm jede Gelegenheit und wurde damit belohnt, dass sie sah, wie er die Achtung der anderen Trommler gewann. Dadurch öffnete sich seine Selbstachtung, ja, sie blühte regelrecht auf.

Deva vermisste ihn nicht. Sie hatte mehr Gehilfen als sie brauchte und kam mit ihren Bemühungen gut voran. Beim letzten Versuch war es ihnen gelungen, einen Gegenstand einen kurzen, unsicheren Augenblick lang in etwas anderes zu verwandeln. In seiner neuen Form schwebte er flüchtig und nahm dann wieder seine ursprüngliche Form an. Doch die Tatsache, dass überhaupt etwas geschehen war nach all der Arbeit, gab ihnen einen ungeheuren Auftrieb.

Deva kam zu dem Schluss, dass sie Hilfe brauchten – und sie wusste, wo sie die finden konnte. Sie würde »reisen«, wie Urak es sie gelehrt hatte. Sie würde »nach Hause« gehen, nach Ägypten. Sie würde Sekhmet und Ptah anrufen. Sie wusste, in welchem Tempel sie sie finden würde; Sekhmet, »die Machtvolle«, die Löwin, die Frau von Streit und Krieg, die Zerstörerin. Sie, mit ihrem Gatten Ptah, dem Schöpfer, wahrte gewiss das Geheimnis, das am Angelpunkt von Sein und Nichtsein lag. Sie würde alles versprechen, alles geben, wenn die Hohe Frau ihr einen Blick auf dieses Geheimnis gewährte.

In dem abgedunkelten Raum zu Hause in Haylken in Britannien begann sie mit den Anrufungen, die sie in die Gegenwart der ägyptischen Göttin mit dem verführerischen Leib einer Frau und dem Kopf einer Löwin versetzen würde, der von der brennenden und unbarmherzigen Sonnenscheibe und der furchteinflößenden Haube der Kobra gekrönt war. Sie hatte in ihrem früheren Leben große Angst vor dieser Göttin gehabt und war als Kind immer angstschlotternd hinter ihre Standbilder gekrochen. Doch jetzt schien sie unwiderstehlich von ihr angezogen zu werden. Sie dachte an die Ehrerbietung, die Urak ihr entgegenbrachte. Ihre Standbilder, gehauen aus feinkörnigem schwarzen Stein aus dem Herzen des Vulkans, standen ruhig neben dem stillen, dunklen Wasser eines heiligen Sees. Da der Mond über den Wüstenbergen hinter ihr schwebte, schienen die Augen der Göttin nicht vom See widergespiegelt zu werden, sondern aus dem See selbst zu blicken. Deva erschauerte. Sie hatte erreicht, was sie wollte, und war jetzt in der Gegenwart jenes mächtigen Wesens, das zu suchen sie sich aufgemacht hatte. Jetzt durfte sie bei den Worten, die es ihr ermöglichen würden, mit Sekhmet zu sprechen, nicht ins Stottern kommen – so weit ihre Ebenen auch auseinanderliegen mochten.

»Göttin des Feuers, Machtvolle du, die du ganze Welten verschmilzt mit dem Atem deines Mundes – wenn du mir verleihen wolltest nur ein winziges Stück deines Wissens, deiner Stärke, deiner Macht, so würde ich deinen Namen über alle Völker der Erde erschallen lassen ... Kein Ort wäre ohne deinen Namen.«

Bewegten sich die Augen im Wasser? Deva konnte ihren Blick nicht auf das Wesen selbst richten, denn schon die Widerspiegelung ihres Standbildes im dunklen Wasser war schrecklicher, als sie es sich hätte träumen lassen.

Sie wartete atemlos, ihr Herz pochte, sie flüsterte gehauchte Machtworte, die Urak sie gelehrt hatte, und mühte sich, ihrem Antrieb zu fliehen zu widerstehen. Wo waren jetzt ihr behagliches Zuhause, die strohgedeckten Holzhäuser, die heiligen Steine ihres vertrauten Tempels? Selbst Khu-ren würde in dieser Gegenwart zittern. War sie wahnsinnig, sich so eine auszusuchen? Aber sie war wie toll; so nahe daran, das zu erreichen, wonach es ihr mehr als nach allem anderen verlangte, und doch zugleich – ohne Hilfe – so weit davon entfernt, dass sie genauso gut diesen gefährlichen Pfad nie beschritten zu haben brauchte.

»Jetzt nicht umkehren«, sprach eine Stimme in ihr. »Kehr jetzt um – es ist noch nicht zu spät«, flüsterte eine andere.

Sie verbeugte sich bis zum Boden und konnte spüren, wie der körnige Sand sich in ihr Fleisch drückte. Wieder und wieder sprach sie die Anrufung, stellte sie die Fragen, machte sie die Versprechungen ...

Unversehens verschwand der Mond hinter dem Berg und sie war in völliger Dunkelheit. An diesem Punkt beschloss sie, den Versuch aufzugeben und in ihren Körper zurückzuflüchten, den sie in ihrem Zimmer in Haylken zurückgelassen hatte. Doch sie stellte fest, dass sie es nicht vermochte. Sie schien selbst zu Stein geworden zu sein.

Zutiefst erschrocken erkannte sie, dass sie ihren Willen bekam – die Machtvolle änderte und verwandelte tatsächlich Stoff, wie sie es erfleht hatte, aber der Stoff, den sie verwandelte, war Deva selbst! Sie würde auf ewig Stein bleiben! Sie spürte wie ihre Gedanken gleich flatternden Vögeln sie verließen, und eine schreckliche Kälte und Leere und Einsamkeit nahmen ihren Platz ein.

Was mit Deva geschehen wäre, wenn nicht Guiron eben zu dieser Zeit am See gewandelt wäre, würde sie nie erfahren. Er hatte ein seltsames Geräusch gehört und war gekommen, um nachzusehen. Er stand jetzt, die Fackelleuchte über den Kopf gehoben, und starrte vorsichtig auf die riesenhaften Standbilder von Sekhmet, die so still am Wasser standen. Gewiss hatten doch nicht sie den Verzweiflungsschrei ausgestoßen? Er näherte sich ihnen und senkte langsam die Fackel.

Dann sah er eine weitere Gestalt am Seeufer – eine kleinere von menschlicher Größe – eine Frau. Ihm stockte der Atem. Es war die Frau, die ihn verfolgte, ihn immer verfolgt hatte ... Selbst hier war er nicht vor seinem Verlangen nach ihr sicher!

Er stand da und sah unverwandt auf Deva, erkannte mit wehem Herzen wie schön sie war. Und dann bemerkte er ihre Augen.

Er zuckte zusammen. Welch Leid! Welche Furcht! Plötzlich erkannte er voll Schrecken, dass sie, eine lebendige Frau, dabei war, sich in ein Standbild aus Stein zu verwandeln. Seine Gedanken überschlugen sich. Wie war das möglich? Wie und warum war er zu dieser Zeit an diesen Ort gekommen, um Zeuge eines so furchtbaren Geschehens zu werden? Der eine Gedankenstrang führte ihn ins Dunkle; er dachte, es wäre nicht schlecht für ihn, wenn er ein Standbild seiner Geliebten hätte, dann könnte er sie anschauen, – wann immer er wollte, ohne Angst haben zu müssen, seinen früheren Sünden zu erliegen. Doch ein anderer Strang, und der war glücklicherweise der stärkere, führte ihn zum Licht. Inbrünstig betete er um ihre Erlösung, rief er alle Lichtwesen an, von denen er je gehört hatte, und das Namenlose jenseits davon ...

Als schmölze sie in der Sonne dahin, wurde Devas »Körper« immer weniger greifbar, bis keine Spur mehr von ihm blieb am dunklen See in Ägypten.

Guiron stand allein – und weinte.

Deva war erschöpft und erschüttert nach diesem Erlebnis mit Sekhmet und lag eine lange Zeit in ihrem Zimmer in ihrem Bett zusammengerollt und die Decken über ihren Kopf gezogen.

Sollte sie aufgeben?

Sie erstaunte über die Macht jener Kraft, mit der sie spielte, und fürchtete ihre Unberechenbarkeit. Ihr fiel Kyras Warnung wieder ein, dass eine Kraft zu benutzen, die man nicht verstand, nicht nur die Gefahr des Scheiterns beinhaltete, sondern Lebensgefahr. Dennoch verlangte es sie ungeheuer nach der Macht, die die Meisterung von Uraks Wissen ihr verschaffen würde, wenn sie auch nahe daran war, zu verzagen.

Es vergingen mehrere Tage, bevor sie den Mut gesammelt hatte, es nochmals zu versuchen. Vielleicht hatte sie die falsche Kraft angerufen. Es war Sekhmet gewesen, die, einstmals, fast die ganze Menschheit vernichtet hatte. Vielleicht hatte sie nicht klar genug zum Ausdruck gebracht, dass es das Gleichgewicht zwischen Sekhmet, der Zerstörerin, und Ptah, dem Schöpfer, war, auf das es ihr ankam – der Angelpunkt, an dem »Sein« und »Nichtsein« sich drehten. Vielleicht sollte sie sich an Ra selbst wenden – einen Urquell, der über Sekhmet oder Ptah stand. Ra, dessen Zeichen die Sonne war, der Große Geist, der in so vielen verschiedenen Ländern unter so vielen unterschiedlichen Namen verehrt wurde. Sie konnte die Gebete von Kyras Tempel nehmen, um ihn anzurufen – oder sie konnte die Gebete Ägyptens verwenden.

Sie entschloss sich, zum »Verwunschenen Hügel« zu gehen, jenem Ort, an den sie sich als Kind so oft gewandt hatte – jenem Ort, an dem sie so viele Jahrhunderte lang herumgegeistert war, als sie auf die Rückkehr ihres Geliebten gewartet hatte. Von seiner Höhe würde sie am Mittag die Sonne erreichen.

Niemand sah sie den grasbewachsenen Abhang erklimmen. Niemand sah sie auf seinem Gipfel stehen.

Sie war allein. Sie hatte Angst. Dann meinte sie – für einen kurzen Augenblick – zwei Schatten zu ihren Füßen zu sehen – und der eine war der Uraks.

Sie fuhr herum – aber es war niemand da. Der zweite Schatten war fort. Sie musste sich geirrt haben.

Doch eigenartigerweise hatte sie nicht mehr so viel Angst.

Sie machte sich für den Augenblick bereit, da die Sonne den Scheitelpunkt erreichen würde. Gebete aus ihrem früheren Leben in Ägypten fielen ihr ein, die ihr in diesem Leben noch nie zu Bewusstsein gekommen waren.

»Heil dir, Ra, in der ganzen Kraft deiner Herrlichkeit, der du segelst in deinem goldenen Schiff unter den unsichtbaren Sternen. Du, der du göttlicher bist als die Götter – aus dir selbst erschaffen, dich selber erhaltend ...«

Sie beugte ihre Stirn bis zum Boden, als der große Hehre über ihr stand.

»Ich habe dich verehrt seit dem Anbeginn der Zeit und ich werde es tun bis zu ihrem Ende. Jenseits aller Dinge bist du das Eine. Nimm mich an als deine Tochter; lehre mich die Geheimnisse deines Herzens; lass mich dir dienen und dich lieben und deine Hand sein auf Erden ...«

Sie blickte auf, plötzlich davon überzeugt, gehört zu werden.

Das volle Sonnenlicht fiel in ihre Augen, und einen Augenblick lang hatte sie das Gefühl, mit dem Stein, den sie in der Hand hielt, zu verschmelzen. Das Licht war so stark, dass sie es als marternde Pein empfand. Unwillkürlich hob sie ihren Arm und barg ihr Gesicht in der Armbeuge. Klänge tönten in ihren Ohren, zuerst nicht zu erkennen, dann nahmen sie die Gestalt von Musik an – eigentümlich, pochend, unheimlich ...

Vorsichtig löste sie ihren Arm von den Augen, ängstlich, wieder das volle Licht der Sonne zu sehen, aber zu neugierig, es zu unterlassen. Der Schauplatz hatte sich geändert. Sie befand sich nicht mehr auf dem verwunschenen Hügel in Haylken. Sie stand in der Mitte eines offenen Innenhofes in einem ägyptischen Tempel; ein Reihe hoher Säulen, die bis zum Himmel zu reichen schienen, umgaben ihn. Ihre dürftigen Sandalen verhinderten kaum, dass die Hitze des Sandes, der in der Sonne glühte, ihre Füße versengte. Vor ihr befand sich ein Altar, der mit allen Abbildern von Ra behauen war: Ra-Harakti, der Falke der Morgendämmerung; Khepra, der Skarabäus des Mittags; und Atum, der Abend; der Anfang, das Ende und der Anfang ... Ihre Blicke wurden auf einen gewaltigen Skarabäus aus grünem Nephrit gelenkt, der die goldene Scheibe der Sonne vor sich hielt, so, wie der Mistkäfer, von dem Khepra sein Bild entlehnt hatte, die Kugel aus Mist trägt, die seine Zukunft enthält.

Sie zitterte.

»Khepra«, flüsterte sie, »Herr der Verwandlung, hilf mir.«

Dass sie sich vor der Gestalt des Gottes befand, die den stärksten Bezug zur Umwandlung hatte, erfüllte sie mit Hoffnung. Konnte es wirklich sein – endlich?

Sie gewahrte, dass hinter ihr jemand aus den Schatten des Säulenganges den großen offenen Hof betreten hatte, doch sie sah sich nicht um. Ihr war darum zu tun, ihre Aufmerksamkeit nicht von Khepra zu wenden, auch wenn er auf ihre Bitte nicht einging. Sie umklammerte noch den Feuerstein aus Haylken in ihrer Hand, doch alles andere um sie her hatte sich verändert. Ihre Gewänder bestanden aus feinem, durchscheinenden Leinen, ihre Arme waren, abgesehen von goldenen Armreifen, bloß, und sie spürte das Gewicht eines

Stirnreifes auf ihrem Kopf. Sie konnte sogar den Duft einer Lotusblüte riechen, die über ihre Stirn hing.

»Khepra«, flüsterte sie wieder. »Ich bitte dich nicht, diesen Stein für mich in Gold zu verwandeln. Ich bitte dich, mich zu lehren, es selbst zu tun. Ich brauche die Töne ... Ich brauche das Lied, das ein Ding in etwas anderes verwandelt. Hilf mir. Ich will alles für dich tun. Alles! Gib mir nur die Töne.«

Sie hatte das Gefühl, eine Stimme zu hören, und die Stimme war weder freundlich noch unfreundlich – die Stimme war leidenschaftslos, stark und ruhig.

»Ein Wort bildet den Anfang aller Dinge und ein Wort bildet das Ende aller Dinge – das Wort, welches ist der geheime Name des Namenlosen.«

»Aber es muss noch andere Worte geben, weniger bedeutende«, bettelte sie. »Ich begehre nicht, alle Dinge zu beendigen; ich will nur ein oder zwei kleine Gegenstände verwandeln. Das kann doch bestimmt nicht schaden? Ich schwöre, nicht mehr zu tun.«

»Ein Wort ist Klang und Gedanke. Ein Wort hat eine stoffliche Schwingung und unstoffliche Bedeutung. Der Schlüssel zu dem, was du erbittest, liegt in der Verknüpfung von rechtem Ton und rechtem Gedanken. Dies ist das Schloss. Weder das eine noch das andere allein ist ausreichend, und die Wahrscheinlichkeit, dass jemand diese Verknüpfung findet und die Stärke des Bewusstseins hat, sie im Gleichgewicht zu halten, ist sehr gering.«

»Ich erbitte nicht mehr als das, was Urak bereits besaß. Ich werde sorgsam damit umgehen. Ich werde nicht mehr als ein oder zwei kleine Gegenstände verwandeln.«

»Schon eine Veränderung könnte eine Kette auslösen, die möglicherweise ein ganzes Universum auslöscht.«

Deva hätte schreien mögen. Ihr war danach zumute, das Standbild von Khepra zu ergreifen und es auf den Boden zu schleudern. Warum wurde ihr immer wieder ein Strich durch die Rechnung gemacht. Warum? Warum? Warum?

Guiron, der das Sonnenheiligtum mit seinem Freund Userhet betreten hatte, stand wie angewurzelt. Vor dem Altar, wo niemand als der Hohepriester, der erste Verkünder, stehen durfte, war eine junge Frau – die junge Frau! Er nahm Userhets Arm und hielt ihn fest. Der alte Mann blickte Guiron überrascht an, und dann folgten seine Augen dem Blick seines Freundes zum Altar. Dort konnte er nur die Mittagssonne blendend auf die goldene Scheibe am Kopf von Khepra scheinen sehen.

»Was ist, mein Freund?« flüsterte er, als ob es ein Frevel wäre, in dem Heiligtum zu sprechen, wenn es nicht an den Gott gerichtet war. »Was beunruhigt dich?« Denn Guirons Gesicht war von Gram erfüllt.

»Es ist sie«, murmelte er. Doch Userhet wusste nicht, was er meinte, denn Guiron hatte ihm noch nichts von der Schuld erzählt, die ihn immer noch verfolgte.

Deva ließ die Sache nicht auf sich beruhen. Wenn die Götter ihr nicht halfen, so hatte sie noch immer ihre eigene Begabung und Uraks Lehren hinter sich. Sie hatte einmal die richtige Verknüpfung gefunden, in dem Strudel, und sie würde sie wiederfinden.

Nach einer Weile kamen die Dinge in Fluss. Es wurde immer leichter, Gegenstände zu feinem Pulver zu verwandeln. Auch das schon erstaunte und beeindruckte ihre Gruppe von Freunden. Doch Deva reichte es nicht. Manchmal sang sie bis spät in die Nacht und richtete ihre Aufmerksamkeit so stark auf einen Punkt, dass ihr Kopf schmerzte und ihre Wangen grau wurden. Sie hatte ganze Krüge voll mit schlichtem grauen Pulver – und keine Edelsteine.

Doch eines Tages, als sie eben jede Hoffnung fahren lassen wollte, fand sie einen kleinen blauen Kristall in ihrer Hand. Sie wusste nicht genau, wie sie das geschafft hatte, doch irgendwie hatte sie den rechten Ton im rechten Augenblick getroffen. Jetzt schaute sie nicht mehr zurück. Sie hatte zu guter Letzt den Schlüssel zu Uraks Wissen gefunden.

Wenn sie hätte erklären sollen, wie sie es gemacht hatte, hätte sie es nicht zu sagen vermocht. Soweit sie wusste, »geschah« es einfach, wenn ihr Geist in einem bestimmten Zustand war. Um diesen Zustand zu erreichen, musste sie gewisse Schritte unternehmen, und wenn sie auch nur ein einziges Stück der Vorbereitung zu knapp bemaß oder überging, geschah nichts. Andererseits, selbst wenn sie alles peinlich genau richtig machte, war es möglich, dass sie diesen Zustand verfehlte. Es war, als sei noch etwas vonnöten, das ihr ein Geheimnis blieb, über das sie aber aus Versehen gestolpert war.

Niemand außer ihr konnte tun, was sie konnte, und sie versuchte nicht, es ihnen beizubringen, denn es war die Einzigartigkeit ihrer Kunst, die ihr Ansehen und Macht brachte. Sie ließ all ihre Gefolgschaft auf strengstes Stillschweigen schwören, und die Zusammenkünfte wurden im Geheimen abgehalten, doch irgendwie wuchs ihre Zahl.

»Urak wäre stolz auf mich«, dachte sie, und sie berichtete Boggoron von ihrem Erfolg. Doch der zeigte wenig Interesse. Dem Zauber zur Verdichtung im Stofflichen zuzusehen, war für ihn in seinem Leben bei Urak etwas Alltägliches. Es lag ihm viel mehr an dem Leben, das er jetzt führte, als einer der ersten Trommler des Tempels. In Uraks Diensten war er immer einsam, abgetrennt und verloren gewesen. Jetzt jedoch, aufgehoben in der Wärme von Kyras Anerkennung, spürte er einen ungeheuren Drang dazuzugehören, als ob er in gewisser Weise Teil der Erde selbst sei – und nicht auf ihrer Oberfläche stünde, außerhalb von ihr ... sondern den Schlag ihres Herzens hörte wie seinen eigenen. Er glaubte jetzt, dass jegliches Übel, das einem Teil der Erde zugefügt wurde, auf ihn kommen würde; und dass jegliches Wohl, das einem Teil der Erde geschah, ihm zugute käme.

Gya merkte, wie ihre Wohnungseinrichtung nach und nach immer prächtiger wurde. Deva verschwand oft viele Stunden lang mit Leuten, die er nicht mochte. Doch dachte er sehr wenig darüber nach und vermutete, dass sie die Kostbarkeiten von Händlern erwarb, die im Sommer nach Haylken kamen – und dieses Jahr in größerer Zahl denn jemals zuvor. Es kümmerte ihn nicht besonders. Er und Farla waren ein Liebespaar.

Keiner von beiden hatte beabsichtigt, dass es geschah – und doch geschah es. Seit ihrer gemeinsamen Zeit bei der Rettung von Deva waren sie gute Freunde, und an Farla hatte sich Gya – als Freund – gewandt, als ihn Deva mehr gepeinigt hatte, als er ertragen konnte. Er war ihres Spiels – mal heiß, mal kalt – überdrüssig und hatte das Gefühl, verrückt zu werden, wenn er nicht jemandem sein Leid klagte. Er traf Farla an dem Tag, nach dem sie Jan von Kyras Haus hatte fortlaufen sehen. Sie erinnerte sich noch immer nicht des Vorfalls, doch verfolgte sie das Gefühl, dass in der Nacht etwas Wichtiges vorgefallen war, an das sie sich erinnern musste. Sie war in einer unruhigen, verletzlichen Stimmung und fing wieder an, sich zu fragen, ob sie wirklich geeigneter Grundstoff für die Priesterschaft war.

Sie waren sich unerwartet begegnet, als sie sich am Fluss Kennet in einem abgelegenen Teil des Waldes ergingen. Beide suchten sie die Einsamkeit, fanden aber in der Einsamkeit nicht die Lösung ihrer Fragen. Sie saßen eine lange Zeit am Fluss und redeten – schütteten all ihre Gedanken, Gefühle und Sorgen voreinander aus – und fanden beide Trost darin, dass ein anderer genau das verstand, was sie meinten, ohne es lange erklären zu müssen. Als sie sich zum Gehen erhoben und Gya ihre Hände nahm, um ihr aufzuhelfen, da kamen sie sich zum ersten Mal nahe, und in dieser Nähe fanden sie mehr als Trost. Gya, der das Beben spürte, das durch Farlas Körper lief, als sie den seinen berührte, blickte ihr überrascht in die Augen. Dort sah er, was sie für ihn empfand. Der Augenblick war richtig. Er brauchte, was sie geben konnte. Und sie – sie hatte eine lange Zeit auf einen solchen Augenblick gehofft.

Er zog sie an sich und beugte sich, sie zu küssen. Selbst da war es für ihn nur aus Freundschaft. Seine quälende Leidenschaft für Deva war nicht gestorben, und er mochte Farla nun zu gern, um sie in einem Spiel zu benutzen, das er manchmal spielte ... Doch der Kuss währte länger, als er beabsichtigt hatte, und die Wärme von Farlas Erwiderung fühlte sich gut an. Keiner von beiden mochte sich von dem anderen lösen, obgleich sie wussten, sie sollten es tun. Erstaunt, so als erblicke er sie zum ersten Mal, küsste er leicht ihre gesprenkelte Nase, ihr rostbraunes Haar am Hals. Er zog die Schultern ihres Kleides zurück und erkundete die Haut darunter. Und dann küsste er ihre Brust ... Für sie beide hatte die Welt aufgehört zu sein, und als sie auf dem weichen Gras am Fluss lagen, spürten sie weder Zweig noch Stein unter sich – nur die sich erhebende Freude ihrer Vereinigung.

Schließlich lösten sie sich seufzend voneinander, und Gya stützte sich auf seinen Ellenbogen und blickte auf ihr Gesicht hinab. Sie war errötet und blickte verträumt, die losen Locken ihres Haars verwoben sich mit dem Moos und dem Farn der Erde. Er hatte sie vorher nie als schön angesehen, aber jetzt war sie schön – und er konnte sich nicht erinnern, wann er zuletzt so zufrieden gewesen war. Sie sagten nichts, aber sie lächelten sich in die Augen. Nach einer Weile neigte er seinen Kopf an ihre Brust und schlief ein. Sie blieb wach – ihre Finger glitten durch sein dichtes, braunes Haar und über die feste Haut seiner Wangen, seines Halses und seiner Schultern. Sie schaute zum geblätterten Baldachin über ihnen hinauf und beobachtete, wie die Sonne sich durch die Blätter bewegte und eines nach dem anderen mit ihrer smaragdenen Pracht berührte.

Als er erwachte, sprachen sie noch immer nicht – obwohl sie zuvor so viel geredet hatten. Sie standen auf, reckten sich und klopften sich Zweige und Gras ab. Ruhig wanderten sie nach Hause.

Sie lächelten beim Abschied, sprachen aber kein Wort. Keiner von beiden wusste, ob dies jemals wieder geschehen würde. Beide wünschten es sich.

Die sieben Türen

Guiron erzählte Userhet die lange Geschichte seiner Beziehung zu Deva, wie er ihren Mann in einem früheren Leben vor Jahrhunderten ermordet und sie vergewaltigt hatte und die Ursache für ihren Selbstmord gewesen war.

»Doch schlimmer«, sagte er reuevoll, »ich habe sie dermaßen geschändet, dass sie sich weigerte, weiterzugehen; sich weigerte, wiedergeboren zu werden. Sie klammerte sich an den einen Ort –, ein Geist. Sie wartete abgeschnitten von den Reichtümern all der anderen Ebenen – und machte eine kurze Erinnerung zu einem Gefängnis ...«

»Das war ihre Wahl«, sprach Userhet mit ruhiger Stimme. »Deine Schuld war der Mord und die Vergewaltigung; die ihre war, auf den Fortgang der Reise der Seele zu verzichten.«

Der alte Mann Guiron senkte seine Stimme, sodass sich sein Gefährte zu ihm hinüberlehnen musste, um mitzubekommen, was er sagte. Er berichtete, wie seine Schuld nicht nur Teil eines früheren Lebens war, sondern auch zu seinem gegenwärtigen gehörte. Er hatte sich ein weiteres Mal über sie gezwungen.

»Über den Geist?« fragte Userhet, dem es nicht gelang, sein Erstaunen zu verhehlen.

Ihm wurde von Panora berichtet, dem boshaften Abkömmling dieser eigentümlichen Vereinigung, die halb Mensch, halb Geist war und sich letztendlich dafür entschieden hatte, den menschlichen Weg der Seelenentwicklung zu beschreiten. Doch erst, nachdem sie den Tempel fast zerstört hatte.

»Und diese junge Frau, die du immer siehst?«

»Das ist Anhai, die schließlich wiedergeboren wurde. Sie ist jetzt als Deva bekannt, Tochter Kyras.«

»Du solltest froh sein, dass sie zu guter Letzt weitergehen will.«

»Das bin ich. Doch ich merke, selbst in meinem Alter ist das alte Feuer noch nicht erloschen. Ich verließ mein Land und alles, was ich mir in meiner Nähe gewünscht hätte, damit ich nicht wieder in Versuchung geriet. Gibt es keinen Ausweg – niemals?« Userhet vernahm die Verzweiflung in seiner Stimme. Er legte seine Hand auf den Arm seines Freundes.

»Du kannst noch etwas tun«, sprach er. »Sie wurde dir aus einem bestimmten Grunde geschickt. Finde heraus, was es ist. Dann werdet ihr beide frei sein.«

»Hilf mir, mein Freund. Ich kann mich dem nicht allein stellen!«

Userhet sah ihn lange und mitfühlend an.

»Es muss allein sein«, sagte er schließlich. »Ich fühle das.«

Guiron vergrub sein Gesicht in den Händen. Selbst jetzt konnte er sie vor seinem inneren Auge sehen. Würde es ihm je gelingen, ihr Bild zu bannen?

Da beschloss er, in die Berge zu gehen – allein, wie Userhet es gesagt hatte – und herauszufinden, was noch zu tun war.

Guiron überquerte den großen Fluss zum Westufer hinüber, wie er es Dutzende Male getan hatte. Das leichte Boot segelte über das klare blaue Wasser, der Mast wies gerade zum klaren, blauen Himmel. Er und Userhet hatten viel Zeit am Westufer zugebracht und den Arbeitern zugesehen, die den prächtigen Totentempel an den Klippen der westlichen Berge bauten. Userhet kannte den Architekten, Senmut, gut, und sie hatten manche fröhliche Stunde mit ihm verbracht, gefesselt von seiner Begeisterung, die Vielfalt und Schönheit seiner Entwürfe bewundernd und die Entschiedenheit, mit der er darauf sah, dass jede Einzelheit ganz genau nach seinen Vorschriften ausgeführt wurde.

Guiron war sein Gesichtsausdruck nicht entgangen, als Hatschepsut kam, um das Werk zu begutachten. Hatschepsut, Tochter des großen Thutmosis I., die nicht damit zufrieden gewesen war, Regentin zu sein, während ihr kleiner Neffe noch zu jung zum Regieren war, sondern sich zur rechtmäßigen Pharaonin erklärt und die Macht übernommen hatte. Es war nur natürlich, dass bei ihrer Ankunft eine Welle der Erregung durch die ganze Mannschaft der Arbeiter ging, doch Guiron bemerkte etwas mehr in Senmuts Augen, und etwas, das nicht hätte in den Augen einer Pharaonin sein dürfen, als sie ihn anblickte. Er wagte es nicht, Userhet geradeheraus zu fragen, ob sie ein Liebespaar waren, doch hätte ihn das nicht überrascht. Da lag ein Gefühl in der Luft, eine Art gespannter Erregung. Die Pharaonin schritt ruhig und königlich um die Stätte, machte Bemerkungen über dies oder jenes, stellte Fragen und lobte. Senmut, ihr zur Seite, antwortete ernst und gemessen. Niemand hätte ihr Verhalten tadeln können, doch Guiron spürte sie: die Leidenschaft, das Begehren – unter der Decke gehalten, doch nur gerade eben. Sie waren von gleicher Art – ruhelos, glänzend, ungeduldig mit Dummköpfen. Sie passten in jeder Hinsicht zueinander.

Guiron dachte über Senmut und Hatschepsut nach, nun,

da er sich über die Ebene zu den stillen Bergen im Westen aufmachte. Quälte die Schuld ihrer verbotenen Liebe sie so sehr, wie ihn sein Verlangen nach Deva? Würde es auch in Jahrhunderten der Wiedergutmachung enden? Es war traurig, dass das Schicksal sie nicht unter anderen Umständen zusammengeführt hatte. Doch vielleicht war genau die Spannung des Verbotenen der Funke, der die Leuchtkraft ihrer Liebe entzündete.

Guiron hatte noch nie ein Bauwerk gesehen, das schöner war, sich harmonischer in die Landschaft einfügte, das so erhebend und so heilig aussah. Er und Userhet begaben sich so oft dorthin, weil sie dort spüren konnten, wie dünn die Schleier zwischen den Welten waren; weil sie dort, mehr als an jedem anderen Ort wussten, dass sie in der Gegenwart der großen Geistwesen waren, die manche Götter nannten. Dies war kein gewöhnlicher Tempel. Und es bedurfte außergewöhnlicher Umstände und außerordentlicher Menschen, ihn hervorzubringen. Guiron erinnerte sich, wie die beiden auf den grob behauenen Steinen der oberen Terrasse standen, der Architekt und die Pharaonin, der Mann und die Frau: Er hatte den Blick erhascht, den sie wechselten, und er bebte bei dem Gedanken an das, was die Kraft, die sich zwischen ihnen aufbaute, hervorbringen würde. Wenn sie Mann und Frau gewesen wären, kein Zweifel, dann hätten sie sich geliebt – doch die gewaltige, geheime, schöpferische Kraft hätte viel von ihrer Intensität und Stärke verloren.

Er sann über seine Beziehung zu Anhai nach – die jetzt Deva war. Was hatte sie für einen Sinn? Sie hatte nichts hervorgebracht als Trauer und Leid. Seine Liebe war völlig zerstörerisch gewesen. Warum? Warum? Warum? Wenn er in diesen Bergen nicht die Antwort auf das fand, was ihn bekümmerte, würde er sterben. Er war entschlossen, nicht in die Welt der Lebenden zurückzukehren, solange er von seiner Besessenheit nicht befreit war.

Er erreichte den Fuß der Berge etwa um Mittag. Hinter ihm lagen die grünen Ebenen, die der Nil überflutete, die Dörfer, die Kornfelder, das reiche und fruchtbare Land, das schwarze Schwemmland. Vor ihm lag das rote Land der Wüste, bewacht von der Felsmauer der Berge. Dort würde er sich von allem entledigen und sich selbst gegenübertreten.

Er hatte Essensvorräte in seinem Beutel – doch wenn sie aufgezehrt waren, würde er Eidechsen und Schlangen essen oder verhungern.

Die Sonne brannte mit furchtbarer Heftigkeit aufs Land, und der Fels unter seinen Füßen war unerträglich heiß. Das Flimmern der Hitze ließ alles unwirklich erscheinen. Er war benommen und verlor am Rand eines steilen Abhangs fast das Gleichgewicht. Plötzlich fühlte er sich kühler, und als er aufblickte, um zu sehen, was ihn beschattete, war es ein großer Falke, der über ihm enge Kreise beschrieb; Userhets Gott, Horus.

Die Berge dehnten sich vor ihm aus, gelblich-bronzen in der blendenden Helligkeit der Sonne. Er kletterte immer weiter und ließ den grünen Streifen fruchtbaren Landes zu beiden Seiten des Nils weit hinter sich. Hier gab es von Menschen oder Menschenwerk keine Spur mehr. Hier würde er keinen Gefährten treffen – niemanden, der ihn trösten oder ihm sagen könnte, was er tun solle. Er war allein unter den gezackten Felsgipfeln, Staub ließ er hinter sich – und Staub lag vor ihm. Unter Schmerzen kletterte er über die heißen Felsbrocken, dem tiefblauen Himmel entgegen, wo der einsame Falke seine Kreise zog.

Er bog um eine Klippe und sah vor sich den mächtigen pyramidenförmigen Gipfel, der das entlegene Tal überragte, welches Hatschepsuts Vater und Großvater sich als Grabstätte erkoren hatten.

Die Stille war vollkommen.

Er blickte zum Gipfel hinauf, in dem Mertseger wohnte, »die die Stille liebt«, die Schutzgöttin des Tals der Gräber. Sein Herz pochte vor Scheu. Der Aufstieg war steil gewesen, aber er hatte auch Angst. Würde sie ihn durchlassen, die schreckliche Kobragöttin?

Doch nichts rührte sich, und es war unter Mertsegers mächtigem pyramidenförmigen Gipfel, da er eine kleine Höhle fand, in der er vor der Hitze der Sonne zu Mittag Zuflucht suchen und seinen Kopf zum Schlaf niederlegen konnte. Im Westen, auch wenn er sie wegen der gewaltigen Felszinnen nicht sehen konnte, lag die Wüste – das Unbekannte, das sich scheinbar in die Unendlichkeit erstreckte. Im Norden lag der tiefe Einschnitt des Tals der Gräber, wo die Pharaonen der Ewigkeit harrten.

Die Vorräte, die er mit in die Berge gebracht hatte, waren bald aufgebraucht, und er wurde hager und dünn, da er von der kärglichen Nahrung aus Eidechsen und gelegentlich in Schlingen gefangenen Vögeln lebte. Er gewöhnte sich daran, während des heißesten Teils des Tages in seiner Höhle zu schlafen und daraus hervorzukriechen, wenn die große Sonne sich am Horizont herabsenkte. In der Kühle des Abends und am frühen Morgen ging er auf die Jagd. Des Nachts blieb er wach und beobachtete die Sterne, wie sie langsam und majestätisch ihre Bahn zogen. Doch des Nachts rang er auch mit seinen Gedanken und mühte sich, einen Weg aus der Sackgasse zu finden, in der er sich befand. Doch ebenso war es des Nachts, dass er Deva sah – nicht in einer klaren Erscheinung, wie damals in der Allee aus Weihrauchbäumen bei Hatschepsuts Tempel – oder vor dem schreckenerregenden Standbild von Sekhmet – oder vor Khepra am Sonnenaltar – sondern als Erinnerung, die nicht sterben wollte, und als ein Bild, das Sehnsucht hervorrief ...

Er hatte geglaubt, wenn er nach Ägypten käme, würde er die Wahrheit in den alten Texten niedergeschrieben finden, und indem er lernte, sie zu lesen, würde er lernen, was er wissen musste. Anfangs war er ganz erregt über diese neue Art Gelehrsamkeit gewesen und seine Augen schmerzten dann von den langen Stunden, die er mit den Papyrusrollen zubrachte. Doch als er sie immer besser entziffern konnte, bemerkte er immer mehr Widersprüche und Ungenauigkeiten. Beim Abschreiben von einem und demselben Text schrieb der eine Schreiber das eine und der andere etwas anderes. Manche Texte ergaben einen herrlichen Sinn – doch andere waren Unsinn, waren so oft abgeschrieben worden, dass die Fehler der einen Schreibergeneration von der nächsten übernommen und noch vermehrt wurden, sodass sie sich immer mehr vom Original entfernten. Er hatte gelernt, dem geschriebenen Wort nicht mehr zu vertrauen als dem Rauch des Mogüd. Von beiden hatte er etwas gelernt – aber nicht genug und nicht das, was er suchte.

Eines Morgens, als er auf der Jagd war, bebte die Erde, und er wurde fast von einer Geröllawine erschlagen. Er kehrte zu seiner Höhle zurück, tief erschüttert, und hatte für diesen Tag nichts zu essen.

Er legte sich an seinem gewohnten Platz nieder, schwach und erschöpft, und versuchte, sich für den Schlaf zu sammeln. Doch das Grimmen des Hungers hielt ihn davon ab, und schließlich öffnete er die Augen und starrte zur Felsdecke hinauf ins Leere. Zu guter Letzt wanderten seine Augen umher, und da entdeckte er, in seiner Höhle hatte es auch einen Steinschlag gegeben. Die ganze Rückwand schien zusammengebrochen zu sein und es gab eine Lücke hinter dem Geröllschutt, die zeigte, dass seine Höhle weiter in den Berg hineinführte.

Er rappelte sich auf. Seine Neugier war geweckt und sein Hunger vergessen. Unter Mühen entzündete er eine der wenigen Pechfackeln, die er mitgebracht hatte, und begann, den Haufen aus Geröll zu erklimmen, der sich unter dem Loch aufgetürmt hatte. Er stieß sich die Schienbeine und zerkratzte sich Hände und Ellenbogen, doch endlich war er in einer Stellung, von wo er in die Dunkelheit jenseits seiner Höhle schauen konnte. Das flackernde Licht erhellte einen langen Gang. Die Wände schienen eigentümlich glatt zu sein, so als wäre Menschenhand im Spiel gewesen. So schwach er auch war, er musste ihn erforschen!

Noch eine große Anstrengung, und er war über den Geröllhaufen und im Gang. Geröllbrocken schlitterten rechts und links von ihm den Haufen hinab. Sobald er fest im Gang stand, hob er seine Fackel ganz hoch und schaute angestrengt so weit er konnte. Der Gang war lang und eng und wurde niedriger, je tiefer er in den Berg ging. Das Ende verlor sich in der Dunkelheit. Er wusste, es war töricht, wenn er versuchte, ihn in seinem Zustand zu erkunden. Wenn er jetzt sterben würde, mit dem ungelösten Problem, dann hätte er in seinem nächsten Leben dafür zu leiden. Diesmal wollte er mit der Vergangenheit abgeschlossen haben, wenn er die Zukunft betrat. Doch seine Neugier war zu stark.

»Ich passe auf«, sprach er zu sich. »Ich werde nicht weit

gehen. Nur ein bisschen weiter, um zu sehen, wo der Gang hinführt. Ich werde an einem der nächsten Tage wiederkommen, wenn ich mich kräftiger fühle.«

Er sah sich vor – tastend tat er langsam Schritt um Schritt –, doch hielt er nicht an, als er das Ende des Ganges sah, denn da konnte er sehen, wie er in eine Kammer führte.

Er dachte gar nicht daran, anzuhalten, bis er in der Kammer stand, die Fackel hoch erhoben und jeden Winkel ausleuchtend. Er befand sich in einem halbfertigen Grab. Daran bestand kein Zweifel. Es war kein Sarg oder Sarkophag da, doch die Wände waren zum Teil mit Bildern und Hieroglyphen bemalt, wie sie stets in Gräbern zu finden waren und die dazu dienten, die Verstorbenen durch die vielfältigen Prüfungen des Duat, des Totenreiches, zu geleiten und sie sicher und sieghaft zum neuen Leben zu führen. Userhet hatte ihm gesagt, dass diese Gemälde, auch wenn sie für die meisten Menschen mit dem Tod eines Pharaos verknüpft waren, für den Eingeweihten auch eine Anleitung für die Lebenden beinhaltete, die Umwandlung zur Erleuchtung zu erfahren – einen Zustand, in dem es keine Trennung mehr zwischen den Wirklichkeitsebenen gab, wo ein einzelner Mensch sich der höheren Ebenen erfreuen und sie verstehen konnte, obgleich er sich noch in seinem stofflichen Körper befand. Jede Gestalt in den sorgsam ausgeführten Darstellungen war als vielschichtiges Sinnbild zu lesen – die Verstorbenen würden es so lesen, die Lebenden anders.

Guiron schaute gebannten Blickes, folgte den Schilderungen von Wand zu Wand. Manches sah er deutlich, wo die Künstler die Vorzeichnung schon bemalt hatten, anderes nur umrisshaft, wo es noch nur Skizzen waren.

Besonders angesprochen wurde er von einem Bild mit sieben Türen. Eine lange Zeit stand er davor, betrachtete es eingehend und versuchte, es auf die Art zu »lesen«, wie Userhet es ihm beigebracht hatte, auf vielen Bedeutungsebenen.

Ob es nun die bedrückende Stickigkeit des Ortes, der Geruch des brennenden Pechs, der Mangel an Nahrung oder etwas anderes war ... aber Guiron fühlte sich allmählich ganz eigenartig, so als entschwebe er seinem Körper.

Er war erschrocken. Dies waren nicht seine Götter, diese fremdartigen Wesen, die auf die Wände gemalt waren mit stilisierten menschlichen Körpern und Tierköpfen. Er hatte von Userhet sehr viel über sie erfahren – doch fühlten sie sich noch immer fremd an. So sehr Userhet ihm auch die Symbolik erklärt und ihm versichert hatte, dass niemand mit der richtigen Einstellung tatsächlich glaubte, dass der Gott Thot einen menschlichen Körper und den Kopf eines heiligen Ibis besaß, so verursachten sie ihm doch Unbehagen. Guirons Volk stellte keine Abbilder der leuchtenden Wesen oder des hinter diesen stehenden Namenlosen her. Was dem noch am nächsten kam, sich ein sichtbares Abbild von einer unsichtbaren Kraft zu machen, die sie verehrten, war die Sonne selbst, von der der Mond einen anderen Aspekt verkörperte. Die Steinkreise wurden nicht als bildhafte Darstellungen gebaut, sondern als nutzbringende und anwendbare Sammelpunkte für die mächtige, lebensspendende Kraft, die das Weltenall bewegte. Die langen Ganggräber seines Volkes beinhalteten manchmal Erinnerungen an den Strudel, durch den man hindurch musste, um zu den anderen Wirklichkeitsebenen zu gelangen. Sie waren in den Fels geritzt. Aber es waren keine Gestalten dargestellt, nichts Geschriebenes sagte, wie das Leben nach dem Tod wieder beginnt. Diese Botschaft wurde vermittelt durch den Strahl der Sonne, der zu Mittewinter durch eine kleine

Öffnung hereinfiel. Wenn die Erde am kältesten und dunkelsten war und man wohl verzweifeln mochte, dann brachte der Sonnenaufgang diesen Strahl, dieses Leuchten, diesen Boten der Hoffnung und der Erneuerung in das Grab.

Guiron hatte das Gefühl, allein durch die Wüste zu wandern.

»Vorsicht«, sagte er sich. »Vorsicht vor den Einbildungen, die Müdigkeit mit sich bringen kann. Vorsicht vor den Bildern, die mit rituellem Zauber aufgeladen sind.«

Ein Teil von ihm überließ sich der Erfahrung; aber ein anderer passte auf, behielt die Übersicht. Er trat vor und sprach ein stilles, inbrünstiges Gebet: »Großer Gott jenseits aller Götter, Schöpfer all der Universen und Ebenen des Seins ... der Diener des Lichtes sendet durch Zeit und Raum, um denen zu helfen und die zu leiten, die kämpfen, führe mich jetzt. Schütze mich und führe mich ohne Furcht und Schwäche, damit ich durchschreite die Dunkelheit zum Licht.« Es kam ihm so vor, als habe er seit Langem zum ersten Mal wieder sein Gebet an die richtige Stelle gerichtet.

Vor ihm war auf einmal eine riesige Tür, vor ihm verschlossen. Er konnte erkennen, dass die Tür nicht eingebaut war, und wenn er wollte, könnte er um die Tür herumgehen, anstatt zu versuchen, sie zu durchschreiten. Doch er wusste, wenn er das tat, würde er etwas sehr Wichtiges versäumen. Sie war aus sehr schwerem Holz und stand zwischen zwei hohen Pfosten aus Stein. Eine dritte Steinplatte diente als Deckstein und war mit vielen fremdartigen Mustern versehen.

Vor der Tür standen drei Gestalten: der Bewahrer, der Wächter und der Schreiber. Er sah die Gestalten an und sie sahen ihn an. Es wurde kein Wort gesprochen, aber er wusste, dass er sie benennen musste, bevor er hindurchgelassen wurde. Er wusste auch, dass die Namen nicht Namen im alltäglichen Sinne waren, sondern vielschichtige, geheime Zeichen, die der Tür eine Bedeutung und seinem Durchschreiten einen Sinn geben würden. Er wusste ebenfalls, – wenn er auch nur einen einzigen Fehler machte, würde sich die Tür nicht für ihn öffnen.

Er, welcher annimmt viele Formen, damit er lernen möge.
Er, welcher den geheimen Lehren lauscht.
Er, welcher sich dessen erinnert, was er lernt.

Die Tür öffnete sich und er schritt hindurch. Dahinter sah er in der Wüste eine weitere Tür.

Er, welcher ablegt alles, dessen er nicht bedarf.
Er, welcher bereit ist, sich zu wandeln.
Er, welcher brennt vom Willen, sich zu wandeln.

Die zweite Tür öffnete sich und er schritt hindurch. Dahinter stand in der Wüste eine weitere Tür.

Er, welcher wieder untersucht, was er fortgeworfen hat.
Er, welcher wachsam ist.
Er, welcher schützt, was er empfing.

Die dritte Tür öffnete sich und er schritt hindurch. Dahinter war in der Wüste eine weitere Tür.

Er, welcher aufzeichnet und bewahrt, was er verstanden hat.
Er, welcher immer achtsam ist, damit er nicht in die Irre gehe.

Er, welcher verteidigt, was andere ihm wegnehmen wollen.

Die vierte Tür öffnete sich und er schritt hindurch. Dahinter war noch eine Tür.

Er, welcher hat Erdwissen; Schlangenwissen.
Er, welcher ist eine Flamme.
Er, welcher Macht hat.

Die fünfte Tür öffnete sich und noch eine stand vor ihm.

Er, welcher die Seele nährt.
Er, welcher wach ist.
Er, welcher scharfen Auges ist.

Er durchschritt die sechste Tür sicher. Die siebte stand vor ihm.

Er, welcher stark ist in dem, was er als das Rechte weiß.
Er, welcher sich gegen das Falsche ausspricht.
Er, welcher ist ein starker Beschützer der geheimen Weisheit.

Eigenartigerweise offenbarte sich ihm, – waren die Namen, die er nannte auch noch so unbeholfen – als sich jede Tür für ihn öffnete und er sie durchschritt, Schicht um Schicht inwendiges, esoterisches Wissen. Vieles davon wusste er bereits von seiner Ausbildung als Herr der Sonne her, aber es gab Nuancen, die er auch bei den Dingen übersehen hatte, die er zu wissen glaubte.

Plötzlich hatte er eine Offenbarung, eine unmittelbare Erfahrung des Ewigen. Er sah in einem blendenden Blitz, dass die geheime Weisheit, die man suchen und bewahren sollte, Liebe war – nicht die körperliche, besitzergreifende Liebe, die er für Deva empfand, sondern Liebe, wie er sie jetzt fühlte – für das geheimnisvolle, wunderbare, krafterfüllte Ganze, von dem er voll Freude ein Teil war.

Er war diesen ganzen Weg gewandert und hatte alles ausgehalten, was er ertragen musste, nur um eine Wahrheit zu finden, die schon die ganze Zeit bei ihm war. Vielleicht hatte er es zuvor nur mit seinem Kopf gewusst – doch jetzt klang es in seinem Herzen wie ein wahrer Ton in einer wunderschönen und harmonischen Melodie.

An dieser Stelle überwältigte ihn schließlich seine körperliche Schwäche und er fiel ohnmächtig zu Boden. Wie lange er dort gelegen hatte, wusste er nicht, doch als er sein Bewusstsein wiedererlangte, war seine Fackel auf dem staubigen Boden fast abgebrannt und er musste sich beeilen, den Eingang zu dem Gang zu finden, bevor er in völliger Finsternis war. Er stöhnte, als er zu seiner Höhle zurückkroch, steif und unter Schmerzen, aber ohne Hungergefühl. Der Wille hielt ihn aufrecht, auch wenn der Körper bei jeder Bewegung Einspruch erhob. Er wollte noch nicht sterben. Userhet hatte recht gehabt – es war noch etwas zu tun.

Zerschunden und ausgelaugt fiel er schließlich in den Staub seiner Höhle, und da lag er und ruhte sich eine lange Zeit aus. Am Ende fiel er in Schlaf – und in diesem Schlaf machte er einen schrecklichen Traum durch. Er sah Deva wieder ... nicht als die schöne, begehrenswerte Frau, die ihn so lange verfolgt hatte, sondern als Kind, das zwischen den fürchterlichsten Gefahren umherirrte. Sie hatte zwei Münder: mit dem einen rief sie um Hilfe und mit dem anderen sagte sie zu allen und jedem, sie sollten bloß wegbleiben. »Mir geht es gut«, sagte sie. »Helft mir!« sagte sie. Sein Herz war mit einem neuen Gefühl für sie erfüllt – es war eine fürsorgliche, selbstlose Liebe, nicht mehr Begierde. Er wusste, dass er ihr helfen musste, denn er war für die Gefahr, in der sie sich befand, mitverantwortlich.

Als der Morgen kam, erwachte er und kam mühsam auf die Beine. Nach dem Traum mit Deva hatte er andere Träume. Er hatte Gewalt im Tempel gesehen ... er hatte Zerstörung gesehen ...

Das Fest der wandernden Sterne

Da Deva nun wieder zu Hause und in Sicherheit war, fanden Kyra und Khu-ren es in Ordnung, Haylken für eine Zeitlang zu verlassen und in den Norden zu reisen, wo es ein großes festliches Treffen von Klans, Stämmen und Priestern, von Tänzern, Sängern und Musikern, von Bauern, Händlern und Bergleuten geben würde. Auch Karne und Fern würden mitkommen und ein gut Teil der Priester des Tempels, die Speerheeren der Gegend und die begütertsten Bauern.

Zu dieser Zeit des Jahres hatte es den Anschein, als würden die Sterne ruhelos werden, als wollten sie andere Standorte am Himmel einnehmen. Am Himmel strahlten Meteore und Meteoriten, und es war über die Jahrhunderte Brauch geworden, in jeder Dorfgemeinschaft Zeremonien abzuhalten. In jedem dritten Jahr gab es ein großes Fest, das jedes Mal von einer anderen Dorfgemeinschaft in einem anderen Teil des Landes ausgerichtet wurde. Die Gefühle in Bezug auf die Zeit der himmlischen Unrast waren zwiespältig. Manche hatten Angst, Unheil würde über sie kommen, wenn die uralte Ordnung der Sterne gestört wurde; andere begrüßten das Zerbrechen der alten Muster und die Veränderungen, die damit einhergehen mochten. Jedes Jahr zur Zeit der Meteorschauer war im Tempel besonders viel los, und es gab viele Geschichten über übernatürliche Vorkommnisse. Das dritte Jahr wurde immer als etwas Besonderes angesehen – nicht weil es mehr Meteore gab, sondern einfach weil es Brauch war. Die Menschen zogen übers Land und suchten neue Erfahrungen und neue Beziehungen und Verbindungen, so wie die Sterne, die durch den Himmel zogen.

Bevor Kyra und Khu-ren aufbrachen, wurden Bannsprüche zum Schutz gesprochen, und dann sahen die Zurückbleibenden dem Zug der Reisenden nach und winkten ihm auf seinem Weg zu. Es würde eine lange Reise werden, und niemand wusste genau, wann die Pilger zurückkehren würden. Als Haylken an der Reihe war, das Fest der wandernden Sterne auszurichten, waren einige der Gäste drei Monde lang geblieben. Ein oder zwei waren sogar ganz dageblieben.

Die Packpferde waren schwer beladen, die Hunde kläfften aufgeregt. Isar legte den Arm um Lerches Schulter und drückte sie an sich. Er sah ihrem Gesicht an, sie war nicht glücklich, dass sowohl Kyra als auch Fern sie verließen. Sie hatten ihr versichert, sie würden wieder da sein, lange bevor das Baby kommen würde – doch sie hatte Angst. Fern hatte versucht, nicht mitfahren zu müssen, doch war es eine wichtige Gelegenheit, Verbindungen zu Leuten aus dem ganzen Land zu knüpfen, und Karne musste als Speerherr wirklich dabei sein. Fern war bei den anderen Festen nie dabei gewesen, weil ihre Kinder noch zu klein gewesen waren, um sie mitzunehmen, doch diesmal bestand Karne darauf, dass sie mitkam. Freunde passten auf ihr Kleinstes auf, und Jan und Inde blieben bei Isar. Fern schaute zurück und sah sie am Straßenrand stehen und winken, Isar einen Arm um Lerche gelegt, Jan dicht neben ihm. Sie war so erleichtert gewesen, dass das Rätsel um Jans Verhalten gelöst und der Dolch nicht mehr in seinem Besitz war. Sie war besonders froh, dass es Isar war, der das tödliche Ding fortgeworfen hatte, denn sie wusste, er hätte es gar nicht erst behalten, wenn sein Vater nicht noch eine Art Widerhall in ihm gehabt hätte.

Auch Kyra hatte ihre Vorbehalte gegen die Reise – doch Khu-ren meinte mit Bestimmtheit, nach all den Bedrückungen der letzten Zeit sähe sie blass aus und eine Reise und ein Fest würden ihr guttun. »Der Zeitpunkt könnte nicht besser sein«, sagte er zu ihr. »Urak ist tot. Deva ist in Sicherheit. Wardykes Dolch ist beseitigt worden. Lerches Baby kommt nicht vor Ablauf von zwei Monden. Wir können eine Zeit fern von den Sorgen und Pflichten des Tempels verbringen.« Und sie war müde. Es war ein schweres Jahr gewesen. Sie und Khu-ren waren seit dem frühen Frühjahr kaum einmal in einer entspannten und friedlichen Weise zusammen gewesen. Auf der Reise würden sie sich nahe sein – sie würde bei ihm auf dem Pferd reiten, von seinen Armen gehalten – und des Nachts würden sie in einem kleinen Lederzelt zusammengekuschelt liegen, nachdem das Singen und Geschichtenerzählen an den Lagerfeuern geendet hatte. Sie liebte alte Geschichten. Sie liebte die Lieder, die Flöten- und die Harfenspieler. Ihr würde die Kameradschaft der Gruppe und das Zusammensein mit Karne und ihrer Freundin Fern Freude machen. Seitdem sie vor so vielen Jahren zum Tempel der Sonne gekommen waren, damit sie zur Priesterin ausgebildet wurde, hatten sie nicht viel Zeit gemeinsam verlebt. Sie waren alle zu beschäftigt gewesen – sie mit ihrer Ausbildung und ihren Aufgaben, Fern mit ihren Kindern und Karne mit seinen Pflichten als Führer in der Gemeinde. Sie würde wieder mit Fern wandern und mit ihr reden, so wie einst in ihrem Heimatdorf. Eine Träne der Wehmut trat in Kyras Auge beim Gedanken an diese längst verflossenen Tage und diesen weit entfernten Ort. Es bedeutete ihr sehr viel, mit den Menschen, die sie liebte, auf eine lange und geruhsame Fahrt zu gehen.

Sie versuchte, Deva zu überreden, mitzukommen, da sie spürte, dass sie sich zu weit auseinanderlebten. Aber das Mädchen sagte, sie sei im Frühjahr zu lange von Gya getrennt gewesen und sie wolle ihn nicht wieder alleinlassen. Er war von Karne gebeten worden, die Gemeinde während ihrer Abwesenheit zu beschützen. Kyra freute sich über den Grund, den Deva angab, und stellte ihn nicht infrage. Deva schien heiter und nun mit ihrem Leben zufrieden zu sein, und Kyra war glücklich darüber. Sie war es leid, sich um Deva sorgen zu müssen. »Gya wird auf sie aufpassen«, dachte sie. »Und Isar und Lerche bleiben hier.« Sie dachte an die Priester, die zurückbleiben würden. »Es ist für alles gesorgt, während wir fort sind«, setzte sie für sich befriedigt hinzu.

Sie erzählte Khu-ren, sie würde mitkommen, und er lächelte, als er das eifrige Leuchten in ihren Augen sah. Es hatte in letzter Zeit zu viele Schatten gegeben.

Auch Deva sah die Reisenden aufbrechen, und sie konnte ihr Glück gar nicht fassen. Gerade, da sie mit ihrem Zauber zum Verdichten im Stofflichen einen Durchbruch erzielt hatte und in ernster Gefahr war, von ihren Eltern entdeckt zu werden, begaben sich ihre Eltern auf eine Reise. Sie merkte, wie sie bei diesem Gedanken grinste. Kyra war jetzt außer Sicht, und nachdem sie einen Augenblick lang ins Leere geschaut hatte, wanderten ihre Augen zu denen, die zurückblieben und noch in Gruppen am Straßenrand standen und sich unterhielten.

Sie fasste Isar ins Auge und ihr Herz tat den gewohnten Sprung. Doch ihr Lächeln verging ihr bald. Er hatte seinen Arm um Lerche gelegt und blickte in ihr zu ihm gewandtes

Gesicht. Als Deva hinschaute, beugte er sich zu Lerche hinab und küsste ihre Lippen. Deva wurde rot vor Zorn. Da war eine solche Zärtlichkeit in der Art, wie sie beisammenstanden, und in der Art, wie er sie küsste. Deva schüttelte ihren Kopf. »Ich hatte ihn und ich werde ihn wiederhaben«, murmelte sie – doch bis dahin hatte sie noch viel zu tun.

Nun, da die Menschen, die sie aufhalten konnten, fort waren, wuchs Devas Ehrgeiz schnell. Händler von nah und fern bekamen Wind von den außergewöhnlichen Kostbarkeiten, die in Haylken auftauchten, und so sammelten sie sich dort. Die Leute waren erstaunt über den Reichtum, der über Nacht zu ihren Nachbarn gekommen zu sein schien, dachten jedoch, es hätte etwas mit den Händlern zu tun. Sie hatten noch keine Ahnung, was Deva und ihre kleine Gefolgschaft vorhatten. Häuser wurden erweitert, um die neuen Möbel unterzubringen, die man sich angeschafft hatte, und es gab manchen zornigen Streit zwischen Nachbarn, weil die Erweiterung des einen Besitzes für den anderen Beeinträchtigungen bedeutete.

Wie die Dinge sich entwickelten, merkte Isar erst, als er Zeuge eines Streites zwischen zwei Männern wurde, die er stets für gute Freunde gehalten hatte. Er schritt ein und trennte sie, und dabei wurde er zum Schiedsrichter in ihrer Auseinandersetzung. Er bat sie, ihre Häuser sehen zu dürfen, da er nicht verstehen konnte, warum sie beide so leidenschaftlich nach mehr Land verlangten. Als er im ersten Haus stand, mochte er seinen Augen kaum trauen. Die Zimmer, die vorher völlig ausreichend waren, um alles unterzubringen, was die Familie brauchte, quollen jetzt über von exotischem Mobilar aus fernen Ländern und Gütern, die er sich im Leben nicht als notwendig vorstellen konnte. Der Ort wurde von der ganzen Habe erdrückt; das Licht von den Fenstern wurde durch Vorhänge von reicher Farbigkeit verdunkelt, die eher in einen Palast als in ein Dorfhaus in Haylken passten. Die Frau des Hauses stand inmitten, die Arme in die Seiten gestemmt und einen Ausdruck im Gesicht, den Isar Lerche später nur schwer erklären konnte. Es war Vorsicht: »Dies sind meine Sachen und wage ja nicht, sie zu berühren!« – verknüpft mit Stolz: »Dies sind meine Sachen und ich bin besser als du, weil ich sie besitze!«

Isar war ganz schlecht.

Man zeigte ihm das andere Haus, und er fand, dass es kaum zu unterscheiden war. Der einzige Unterschied war, dass sich die Kinder im zweiten Haus wütend um ein Spielzeug balgten.

»Wo kommen all die Sachen her?« fragte er verwundert.

»Das geht dich nichts an«, sagte die Mutter der streitenden Kinder scharf. »Du siehst, wir brauchen ein größeres Haus.«

»Oder ihr müsst etwas von diesen Dingen abstoßen«, bemerkte Isar freundlich.

Die Frau wandte sich an ihren Mann. »Was macht der hier? Warum hast du ihn hergebracht? Damit er an uns etwas aussetzt?« Sie sah an Isars Zügen, dass er nicht billigte, was er sah. Seine Missbilligung machte sie besonders wütend, weil sie wusste, dass er recht hatte. Wenn sie auch all die wundervollen Dinge liebte, die zu ihr kamen, irgendetwas stimmte nicht. Sie schienen nicht mehr so glücklich zu sein wie vorher. Es gab Sorgen, die sie vorher nie gehabt hatten – und eine Sorge war, dass man sie beraubte. Es hatte mehrere solcher Vorfälle gegeben in letzter Zeit. Und die Kinder – die Kinder schienen niemals zufrieden zu sein. Je mehr sie ihnen gab, desto mehr wollten sie haben. Sie waren bald gelangweilt von dem Spielzeug, das sie von ihren Sitzungen mit Deva nach Hause brachte, obwohl sie, wenn sie es zuerst sahen, ganz wild waren vor Aufregung, sich sogar darum balgten, so wie jetzt.

Durch gekonntes Fragen erfuhr Isar schließlich, dass Deva die Quelle war, aus der der Fluss gespeist wurde.

Als Isar zu Devas Haus kam, fand er sie wie eine Ägypterin gekleidet. Ihr Kleid war scharlachrot, aus Stoff, der so fein war, dass er nur einen dünnen Schleier über den Rundungen ihres Körpers bildete; eine Brust war völlig bloß. Um ihren Hals trug sie eine Kette aus Lapislazuli-Skarabäen mit in Gold gefassten Türkisflügeln. An ihren Ohren hingen Lotusblüten aus Gold und Türkis, um ihre Arme wanden sich goldene Schlangen und auf ihrer Stirn saß ein durchscheinender Aquamarin von der Größe eines Taubeneis, der an einer dünnen Goldkette hing, die in der Mitte ihrer sorgsam frisierten Haare befestigt war. Ihm stockte der Atem. Niemals hatte er eine so schöne Frau gesehen oder sich vorstellen können. Er hatte sich dem Haus voll Zorn genähert, entschlossen, dem Unheil auf den Grund zu gehen, für den sie ohne Zweifel verantwortlich war. Er hatte wohl hundert Mal vor sich hergesagt, was er ihr sagen wollte, da er wusste, es würde nicht leicht sein, ihr gegenüberzutreten. Er hatte geglaubt, dass der Kampf zwischen seinen Gefühlen für sie und seiner Liebe für Lerche vorüber sei. Der Augenblick, da er sie in jenem Bergsee gefunden hatte, war einer der süßesten seines Lebens, und er würde niemals vergessen, was er empfand, als er sie wieder in seinen Armen hielt und wusste, dass sie noch lebte. Sie war so kindhaft gewesen auf ihrer Rückreise von Uraks Bergen, so verletzlich und weinerlich, so sehr der Liebe und des Schutzes bedürftig. Unter Schmerzen hatte er sie den ganzen Weg nach Hause geführt, sie dicht in seiner Nähe gehalten, ihr tröstende Worte zugesprochen, die bald zu Beteuerungen seiner unsterblichen Liebe geworden wären. Doch glücklicherweise war Gya dabei, und es war ihm gelungen, sich zu beherrschen. Doch als sie wieder in Haylken waren, hörte er von Wardykes Dolch und wie Lerche versucht hatte, sich damit das Leben zu nehmen. All seine Aufmerksamkeit galt von da an nur noch ihr, und er sah Deva den ganzen Sommer über fast nie. Er hatte sich beinahe davon überzeugt, dass seine alten Gefühle für Deva tot waren, und er war sicher, die gegenwärtige Lage während Kyras und Khu-rens Abwesenheit vernünftig meistern zu können.

Er konnte nicht verstehen, was geschah. Die ganze Gemeinde, die er sein Leben lang kannte, schien ihr Wesen zu verändern. Da war eine Art fiebriger Gier, ein übellauniges Besitzstreben, ein Verschließen der Türen gegenüber den Nachbarn, das es vorher nicht gegeben hatte – oder wenn, nur unter ganz wenigen Einzelnen. Und es war alles so plötzlich geschehen. Natürliche Veränderungen waren unvermeidbar, doch sie geschahen gewöhnlich langsam und fast unmerklich. Es musste ihm einfach unnatürlich erscheinen, und als er das dachte, war sein nächster Gedanke Urak. Waren sie zu guter Letzt zu spät gekommen, um Deva zu retten?

Deva stand nun vor ihm, und all die Worte, die er sich bereitgelegt hatte, gefroren auf seinen Lippen. Er hatte vergessen, wie hinreißend schön sie sein konnte – und ihre dunklen Augen, die in die seinen blickten, sagten ihm, dass sie nichts von der Nacht vergessen hatte, als er sie geliebt hatte.

Er schluckte.

»Ist Gya hier«, fragte er unbeholfen. Sie lächelte und trat zurück, um ihn vorbeizulassen. Sie hatte nicht geantwortet, und in seinem Herzen wusste er, dass Gya nicht da war. Dessen ungeachtet trat er ein.

Er hätte in einem Zimmer in einem ägyptischen Palast sein können. Schemenhafte Erinnerungen aus dem weit zurückliegenden Leben, das sie in Ägypten miteinander geteilt hatten, bevor sie nach Britannien gekommen waren, regten sich in seiner Erinnerung. Da war eine Liege aus Ebenholz mit Löwentatzen als Füßen – das Holz eingelegt mit Perlen und Silber. Der Raum war mit Vorhängen zugehängt und dämmrig, obwohl es draußen taghell war. Eine kleine Lampe brannte, warf flackerndes Licht auf reiche Stoffe, Alabastervasen, goldene Pokale und Fächer aus Straußenfedern. Er trat einen Schritt zurück, entschlossen zu gehen.

Doch sie nahm ihn am Arm und zog ihn vorwärts. Er widerstrebte nicht.

»Erinnerst du dich nicht ...« hauchte sie und der berauschende Duft von Lotusblüten ließ ihn fast ohnmächtig werden. Sie küsste sein Ohrläppchen und er zitterte. Doch er versuchte noch immer, sich zurückzuziehen.

Sie nannte ihn bei seinem alten Namen und sein Herz schrie auf.

»Ich erinnere mich«, flüsterte er heiser. Sie nahm ihn in die Arme und ihre Lippen waren auf seinen Lippen. Erinnerungen, wie er sie liebte, und nicht nur aus jenem früheren Leben, überfluteten ihn und brachen fast seine Standhaftigkeit. Doch unter der Weichheit ihres Fleisches konnte er etwas anderes spüren, etwas Fremdartiges, etwas Hartes ... einen Schatten, den Urak hinterlassen hatte.

Mit großer Willensanstrengung löste er sich von ihr und

hielt sie auf Armlänge von sich. Sie gebrauchte wieder seinen Namen – doch diesmal widerstand er.

»Radedef ist schon lange tot, Deva, Tochter Kyras. Und Anhai ebenfalls, seine Geliebte.«

»Nein!« sprach sie leidenschaftlich. »Anhai lebt! Radedef lebt!«

Er schüttelte seinen Kopf. Er ließ seine Hände von ihren Armen fallen und sah sie an – nicht mehr in ihrem Bann.

»Deva ...« begann er sanft.

»Nein!« schrie sie. »Anhai!«

»Anhai ist tot, Deva. Schon lange, lange tot. Du hast ein anderes Leben zu leben. Lebe es. Wirf es nicht weg für Schemen und Träume.«

Sie war jetzt zornig und wandte sich leicht von ihm ab. Als sie wieder sprach, hatte ihre Stimme einen bitteren Beiklang.

»Du bist nicht ohne Grund gekommen. Warum bist du hier, Isar, Sohn Wardykes?« Fast spie sie die letzten Worte aus. Er war erschrocken, diese Benennung zu hören. Wenn er auch wusste, dass er der leibliche Sohn von Wardyke war, niemand hatte ihn jemals so genannt. Er war immer Isar gewesen, Karnes Sohn.

Sie schaute in sein errötetes und wütendes Gesicht. Er begehrte sie, aber er liebte sie nicht. Da war eine rastlose Bitterkeit in ihr, ein Bedürfnis zu schaden und zu verletzen, eine gewissenlose Machtgier. All dies wusste er von ihr. Sie war eine gefährliche und zerstörerische Frau, sehr verschieden von dem kleinen Mädchen, das er vor Na-Groths Krieg beschützt und geliebt hatte. Sehr verschieden von Anhai, seiner liebreizenden, treuen Frau in jenen längst vergangenen Zeiten. Vielleicht sogar sehr verschieden von der Frau, die er im Frühling geliebt hatte.

Er holte tief Luft.

»Ich bin gekommen, weil ich mir Sorgen mache um das, was in dieser Gemeinde vorgeht ...«

»Solltest du dich dann nicht an Karne wenden – er ist der Speerherr dieser Gemeinde – oder an meinen Vater, der Hohepriester dieser Gemeinde ist?« Sie betonte das Wort »Gemeinde« mit beißendem Spott. Sie bestritt ihren Einfluss auf ihre Umgebung und verhöhnte ihn ob seiner Ernsthaftigkeit.

Er errötete und biss sich auf die Lippen.

»Deva«, flehte er. »Du weißt, was ich meine. Es geschieht Schlimmes – und irgendwie steckst du dahinter.«

Sie hob ihre schmalen schwarzen Augenbrauen und sah ihn empört an.

»Warum nimmst du an, dass ich dafür verantwortlich bin, wenn es schlimm ist?«

»Ich nehme es nicht an«, sagte er. »Ich weiß es.«

Ihre Wimpern zuckten gefährlich.

»Wer hat Lügen über mich verbreitet?«

»Niemand.«

»Wenn ich beschuldigt werde, muss ich wissen, wer mich beschuldigt.«

»Niemand beschuldigt dich.«

»Du sprichst in Rätseln. Wir sind keine Kinder mehr, die herumspielen.«

»Nein, wir sind keine Kinder mehr«, dachte er, »und wir spielen nicht herum.« Er wusste, würde er Deva sagen, wer ihren Namen genannt hatte, dann würde diese Person bestraft werden. »Wie konnte ich diese Frau lieben?« dachte er. Doch er wusste, seinen Körper verlangte es noch immer nach dem ihren, und er wusste auch, er war in gewisser Weise mitverantwortlich für ihre Bitterkeit. Wenn er nicht Lerche geheiratet hätte – wenn aber doch, wenn er dann wenigstens nicht so schwankend gewesen wäre und Deva gezeigt hätte, dass er sie noch begehrte. Wenn er sie nur nicht geliebt hätte in jener Nacht. Wenn – wenn – wenn ...

»Niemand hat dich beschuldigt«, sprach er fest. »Ich habe meinen Verstand benutzt und herausgefunden, dass du hinter all den Veränderungen stehst.«

»Welchen Veränderungen?«

Er deutete mit einer weiten Armbewegung in den Raum.

»Nicht von Händlern stammen diese Sachen.«

»Wie sonst sollen sie dann hergekommen sein?« sprach sie herausfordernd.

»Das sollst du mir sagen.« Er hatte seine Fassung wiedergewonnen und blickte ihr fest in die Augen. Sie begegnete seinem Blick einige Augenblicke lang genau so fest. Sie fragte sich, ob der Zeitpunkt schon gekommen sei, ihm ihre Macht zu offenbaren; ob sie es, wenn er es wusste, zu ihrem Vorteil ummünzen konnte.

»Komm«, sprach sie schließlich. »Setz dich, Isar. Ich muss dir etwas zeigen.«

Er blieb stehen. Sie zuckte leicht mit den Schultern, als sie sah, dass er sich nicht entspannen wollte.

»Bleib stehen, wenn du willst. Doch sieh meine Hand genau an«, sagte sie.

Sie streckte ihre rechte Hand aus, die Handfläche nach oben. Ihre Arme waren nackt, abgesehen von der schlanken goldenen Schlange, die ihn umringelte. Ein Topasauge starrte Isar ohne zu blinzeln genau über ihrem Handgelenk an. Er erinnerte sich später, genau beobachtet zu haben, dass sie an den Fingern dieser Hand keinen Ring trug. Jetzt schaute er gebannt zu. Sie schien eine eigenartige kleine Tonfolge zu summen. Plötzlich verstofflichte sich ein kleiner Gegenstand auf ihrer bloßen Handfläche aus dem Nichts. Hatte er geblinzelt und etwas übersehen? Sie beobachtete ihn sehr sorgfältig. Sie schenkte dem, was sie in der Hand hielt, keinen Blick, doch reichte sie es ihm hin.

»Für Lerche«, sprach sie ruhig.

Er sah es an. Es war ein kostbarer Ring aus Gold mit einem Blumenmuster aus Edelsteinen. Lerche würde ihn lieben.

Er sah sie überrascht an.

Sie lächelte.

»Was ist das für ein Trick?« stieß er hervor.

»Kein Trick. Zauber«, sprach sie.

Er war still und nahm den Ring, den sie ihm hinhielt, sachte in die Hand. Er drehte und wendete ihn, vorsichtig, so als wäre er lebendig und könne ihn beißen. Er war aus lauterem Gold und echtem Edelstein. Sein Herz begann wie wild zu schlagen. Stand Deva vor ihm? Oder war es Urak?

Er wollte ihr den Ring zurückgeben.

»Nein. Er ist für Lerche.«

»Lerche will ihn nicht«, sprach er schnell.

»Frage sie.«

»Ich will ihn nicht.«

»Ah, ich verstehe«, sagte sie wissend. Und dann, ihn spöttisch betrachtend, meinte sie, es sei wohl, weil er für die schlichte kleine Lerche zu schick sei. Auf der Stelle holte sie, scheinbar aus dem Nichts, eine Knochenahle und einen Wollfaden.

»Deva«, flüsterte er, und er war sehr blass geworden. »Was ist das?«

»Zauber zur Verdichtung im Stofflichen, mein Geliebter«, sprach sie mit süßer Stimme, erfreut über die Wirkung, die sie erzielte. »Es gibt nichts, was ich nicht so verdichten könnte, wenn ich es will.«

»Deva«, murmelte er wieder, und noch in ihrem Frohlocken wurde sie irritiert durch die Traurigkeit in seiner Stimme.

»Warum bist du traurig? Es ist eine wunderbare Gabe!«

»Es ist eine tödliche Gabe!«

»Wie kannst du so etwas sagen? Die Leute waren elend und arm. Jetzt sind sie reich und glücklich.«

»Reich vielleicht – aber nicht glücklich. Wo soll das enden? Wir könnten alles haben – und nichts.«

Sie sah ihn ungehalten an.

»Ich beabsichtige, alles zu haben«, sagte sie. »Und du wirst nichts haben, wenn du es ablehnst.«

»Ich habe alles, was ich brauche und mir wünsche, ohne deinen Zauber.«

»Alles?« fragte sie spitz.

»Alles!« betonte er.

Plötzlich änderten sich ihre Züge und wurden weich.

»Ach, Isar, ich könnte alles haben – doch ich würde es alles wegwerfen, wenn ich dich haben könnte.«

»Du weißt, das ist nicht möglich. Und es ist auch nicht wahr.«

»Doch, ich würde es tun«, beharrte sie. »Ich würde schwören, diese Macht nie wieder einzusetzen.«

Er sah sie an – in einer schrecklichen Lage gefangen. Doch nein, er durfte nicht auf sie hören. Dies war nicht die Deva, die er kannte. Uraks Hinterlist war in ihr.

»Du könntest mich zu Kyra bringen. Sie könnte einen Bannspruch über mich legen, sodass ich den Eid nicht brechen könnte.«

»Schwöre in jedem Fall – ohne Vorbedingungen. Deva, du weißt nicht, womit du herumspielst. Der Tempel hat gute Gründe, die Anwendung dieses Zaubers zur Verstofflichung zu verbieten.«

»Der Tempel hat sich überlebt«, sagte Deva barsch. »Es muss sich etwas ändern, und die Zeit jetzt, während des Festes der wandernden Sterne, ist so gut für Veränderungen wie jede andere. Die Leute sind der Wege des Tempels überdrüssig. Sie wollen die Dinge, die ich ihnen geben kann. Sie sind mir dankbar.«

»Sie werden nicht mehr dankbar sein, wenn sie merken, wo sie dies alles hinführt. Sie werden nicht mehr dankbar sein, wenn sie merken, dass dich diese ersten Stufen der neuen Macht nicht befriedigen und du es weiter treibst ...«

»Ich werde damit aufhören«, unterbrach sie ihn scharf. »Aber nur, wenn ich dich bekomme. Du hast es in der Hand.«

»Nein!« rief er aus. »Du hast es in der Hand.«

»Ich werde nichts preisgeben ... es sei denn, ich bekomme dich«, wiederholte sie eisig, und als er in ihre kohlschwarzen Augen blickte, in ihr hartes aber schönes Gesicht, wusste er, sie meinte, was sie sagte.

»Dann bist du und sind wir alle dem Untergang geweiht«, murmelte er, wandte sich um und verließ ihr Haus.

Isar nahm Gya beiseite und erzählte ihm, was Deva tat, wenn er ihm auch nichts davon sagte, unter welchen Bedingungen sie ihm angeboten hatte, darauf zu verzichten. Gya hörte es sich unbeschwert an und schien keineswegs beunruhigt über das, was er vernahm.

»Ich wusste, dass da was im Gange war«, sagte er leichthin, und Isar sah, dass er keineswegs aufgebracht, sondern recht stolz auf sie war.

»Siehst du nicht, welchen Schaden das anrichten kann?« fragte Isar.

»Ach, Unsinn!« Gya lachte. »Dann macht sie wenigstens keine Dummheiten.« Es freute ihn, dass sie in letzter Zeit so beschäftigt war, denn so hatte er mehr Zeit für Farla. Er konnte nicht erkennen, weshalb Isar besorgt sein sollte.

Isar sah ihn überrascht an. »Dir ist nichts merkwürdig vorgekommen in letzter Zeit?«

Gya schüttelte den Kopf. »Was denn?« Er hatte in letzter Zeit sehr wenig mitbekommen, außer Farlas nussbraune Augen und ihre wohlgerundeten Körper.

»Ach, nichts«, sagte Isar und ließ ihn allein. Es war schwer für ihn zu erklären, was für ihn nicht stimmte. Er hatte einfach das Gefühl, es sei eine schlechte Wendung, und wenn sie auf diesem Weg fortführen, immer mehr Besitztümer mit immer weniger Anstrengungen zu bekommen, dann würden sie bald jede Verbindung mit der Weisheit der inneren Ebenen verlieren, die sie über so lange Zeit erhalten und getragen hatte. Sie würden in einer rein stofflichen Welt gefangen sein wie ein Vogel in einem Kasten, der doch frei am Himmel fliegen sollte.

Das Kind in Lerches Bauch hatte seine Lage verändert, und alle Frauen, die sie kannte, sagten ihr, dass es jetzt nicht mehr lange dauern würde, bis es geboren würde. Lerche hatte große Angst vor der Geburt, vor allem, weil Kyra und Fern noch fort waren. Eine kurze Zeit, nachdem Jan und Isar sich Wardykes Dolch entledigt hatten, war sie beinahe glücklich gewesen. Isar hatte sie darauf hingewiesen, dass Wardyke schwerlich das Kind in ihrem Bauch sein konnte, wenn er noch in der Welt herumgeisterte und Jan anstachelte, der Gemeinde zu schaden; und nun, da der Dolch fort war, war er sicher, dass auch Wardyke fort war. Doch wie die Zeit näherrückte, kehrten ihre Ängste wieder. Etwas war ganz und gar nicht in Ordnung. Als Isar ihr von Deva erzählte, war sie nicht überrascht. Sie zog sich in ihr Zimmer zurück, wie sie es in diesen Tagen oft tat, in Tränen aufgelöst, und Isar wünschte, er hätte es nicht erwähnt.

Er fühlte sich hilflos zwischen diesen beiden Frauen gefangen. Lerche liebte er, doch je mehr sie sich in ihren Ängsten vergrub, desto schwerer erträglich war das Zusammensein mit ihr, desto weniger zugänglich war sie. In diesen Tagen zuckte sie oft vor ihm zurück, wenn er sie berühren wollte. Wenn sie nur hätte sprechen können, dann hätte sie ihm verständlich machen können, dass sie sich nicht deshalb vor ihm zurückzog, weil sie ihn nicht liebte – sondern weil sie das Gefühl hatte, dass ihr Körper nicht mehr der ihre war. Doch sie konnte nicht sprechen, und die Zeichensprache, die sie verwendete, war nicht fein genug, um solche Dinge zu vermitteln. Es hatte starke geistige Bande zwischen ihnen gegeben – doch die schienen nun viel schwächer zu sein.

Isar fing an, sich zu fragen, ob es so schrecklich wäre, wenn er sich Devas Flehen ergeben würde. Schließlich mochte das die Gemeinde vor großer Besitzgier bewahren. Doch hier setzte er sich einen Punkt. Er wusste, wenn er sie lieben würde, dann weil er sie begehrte und nicht um des Wohles der Gemeinde willen. Er wusste auch, es würde für die, welche er wirklich liebte, kein Gewinn, sondern ein Verlust sein.

Er sah allmählich genau so gequält aus wie seine Frau. Er ging Deva aus dem Wege und verschloss sich in seiner Werkstatt. Er arbeitete verdrießlich an seinen Schnitzwerken und stellte fest, dass kein einziges Stück so gut wurde, wie er gehofft hatte. »Was soll das«, dachte er eines Tages verärgert. »Wozu die ganze Mühe, wenn Deva in einem Augenblick etwas besseres zustandebringt, als ich in einer ganzen Woche schnitzen kann!« Die ganze Befriedigung, die ganze Freude war aus dem schöpferischen Tun wie fortgeblasen.

Gya erzählte Farla von Devas Beschäftigung, mehr in belustigtem Plauderton, und war verblüfft, als sie es auch so schwer nahm wie Isar. Diese Nachricht erklärte einiges, über das sie sich seit einiger Zeit Sorgen machte. Es schien ihr, die Zeremonien im Tempel wären sehr oberflächlich abgehalten worden, seitdem Kyra und Khu-ren fort waren. Anfangs dachte sie, es fehle einfach der Anreiz, den hohen Ansprüchen zu genügen; doch nach einer Zeit hatte es den Anschein, dass der Niedergang doch etwas mehr war. Ziemlich oft kamen Priester überhaupt nicht, und wenn, dann schienen sie mit anderen Dingen beschäftigt zu sein. Farla bemerkte, dass einige der Priester alle möglichen Reichtümer besaßen, die sie vorher nicht hatten, und dass manchen von ihnen jetzt mehr an ihrer äußeren Erscheinung gelegen zu sein schien, als an den Worten, die sie sprachen. Deva hatte ihre Tätigkeit vor Farla wohl verheimlicht, denn sie wusste, wenn ihr jemand Schwierigkeiten machen würde, dann Farla. Da hatte sie recht.

Zuerst machte Farla sich Vorwürfe, so sehr mit Gya beschäftigt gewesen zu sein, dass sie nicht erkannt hatte, was vorging – dann erkundete sie, wie viel Schaden schon angerichtet war. Der war nicht unerheblich. Hatte man einmal großen Wohlstand erlebt, war es nicht leicht, ihn wieder aufzugeben – und das wollte keiner. Irgendwie waren die Gedanken aller daraufgerichtet, immer mehr zu bekommen, ihre Nachbarn zu übervorteilen und ihr Eigentum vor Dieben zu schützen ... Sie mussten sich jedoch bald um mehr Sorgen machen, als bloß um ortsansässige Diebe. Plünderer und Räuber von nah und fern hörten von dem unerwarteten Reichtum, der in Haylken aufgekommen war, und zogen sich um das Gebiet zusammen.

Farla kam zu dem Schluss, dass sie diese Schwierigkeiten nicht allein bewältigen konnte, und schickte die dringende Botschaft an Kyra und die anderen, dass sie zurückkommen sollten.

Kyra freute sich über das Fest der wandernden Sterne in diesem Jahr mehr als jemals zuvor. Die Erleichterung, Deva sicher zu Hause zu wissen, trug in großem Maße zu ihrem Glück bei – doch es war nicht nur das. Sie hatte das Fest immer sehr gern gemocht. Es kamen Leute aus vielen verschiedenen Gemeinden – manche sogar von den Inseln vor der Küste, von Irland und aus der Bretagne. Es war immer eine Gelegenheit, alte Freunde zu treffen. Es gab Festmähler und Geschichten, Musik und Tanz. Es gab Vorführungen von Kunststücken und mentalen Fähigkeiten – alles in lockerer Stimmung, ohne Hochmut und Neid. Es war eine Zeit des Austausches, eine Zeit des Lernens. Es gab Wettläufer und Jongleure, Redner, Barden und Händler. Es gab auch einen guten Anteil an Scharlatanen und Schwindlern ... doch sie waren eine Minderheit und konnten das Ereignis nicht beeinträchtigen.

Nachts stieg Kyra gerne auf die Spitze des Festhügels und schaute auf die Hunderte von Kochfeuern hinab, die ihn umringten, und zu den Sternen über ihnen hinauf. Es gab viele Menschen, die die Sterne beobachteten, denn das war der Hauptanlass des Festes, und wenn eine Sternschnuppe über den Himmel schoss, erscholl ein Freudenruf aus tausend Kehlen.

Jetzt war sie traurig, dass es wieder einmal vorbei war, und sie erinnerte sich mit einem kleinen Freudenschauer an diese Rufe, ihren aufsteigenden Ton und an das freudige, frohlockende Klingen darin. Sie erinnerte sich auch an die Traurigkeit und die Schönheit der Schlusszeremonie.

Nach all den Nächten mit den wandernden Sternen war das Lichterspiel nun vorüber und der Himmel war wieder ruhig. Alle, die sich an den Händen gefasst um den Berg versammelt hatten – und es waren so viele, dass der kleine Hügel mehrmals umringt wurde – sangen, den Blick zum Himmel gerichtet, einen Hymnus, der so schön war, dass jedes Mal Tränen in Kyras Augen traten. Sie sangen von Freiheit und Veränderung, sie sangen von freier Wahl und Bewegung und neuen Anfängen – doch das Ende des Liedes war immer dasselbe: Dank an das Namenlose, dass es eine Harmonie und eine Ordnung hinter all den Wandlungen gab, dass es, trotz der Wahlfreiheit des Einzelnen, ein übergeordnetes Muster gab, in das jeder eingewoben war, und das wohl im Kleinen bereichert oder beschnitten werden, als Ganzes aber nicht zerstört werden konnte.

Boggoron war mit den Trommlern mitgekommen, und dies war das erste Mal, dass er diesen Hymnus erlebte. Er bekam nicht alle Worte mit, denn er schlug seine Trommel, und tausende Stimmen gemeinsam machten aus vielen Worten nur noch einen unverständlichen Klang – doch er begriff die freudige Erregung, die Ehrfurcht und das Gefühl einer großen inneren Befreiung. Die Sterne waren gewandert ... doch das Muster der Sterne war dasselbe geblieben. Alles hatte sich ausgerichtet, sodass der Herzschlag des Weltenalls noch derselbe war, und Boggoron, der auf seine Trommel schlug, drückte ihn aus – war Teil von ihm!

Als die Zeit zum Aufbruch kam, gab es manche Abschiedsträne und so manches Versprechen, sich beim nächsten Fest wieder zu treffen. Das Abhalten des Festes war selbst Teil des Rhythmus, Teil des Musters. Es gab Trost und Beständigkeit – es gab Form und Regelmäßigkeit. Innerhalb davon gab es, jedes Mal, wenn sie zusammen waren, Veränderungen – doch das übergreifende Muster blieb dasselbe.

Farla hatte den Ruf nach Khu-ren und den anderen gerade zur rechten Zeit ausgesandt. In jener Nacht drohte einer der schlimmsten Raubzüge, den der Tempel oder seine Bevölkerung je gesehen hatte, sie zu vernichten.

Die Gemeinde richtete sich gerade auf die Nacht ein, als ein Mann an Gyas Tür kam, rief und klopfte. Gya öffnete ihm – und fing ihn auf, als er in seine Arme fiel. Der Fremde war mit Schweiß und Staub bedeckt, seine Augen weit aufgerissen und starr.

»Was ist los, Mann?« fragte Gya. »Was ist los?« Er zerrte ihn herein und bettete ihn auf eine von Devas vornehmen Liegen, mit Staub und Dreck und allem. Deva stand mit ihrem Wein da, den sie aus einem großen Kristallpokal nippte. Sie sah mit Ekel und Widerwillen auf den Eindringling. Gya nahm ihr den Pokal aus der Hand und hielt ihn dem Mann an die Lippen. »Trink«, befahl er. »Er wird dir Kraft geben zu sprechen.«

Der Mann schluckte gierig und stieß dann Gyas Hand beiseite.

»Genug!« murmelte er. »Ich ertrink' sonst an dem Zeug.«

Deva wurde über diese Beleidigung ihres besonders guten und raren Weines noch wütender. Sie hätte ihn mit einem von Uraks Flüchen strafen mögen – von denen sie noch viele behalten hatte – doch die Dringlichkeit und Verzweiflung in seinem Gesicht machten sie neugierig.

»Räuber!« stieß der Mann endlich heraus. »Hunderte von Plünderern – von jenseits des Meeres ...«

»Wann werden sie hier sein?« Gya dachte bereits an Verteidigungsmaßnahmen.

»Um Mitternacht. Ich bin so schnell gekommen, wie ich konnte.«

Da war Blut durch die Kleidung an seiner Schulter gesickert. Gya bemerkte es sogleich, wie ihm auch sonst keine Einzelheit entging. Sein Geist arbeitete in Notzeiten immer am besten. Er war beinahe froh, dass Karne nicht da war und er die Entscheidungen zu treffen hatte. Er sagte Deva, sie solle den Arm des Mannes baden, ihm zu essen geben und sich ausruhen lassen – und verließ eilig das Haus. Den Tempel und alle umliegenden Dörfer zu warnen, war nicht leicht, doch es geschah mit Hilfe eines bestimmten Hornsignals – eine Alarmruf, der seit langen Jahren nicht mehr zu hören gewesen war.

Als die Plünderer kamen, war es kein Überraschungsangriff, nichtsdestoweniger war die Schlacht, die sich nun erhob, hoffnungslos unausgewogen. Die Fremden waren schwer bewaffnet mit Speeren, Äxten, Schwertern und Bogen. Der Kampf war ihr einziger Lebenssinn. Sie kannten keinen anderen Beruf. Ihre Angehörigen – wenn sie welche hatten – waren weit und außer Gefahr. Die Dorfleute waren in jeder Hinsicht im Nachteil. Sie hatten keine Freude am

Töten und ihre Familien waren in der Nähe. Das gab ihnen zwar Kampfeswut, um sie zu beschützen, verlangsamte aber andererseits ihre Reaktionen.

Gya schien überall zu sein. Er war ein ausgezeichneter Bogenschütze und Führer und jetzt in seinem Element – doch die Gemeinde von Haylken zu verteidigen war fast unmöglich. Sie erstreckte sich entlang dem Tal und über die Hügel und war den Frieden gewohnt. Gya hatte versucht, die Leute im Tempel zu sammeln, denn sein Umfassungsgraben und –wall bildeten eine hervorragende Verteidigung. In dem Durcheinander der Nacht gelang es einigen, in den Tempel zu gelangen, und sie waren dort am sichersten ... doch andere, die ihn nicht rechtzeitig erreichten, wurden abgeschlachtet. Bei Morgendämmern zogen sich die Plünderer zurück, wobei sie alles von Wert mitnahmen, dessen sie habhaft werden konnten. Zurück ließen sie Dutzende von Dorfleuten, die verwundet oder tot waren. Farla und die anderen Priester arbeiteten weiter, auch wenn sie sich kaum noch auf den Beinen halten konnten, halfen den Menschen, ihre Lieben zu finden, versorgten die Verwundeten und sprachen Mut und Trost zu, so gut sie es vermochten.

Devas Haus war völlig ausgeraubt und dann bis auf die Grundmauern niedergebrannt worden. Ihr selbst war es gelungen, den Tempel und seine bedingte Sicherheit zu erreichen. Farla kam um die Mittagszeit zu ihr und fragte sie, wie es ihr ginge. Sie sah ganz gefasst aus, als berühre sie das Geschehen überhaupt nicht.

»Ich werde bald ersetzen, was geraubt worden ist«, sagte sie selbstsicher.

Farla schaute sie an und spürte, wie ihr das Blut zu Kopfe stieg. Sie war so wütend, dass sie die Worte kaum herausbrachte – und als sie es tat, waren sie weit weniger angemessen, als sie es gewünscht hätte.

»Und wirst du ebenso leicht die Menschen ersetzen, die gestorben sind?« Sie erstickte fast an ihren Worten.

Deva sah einen Augenblick so aus, als bedaure sie etwas, als hätte sie Zweifel. »Du sprichst, als sei ich verantwortlich für das, was geschehen ist.«

»Bist du das etwa nicht?« schrie Farla.

»Ich sehe nicht ...«

»Wenn es hier nicht den ganzen Reichtum gegeben hätte, wären die Plünderer nicht gekommen. Reicht es dir nicht, wenn wir genug zu essen, es warm und trocken haben, die Liebe, eine Familie und Freundschaft all die Jahre? Wofür brauchen wir all das Gold ... all diesen – diesen Plunder ... all diesen Müll!«

Deva sah sie erstaunt an.

»Was ist los mit dir, Farla?« sagte sie glattzüngig. »Ist Gya deiner überdrüssig?«

Farla war froh, in diesem Augenblick keinen Dolch in der Hand zu haben, denn sie hätte zornentbrannt versucht, ihn Deva ins Herz zu stoßen. Sie stand hilflos da, starrte sie mit offenem Munde an und war völlig vor den Kopf geschlagen.

Deva machte auf dem Absatz kehrt und schritt leichtfüßig von dannen.

Gya fand Farla in Tränen aufgelöst und brauchte lange, sie zu beruhigen.

»Dafür haben wir jetzt keine Zeit«, sprach er, als Farla wieder sie selbst war. »Wir werden gebraucht. Komm – sei stark. Das passt nicht zu dir.«

Sie riss sich zusammen. Es würden noch mindestens ein oder zwei Tage vergehen, bis jene, die aufs Fest gefahren waren, zurück sein konnten, und Gya glaubte, dass die Plünderer noch einen Überfall unternehmen würden. Eine ganze Menge der neu erworbenen Schätze war zur Sicherheit in den Tempel getragen worden, und die Räuber wussten das. Sie waren nach einem harten Kampf von Gyas Männern zurückgeschlagen worden. Doch da sie wussten, dass es noch etwas zu holen gab, würden sie wiederkommen,

Farla schlug vor, sie sollten all die Schätze aus dem Tempel tragen und auf den Hügeln hinter den Dörfern abladen.

»Lasst sie es haben«, sagte Farla eindringlich. »Lieber das, als unser Leben!« Doch die Eigentümer der Schätze wollten sie nicht aufgeben. Sie würden lieber sterben, sagten sie, als sich davon zu trennen.

Jemand, der Farla damit zu helfen meinte, wollte sie zu dem Opfer überreden, indem er darauf hinwies, dass Deva ihnen mehr geben konnte, wenn sie sich von dem, was sie bereits hatten, trennten – und einen Augenblick sah es so aus, als könnten die Besitzer einwilligen. Doch dann machte Isar unabsichtlich alles zunichte, indem er sagte, wenn Deva das täte, würde alles wieder von vorne beginnen und immer wieder geschehen. »Wir werden diese mordenden Plünderer niemals loswerden, solange wir etwas besitzen, das sie begehren«, sagte er. So beschlossen die Besitzenden, zu behalten, was sie hatten, für den Fall, dass nichts mehr nachkam.

»Kannst du nicht die Herren der Sonne herbeirufen, damit sie uns helfen?« fragte jemand Farla.

»Dafür bin ich noch nicht bereit«, sagte sie bedauernd.

»Khu-ren und Kyra werden bald zurück sein. Wenn wir nur so lange durchhalten.«

Doch bis dahin gab es noch eine Nacht durchzustehen.

Wie erwartet, kamen die Plünderer in der nächsten Nacht

wieder. Diesmal hatten alle, die von der Gemeinde noch lebten, im Tempel Zuflucht gesucht. Der Wall war mit Bogenschützen und Speerträgern bemannt, und die hölzernen Brücken, die sonst die Gräben überspannten, waren entfernt worden. Der Tempel war zu einer Festung geworden.

Sie waren alle in dem Glauben aufgewachsen, dass der Tempel heiliger Boden war und nur die Priester ihn betreten durften. Die einzige Gelegenheit, zu der die gewöhnlichen Menschen hinein durften, war die, wenn ihre Kraft gebraucht wurde, um die Erdströmungen zu verstärken, die um die Hohen Steine flossen. Es hatte für Farla etwas Schreckliches, dass der Tempel in dieser Weise entweiht wurde, doch sie sah keinen Ausweg. Boten brachten Nachrichten von immer mehr Plünderern, die unterwegs waren. Sie hatte das Gefühl, dass beide, Urak und Wardyke, nahe waren – und mit Befriedigung dem Vollzug ihrer Rache zuschauten. Gyas zusammengewürfelter Haufen unzureichend ausgebildeter Bogenschützen und Speerwerfer konnte nicht hoffen, die Horden abzuwehren, die sie erwarteten. Und selbst wenn, welch unsichtbarer Schaden wäre dem Tempel dann schon zugefügt worden? Welche feinen und verwobenen Kräfte verwischt und verloren? Der Ort und sein Grundgebilde wurden seit Jahrtausenden in einer bestimmten Weise benutzt ... und seine Kraft war mit äußerster Sorgfalt und Hingabe, Kraftstrom für Kraftstrom, in Jahrhunderten aufgebaut worden. Er hatte der Verehrung der wunderbaren, harmonischen Macht gedient, die das Weltenall erschaffen hatte – und dazu, diese Macht herbeizuziehen für Heilung, Verständigung und Verständnis, für das Leben überhaupt. Wenn der Ort und das Grundgebilde nun zu einem Ort der Furcht und der Schlacht wurde, konnte das heißen, dass neue Energien den Platz übernahmen, Hassgefühle, Blutdurst und Rachsucht – und den Platz auf immer zugrunde richteten.

Lerche nahm mit den anderen ihren Platz im Tempel ein. Während der vergangenen Nacht war sie den Plünderern entkommen, doch die Anspannung dieses Erlebnisses hatte die Wehen ausgelöst. Auch wenn sie die Schmerzen schon einige Stunden gespürt hatte, so waren sie noch recht leicht und kamen in großen Abständen. Isar brachte sie zu Farla, und Farla traf die Entscheidung, sie von den anderen abgesondert im Inneren Heiligtum unterzubringen, dem heiligsten Platz im ganzen Tempel – den sonst niemand betrat, außer den höchsten Priestern. Sowohl Isar wie auch Lerche war bei dieser Lösung keineswegs wohl.

»Habt keine Angst«, sagte Farla. »Dies sind Notmaßnahmen in Zeiten der Not. Ich bin sicher, Kyra würde es verstehen. Ihr werdet hier in Sicherheit sein – und euer Baby auch.« Sie blickte Lerche mitfühlend an. Sie hatte von ihrer Angst vernommen, es könne Wardyke sein, der darauf wartete, durch die Tür ihres Körpers einzutreten.

»Wenn dies deine Sorge ist«, sagte sie begütigend zu Lerche, »dann wird der heilige Ort ihn festhalten, bis Kyra kommen kann, um einen Bannspruch um ihn zu legen. Vielleicht beeinflusst der Ort ihn auch im Augenblick der Geburt, und er wird ein besserer Mensch. Es sind starke Kräfte hier – und kein Wesen wird geboren, das sich nicht zu wandeln vermag.«

Lerche ließ sich in den inneren Kreis führen und hockte sich gegen einen der äußeren Steine gelehnt hin. Sie kamen nicht in die Nähe der drei heiligen Steine ganz im Innern.

Isar blieb bei Lerche, als der Überfall begann. Zuerst kamen die gewöhnlichen Pfeile und danach die Brandpfeile. Er erinnerte sich an die Nacht, in der Deva zur Welt kam. Kyra war inmitten von Wardykes Krieg in Ferns Haus gewesen, und sie gebar in einem brennenden Haus. Damals war Guiron da. Er fragte sich, wo er jetzt wohl sei und ob er all die Not spüren mochte, in der sie sich befanden.

Lerche stöhnte, und er legte seine Arme um sie und drückte sie fest an sich. Sein Gesicht war in ihrem Haar vergraben, und er vergaß Deva und alles, was sie ihm je bedeutet hatte. »Oh Namenloses – oh, ihr Heerscharen von lichten Geistwesen – bitte, bitte helft uns jetzt. Schützt und leitet uns und helft uns in jeder Weise.« Er spürte, wie Lerches Griff um seine Finger sich anspannte, und wusste, dass ihre Zeit gekommen war.

Der letzte Überfall

Als der verzweifelte Hilferuf von Farla sie erreichte, saßen Kyra und Fern gerade friedlich Seite an Seite auf einem großen Felsbrocken in der Mitte eines Flusses. Beide hatten ihre Schuhe ausgezogen und ließen ihre Füße ins Wasser baumeln.

Karne, der in der Nähe Zunder und Feuerholz sammelte, hörte sie reden und lachen, ihre fröhlichen Stimmen vermengten sich mit dem Plätschern und Rauschen des silbrigen Wassers, das über die Felsen zum Meer eilte, zu einer Musik. Die hochragenden Bäume des Waldes bildeten über ihren Köpfen Dachbögen, und wenn gelegentlich ein Sonnenstrahl durchbrach, erzeugte er ein Glitzern auf dem Wasser und machte die spritzenden Tropfen zu Diamanten. Von dichtem Moos überzogene Felsbrocken säumten die Ufer, und der Waldboden war von in Jahrhunderten herabgefallenen Blättern weich und federnd.

Die beiden Frauen hatten ihr Haar gelöst, und aus der Entfernung sahen sie wie zwei junge Mädchen aus; Kyras Haar war noch golden und Ferns feuerrot. Wenn Karne näher hinsehen würde, wusste er, würde er ein oder zwei graue Strähnen finden, doch das funkelnde Sonnenlicht, das jetzt im Haar spielte, fand nur die reinsten Farben.

Er sammelte sein Holz und entzündete sein Feuer. Der Platz war mit Bedacht ausgesucht worden und mit Steinen eingefasst, um den Wald vor Feuer zu bewahren. Bald kam zu den köstlichen, heiteren Freuden des Tages der Duft des Holzfeuers.

Das Feuer prasselte schön, und einer der anderen war gekommen, um zu kochen, so beschloss Karne, sich zu seiner Schwester und zu seiner Frau zu gesellen. In den wenigen Augenblicken, in denen er dem waldseligen Anblick den Rücken gekehrt hatte, hatte sich alles verändert. Er sah jetzt, dass Kyra ihren Kopf in die Hände vergraben hatte und hin und her schaukelte, wie unter großen Schmerzen. Fern hatte ihren Arm um sie gelegt, wie eine Mutter bei einem kranken Kind. Eine Wolke musste vor die Sonne gezogen sein, denn der Wald war nicht mehr ein Ort glänzenden Lichtes, sondern dunkel und düster.

Er rannte auf sie zu.

»Was ist los?« rief er. »Was ist geschehen?«

Fern blickte auf und sah über ihre Schulter, erleichtert, ihn zu sehen.

»Ich weiß es nicht«, sagte sie. »Sie stieß plötzlich einen Schrei aus, aber ich habe nicht verstanden, was sie gesagt hat.«

Karne hockte sich jetzt neben sie und legte Kyra ebenfalls seinen Arm um.

»Was ist? Was ist los, kleine Schwester?«

»Es ist – es ist – Holt Khu-ren. Wo ist Khu-ren?« Kyra schaute sich wie wild nach ihrem Mann um.

»Ich hole ihn«, sagte Karne eilig. »Aber was ist los?«

»Wir müssen gehen. Wir müssen sofort nach Hause ...«

Fern stieß Karne am Arm. »Geh – hole Khu-ren«, flüsterte sie drängend. »Jetzt!« fügte sie in scharfem Ton hinzu, als er zögerte.

Er lief davon.

Die Angst und Verzweiflung der Leute von Haylken hatte Kyra erreicht. Weinend und unzusammenhängend berichtete sie Khu-ren von den Gedankenbildern, die zu ihr gekommen waren – und in wenigen Augenblicken hatten er und Karne angeordnet, dass eine Gruppe von ihnen sogleich aufbrach, während die Frauen mit Kindern und die älteren Leute nachkommen sollten. Kyra war als erste bereit, voll Ungeduld, aufzubrechen. Da sie ganz ohne zu essen und ohne Rast marschierten, kamen jene, die zu Pferde waren, während der zweiten Nacht der Gewalt in Sichtweite des Tempels. Erschrocken starrten sie zu den Flammen in der Ferne und trieben ihre armen erschöpften Rösser zu einer letzten Anstrengung an. Fern war zurückgeblieben, um die Gruppe zu führen, die langsamer gehen musste, doch Kyra war zusammen mit ihrem Mann und ihrem Bruder ganz vorne.

Als sie näher kamen, konnten sie sehen, dass der Tempel völlig eingekreist war. Die Flammen der brennenden Häuser gaben ein gutes Licht für Speerwerfer und Bogenschützen. Kyra und Karne wollten geradewegs von dem Höhenweg hinabgaloppieren, doch Khu-ren versuchte, sie zurückzuhalten, indem er darauf hinwies, dass das nichts weiter als ihren Tod zur Folge hätte.

»Es sind ihrer zu viele, als dass wir sie mit körperlicher Gewalt angreifen könnten«, sagte er. »Wir müssen überlegen. Wir müssen unsere Mittel einsetzen.«

Gewöhnlich hätte ihm Kyra als Erste beigepflichtet, doch jetzt konnte sie an nichts anderes denken, als dass ihre Tochter Deva da unten in Gefahr war. Karne dachte an seine Kinder.

»Jetzt ist keine Zeit für deine Zauberei!« schrie Karne ungeduldig. »Du siehst doch, was geschieht. Deine Tricks hätten vielleicht geholfen, als der Angriff losging, aber jetzt ist da ein zu großes Durcheinander. Niemand wird deine tollen Trugbilder sehen!« Und ohne abzuwarten, war er auf und davon den Berg hinab, und Kyra, die all ihr Wissen und die lange Ausbildung preisgab, folgte ihm. Ihre Liebe zu Deva ließ keine andere Überlegung in ihr aufkommen.

Khu-ren tat einen zornigen Ausruf und war nahe daran, ihr hinterher zueilen – doch wusste er, sie wären mit Sicherheit alle verloren, wenn er das tat, und so hielt er sich zurück.

Er saß auf seinem Pferd, mit versteinertem Gesicht schaute er in das Inferno unter sich. Mit seiner ganzen Kraft sammelte er die Macht, die er als Hohepriester und Herr der Sonne hatte, und sandte einen Hilferuf zu den lichten Geistwesen der höheren Ebenen. Er bot seinen Körper als Kanal für sie dar. Da sie ihn so steif und still sitzen sahen, wurden jene, die bei ihm geblieben waren, ungeduldig und folgten Karne und Kyra bei ihrem selbstmörderischen Ansturm zum Tempel. Auch sie hatten dort Freunde und Angehörige, und es war mehr als sie ertragen konnten, untätig dazusitzen und zuzusehen, wie sie abgeschlachtet wurden.

Mit verzweifelter Anstrengung hielt Khu-ren seine innere Sammlung aufrecht. Es war nie einfach, diese großartigen Wesen zusammenzurufen – doch allein, erschöpft und mit aufgewühlten Gefühlen war es fast unmöglich. Doch eben die Gefühle, die es ihm so schwer machten, seinen Geist auf die altehrwürdigen rituellen Anrufungen zu richten, und sein brennendes Zutrauen, dass er Hilfe bekam, wenn er um sie bat, lud die wortlose Botschaft seines Herzens mit Kraft auf.

Unversehens zerrissen Blitze den wolkenlosen Himmel, und mehr als einer der Plünderer dort unten blickte erstaunt auf. Von Horizont zu Horizont war die gewaltige Kuppel über ihnen von sich bewegenden Gestalten erfüllt. Niemand konnte hinterher beschreiben, was er gesehen hatte – sie wussten nur, sie spürten eine Anwesenheit, die Schrecken in ihren Herzen verbreitete, und viele warfen ihre Waffen fort und flohen. Ihre Führer, solchen Ängsten weniger zugänglich und mit Aussicht auf größere Beute, versuchten, sie zurückzuhalten, doch es blieb eine Tatsache, dass gerade als der Graben zwischen dem Tempel und dem äußeren Wall erstürmt wurde, es eine große Verwirrung unter den Eindringlingen gab. Jene, die vorne auf den Behelfsbrücken waren, wandten sich um und stießen die hinter ihnen Stehenden um. Farla und die anderen Priester nutzten diesen Vorteil schnell und vergrößerten die Verwirrung mit ihren Einbildungsformen – die sie bisher, gehemmt von ihrer eigenen Angst, nicht hatten hervorrufen können. Gya und seine Leute, die Karne rufend und das Schwert schwingend mit weiteren Reitern herangaloppieren sahen, fassten wieder Mut und kämpften wie niemals zuvor.

In der Nacht des Kampfes und des Schreckens gebar Lerche. Entschlossen presste sie ihr Kind in die Welt, Isar an ihrer Seite, vergessend, was um sie her geschah. In diesem inneren Heiligtum fühlten sie sich unverletzlich. Es war, als befänden sie sich in einem Kokon aus Stille, aus dem heraus sie, wenn sie sehen wollten, die übrige Welt, in einem gewalttätigen und wahnsinnigen Verhalten gefangen, betrachten konnten.

Sanft sprach er ihr Mut zu, fest hielt er sie in seinen Armen, wobei er ihr erlaubte, sich gegen seine Brust zu stemmen und ihre Fingernägel in seine Hände zu graben. Sie war jetzt zu beschäftigt und hatte zu große Schmerzen, um an Wardyke zu denken. Sie dachte nur noch daran, zu beenden, was sie begonnen hatte.

Endlich, mit einer großen Anstrengung, kam das Mädchen ganz aus ihrem Leib heraus und lag in Isars Armen, holte Luft, nahm das Leben an. Schnell und geschickt durchtrennte er die Nabelschnur, die es mit dem Leib der Mutter verbunden hatte, und legte ihr das kleine Geschöpf an die Brust. Schon saugte es – schon hatten Lerches Arme es umschlungen und ihre Lippen auf seinen feuchten Haaren. Isar sah auf sie hinab, und es waren Tränen in seinen Augen.

Dann blickte er auf, um dem Namenlosen und den großen lichten Geistwesen dafür zu danken, sein Kind sicher zur Welt gebracht zu haben. Ihm blieb der Mund offen stehen angesichts dessen, was er sah. Der Himmel war von riesenhaften, geheimnisvollen Formen erfüllt, die ständig ihre Gestalt änderten und durch die die Sterne hindurchschienen. Er berührte mit seiner Stirn die Erde, und sein Herz war so voller Liebe und Freude und Dankbarkeit, dass er zu bersten glaubte. Als er wieder aufblickte, waren sie fort.

Als Khu-ren schließlich vom Höhenzug herabkam, war der Ansturm vorbei und die verblüffte Gemeinde versuchte festzustellen, wer noch lebte und wer Hilfe brauchte.

»Wo ist Kyra?« fragte er ruhig.

Farla schüttelte den Kopf. Sie hatte sie nicht gesehen.

Es gab kein Lebenszeichen von ihr.

Khu-ren wanderte durch die Szenerie aus Leid und Verwirrung, als nehme er sie nicht wahr. Allen stellte er dieselbe Frage – und immer erhielt er dieselbe Antwort.

Kyra wurde erst am Morgen gefunden, als das Licht der Sonne den trostlosen Schauplatz mit den schwelenden Häusern und wehklagenden Menschen erhellte. Ein kleiner Junge fand sie neben dem Pfad liegen, der vom Höhenzug herabführte, noch ein Stück vom Tempel entfernt, und rief Khu-ren. Sie war nicht bei Bewusstsein, und Blut aus einer tiefen Wunde befeuchtete am Kopf ihr goldenes Haar.

Mit brechendem Herzen trug Khu-ren sie zum Tempel. Ihr Zuhause war dahin, ihre Gemeinde dezimiert. Er legte sie neben Lerche und ihr Kind in das Innere Heiligtum und begann mit den Heilungsgebeten. Aus dem Beutel an ihrer Seite zog er den versteinerten Seeigel hervor, den sie als Talisman immer bei sich trug. Isar holte Wasser und Heilkräuter. Sie badeten ihre Wunde und verbanden sie mit Blättern und Linnen. Dann legten sie den kleinen, kostbaren Stein auf ihren Kopf auf die Wunde. Sie hatte ihn vor vielen Jahren gefunden, als sie sich in einer Höhle tief in der Erde verlaufen hatte. Es war ein Geschöpf des Meeres, das zu Stein geworden war. Kyra hatte es stets als ein besonderes Geschenk der lichten Geistwesen und als mit Heilkraft geladen betrachtet – als Brennglas für unsichtbare Kraftstrahlen. Mit Lerche und Isar an ihrer Seite und auf einem Knie Khu-ren, dessen schlanke braune Hände von den heilenden Kräften, die ihn durchflossen, ganz heiß waren, kämpfte Kyra um ihr Leben.

Außerhalb des Heiligtums wurden die Bemühungen, eine Art Ordnung in der Gemeinde wieder herzustellen, fortgesetzt. Notunterkünfte wurden für jene errichtet, die ihre Häuser verloren hatten, und die Leute sammelten ihre Familienangehörigen, die noch lebten, um sich – und versuchten zu begreifen, was geschehen war.

Karne und Gya und Farla arbeiteten unermüdlich. Karne organisierte die Wiederherstellung der Ordnung; Farla heilte und tröstete. Da wusste noch keiner von ihnen etwas von Kyras schlimmem Zustand.

Doch Deva hörte davon und kam zum Heiligtum gelaufen. Sie hielt am Ring der äußeren Steine inne, fast als spüre sie dort eine unsichtbare Schranke. Sie starrte auf das sich ihr bietende Bild und ihr Gesicht war aschfahl. Farlas anklagende Worte klangen ihr in den Ohren. Hatten ihre Handlungen dies alles heraufbeschworen?

»Kyra«, flüsterte sie. Denn wenn sie ihrer Mutter auch immer wieder zuwider gehandelt hatte, so war ihre Liebe zu ihr immer stark und tief gewesen – und jetzt quoll sie an die Oberfläche. Es drängte sie, vorzuspringen und sie in die Arme zu nehmen, herauszuschluchzen, wie sehr sie sie liebte, sich anzuklagen und sich bei den lichten Geistwesen für sie zu verwenden, an die Kyra glaubte ...

Sie sah Isar, den Arm um Lerche gelegt und ihr Kind zwischen sich, und sie wusste, alles Gold, das sie in die Welt bringen konnte, würde ihn niemals zurückkaufen. Sie hatte ihn auf immer verloren und sie war allein.

Sie hob ihre Arme zum Himmel und schluchzte tief verzweifelt auf. Ihr Vater, Isar und Lerche blickten kurz auf und sahen sie dastehen – doch Kyra stöhnte, es war der erste Laut, den sie von sich gab, und die Aufmerksamkeit wandte sich wieder ihr zu und Deva war vergessen.

Sie wusste, dass sie vergessen war, so ging Deva davon. Ihr Körper kehrte zu den verkohlten Überresten ihres Hauses zurück und stocherte in der Glut nach dem, was von ihrem früheren Reichtum übrig geblieben sein mochte, doch ihre Seele verharrte im Tempel, kauerte neben dem Heiligtum, flehte um Vergebung und um eine Gelegenheit, wiedergutzumachen, was sie angerichtet hatte.

Boggoron hörte von Kyra und kam auch zu den äußeren Steinen des Inneren Heiligtums. Er brachte seine Trommel mit und setzte sich ins Gras. Seine Augen ließen nicht ab von der Frau, die ihm die Selbstachtung gegeben hatte, seine Finger bearbeiteten die Trommel. Sein Schlag begleitete den schwachen, unsteten Schlag ihres Herzens. Er versuchte, indem er allmählich den Trommelschlag verstetigte und verstärkte, ihr Herz zu verstetigen und zu stärken.

Zu guter Letzt öffnete sie ihre Augen, das Blau des Ozeans im Sonnenlicht. Sie war ganz durcheinander – sie hatte Schmerzen – aber sie sahen, dass sie nach etwas suchte. Ihr Blick berührte Khu-ren, und er konnte ihre Liebe fühlen ... Er richtete sich auf Isar und Lerche, und ihnen allen gab sie ihre Liebe – aber sie suchte noch immer. Ihre Suche endete an dem Platz, wo sie Deva hatten stehen sehen, und es kam ihnen vor, als sähe sie Deva noch dort stehen. Sie lächelte, und mit einer ganz kleinen, unsicheren Geste versuchte sie, ihre Hand zu heben und sie Deva entgegenzustrecken, die sie zwischen den Hohen Steinen stehen sah – doch die Anstrengung war zu viel für sie, und sie fiel wieder in Bewusstlosigkeit.

»Hole Deva«, befahl Khu-ren. »Bring sie zurück.«

Isar sah Lerche an. Lerche nickte. Sie drückte ihr Baby fester an sich und blickte in sein Gesicht. Sie wusste jetzt ganz ohne Zweifel, dass kein Schatten auf diesem Kind lag. Es war ein Kind des Lichtes. Das spürte sie mit jeder Faser ihres Seins.

Isar lief.

Er fand Deva in den Ruinen ihres Hauses sitzen und keinen Versuch machen, aufzuräumen und wieder neu zu beginnen. Ihre Schultern ließ sie hängen, und er hatte sie noch nie in einer so tiefen Niedergeschlagenheit erlebt. Ihre Haare hingen in langen, dünnen Strähnen herab, und da waren Streifen auf ihrem Gesicht, wo Tränen durch die Rußflecken gelaufen waren.

Er blieb einen Augenblick lang stehen und blickte auf sie hinab, bevor er ihren Namen rief. In der Nacht war sein Herz voller Hass auf sie gewesen, denn er war überzeugt, dass die von ihr bestärkte Besitzgier die Plünderer auf sie gezogen hatte. Doch sah sie jetzt so sehr wie ein kleines, verlorenes Kind aus, dass er sie nicht mehr hassen konnte.

»Deva«, sagte er sanft – und dann noch einmal lauter, als sie nicht antwortete.

Wie betäubt blickte sie zu ihm auf und sah ihn dastehen. Hatte sie sich geirrt? Gehörte er doch ihr? Doch dieser letzte Hoffnungsfunken verglomm schnell. Es war keine Liebe in seinen Augen. Mitleid vielleicht – aber keine Liebe.

»Was willst du?« fragte sie verbittert. »Bist du gekommen, dich an mir zu weiden; mir zu erzählen, das hättest du mir vorher gesagt?«

»Nein«, sagte er. »Ich bin gekommen, um dich zu Kyra zu holen.«

Jetzt war ein anderer Ausdruck in ihren Augen – eine Frage.

»Sie will dich.«

»Sie lebt!« Deva sprang auf die Füße, ihr Gesicht hellte sich auf.

»Ja, sie lebt, und sie will, dass du zu ihr kommst.«

Deva lief. Sie sah nicht nach rechts oder nach links. Sie wusste nicht, ob Isar ihr folgte, noch kümmerte sie das. Kyra lebte. In den Ruinen ihres Hauses sitzend hatte sie sich an das erinnert, was Khu-ren ihr einmal erzählt hatte – dass Kyra Angst vor der Geburt ihrer Tochter gehabt hatte, dass sie die Vorahnung gehabt hatte, sie würde ihr den Tod bringen. Kyra hatte die Geburt Devas überlebt, obgleich sie überzeugt war, bei den Wehen zu sterben. Jetzt, da sie glaubte, dass ihre Mutter starb, und tief in ihrem Herzen wusste, beim Anlocken der Plünderer und bei dem Verderben und der Schwächung der Priesterschaft eine maßgebliche Rolle gespielt zu haben, sodass sie den Tempel nicht mehr verteidigen konnten, da erkannte sie, die Vorahnung mochte zutreffen, nur hatte sich Kyra im Zeitpunkt geirrt.

»Wenn Kyra lebt«, sagte Deva wild entschlossen zu sich selbst, gebe ich alles auf, was Urak mich gelehrt hat. Ich werde alles tun, was Kyra von mir verlangt! Wenn sie nur – oh, wenn sie nur ...«

Sie gelangte zum Inneren Heiligtum, als wenn ihre Füße Flügel hätten. Diesmal war kein unsichtbares Hindernis da, sie fiel neben Kyra auf die Knie und Tränen rannen ihre Wangen hinab. Sie nahm die Hände ihrer Mutter in die ihren und betete verzweifelt, wie sie noch nie gebetet hatte, dass sie leben möge.

Ihre Augenlider zuckten und Kyra öffnete die Augen. Sie sah Devas Gesicht dicht vor sich, und alles, was in ihrem Herzen war, stand darin geschrieben. Hinter ihr sah sie die Kraft Khu-rens. Ihr Kind – so verwirrt, so schwer zu verstehen ...

Kyra wusste, dass sie sterben würde, und sie kannte die Gedanken, die Deva dachte. Sie strengte sich beim Sprechen ungeheuer an.

»Kein Feilschen mit dem Namenlosen«, murmelte sie. »Um deinetwillen, lass ab von Uraks Wegen.«

Deva schluchzte.

»Aber wenn du stirbst ...«

»Ich werde sterben, meine Liebe – meine Zeit ist gekommen – aber du musst leben. Denke, denke gut nach, was du über Uraks Lehren hinaus gelernt hast, gar über meine Lehren hinaus. Überlege gut, was du gelernt hast ...« Kyras Augen schlossen sich wieder, und einen Augenblick lang glaubten sie, sie sei ihnen entglitten. Doch es gab noch etwas, das sie tun musste. Unter Schmerzen wandte sie ihren Kopf zu Lerche, und als sich ihre Augen wieder öffneten, hielt Lerche ihr das Kind hin, damit sie es sähe. Wieder spielte ein schwaches Lächeln um ihre Lippen.

»Es ist nicht Wardyke«, wisperte sie. »Ich bin froh. Sie wird die Zukunft des Tempels sein ... sie wird ihre Hohepriesterin werden. Sorge gut für sie – sie ist eine Botin des Lichtes.«

Diesmal schlossen sich ihre Augen nicht, und das Lächeln, das über ihre Lippen zog, war strahlend – aber es gefror.

Sie hatte sie verlassen.

Deva nahm nicht Teil an den Bemühungen der Gemeinde, sich während der folgenden Tage wieder zu erholen. Sie hatte Kyras Seite verlassen und war davongegangen. Niemand sah, wo sie hinging, und niemand versuchte, ihr zu folgen. Sie selbst hatte auch keine klare Vorstellung, wo sie hinging. Sie wusste nur, dass ihre Mutter tot und sie dafür verantwortlich war. Sie wanderte ungesehen fort von den wehklagenden Menschen. Sie selbst hielt ihre Trauer zurück. Sie wollte allein sein – sie wollte nachdenken. Doch solange sie nicht allein war, weigerte sie sich, nachzudenken.

Manche Menschen sahen und grüßten sie, doch sie hörte sie nicht. Sie ging durch die Wälder, in denen die Männer schon dabei waren, das Holz für die neuen Häuser und die Scheiterhaufen zu schlagen. Sie ging weder zum »Feld der grauen Götter« noch zum »verwunschenen Hügel«, die beide eine solch große Rolle in ihrer Vergangenheit gespielt hatten. Sie folgte dem gewundenen Prozessionsweg auf seiner ganzen Länge und kam schließlich zu dem Heiligtum auf dem

Berggipfel, wo jene, die Priester werden wollten, die Nacht vor ihrer Priesterweihe durchwachten. Sie sah über das Tal hin – das jetzt so öde und zernarbt war, so voll des Leids und des Verlustes.

Die Gedanken, die sie sich zu denken geweigert hatte, stürmten jetzt auf sie ein. Sie sah sich zum ersten Mal ehrlich an – es gefiel ihr gar nicht, was sie da sah. Vieles von dem, was Kyra verletzt und traurig gemacht hatte und was gegen ihre Lehre war, hatte sie aus ihrer Wahnidee bezüglich Isar getan. Sie hatte sich an einen Schatten aus der Vergangenheit geklammert, der schon längst verloren war, und die Gegenwart und die Zukunft verschenkt, weil sie sich weigerte, ihn loszulassen. Jahrhundertelang hatte sie sich gesträubt, die große nach oben führende Reise durch die Lebensbereiche zu unternehmen. Sie hatte sich an einem Punkt in Zeit und Raum festgeklammert, der seinen Zweck bereits erfüllt hatte und ihrer Seele nicht mehr zum Wachstum gereichte. Zu guter Letzt war ihr gestattet worden, am selben Ort mit denselben Menschen wiederverkörpert zu werden. Ihr war eine Gelegenheit gegeben, den Knoten aufzulösen, den Durchfluss zu öffnen. Und sie hatte sie nicht ergriffen.

Jetzt ließ sie es zu, den Gram über Kyras Tod zu empfinden, den sie so sorgfältig zurückgehalten hatte. Jetzt weinte sie und haderte mit sich wegen der Zeit, die sie vertan hatte, weil sie ihrer Mutter nicht zu Gefallen war, ihr nicht nahe gewesen war und ihr keine Freude gemacht hatte. Wie viel hatte sie versäumt. Sie dachte an Urak, die in gewisser Weise versucht hatte, die Stelle ihrer Mutter einzunehmen: und beide Frauen standen Seite an Seite in ihrer Erinnerung – die eine so bitter getrieben von Gefühlen des Hasses und der Rache, angetrieben von ihrem Verlangen nach Macht um der Macht willen; die andere, die der Macht misstraute und sie sparsam einsetzte und nur, um den ihr Anvertrauten zu helfen, angetrieben von Liebe. Die eine hatte sie gebraucht; die andere wahrhaft geliebt.

»Nehmt mich!« rief sie verzweifelt den dunklen Schatten zu, die sich, wie sie spürte, um sie drängten. »Nehmt mich – ich bin eine von euch! Ich bin ein dunkler Geist. Es gibt keine Hoffnung für mich. Ich habe alles ausgeschlagen, was gut ist, und alles angenommen, was böse ist.«

Es war Frühherbst, und manche Blätter verfärbten sich und andere fielen schon zu Boden. Eine leichte Brise regte sich, und in dem trockenen, raschelnden Geräusch vermeinte sie Kyras Flüstern zu vernehmen ... »Überlege, was du gelernt hast ...« Beim ersten Hören der Worte hatte sie die Bedeutung jener Betonung nicht begriffen. Kyra meinte, sie solle all die »Lehren«, die sie erhalten hatte, beiseitelassen, all die Dinge, die ihr erzählt worden waren und die sie mit ihrem Verstand übernommen hatte – und nur die Dinge anschauen, die sie in den Tiefen ihres Seins verstanden hatte.

Der Rauch der Brände, die die Plünderer gelegt hatten, und der Scheiterhaufen, die jetzt entzündet wurden, bedeckte die Landschaft zu ihren Füßen wie eine Decke, unter der die Menschen sich abmühten, lebten, liebten und starben, über der die Sonne schien und die Lerchen sangen.

»Ich hatte vergessen«, flüsterte sie. »Ich dachte die Decke aus Rauch, aus Wolken, sei der Himmel, und wir hätten nur mit dem umzugehen, was wir sehen können.«

Unversehens erweiterte sich ihr der Blick, Lebensbereich um Lebensbereich öffnete sich ihm – manche bevölkert von jenen, die auf der Erde gelebt hatten und noch nicht wieder zurückgekehrt waren – andere von Wesen, die auf der Erde gelebt und nun in die nächste Ebene fortgeschritten waren – andere von Wesen, die niemals leibliche Form angenommen hatten – andere von Wesen, die gar keine Form hatten, sondern nur ein Bewusstsein, das dem leuchtenden Herzen des Namenlosen nahe war, das jenseits von allem ist, noch jenseits der Sonne, die in ihrer Barke durch die Jahrmillionen segelt.

In diesen Zusammenhang gestellt, schien ihr Streben, nichtige Besitztümer anzuhäufen, und ihr Verlangen nach Macht über Eintagsfliegen absurd.

Sie setzte sich auf den Boden und vergrub ihren Kopf zwischen den Knien. Die Last ihrer Vision und die Scham darüber, wie sie sie ihr ganzes Leben lang verraten hatte, war fast mehr, als sie ertragen konnte. Wenn sie bloß zurückgehen und noch einmal beginnen könnte! Sie überlegte und überlegte, wie sie wiedergutmachen konnte, was sie angerichtet hatte. Doch an jeder Wendung, mit jedem schlauen Vorgehen, das sie sich überlegte, stieß sie wieder auf die Tatsache, dass, was immer sie auch tat, sie noch wusste, wie man Gegenstände im Stoff verdichtete. Es war ein Wissen, das zu schrecklichem Missbrauch führen konnte, und ein Wissen, mit dem umzugehen, sie sich nicht zutraute. Deva rang mit sich, wie sie noch nie mit sich gerungen hatte. Sie hatte viel durchgemacht, um dieses Wissen zu erlangen, und sie wollte es behalten – doch sie wusste, so sicher wie die Sonne über den Himmel wanderte, wenn sie es behielt, wäre sie eines Tages versucht, es anzuwenden; und alles, was mit ihrer Familie und ihren Freunden geschehen war, würde sich wiederholen.

Immer und immer wieder hatte Kyra sie davor gewarnt, die geistigen Fähigkeiten ohne reine geistige Absicht zu gebrauchen. Ein Messer konnte töten, genauso wie es Brot abschneiden konnte. Geistige Kraft, erkannte sie, war nichts anderes als ein Werkzeug – und es konnte genutzt werden, um größeres Verständnis für die unsichtbaren Reiche zu erreichen, in denen wir als Menschen wirkten. Das erlaubte es uns, zu heilen, zu retten, zu ermutigen und voranzuschreiten. Oder es konnte dazu benutzt werden, zu beherrschen, zu beeinflussen und zu zerstören.

Sie wusste, dass weder sie noch jene, die sie halbwegs in ihr Geheimnis eingeführt hatte, so weit waren, Uraks Wissen nicht für ihren eigenen, kurzsichtigen Vorteil zu nutzen – was auf lange Sicht für die Gemeinde ein Unglück sein konnte. Sie wusste nicht mehr ein noch aus. Sie war gefangen. Fast konnte sie Uraks Befriedigung fühlen. Sie würde alles geben, alles tun, um auszuwischen, was sie von Urak gelernt hatte. Aber wie?

»Oh, Kyra«, dachte sie. »Jetzt würde ich auf dich hören, wenn du nur hier wärest.«

Sie sah sich um, mit wehem Herzen und halb in der Hoffnung, Kyra würde sich vor ihr verstofflichen. Einen furchtbaren Augenblick lang schoss es ihr durch den Sinn, sie könnte, wenn sie unbelebte Gegenstände verstofflichen konnte, auch Menschen im Stoff verdichten.

Als dieser Gedanke sie traf, erkannte sie seine Ungeheuerlichkeit und wusste, dies war es, wo Uraks Straße hinführte. Deswegen waren Farla und Isar so aufgebracht – und deswegen hatten ihre Eltern und der Tempel so verzweifelt versucht, sie vor Urak zu retten, bevor es zu spät war. Die Welt, bevölkert mit Kunstgebilden aus den Vorstellungen von jemandem, der sich die Mühe gemacht hatte, die Technik zu erlernen – wie krank auch immer – wie widernatürlich auch immer ...

»Oh Gott!« schrie sie. »Gott hinter allen Göttern, hilf mir! Hilf mir! Kyra, verlass mich nicht – hilf mir, bitte ... bitte ...«

In diesem Augenblick trat das geistige Bild von zwei alten Männern vor ihr inneres Auge – der eine war Maal, Kyras kluger und treuer Ratgeber, der ihr schon früher geholfen hatte, und der andere ein Fremder – nein, kein Fremder, sondern jemand, den sie vor langer Zeit gekannt und gehasst hatte – in diesem Leben unter dem Namen Guiron bekannt, einst Hohepriester in Haylken.

Sie konnte verstehen, dass ihr Ruf Maal erreichen mochte, der Kyra immer so nahe war und gerade jetzt, bei Kyras Tod, zweifellos nahe war. Aber Guiron?

»Ach, Guiron, wir sind zwei von derselben Sorte«, dachte sie traurig.

Gab es nichts an ihr, das sie achten konnte? Sie schämte sich fast, dass Maal sie mit so mitfühlenden Augen ansah.

»Guiron«, sprach sie zu sich, »Guiron wird mir helfen. Er wird verstehen.«

Sie streckte sich nach dem Bild von Guiron, das sie sehen konnte, und sie wusste, der lange, lange Strang, der sie aneinander kettete, war dabei zu zerbrechen.

Guiron stand am Rand der Felsklippe und blickte über Hatschepsuts Tempel hin. Er konnte das flache Schwemmland sehen, das bis zum gewundenen starken Band des Nils ergrünte und dahinter langsam verblasste und ins Ocker der Wüste überging, bevor es das verschwommene rötliche Band der fernen östlichen Berge erreichte. Erschöpfung und Hunger spürte er nicht mehr, und er schien über der Landschaft festgewurzelt zu sein, umgeben von einer Art zeitlosem Feuerballs aus Hitze.

Er musste dort lange gestanden haben, nur teilweise

bei Bewusstsein, denn die Sonne, die dem Scheitelpunkt nahe war, als er dort ankam, glitt nun am Himmel hinab, ihre Strahlen wurden länger über den Gerstenfeldern und berührten das Wasser des Flusses mit einem matten Goldglanz, als er sich wieder voll bewusst wurde, wo er sich befand. Er wusste, dass er nicht mehr weiterkonnte und dass er das Ende seines Erdenlebens erreicht hatte – doch er wusste auch, dass User-het recht gehabt hatte – da war noch etwas zu tun.

Es kam ihm so vor, als würde sein Name gerufen, schwach, beschwörend und verzweifelt. Er wandte seinen Kopf leicht nach Nordwesten, denn das Geräusch schien aus dieser Richtung zu kommen. Die Berge und die Wüste lagen dort, eine gerippte und sich auftürmende öde Einsamkeit bis in unvorstellbare Fernen ... Niemand war da.

Der Ruf ertönte erneut, und diesmal erschauerte Guiron, als er ihn erkannte. Er wagte kaum, es zu glauben, aber er wusste, wer ihn rief.

»Sie braucht mich«, flüsterte er. »Sie braucht mich!«

Er hoffte, stark genug zu sein, ihren Ruf zu beantworten und ihr zu sagen, dass er für sie da war und alle Leidenschaft erschöpft, nur voller Liebe und Fürsorge und Bedauern über sein Tun.

Und dann hörte er ihre Gedanken – fühlte er, wie sie die Hände nach ihm ausstreckte – und Tränen traten in seine Augen, als er erkannte, es war kein Hass oder Groll mehr da. Neben ihr sah er, vor seinem inneren Auge, zwei Gestalten. Zur einen Seite war Kyra, zur anderen Maal. Das Mädchen schien sie nicht zu bemerken – aber sie waren da.

Wie konnte er ihr helfen, wie? Er spürte, wie ihn seine Kräfte verließen. In gewisser Weise war das innere Bild, das er von den drei Gestalten auf dem Berg im Tal von Haylken hatte, klarer als die Landschaft in Ägypten, die zu seinen Füßen lag. Mit ungeheurer Willensanstrengung hielt er das gleichzeitige Gewahrsein verschiedener Ebenen aufrecht.

»Lass es jetzt geschehen, bevor ich sterbe. Lass mich meine Schuld sühnen«, flehte er zu seinem Gott. »Lass es jetzt geschehen ...«

Über alle Wüsten und Meere blickte er in die Augen von Kyra und Maal, und dort sah er, was er zu tun hatte. Weder er noch Deva konnten deutlich genug sehen, was nötig war, aber Maal und Kyra konnten es – und sie waren bereit. Guiron rang darum, seine nachlassende Sehkraft wiederzugewinnen, und schaute zu den hohen Steinsäulen der Tempel in der fernen Stadt auf der anderen Seite des Nils – zu den Obelisken mit der goldenen Spitze. Wie die Hohen Steine seiner Heimat ragten sie hinauf in die göttlichen Himmelsregionen, trugen sie die Herzen hinaus über die Fliegen und den Staub, hinauf zu den lichten Reichen.

Die riesige Sonnenscheibe versank hinter den Bergen im Westen, doch bevor sie verschwunden war, berührten ihre langen Strahlen die goldenen Spitzen der Obelisken, und blendend helle Lichtstäbe schossen aus ihnen hervor. Vermittels der Kraft von Guirons Gedanken flogen diese Strahlen durch die Welt, geschwinder noch als selbst Gedanken, dorthin, wo Deva stand. Mit erhobenen Händen – die Handflächen nach außen – spiegelten Maal und Kyra diese Strahlen in Devas Herz. Sie schrie in Todesqualen, als sie versuchte, einen Weg aus diesem eigenartigen Käfig aus brennenden Lichtstäben zu finden. Ein Feuerpfeil, durch den Kopf geschossen, hätte weniger weh getan. Unerbittlich schloss sich der Käfig immer enger um sie, und wenn sie mit dem Licht in Berührung kam, versengte es sie. Sie war außer sich vor Schmerz und Schrecken. Das Feuer schien sowohl in ihr wie außerhalb von ihr zu sein.

Ruhig und mitfühlend beobachteten Maal und Kyra sie, als sie verzweifelt versuchte, zu entkommen – doch keinen Augenblick ließen sie nach, die Strahlen auf sie zu richten. Guiron, mehr als tausend Meilen entfernt, spürte ihren Todeskampf und schwankte fast bei seiner Aufgabe. Er wusste, wenn er einen Augenblick blinzelte oder seine Augen von den feurigen Obelisken nahm, wäre sie von ihrer Pein befreit. Doch sie hatte um Hilfe gebeten, damit sie Uraks Lehren vergesse, und dies war der einzige Weg. Sie wurden ihr aus dem Gedächtnis gebrannt, ein für alle Mal. Danach würde kein Same mehr sein, der zu einer späteren Zeit wieder wachsen konnte. Das Wissen wäre auf immer für sie verloren.

Endlich wurde die Anspannung zu viel für Guiron, und er fiel bewusstlos zu Boden. Im selben Augenblick, da er die Augen schloss, hörten die großartigen Lichtstrahlen auf zu scheinen, die Sonne versank hinter den Bergen, und die fernen Obelisken waren nichts mehr als fahle Landmarken in einer sich verdunkelnden Stadt.

Er hatte getan, was noch zu tun war – er hatte Deva geholfen mit einer Liebe in seinem Herzen, die nicht Begierde war.

Als die Strahlen erloschen, verlor auch Deva das Bewusstsein. Als sie wieder zu sich kam, gab es kein äußeres Anzeichen für das, was sie durchgemacht hatte. Erstaunt schaute sie sich ihre Haut an. Da waren keine Brandmale. Sie spürte keine Schmerzen.

Sie sah sich nach Kyra und Maal um, doch sie waren nirgends zu sehen. An ihrer Stelle waren zwei andere Gestalten – Wardyke und Urak.

»Nein!« rief Deva aus. »Nein!«

Beide waren ungreifbar wie Rauch, und beide streckten ihre Arme nach ihr aus, so als flehten sie darum, dass sie ihnen Festigkeit gäbe ... ihnen Kraft gäbe ...

»Wir können dir helfen«, flüsterte Urak; ihre Stimme war hohltönend wie die einer Eule. »Du brauchst uns!«

»Vertraue uns«, sprach Wardyke theatralisch, mit dem zischenden Klang einer Schlange in seiner Stimme. »Deine Mutter hat dich nie verstanden und sie hat dir jetzt das eine genommen, was dir hätte Ansehen geben können ... Macht ... Wir können dir helfen.«

»Nein!« rief Deva ärgerlich. »Nein! Nie wieder!«

Sie wandte sich um und rannte den Berg zum Tempel hinab. Sie würde niemals mehr auf Urak und Wardyke hören – und um darin sicherzugehen, wusste sie, was sie zu tun hatte.

Als sich die Rauchgestalten auf dem Berg auflösten, meinte sie, ein langgedehntes, tief betrübtes Seufzen zu vernehmen, aber sie drehte sich nicht um.

Kyras Leib wurde nicht verbrannt, sondern begraben. Sie wurde eingerollt wie im Bauch der Mutter in die Erde gelegt.

Der versteinerte Seeigel, den sie bei ihren Heilungen so oft verwendet hatte, wurde ihr in die rechte Hand gegeben und ihre Finger fest darum geschlossen.

Als sie auf sie hinabsahen, bevor die Steinplatte, die sie bedecken würde, auf sie herabgesenkt wurde, sah sie für Karne und Fern eher wie das junge Mädchen aus, das mit ihnen aus dem fernen Norden gekommen war, und nicht wie eine große und mächtige Priesterin. Sie hatte kaum Falten im Gesicht oder graue Strähnen im goldenen Haar. Sie war noch eine junge Frau; eine Frau, die noch viel zu tun hatte. Doch vielleicht – dachte Fern – würde sie das auf anderen Ebenen als dieser tun. Sie durften sie nicht festhalten, sosehr es ihre Herzen auch verlangte, sie in ihrer Nähe zu wissen.

Fern, die diesen Gedanken nachhing – sie stand neben Karne und hielt seine Hand –, blickte durch ihre Tränen auf Deva und Khu-ren auf der anderen Seite des Grabes. Der hochgewachsene Ägypter hatte ein Gesicht von Stein, doch Fern wusste, dass ihm das Herz brach. Was mochte Deva denken, fragte sich Fern. Sie stand still neben ihrem Vater. Sie konnte nicht in ihren Augen lesen, denn Devas Kopf war gebeugt. So, wie sie dastand, hatte es den Anschein, als trauere auch sie. »Zu spät«, dachte Fern, ein wenig bitter. »Wenn sie nur ihre Zuneigung offener gezeigt hätte, als ihre Mutter noch lebte.« Und dann schalt sie sich für ihren hartherzigen Gedanken, denn sie wusste, Kyra hatte ihre Tochter geliebt und sie würde hier auch gar nicht liegen, hätte sie sich nicht ohne nachzudenken in die heftigsten Kämpfe gestürzt, um nach ihr zu suchen. Kyra hatte an Deva geglaubt, hatte sie umsorgt und alles in ihrer Macht stehende versucht, um sie zu beschützen.

Fern hatte stets Vorbehalte gegen Deva gehabt und war insgeheim glücklich darüber, dass Isar die sanfte Lerche geheiratet hatte, so behindert sie auch war, und nicht die eigensinnige Tochter des Hohepriesters. Sie hatte versucht, sie um Kyras Willen zu lieben – konnte es aber niemals aus ganzem Herzen. Doch jetzt war da etwas in der Art, wie das Mädchen dastand, etwas in der Art, wie sie die Hand ausstreckte und die ihres Vaters ergriff und sich dichter an seine Schulter schmiegte, das Ferns Herz besänftigte. Vielleicht war Kyra nicht umsonst gestorben. Vielleicht musste es sogar alles so kommen. Sie entsann sich der Vorahnungen, die Kyra bei Devas Geburt hatte. Aber warum? Warum? Es war schwer, in Kyras Tod etwas anderes zu sehen als eine tragische Vergeudung. Bestimmt würde Deva, selbst wenn sie jetzt so werden würde, wie Kyra sie sich immer erträumt hatte, niemals so wertvoll für die Gemeinde sein, wie Kyra es gewesen war.

Karne presste seine Lippen aufeinander und versuchte, keine Gefühle zu zeigen. Er sah Kyra, wie sie mit ihm über die mit Heide bewachsenen Berge lief; er sah sie und sich, wie sie an jenem Tag bäuchlings im Grase lagen und dem Priester Maal bei seinen geheimen Ritualen im Steinkreis ihres Heimatdorfes nachspionierten. Wenn er sie nicht dazu gedrängt hätte, ihre übersinnlichen Fähigkeiten zu gebrauchen, um herauszufinden, was vorging – wenn er sie nicht immer wieder getrieben hätte, bis sie schließlich nach Haylken gekommen waren, damit sie zur Priesterin ausgebildet würde – würde sie dann so jung hier liegen? Aber er konnte sich Kyra nicht als gewöhnliche Matrone in einem gewöhnlichen Dorf vorstellen, die Brot buk und Stoffe webte, bis sie alt und vergesslich und hässlich wurde. Er sah sie selbst jetzt noch, von ihrem wallenden Haar umgeben wie von einer goldenen Aura, wie sie ihre Arme zur aufgehenden Sonne erhob, während die Vögel in langen, zwitschernden Ketten hinausflogen, den Tag zu begrüßen.

Karne, der niemals Gesichte hatte und nur halb glaubte, was Fern und Kyra glaubten, wandte plötzlich seinen Kopf. Er hätte schwören mögen, einen Blick von ihr erhascht zu haben, wie sie neben einem alten Mann davonwanderte.

Er schaute wieder zu ihrem Körper – und wusste, dass sie nicht dort war.

»Sie ist mit Maal zusammen«, dachte er getröstet. »Was geschehen ist, ist geschehen. Ich werde nicht ›wenn‹ und ›aber‹ denken oder ›vielleicht‹. Ich werde sie nicht im Stich lassen ...«

Nachdem die Trommler, Boggoron war einer von ihnen, ihr letztes Lied gespielt hatten – und die letzten Klagegesänge zum Abschied verklungen waren ... Nachdem alle, die ihr das letzte Geleit gegeben hatten, gegangen waren, und die Erde warm über ihrem Grab lag – da fragte Deva Khu-ren, ob sie nach Ägypten gehen dürfe.

»Nicht auf der Suche nach Gesichten oder in astraler Gestalt«, sagte sie, »sondern in einem Schiff, so wie du nach Haylken gekommen bist oder wie ich vor tausend Jahren.«

»Und was willst du in Ägypten?« fragte er ruhig. Er war ohne Bitterkeit, ohne Vorwürfe. Er spürte, dass sie eine andere geworden war, und er wusste, Kyra würde nicht wollen, dass er der Vergangenheit nachhing.

»Ich habe den Eindruck, ich habe meine ganze Zeit darauf verwandt, ein Ding in etwas anderes zu verwandeln – während ich hätte versuchen sollen, mich selbst zu ändern«, sagte sie mit ruhiger Stimme. »Ich möchte ... Ich glaube, ich bin jetzt bereit, mich auf die große Reise durch die Lebensbereiche zu begeben, von denen Kyra versucht hat, mir zu erzählen.«

»Du könntest es hier tun«, sprach er.

»Nein«, antwortete sie. »Das ist nicht mein Weg. Kyra hatte einmal gesagt, es gibt viele Wege zum Ziel, und jedes Einzelwesen müsse auf dem Weg wandern, den es für den zuträglichsten und wahrsten hält. Ich habe mich hier niemals zu Hause gefühlt. Lass mich dem Weg folgen, der mir am genehmsten und vertrautesten erscheint.«

Khu-ren sah sie lange still an. Es hatte Zeiten gegeben, da

konnte er vor Sehnsucht nach Ägypten nicht schlafen. Sollte er mit ihr gehen? Nun, da Kyra nicht mehr da war – war er jetzt frei, wieder in das schöne warme Land seiner Jugend zu ziehen? Doch was würde aus Haylken werden, wenn seine beiden Herren der Sonne es verließen? Kyra hatte gesagt, die Tochter von Lerche und Isar würde einstens die Hohepriesterin sein. Musste er so lange warten?

»Mein Herr?« fragte Deva besorgt. Sie war über sein langes, tiefes Schweigen beunruhigt.

Er wandte seine Gedanken wieder ihr zu. Er konnte Kyras Volk noch nicht verlassen.

»Du magst gehen«, sagte er. »Wenn du dir sicher bist.«

»Ich bin mir sicher.«

Er sagte nichts mehr, sondern nickte nur und ging davon.

ENDE

Douglas Monroe

Merlins Wiederkehr

504 Seiten

ISBN 978-3-89767-402-8

Dieses Buch ist die Zusammenfassung einer Reihe von Schriften, die dem Druiden Merlin zugeschrieben werden, bzw. in seiner Obhut gewesen sein sollen. Die vorliegende Zusammenfassung dient dazu, die Philosophie, den Glauben und die Methoden persönlicher Transformation aus keltischer Zeit zurückzuholen, um sie heute sinnvoll anwenden zu können.

Douglas Monroe

Merlins Vermächtnis

624 Seiten

ISBN 978-3-89767-403-5

Arthur, künftiger König von Britannien, begegnet seinem Lehrer Merlin, dem großen Druiden, Magier und Hüter der keltischen Überlieferung. Die Lehrjahre bei Merlin sind für den heranwachsenden Arthur voller Erkenntnisse, aber auch gefahrvoller Begebenheiten und Bewährungsproben. Voller Wärme, Witz und Vitalität teilt der Lehrer Merlin sein Wissen mit seinem Schüler Arthur – geheime Druidenrituale, die Beherrschung der Elemente und kraftvolle Techniken zur spirituellen Transformation.

Sabine Heinz

Symbole der Kelten

304 Seiten

ISBN 978-3-89767-559-9

Begeben Sie sich auf eine faszinierende Reise in die sagenhafte Welt der Kelten. Tausende von Jahren waren die Tapferen, die Edlen, wie die Kelten auch genannt wurden, die prägende Kultur Europas. Heute noch erzählen in Steine gemeißelte Zeichnungen auf uralten Kreuzen und an geheimnisumwobenen Kultstätten von dieser hochentwickelten Zivilisation. Entdecken Sie Mysterien, erfahren Sie von fantastischen Sagen und wandeln Sie auf den Pfaden eines wahrhaft einzigartigen Volkes.